REIS MET MIJ

EEN ROADTRIP ROMANCE

SYNERGY
BOEK 3

MICHELLE MCCRAW

Copyright © 2025 Michelle McCraw

Alle rechten voorbehouden. Niets uit deze uitgave mag worden verveelvoudigd, opgeslagen in een geautomatiseerd gegevensbestand, of openbaar gemaakt, in enige vorm of op enige wijze, hetzij elektronisch, mechanisch, door fotokopieën, opnamen, of enige andere manier, zonder voorafgaande schriftelijke toestemming van de uitgever.

1

SAM

NIET IEDEREEN ZOU haar hond een benefietlunch binnensmokkelen. Haar schattige, bijna nooit blaffende, absoluut — nou ja, meestal — niet-verharende hond.

Maar, tot de eindeloze teleurstelling van mijn moeder, ben ik niet iedereen.

Iedereen zou willen dat ze jouw voordelen hadden.

Iedereen zou moeten trouwen met iemand die in hun sociale kringen past. Daarmee bedoelde ze rijk.

Iedereen wil een Jones zijn.

Maar ze had in de afgelopen vijfentwintig jaar toch moeten beseffen dat ik een beetje... anders ben.

'Bilbo Baggins', siste ik, terwijl ik het witte tafelkleed van een grote ronde tafel optilde.

'Sam!'

Met een grimas liet ik het tafelkleed vallen en draaide me om naar mijn jongere zus. Ze keek op me neer vanaf haar torenhoge hakken, met één hand in haar zij en in de andere een roze cocktail die paste bij het babyroze van haar zijden jurk. Bij dit soort dingen leek het bij haar altijd moeiteloos te gaan. 'Wat ben je aan het doen?', fluisterde ze.

'Ehm, ik zoek een oorbel?'

Natalie keek me met toegeknepen ogen aan. 'Je draagt geen oorbellen.'

'O. Dan zoek ik er denk ik twee.'

'Parels. Je zou parels moeten dragen.' Ze nam me van top tot teen op en ik duwde mijn enorme, zwarte draagtas achter mijn rug. 'Dat pakje is zo van twee seizoenen geleden. Heeft moeder je geen nieuwe gestuurd?'

Ik staarde naar de ronde neus van mijn schoenen met lage hak, me herinnerend hoe ik het schreeuwerig roze monster in de donatiebox had laten vallen. Dit pakje was zo slecht nog niet. Ik had het gekocht toen ik nog geld had voor nieuwe kleren, en het was mijn lievelingskleur, zwart.

Natalie's stem was zachter dan ik haar in tijden had gehoord. 'Zeg haar de volgende keer wat je wilt hebben.'

'Wat ik wil, is hier niet zijn', mompelde ik.

'O, echt? Wat zou pap daarvan gevonden hebben?' Haar ogen kregen een onkarakteristieke glans voordat ze zich op haar glinsterende sandaal omdraaide en weg beende.

Pap? Ik maakte de fout om naar zijn foto op de banier bij de ingang van het museum te kijken. Hij zou het te druk hebben gehad met werk om naar een evenement als dit te komen, ook al was het naar hem vernoemd. Ik wreef over de plek op mijn borst die na veertien jaar nog steeds pijn deed.

Ik was er niet voor hem. Hoewel ik liever onderzoek had gedaan, met Bilbo Baggins op mijn bank had geknuffeld of opnieuw mijn blindedarm had laten verwijderen, was ik hier voor mijn moeder. Ze eiste dat haar familie perfect voor de dag kwam op de evenementen van de stichting.

En dat herinnerde me eraan dat ik Bilbo Baggins moest vinden voordat zij dat deed. Waar kon hij naartoe zijn gegaan? Hij was meestal niet verlegen. Hij zou zich niet onder een tafel verstoppen. In tegenstelling tot mij zou hij midden in de actie te vinden zijn, vrienden aan het maken. Ik draaide me in een cirkel en scande de ruimte.

Een lange buffettafel nam een kant van de museumruimte met hoge plafonds in beslag. Moeder haatte het idee van mensen die eten vasthielden, maar eettafels zouden niet tussen de grote sculpturen hebben gepast. Aan de andere kant van de kamer stonden kleinere tafels verspreid met hapjes. Misschien was hij gaan bedelen om een kippenvleugeltje. Niet dat moeder ooit vieze kippenvleugeltjes zou serveren, maar dat wist Bilbo Baggins niet.

Ik had net een stap in die richting gezet toen een zijdezachte maar stalen hand zich om mijn pols klemde. 'Samantha, *wat* is dat?'

Paniekerig keek ik de directe omgeving af. Had ze hem gezien?

Bleke vingers met french manicure plukten aan de band van mijn draagtas. 'Waarom heb je je schooltas niet bij de garderobe afgegeven?'

Ik draaide me langzaam om naar haar. 'Moeder, daar zitten mijn portemonnee en sleutels in.' En mijn hond ook, voordat hij zijn grootse ontsnapping had gemaakt.

Haar rode lippen krulden omlaag. 'Wat is er gebeurd met de tas die ik je voor je verjaardag heb gegeven?'

'Die paste niet bij mijn pakje.' Ik wuifde met mijn hand naar mijn zwarte broekpak en witte bloes. Ik zei er niet bij dat toen ik de gebloemde, fuchsia handtas op eBay had verkocht, de opbrengst de kosten dekte van Bilbo Baggins' jaarlijkse dierenartsbezoek plus zijn hartwormmedicatie en allergiemedicijnen.

'Begin niet over dat pakje', mompelde ze, en veegde een pluisje van mijn schouder. 'En, waar is je date?'

'Mijn date?'

'Ja, weet je nog, ik zei toch dat William Winford je wilde ontmoeten.'

'U zei niet dat het een date was.'

Haar blauwe ogen, bleker dan de mijne, gleden naar mijn

kraag, die ze recht trok. 'Hij is zeer gerespecteerd. En briljant. Ik heb gehoord dat hij zijn trustfonds heeft verdrievoudigd.'

Laat haar niet over trustfondsen beginnen. 'In wat voor branche zit hij, drugsbaron? Wapenhandelaar?'

Haar mond vormde een geschokte, rode *O*. 'Samantha Renée Jones, je weet dat we niet met dat soort mensen omgaan.'

'Moeder, het was maar een grap—'

'Je kunt erop vertrouwen dat je familie je niet ten prooi laat vallen aan dat soort mensen.'

Mijn lippen vielen open. Ze zou hier toch niet over mijn afschuwelijke fout beginnen? Mijn hart ging tekeer.

'Samantha.' Ze legde een hand op mijn mouw. 'Je moet de mensen vertrouwen die van je houden. We helpen je een partner te vinden die voor je kan zorgen.'

'Ik kan voor mezelf zorgen.' Misschien maakte ik slechte keuzes wat mannen betreft, maar ik had niet nodig dat zij me aan een partner koppelde. Ik had een plan voor mijn leven. Ik sloeg mijn armen over elkaar. 'Het laatste wat ik nodig heb, is een partner.'

'Je hebt zekerheid nodig. Ik heb dat krot gezien waar je in woont. Dat is niet—'

'Moeder.' De grote hand van mijn oudste broer landde op de schouder van haar jasje.

'Ah. Jackson.' Haar stem werd helemaal zacht bij de naam van mijn broer, op een manier die ze nooit gebruikte als ze mijn naam zei.

Hij boog voorover om haar op haar wang te kussen, maar zijn scheve glimlach was helemaal voor mij bedoeld. 'Ik heb Sam even nodig.'

'Maar ik wilde haar aan William Winford voorstellen. Je weet wel, de *zakenbankier.*' Ze tuitte haar lippen naar me.

'Ze kan uw vent later wel ontmoeten. Ik heb iemand anders in gedachten.'

Ik kneep mijn ogen tot spleetjes. Mijn broer probeerde me niet te koppelen voor zijn eigen gewin of me als een of andere pion in zijn zakelijke spel te gebruiken. Maar hij liet niets blijken onder moeders blik.

'Goed dan. Ik zoek je later wel op, Samantha. Met William.' Ze beende weg, haar hakken kletterden op de houten vloer.

'Wat de hel, Jacks—'

'Je hebt toevallig niet die uit de kluiten gewassen rat die je een hond noemt, meegenomen, hè?' Hij tikte tegen mijn draagtas.

Ik hapte naar adem. 'Heb je hem gezien?'

'Bij de charcuterietafel.'

'O, nee.' Met Jackson vlak achter me haastte ik me naar de tafel vol schalen met vleeswaren en kazen. Ik hurkte neer en tilde het draperende kleed op, maar de ruimte onder de tafel was leeg. 'Hij is hier niet.'

'Sam, waarom zou je je hond meenemen naar moeders feestje?'

Ik stond op en klopte op mijn draagtas alsof Bilbo Baggins op magische wijze weer had kunnen verschijnen waar hij hoorde. Met mijn hond tegen mijn zij waren mijn handen gestopt met trillen en was mijn hartslag vertraagd van kolibriesnelheid naar die van een bang konijn. 'Ik weet het niet.' Maar ik kon het niet laten om naar de gigantische banier met het levensgrote gezicht van mijn vader te kijken.

Zijn glimlach zakte in. 'Ik haat het ook, Samwise. Maar mensen betalen grof geld om hier te komen en dure kaas te eten, en het geld gaat naar een goed doel.'

Paps lievelingsdoel, dat hoefde hij niet te zeggen.

'Ik weet het, maar—' De evenementen van de Jones Foundation waren het ergst. Mensen wilden over boeken praten, die ik niet meer las, of over pap, wat mijn hart deed pijnigen alsof hij nog maar een jaar weg was en niet meer dan de helft van mijn leven. 'Waarom kunnen ze niet gewoon een cheque uitschrijven en mij erbuiten laten?'

Hij haalde zijn schouders op. 'Of je het nu leuk vindt of niet, je bent een Jones.'

Ik kon niet aan mijn naam ontsnappen, niet hier in San Francisco. Maar ooit — over een jaar, als ik mijn proefschriftproject een nieuwe wending kon geven — zou ik kunnen uitbreken. Ik zou een onderzoeksprofessoraat vinden ergens ver weg in het midden van het land waar moeder niet naartoe zou gaan. South Dakota of Iowa of zelfs Arkansas. Het maakte me niet uit waar, zolang er maar geen designerboetieks of donateurs waren. Het enige wat ik nodig had, was een computerlab en een appartement dat groot genoeg was voor mij en—

'Bilbo Baggins', siste ik weer, zachtjes. Met zijn enorme oren had hij me moeten kunnen horen, zelfs onder de luidruchtige lunchgasten.

'Kijk, we splitsen ons op en zoeken. Jij neemt deze helft van de kamer, en ik kijk bij de buffettafel.'

'Wat als hij naar buiten is gerend?' Er waren vossen en haviken, misschien zelfs coyotes, in het omliggende park.

'Die hond zou je nooit verlaten, Samwise. Hij ging gewoon op zoek naar een snack. We vinden hem wel.'

De binnenkant van mijn neus prikte een beetje toen ik mijn hand uitstak en in Jacksons arm kneep. 'Bedankt.'

'Maak je geen zorgen. Dit is veel vermakelijker dan praten met stijve literaire types. Hé, weet je nog hoe we vroeger op kabouters jaagden in dat spel dat we samen hadden gemaakt?'

'Gnome Dome? Dat is jaren geleden.' Oeroud verleden. 'En Bilbo Baggins is een stuk lastiger dan de kabouters die we programmeerden.'

'Hij is behoorlijk voorspelbaar in de buurt van snacks.' Hij gaf me een knipoog voordat hij naar het buffet liep.

Ik draaide me weer om naar de hapjestafels. Hij moest daar ergens zijn, bedelend om een traktatie. Ik scande de vloer. Geen spoor van zijn zwarte vacht.

Een lach, vol en diep, trok mijn aandacht. Het was niet het beleefde gegniffel dat mensen gebruikten om hun meestal valse vermaak bij dit soort dingen te tonen. Het was puur en ongeremd. En luid. Ik keek op om te zien wie het sociale contract had geschonden.

Hij was groot en... en gloeide, alsof hij vanbinnen in brand stond. Zijn haar had dezelfde kleur als de lucht tijdens de bosbranden van vorige zomer, een diep roodbruin. Gouden sproeten bedekten zijn huid. Hij had het postuur van iemand die een van die sporten speelt waarbij je een bal op een veld draagt, breedgeschouderd en taps toelopend naar beneden. Iemand die er natuurlijker uit zou zien in een met bont gevoerde mantel en een bijl in zijn hand dan in een antracietgrijs pak met in zijn hand—

'Bilbo Baggins!' Ik kwam met een slip tot stilstand voor de Viking.

'Pardon?' Met één te grote, besproete hand knuffelde hij Bilbo Baggins dichter tegen zijn borst. Hij trof me met een paar blauwe ogen. Nee. Ze waren groen. Gouden spikkels verlichtten ze als vonken. Zijn wimpers waren rood. Was er een Noorse god van de vlam? Want deze vent was een vreugdevuur, behaaglijk warm maar ook knetterend van gevaar.

Ik keek naar links en rechts voordat ik dichterbij kwam. Zachter zei ik: 'Dat is mijn hond. Bilbo Baggins.'

'Dit kereltje, hier?' Hij keek omlaag in Bilbo Baggins' uitpuilende bruine ogen. Bilbo Baggins stak zijn roze tongetje uit om de gladgeschoren kin van de man te likken en wrong zich toen in zijn greep. 'Hij lijkt meer op Toto dan op een Hobbit.'

Ik kon niet één wenkbrauw optrekken zoals Natalie, maar ik trok ze allebei op. 'En maakt jou dat dan de Boze Heks van het Westen, die mijn hond ontvoert?' Filmreferenties, dat kon ik wel. Deze man leek meer op een linebacker dan een bibliothecaris; als we in het ondiepe bleven, hoefde ik mijn literaire onwetendheid niet te verraden.

Een glimlach spreidde zich als honing over zijn gezicht. 'Ontvoering? Meer als in bewaring nemen. Het lijkt erop dat Bilbo Baggins klaar was voor een queeste. Om wat opwinding in zijn saaie leventje te brengen.'

'Opwinding is overschat.' Mijn maag werd hol. Ik kon Bilbo Baggins' ogen niet eens aankijken. 'Ik weet dat ik hem niet had moeten meebrengen. Het is gewoon dat—' Ik klemde mijn lippen op elkaar. Ik kon deze vreemdeling niet vertellen dat ik mijn kleine hondje nodig had om de emoties af te weren die me hier bedreigden.

'Hé, hé.' Hij wachtte tot ik weer opkeek. 'Het is oké. Hij is nu veilig. Zie je? Ik heb hem.' Bilbo Baggins zuchtte en drukte zich tegen zijn borst.

Ik wou dat ik ook tegen hem aan had kunnen kruipen.

De man grinnikte. 'Zeker, er is genoeg ruimte voor jullie beiden.'

'Shit, dat zei ik hardop, hè?'

'"Geen erfenis is zo rijk als eerlijkheid."' Hij keek de kamer rond. 'Hoewel je dat niet zou zeggen van dit publiek.'

Ik hield mijn hoofd schuin. 'Dat klinkt als Benjamin Franklin.'

'Shakespeare, eigenlijk.'

'O.' Ondanks zijn uiterlijk, ondanks zijn oordeel over de aanwezigen op de inzamelingsactie, was hij een van de literaire types. 'Ik neem Bilbo Baggins nu terug.'

Zijn rode wenkbrauwen fronsten zich, maar hij strekte Bilbo Baggins naar me uit en mijn hond zwom met zijn kleine, pluizige pootjes zo mijn armen in. Ik knuffelde hem dicht tegen mijn borst. Te dicht, ontdekte ik toen hij een boer liet.

'Je hebt hem toevallig geen kaas gevoerd, hè?'

De Viking opende zijn andere hand en toonde me een verfrommeld servet met een enkel oranje blokje. 'Maar één of twee stukjes.'

Ik trok een grimas. 'Ik ga hem hier weghalen voordat hij sch— voordat hij maag-darmklachten krijgt, bedoel ik.' Ik rimpelde mijn neus. 'Hij kan niet tegen zuivel.'

'Sorry daarvoor. Hij leek het lekker te vinden.' Zijn stem was, net als zijn lach, laag en vol. Ik nam het Bilbo Baggins niet kwalijk dat hij naar hem toe was gerend. Verdorie, ik zou ook tegen deze man aankruipen terwijl hij me snacks voerde.

Een vleugje stinkende kaasgeur zweefde mijn neus binnen. Ik schepte Bilbo Baggins in mijn draagtas.

'Hij is wel dol op kaas, tot het moment dat zijn kleine darmen het begeven.' Was dat te veel informatie? Waarschijnlijk wel. Als ik nerveus was, was mijn mond ongeremder dan de darmen van Bilbo Baggins na het eten van Muenster.

Hij kromp ineen. 'Het spijt me echt.'

'Het is oké. Het geeft me een excuus om vroeg te vertrekken.' Maar mijn voeten bleven precies daar staan, voor de vriendelijke reus die mijn hond had gered.

'Ik ben Niall Flynn.' Hij stak zijn rechterhand uit.

'Samantha.' Mijn hand verdween in zijn veel grotere hand, zijn vingers waren zo lang dat ze de gevoelige huid van mijn pols raakten. Mijn hartslag versnelde en ik hapte naar adem.

Hij trok een grimas. 'Sorry. Ruwe handen.'

Het was waar. Eelt maakte zijn handpalm en elk van de vingers die de rug van mijn hand bedekten ruw. De meeste mannen bij dit soort dingen deden niets inspannenders dan met een muis klikken, en hun handen waren gladder dan de mijne. Niall moest een atleet zijn. De stichting werkte samen met een paar professionele sportlui.

'Het is oké. Ik— ik vind het fijn.' Ik keek naar de manier waarop de mouwen van zijn colbert over zijn biceps spanden. Mijn vriendin Marlee zou me zeggen ervoor te gaan. Flirten. Wat met hem drinken. Maar ik was geen Marlee. Ik moet in het computerlab hebben gezeten toen de lessen over haren zwiepen en koetjes en kalfjes werden gegeven. Op de conversatieschaal van luchtig gebabbel tot doodserieus, kwam ik over het algemeen uit op een elf — intens.

Toen ik me realiseerde dat hij nog steeds mijn hand vasthield, trok ik hem los. 'Nou, bedankt voor het redden van Bilbo Baggins van iemands hak.'

'Wacht.' Hij bestudeerde me, een langzame opname van mijn gezicht, zoals sommige mensen naar kunst kijken, niet zoals de mentale rekensom die de meeste mensen maken als ze naar een Jones kijken.

Ik knipperde met mijn ogen. 'Heb ik iets op mijn gezicht?'

Hij schudde zijn hoofd. 'Sorry, ik— ik was denk ik gewoon verbaasd om iemand zoals jij hier te vinden.'

'Iemand zoals ik?' Ik rimpelde mijn neus. 'Wat moet dat bete-kenen?' Wat had hij in onze tien minuten samen over me ontdekt?

'Iemand... echt. En toch niet. Het is alsof je in een boswezen zult veranderen als de zon ondergaat.' Zijn gezicht werd rood, zelfs de sproeten.

'Net als in *Ladyhawke?*'

'Ja, net als—'

'Niall! Daar ben je.' Een vrouw van ongeveer mijn lengte, met krullend donker haar en een goudbruine huid, greep Nialls mouw vast. Een salvo van klikken achter haar vertelde me dat ze een fotograaf had meegenomen. Ik kromp ineen en draaide mijn rug naar het geluid. 'Wat doe je hier verstopt? We moeten je onder de mensen brengen.'

'Ik was met Samantha aan het praten.' Hij stak zijn hand naar me uit. Geen haar op mijn hoofd dat ik me in zijn fotomoment liet trekken. Elke klik van de sluiter voegde toe aan het koude gewicht in mijn buik. Hoe had ik het weer zo mis kunnen hebben? Hij was geen zachtaardige reus. Hij was een of andere onbedui-dende beroemdheid die hier was om geld te doneren voor publiciteit.

Of erger, hij was zoals Stephen, die me in zijn val lokte, wach-tend om hem dicht te klappen. Op de een of andere manier had hij mij aan de familie Jones gekoppeld, ook al had ik hem mijn achternaam niet gegeven. Stom, belachelijk familieportret dat ze op een ezel zetten voor dit soort evenementen. Ik was tien met mijn steile, donkere haar in een zigzag scheiding, een glimlach met gesloten mond die mijn beugel verborg, en ogen die te groot waren voor mijn gezicht. Nu zat mijn haar in een lage paarden-staart en was de beugel weg, maar ik leek nog steeds op dat prepuberale kind dat te onwetend was om te weten dat ze op het punt stond haar vader te verliezen.

De blik van de vrouw richtte zich op mij, nog doordringender dan die van Niall was geweest. 'Wat is je achternaam, Samantha?'

'Gabi', zei Niall, 'ik heb nog een minuutje met Samantha nodig.' Ik hield meestal niet van mijn volledige naam, maar de manier waarop die met zijn lage stem naar buiten rolde, deed me rillen. Of misschien was dat een waarschuwingstrilling van Bilbo Baggins. Wat had Niall nog een minuut voor nodig? De hondenhaar van mijn pakje borstelen voor een foto? Ooit was ik bereid geweest een decoratie aan de arm van een man te zijn, lachend voor foto's die ik niet wilde. Nooit meer.

Ik hield mijn handpalmen voor mijn borst omhoog alsof ik ze allebei kon wegduwen. 'Het is goed. We zijn klaar. Leuk je ontmoet te hebben, Niall.' Ik liep richting de uitgang, Niall en zijn entourage achterlatend voor de charcuterietafel.

Toen we een grasveldje buiten het museum bereikten, sprong Bilbo Baggins uit mijn draagtas om zich te ontdoen van de kwaadaardige kaas, en staarde me aan alsof ik hem had verraden. 'Dat was je nieuwe vriend, Niall, die je heeft vergiftigd', zei ik terwijl ik de rotzooi opruimde. 'En hij was het totaal niet waard. Hij is net als Winford Weet-ik-veel. Wil me gebruiken als een ID-kaart om binnen te komen op rotfeestjes zoals dat.' Ik schudde met het plastic zakje hondenpoep. 'Ik ben niemands gouden ticket. Ik ga mijn doctoraat halen en hier weg. Begrepen?'

Bilbo Baggins hield zijn hoofd schuin.

'Ik weet het. Jij snapt het.' Ik gooide het zakje in de prullenbak en smeerde ontsmettingsgel over mijn handen.

Terwijl ik de riem aan zijn halsband klikte, trilde mijn telefoon in het buitenvakje van mijn draagtas. Het patroon van Dr. Martell. Hij respecteerde meestal mijn weekenden. Misschien was hij wat proefwerken vergeten die hij nagekeken moest hebben.

'Hallo, Dr. Martell.'

'Samantha. Ik dacht dat ik je voicemail zou krijgen. Had je vanmiddag niet een of ander feestje?'

'Ik— ik ben al klaar.' Ik leidde Bilbo Baggins naar een bankje en ging zitten, waarbij ik mijn hakken uitschopte.

'Goed. Goed.' Ik kon praktisch horen hoe zijn brein terugschakelde naar de onderzoeksmodus. Ik had de focus van mijn begeleider op wat belangrijk was altijd gewaardeerd.

'We moeten het over je onderzoek hebben. Maandagochtend om negen uur, in mijn kantoor.'

Mijn maag borrelde alsof ik ook de verkeerde kaas had gegeten. 'Ik weet dat het niet zo goed is gegaan, maar—'

'Maak je geen zorgen, Samantha. Het is een kans.'

De laatste kans die hij me had gegeven, had me in een doolhof gestort, en ik probeerde het project nog steeds weer op de juiste koers te krijgen. 'Een kans.'

'Je zult het geweldig vinden. Tot maandag.'

Er klonk geen vraag in zijn stem. Hij had niet alleen toezicht op mijn beurs, maar ook op mijn doctoraat. Zonder zijn handtekening op mijn proefschrift zou ik de Ph.D.-loze versie van Samantha Jones zijn, niet in staat om de onderzoekspositie te krijgen die ik nodig had om te ontsnappen. 'Oké', zei ik.

Hij had al opgehangen.

Ik liet de telefoon in mijn zak glijden. 'Laten we naar huis gaan, Bilbo Baggins.' Ik deed mijn schoenen weer aan en stond op. Ik liep langs de rij zwarte Mercedessen en Bentleys en Jacksons schreeuwerig gele Lamborghini en sjokte naar de dichtstbijzijnde bushalte.

2

NIALL

IK KON HET niet ontkennen toen ik mijn hotelsuite binnenliep en de sleutelkaart op het aanrecht in de kitchenette gooide.

Mijn vingers tintelden.

Toch durfde ik nog geen hoop te koesteren. Het had de champagne kunnen zijn die ik had gedronken of de beklemmende formele kleding.

Terwijl ik aan de stropdas trok die Gabi me zelfs in de auto niet had laten afdoen, gooide ze haar tas naast de sleutelkaart en tikte op haar telefoon. 'Nog steeds aan het mokken?'

'Natuurlijk niet.' Ik frunnikte aan de knoopjes van mijn overhemd en probeerde naar haar te glimlachen, maar ze keek niet op van haar toestel. Ze had zo veel voor me gedaan: de boekenovereenkomst, het tv-programma. Ze was me blijven steunen tijdens deze lange, slopende promotiecampagne. Ik had niet boos op haar moeten zijn. Tot ik me de manier herinnerde waarop Samantha's grote, prachtige ogen ondoorgrondelijk waren geworden toen die fotograaf foto's begon te maken.

Groot? Prachtig? Ik was een schrijver; daar moest ik toch iets beters voor kunnen verzinnen. Of misschien was ik geen schrijver meer. Was je nog steeds een schrijver als je in meer dan een maand geen woord had geschreven? Was het een kwalificatie die je moest vernieuwen, zoals een certificaat voor een biologische boerderij? Of was het iets wat je je leven lang bijbleef, zoals opa's veteranenstatus? Het voelde als een spier die ik door gebrek aan gebruik had laten verslappen, te zwak om te functioneren zoals voorheen.

Behalve... mijn vingers tintelden.

'Nou, nou, nou.' Gabi liet haar blik over me glijden, eindelijk afgeleid van haar telefoon. 'Het is niet alsof ik het niet eerder heb gezien, maar de meeste van mijn cliënten houden liever hun kleren aan in het bijzijn van hun agent.'

Zonder er zelfs maar bij na te denken, had ik mijn colbert, overhemd en schoenen uitgetrokken en stond ik midden in de hotelkamer met alleen mijn pantalon aan.

'Shit. Sorry.' Ik raapte de afgedankte kleren op en liep de kleinere slaapkamer van de suite in. Toen ik aangekleed was in een spijkerbroek, een zacht T-shirt en een flanellen hemd dat er open overheen hing als een jasje, liep ik de woonkamer in.

Gabi zat op de bank, nog steeds in haar cayenne-rode jurk. Ze tikte op haar telefoon. 'We hebben een paar goede foto's vandaag. Qiana zal uitzinnig zijn. Jij en Audrey en Natalie Jones, jij met die sciencefictionschrijfster...' Ze knipte met haar vingers.

'Tamarah Starr.'

'Precies. Hoewel ik wou dat je er een had kunnen krijgen met die Samantha. Ik denk dat zij ook een Jones is. Ze had die uitstraling.'

'Een Jones?'

Ze rolde met haar ogen. 'De familie die de stichting voor geletterdheid leidt? De vader, Jasper, stierf jong voordat zijn bedrijf echt van de grond kwam, maar nu zwemmen ze in het geld. Ze zeggen dat de vader van boeken hield en dat ze daarom de stichting hebben opgericht. Of misschien is het gewoon een belastingaftrekpost. Wie zal het zeggen? Hoe dan ook, de moeder, Audrey, leidt de stichting. De dochters zijn socialites en de zonen zitten in de tech, net als hun vader.'

Samantha had er niet uitgezien als een socialite. Ze had er net zo ongemakkelijk uitgezien als ik me had gevoeld. Het hoogtepunt van mijn middag was geweest dat haar piepkleine hondje naar me toe was gedribbeld en tegen mijn enkels was gaan krabbelen, tot Samantha zelf aangesneld kwam.

Ze had ook niet als een socialite gepraat. Ze was onbewaakt geweest, open. In tegenstelling tot al die plastic opwindpoppen daar. Inclusief ikzelf.

Tot Gabi en haar fotograaf waren komen aanlopen en ze was verstijfd als een opgeschrikt hert. Wat zou er gebeurd zijn als Gabi ons niet had gestoord? Hadden we wat dieper gegraven, een klein stukje van onszelf blootgegeven, een echte connectie gemaakt die niet draaide om wat ik voor haar kon doen en wat zij voor mij kon doen? *Synergie.* Dat was het woord dat hier in het rond werd gesmeten alsof mijn vrienden en ik vroeger met dennenappels gooiden in het bos.

Over plastic mensen gesproken... 'Geen e-mail van... van hem?'

Gabi stopte met tikken op haar telefoon en keek op, medelijden verzachtte haar bruine ogen. 'Nee, sorry, schat. Maar ik heb wel de verzendbevestiging gekregen dat het exemplaar van je boek op zijn kantoor is afgeleverd.'

Ik schudde mijn hoofd zoals Sally, onze geit, vliegen van zich afschudt. 'Maakt niet uit. Hij heeft het vast druk.'

'Dat zal vast.' Ze perste haar lippen even op elkaar en floepte er toen uit: 'Maar hij is je vader. Hij had kunnen sms'en.'

Ironisch, dat wel. Mijn vader was de CEO van een van de meest succesvolle telefoontechnologiebedrijven ter wereld en hij kon niet de moeite nemen om zijn zoon te sms'en. Of beter gezegd, hij had mijn agent niet ge-sms't, aangezien de overblijfselen van de laatste telefoon die hij me had gegeven op de bodem van de vijver van onze boerderij lagen.

Naast Gabi, op het bijzettafeltje onder een exemplaar van *Publisher's Weekly* en de misdaadroman die ze aan het lezen was, stak de te nieuwe, te stijve rode kaft van mijn notitieboek uit. Mijn vingers tintelden.

Ik liep naar de tafel, aarzelend, zoals ik een angstig kalf of een gewonde hond zou benaderen. Iets wat naar me zou kunnen uithalen en me zou kunnen verwonden als ik niet voorzichtig was. Ik legde een hand op het boek en het tijdschrift en schoof langzaam het notitieboek tevoorschijn.

Gabi keek toe hoe ik het deed. Misschien hield zij ook haar adem in.

'Ga je vanavond schrijven?'

'Ik weet het niet.' Beter het niet te vervloeken, die tintelende vingers ten spijt. Ze hadden me al eerder voor de gek gehouden.

Ze schoof naar voren en pakte een van mijn favoriete pennen van de salontafel, het soort met de sneldrogende inkt die niet vlekt als ik met mijn hand over de woorden sleep. 'Hier.' Toen aarzelde ze even, alsof ze de magische bubbel om me heen niet wilde doorbreken. 'Wil je dat ik ergens anders heenga?'

'Nee, ik…' Ik had er niet over nagedacht waar ik het notitieboek mee naartoe zou nemen. Maar een vlaag eucalyptus, echt of ingebeeld, deed me besluiten. 'Ik ga naar het park.'

Ze wierp een blik uit het raam. 'Nog maar een paar uur daglicht.'

'Dat is genoeg.' Ik wilde er niet van uitgaan dat mijn muze langer dan een paar seconden bij me zou blijven, en zeker geen uren.

'Neem voor de zekerheid toch maar een zaklamp mee.' Ze sprong op, ging haar slaapkamer in en kwam terug met een zaklamp op zakformaat. Ze hield hem naar me uit. 'Voor het geval dat.'

Ik knikte alsof ze me de ontsteker had gegeven voor de bom die het hol van de kwaadaardige meesterbrein zou opblazen. Hoewel we het op de tv-deal en het advieswerk dat ik voor de scripts had gedaan hadden geschoven, wisten we allebei hoe ernstig mijn writer's block was. Ik was al een maand te laat met mijn pagina's en had haar gevraagd om uitstel te onderhandelen bij mijn redacteur. Helaas betekende dat een vertraging in ons voorschot. Mam en opa hadden dat geld nodig om biologische mest te kopen. Gabi zou haar deel nodig hebben voor de huur en de boodschappen als we eindelijk van deze tour af waren. En ze zou het niet zeggen, niet nu ik voor het eerst in een maand naar mijn notitieboek had gegrepen, maar de tv-mensen werden nerveus. Zonder een tweede boek konden ze geen plannen maken voor een tweede seizoen van de show. En we wisten allebei wat Heidi zou zeggen als we om nog een keer uitstel vroegen.

Ik stopte de zaklamp in mijn broekzak en schoof de pen in de spiraalbinding. Ik pakte de sleutelkaart van het aanrecht en glipte naar buiten, sloop de gang door en de deur uit alsof elk geluid mijn muze zou kunnen opschrikken.

Buiten hing de zon een paar handbreedtes boven de toppen van de bomen in het park aan de overkant. Ik ving weer een vleugje eucalyptus op. De bomen riepen me.

Auto's ontwijkend stak ik de straat over. Ik deed geen moeite om een ingang te zoeken; in plaats daarvan klom ik het talud op, rechtstreeks het bos in. De bomen verwelkomden me met de strelingen van hun bladerrijke takken. Minder dan een minuut lopen het park in, en de geluiden van de stad verstomden.

Mussen riepen naar elkaar. Eekhoorns tjilpten. Ik dwaalde tussen stekelige hulsteiken en geurige eucalyptus, baande me een weg door varens en vulde mijn neusgaten met de scherpe geur van den en humus.

Een vlinder zweefde langs mijn schouder en ik kon me bijna voorstellen dat het een bosgeest was die in mijn oor kwam fluisteren. Hij dook weg in de schemering en liet me alleen.

De diepgegroefde stam van een Montereyden, niet zo heel anders dan de weymouthdennen thuis, smeekte erom geaaid te worden. Mijn handen waren zachter geworden, de eeltplekken van het boerenwerk waren er nog steeds, maar gladder na maanden zonder boerenkarweien. Alleen het eelt aan de zijkant van mijn linker middelvinger was overgebleven, en zelfs dat was gekrompen.

Ik leunde met mijn rug tegen de stam en gleed naar beneden om aan de voet ervan te gaan zitten. Ik drukte mijn rug tegen de richels van de schors. Vochtige aarde drong in mijn spijkerbroek, en als ik de eucalyptus negeerde, rook het net als de zomer in de bossen op de boerderij. Toen ik een kind was, rende ik elke kans die ik kreeg het bos in om op de bosbodem te liggen en te dromen van boselfen, bosgeesten en trollen.

Als een van die boselfen nu maar tevoorschijn zou komen en me zou vertellen hoe ik het verhaal af moest maken.

Ik kantelde mijn hoofd en tuurde omhoog naar het bladerdak. Een stadsmens als Gabi zou de gevlekte plek misschien hebben aangezien voor zonlicht dat door de bomen scheen, maar dat was een gevlekte bosuil. Ze zat roerloos op de tak.

Tot nu toe had ik nog geen uilen in het verhaal geschreven. Een van hen zou kunnen binnenvliegen om Nieven te redden, die in de laatste scène die ik had geschreven met zijn paard, Winter, door een gat in het hol van een reusachtige spin was gevallen. Ugh, nee. Ik hoorde de woorden van de critici al: ongeïnspireerd, voorspelbaar, afgeleid. Lui. Plus, er was dat paard. De bereidheid tot geloof was één ding, maar lezers zouden het nooit pikken dat een uil een paard uit een gat trok.

De vlekken van de uil, wit op bruin, brachten iets in mijn hersenen teweeg. Niet wit op bruin, maar bruin op wit. Sproeten. Een sterrenstelsel ervan, geen make-up om ze te verbergen, over Samantha's neus. Die neus die ze voor me had opgetrokken toen ik haar hond met Toto had vergeleken.

En haar ogen.

Niemand die Samantha had ontmoet, kon haar ogen vergeten. Donkerblauw. Nee, verdomme, ik was een schrijver, een woordkunstenaar. Ik had geen verdomd lidmaatschapskaartje of certificaat nodig. Indigo. Violet. De verre bergen. De nachtelijke hemel boven de boerderij. Lobelia's die uit de potten stroomden die mam elke lente plantte.

Lobelia. Een passende naam voor een elf. Nee, een fee. Samantha had er een kunnen zijn, met haar tengere gestalte en delicate trekken. Het zwarte pak dat ze als een harnas droeg. Een beetje meer leer, en misschien een mantel, en ze zou zo in een van mijn verhalen passen. Een fee? Een elfje? Warmer.

Een bosgeest. Een woudgeest. Dat was het. En als ik de woudgeest vleugels gaf, kon ze het hol van de spin in vliegen.

Wat zou Lobelia tegen Nieven zeggen? Samantha en ik hadden het over kaas gehad. Haar hond. En, kort, over *Ladyhawke.* Zonder twijfel de beste fantasyfilm ooit. Misschien, als Gabi me niet zo snel gevonden had, hadden we over boeken kunnen praten. Of waarom ze op de inzamelingsactie was, schijnbaar tegen haar zin. Onze hoop en dromen. Iets echts. Als de fotograaf haar niet had weggejaagd, had ik haar nummer kunnen krijgen.

Maar dat was een gepasseerd station, en, shit, ik was het alweer vergeten: Winter. Hoe zou een kleine woudgeest een volwassen elf en zijn rijdier uit de val krijgen?

Ik staarde naar de uil die met haar klauwen de tak omklemde. Een woudgeest zou een soort boommagie bezitten, misschien. Bosgeesten hielpen de bomen in de lente uit te botten en kleurden de bladeren in de herfst. Ze zou een boomwortel naar beneden in het gat kunnen laten groeien en een ladder – nee, een trap – kunnen creëren voor Nieven en Winter om te ontsnappen. Voeg daar de grote, harige spin aan toe die hen op de hielen zit, en—

Ik opende mijn notitieboek, klapte het om zodat de metalen spiraal niet in mijn schrijvende hand zou snijden, en zette de pen bovenaan de pagina. *Hoofdstuk 17,* schreef ik, *De Ontsnapping.* Maar zelfs mijn ritueel kon me niet op Nieven en zijn hachelijke situatie laten concentreren, kon het beeld van haar blauwe ogen die naar me oplachten niet verdrijven. Dus begon ik over hen te schrijven. Over haar.

Mijn handen tintelden, de woorden stroomden.

Zoals het kabbelende beekje op de boerderij, zoals de zoute wind van de Stille Oceaan die tussen de bomen in het park kringelde, stroomden de woorden uit mijn pen het notitieboek in. Misschien was Lobelia daar in het bos en fluisterde ze die in mijn oor. Op dat moment kon het me geen reet schelen wiens woorden het waren.

Het waren woorden.

Toen ik een woord op een pagina kraste die weerstand bood aan mijn pen, kneep ik met mijn ogen om mijn brandende, wazige ogen op het notitieboek te richten. Ik had de stijve kaft bereikt. Het einde van het dikke notitieboek. Ik bladerde terug door de pagina's met neergekrabbelde woorden die ik niet kon lezen. De lucht was paars geworden in de gaten van het bladerdak boven me, en dikke schaduwen verborgen de bosbodem. De gevlekte bosuil was weg.

Toen ik opstond, raakte koele lucht mijn spijkerbroek, die vochtig was van de aarde. De kou was in mijn spieren getrokken, en ik rekte me uit om de kramp eruit te krijgen en schudde mijn linkerhand. Maar de kou, de pijn, de afnemende tinteling in mijn vingers, het was allemaal het beste soort ongemak. Het welverdiende soort.

Maar ik was nog niet klaar. Ik had meer pagina's nodig. Terwijl ik terugjogde naar het hotel, bleef mijn brein in het mythische woud met Nieven, die nu zijn leven aan Lobelia te danken had en op het punt stond ook zijn hart aan haar te verliezen.

3

SAM

IK DUWDE DE kledinghanger met het zwarte pak achter in de kast, waar de dwaze, meisjesachtige jurken hingen die mijn moeder me liet dragen naar de zondagsbrunch en de glimmende zwarte avondjurk die ik nooit meer wilde hoeven dragen. Uit het midden van de kast haalde ik een tweedehands gekochte cargobroek die al zo vaak gedragen was dat hij heerlijk zacht was, in een zwart dat zo vervaagd was dat je het grijs zou kunnen noemen.

Ik droeg al een zwart T-shirt met lange mouwen, dat al even vaak gewassen en vervaagd was. Nadat ik de broek had aangetrokken, reeg ik mijn gevechtslaarzen dicht.

Bilbo Baggins danste voor de deur van mijn appartement. Hij wist wat de laarzen betekenden.

'We moeten vandaag snel zijn, oké, Bilbo Baggins? Ik moet naar de campus.' Voor de afspraak met Martell. Over de *kans*. Het zware gevoel in mijn lege maag vertelde me dat deze kans me niet zou bevallen.

Bilbo Baggins trilde toen ik zijn kleine tuigje omdeed. Hij dartelde door de gang, zijn korte pootjes bewogen zo snel dat ik moest draven om hem bij te houden. Hij leidde me de trap af en de straat op, waar mensen naar hem lachten en zwaaiden. Mij negeerden ze meestal. Ik was slechts degene die de riem vasthield van de charmante hond met de buitengewone persoonlijkheid.

Ik haastte hem en een kwartier later sloot ik hem in mijn appartement op met vers water en zijn hondenmand op een plek waar die door de zon zou worden opgewarmd. Daarna sjokte ik de paar straten naar de campus.

Waar wilde Martell het over hebben? Hij wilde waarschijnlijk een stand van zaken over mijn project, aangezien ik hem had ontweken. Mijn AI, CASE, moest onderzoeksresultaten omzetten in een wetenschappelijk artikel. Ik had me voorgesteld hoe academici overal ter wereld hun gegevens in CASE zouden uploaden, waarna er binnen enkele seconden een paper uit zou rollen die klaar was voor publicatie. Nooit meer weken- of maandenlang schrijven, wat kostbare tijd van hun onderzoek afsnoepte. Hoeveel efficiënter kon CASE onderzoekers maken? Hoeveel sneller zou de wetenschap vooruitgaan? De mogelijkheden duizelden me.

Maar CASE had een eigen wil. In plaats van een acceptabele output zoals, *De holle sferische structuur van C60 met 30 geconjugeerde koolstof-koolstof dubbele bindingen en onbezette laagste moleculaire orbitaal stelt het in staat om overtollige vrije radicalen te verwijderen,* schreef het, *De vreemd mooie structuur van C60 kan alleen ontworpen zijn door mythische wezens.*

De AI volstoppen met fictie om hem een betere grip op taal te geven, was misschien een fout geweest.

Toen was ik, laat op een avond, vergeten de dummydata te uploaden. De volgende ochtend werd ik wakker met een volwaardige roman die CASE *Tovenaar in de Machine* had genoemd. Toen CASE het aan me voorlas, had ik gelachen om het onzinnige verhaal, dat draaide om een tovenaar die in het landschap van een computerprocessor leefde en vocht tegen een kwaadaardige necromancer en zijn zombieleger. De Tovenaar was aan het eind van het verhaal gestorven, maar niet voordat hij heldhaftig De

Necromancer had verslagen. De zombies hadden het overleefd en het siliciumkoninkrijk overgenomen.

Ik had het als grap naar Martell gestuurd. Maar de volgende dag had hij me opgezocht in mijn kleine kantoortje en gevraagd of CASE meer van dat soort verhalen kon produceren. Ik had mijn schouders opgehaald. Wat was het nut? De enige manier waarop *Tovenaar in de Machine* onderzoekers kon helpen, was als het ze hielp in slaap te vallen, zodat ze helderder van geest waren als ze hun werk weer oppakten.

Martell stond toch niet op het punt mijn beurs stop te zetten, hè? Mijn maag kromp ineen. Maar, zoals mijn vader me vroeger vertelde over uitdagingen op school, de enige uitweg was erdwars doorheen. En ik moest door deze bespreking met mijn promotor heen om aan het bereik van de naam Jones te ontsnappen.

Ik flitste mijn pas bij de ingang van het geruststellend saaie gebouw voor informatica en liep de trap op naar de derde verdieping. Terwijl ik in mijn laarzen door de gang stampte, leunde Kyle uit de deuropening van ons gedeelde kantoor.

'Hé, Sam, een stel van ons gaat vanavond uit. Zin om mee te gaan?'

'Ik denk het niet.' Mijn antwoord was een automatisme geworden. Op het moment dat ik vorige maand van hem af rolde, had ik me gerealiseerd dat het toevoegen van 'extraatjes' aan mijn vriendschap met mijn kantoorgenoot een ontzettend slecht idee was. Zeker, ik had liever orgasmes waar geen batterijen voor nodig waren, maar met Kyle naar bed gaan was niet zoals mijn onenightstands aan de andere kant van de campus.

Spijt had me overspoeld zodra de endorfinekick was uitgewerkt. Ik had iets gevoeld toen ik in Kyles vriendelijke ogen had gekeken. Genegenheid, misschien. Maar genegenheid was een gevoel, en daar deed ik niet meer aan. Ik zou me nooit meer kwetsbaar opstellen. De onvermijdelijke pijn was het niet waard.

Stephen had me zo van mijn stuk gebracht dat ik bijna niet was afgestudeerd. Daarom was ik nog steeds in Californië voor mijn promotie en niet aan de oostkust, zoals ik had gepland. Hoe kon ik weten dat Kyle niet iets van me wilde, iets wat hij zou gebruiken om door mijn door seks verlaagde barrières heen te breken? Niets, niet Kyle of wie dan ook, zou me ervan weerhouden mijn proefschrift af te ronden en mijn eerste postdoconderzoeksfunctie te krijgen, honderden kilometers van de dichtstbijzijnde rechtstreekse vlucht vanaf SFO.

'Oké, misschien de volgende keer.' Met een wrange glimlach trok hij zich terug naar zijn bureau, en ik sjokte naar het einde van de gang, naar de deur van Martell.

Ik klopte, en bij zijn norse, 'Binnen,' draaide ik de klink om en liep naar binnen.

Dr. Martell had de vier grote computerschermen opzij geschoven voor een onbelemmerd zicht op de gastenstoelen aan de andere kant van zijn bureau. De stoel aan de rechterkant was leeg. Maar in de linkerstoel zat iemand.

Ze stond op toen ik binnenkwam, haar peper-en-zoutkleurige boblijn zwiepte mee toen ze zich omdraaide. Ze was kleiner dan ik, tenger, maar er hing een energie om haar heen als een aureool.

'Samantha.' Martell stond ook op. 'Dit is mijn vriendin, Heidi Lentz. Heidi en ik zaten samen op de universiteit—'

'Laten we het er niet over hebben hoeveel jaar geleden dat was.' Heidi's glimlach was scherp. 'Laten we gewoon zeggen dat John en ik elkaar al heel lang kennen.'

Ik schudde haar ijskoude hand. 'Werkt u ook in de informatica?' Mijn promotor had het over een kans gehad. Was Heidi een durfkapitalist die ons geld wilde geven voor CASE?

'Nee.' Ze liet een rinkelend lachje horen dat niet zou hebben misstaan op een van de evenementen van mijn moeder. 'Ik ben de uitgeverswereld ingegaan toen John ging promoveren. Ik heb me opgewerkt bij een aantal grotere uitgeverijen totdat ik een paar jaar geleden mijn eigen uitgeverij begon.'

'Oh?' Mijn aandacht was al aan het afdwalen naar de stapel papier die met een elastiek bij elkaar werd gehouden op Martells verder lege bureau. Ik zou het sowieso al moeilijk hebben gevonden om het te lezen, maar op de kop was het hopeloos.

Martell wees naar de lege stoel, en terwijl ik ging zitten, zei hij: 'Samantha, Heidi leidt Happy Troll, een kleine maar groeiende uitgeverij van sciencefiction en fantasy.'

'We zijn avantgardistisch. Innovatief. Grensverleggend,' voegde Heidi eraan toe, terwijl ze haar wenkbrauwen naar me optrok alsof ik zou begrijpen waarom ze hier met me stond te praten.

Ik begreep het niet. 'Dat is aardig.'

Heidi's neusvleugels trilden. 'John heeft een heel interessant manuscript met me gedeeld. *Tovenaar in de Machine.*'

Mijn adem schoot uit me weg alsof ze me in mijn maag had gestompt. 'Wat?'

'Ik begrijp dat het door kunstmatige intelligentie is gegenereerd. Het kwam zo uit de computer? U hebt het niet geredigeerd, of een vriend dat laten doen?'

'Nee, ik—' Wat gebeurde hier? 'CASE heeft het geproduceerd, precies zoals ik het naar dr. Martell heb gestuurd.'

'En CASE is uw AI?'

'Het is een acroniem voor Computer Analysis and Synthesis Engine. Om wetenschappelijke artikelen te produceren.'

'Maar het produceerde *Tovenaar.*'

'Ja.' Ik fronste mijn neus. We draaiden in cirkels.

'Ik begrijp' —Heidi tikte op haar kin— 'dat de meeste programmeurs bronmateriaal gebruiken om de AI te leren schrijven. Hebt u CASE ook op die manier geprogrammeerd?'

'Ehm, ja. Ik bedoel, ja.' Heidi was wel erg slim voor iemand die geen informatica had gestudeerd.

'Zijn de auteurs van dit bronmateriaal' —ze trok haar donkere wenkbrauwen op— 'dood?'

'Ja.' Mijn vaders favorieten waren de klassiekers, J.R.R. Tolkien, C.S. Lewis, Octavia Butler, Madeleine L'Engle, dus die had ik ingevoerd. 'Behalve—' De laatste die ik had ingevoerd, die de universiteitsbibliothecaris had aanbevolen, was een recente titel. De letters op de kaft wervelden in mijn geheugen. 'Iets over elfen. Van Nail Flying.'

Haar lippen krulden in een glimlach. *'Geheimen van de Boselfen* van Niall Flynn, bedoelt u?'

Mijn gezicht werd heet terwijl ik worstelde met de letters in mijn geheugen. Ik kende die naam. Het beeld van een potige, roodharige man die Bilbo Baggins vasthield op de inzamelings-actie van vorig weekend, deed mijn hersenen haperen. 'Niall Flynn de… atleet?'

'Nee, hij is een schrijver.'

Een schrijver? We hadden het over films gehad. *Ladyhawke*.

Heidi's scherpe stem trok me terug naar Martells kantoor. 'Hij is de enige levende auteur die u hebt gebruikt?'

'Dat klopt.'

'Geen probleem, dan. Ik wil *Tovenaar in de Machine* graag publiceren. De allereerste volledig door AI gegenereerde roman ter wereld zou perfect bij het imago van Happy Troll passen.'

'Publiceren? Bedoelt u een artikel erover in een wetenschappelijk tijdschrift?'

Haar neusvleugels trilden weer. 'Nee, Samantha. Ik bedoel, het in de fictieschappen van boekwinkels leggen. Het e-book online verkopen. Een luisterboek produceren met een computergegenereerde stem als het me lukt.'

Dr. Martell zei: 'Omdat CASE op de servers van de universiteit draait, is *Tovenaar in de Machine* technisch gezien eigendom van de universiteit. Ik heb al ingestemd met de publicatie door Happy Troll.'

'Oh. Oké.' Ik kon de trillingen van de serverruimte in de kelder bijna door de vloer voelen. Duizenden servers zoemden daar beneden, en op een daarvan draaide de code van CASE. Dus ik was hier ter informatie?

'U vraagt zich waarschijnlijk af waarom we u hier hebben uitgenodigd,' zei Heidi, haar stem werd op een manier zachter waarvan ik wist dat het verzoek eraan kwam.

Ik knikte. Wilden ze dat CASE nog een boek schreef? Een

vervolg? Het zou een interessant probleem zijn om op te lossen, aangezien *Tovenaar in de Machine* een toevalstreffer was en de hoofdpersonages allemaal dood waren. Wat als ik—

'Ik ben nog niet klaar om de herkomst van de roman te onthullen. Ik wil er zeker van zijn dat het succesvol is voordat we dat doen. Dus ik heb een auteur nodig.' Ze leunde achterover in haar stoel.

Ik knipperde mijn ogen en verjoeg de gedachten over het instellen van de parameters voor het vervolg. 'U bent een uitgever. Hebt u niet een heleboel auteurs?'

'Mijn auteurs zijn allemaal bezig met het schrijven van nieuwe boeken. Ik heb jou nodig.'

Alles, van het puntje van mijn neus tot mijn tenen, werd gevoelloos alsof ze me in ijswater had ondergedompeld. 'Mij?'

'Ik heb een auteursnaam nodig om op de omslag te zetten.'

'Waarom moet dat mijn naam zijn?'

Ze wisselde een blik uit met Martell. 'Vanwege uw connectie met het boek. Dat is eenvoudiger.'

Ik kneep mijn ogen samen. 'Wat is eenvoudiger?' De eenvoudige dingen van mijn moeder —zoals de inzamelingsactie van zaterdag— hadden altijd een complicatie, zoals Winford Zoveelste.

'Als stimulans' —Martell leunde naar voren— 'ben ik bereid om de goedkeuring van uw proefschrift te versnellen. Dan hoeft u de oorspronkelijke opzet van uw plan niet af te ronden. U zou nu kunnen beginnen met het schrijven van uw proefschrift op basis van wat u al hebt gedaan.'

'Nu?' Ik masseerde het gevoel terug in mijn vingers. Ik zou mezelf maanden werk aan CASE besparen, het vinden en repareren van de bugs die het zulke bloemrijke woorden lieten schrijven. Er zou geen twijfel over bestaan dat ik komend voorjaar over het podium zou lopen, mijn diploma uit de handen van de rector zou ontvangen en dan met Bilbo Baggins op een vliegtuig zou stappen —twee of drie vliegtuigen zou zelfs nog beter zijn— naar een afgelegen universiteit, waar ik opnieuw kon beginnen.

Zonder de duistere geschiedenis en het wantrouwen zou ik vrij zijn om op mijn eigen voorwaarden een verschil te maken in de wereld. Als ik de bugs uit CASE kon krijgen, zou het misschien onderzoekers helpen.

Bonus: ik zou voorgoed ontsnappen aan de machinaties van mijn moeder.

Die vrolijke gedachte moet op mijn gezicht te zien zijn geweest, want Heidi leunde achterover. 'Er is één voorwaarde aan onze deal.'

'Een voorwaarde?' Ik leunde naar voren.

'U zult zeggen dat u de roman hebt geschreven. U zult geen enkel verband leggen tussen *Tovenaar in de Machine* en CASE of kunstmatige intelligentie totdat ik het aankondig.'

Ik haatte liegen. Bovendien zou niemand die me kende het geloven. Ik stelde me mijn moeders gezicht voor aan de overkant van de tafel tijdens de zondagsbrunch, zeggend: 'Samantha, hoe heb *jij* een roman geschreven?'

Maar uiteindelijk zou de leugen me van een heleboel zondagsbrunches verlossen. En van afspraakjes met types als Winford. Zoals Stephen.

'Kunnen we een schuilnaam gebruiken?'

'Natuurlijk kunnen we een pseudoniem gebruiken. Ik heb alleen nodig dat u de persoon achter die naam bent.' Heidi vouwde haar handen met de vingertoppen tegen elkaar onder haar kin.

Het was voor de wetenschap. Voor CASE. Ik kon mijn oorspronkelijke idee meenemen naar een ander lab, ver, ver weg, en er maken wat ik me had voorgesteld: een tijdbesparende tool voor wetenschappers. Het zou zoveel onderzoeken versnellen. Zoals de preventie van hartziekten. Om te voorkomen dat andere kleine meisjes hun papa's verliezen.

'Oké. Ik doe het.'

Heidi's lippen krulden omhoog tot iets wat op een glimlach leek. 'Uitstekend. Ik zal de papieren naar John sturen voor uw handtekening.'

Dat klonk voor mij als een ontslag. 'Mag ik nu gaan?' vroeg ik aan Martell. Mijn huid voelde strak aan, net als toen ik uit Kyles appartement was gerend terwijl hij in zijn boxershort in de deuropening stond met gefronste wenkbrauwen.

'Natuurlijk, Samantha. Ik weet zeker dat u het ermee eens bent dat dit een uitstekende kans is voor de faculteit en de universiteit.'

'Zeker.' Op dat moment kon de faculteit of de universiteit me niets schelen. Ik negeerde het zware gevoel in mijn buik. Voor de wetenschap.

Maar het had me moeten schelen. Ik had me moeten bekommeren om de papieren die ik op het punt stond te ondertekenen zonder ze te lezen en om de leugens die me al begonnen te omwikkelen als een prooi in het web van een spin.

4

NIALL

IK VOLGDE GABI door het doolhof van witte tafelkleden in het restaurant aan de baai, naar de tafel bij het raam waar Heidi ons al zwaaiend opwachtte. De vrolijke noten van het jarennegentig-nummer 'Breakfast at Tiffany's' vormden een tegenhanger voor het getinkel van bestek op porselein.

Ik versnelde mijn pas om Gabi in te halen en fluisterde in haar oor: 'Zeg maar niet dat ik vastzat, oké? Het gaat nu allemaal weer goed.' Het was maar een halve leugen. Mijn vingers hadden een paar dagen na die inzamelingsactie wel gekriebeld. Maar mijn muze was wispelturig en had de neiging me in de steek te laten wanneer ik haar het hardst nodig had.

'Je kunt maar verdomd beter weer op dreef zijn. Ik heb mijn vijftien procent in oktober nodig. Mijn neefjes en nichtjes willen kerstcadeautjes van tía Gabi.'

Mijn borstkas kromp ineen. Gabi deed er luchtig over, maar zowel mijn familie als mijn beste vriendin annex agente hadden geld nodig. Ik zou mezelf nog liever een week opsluiten in een kast met een krat Red Bull dan nog een keer uitstel accepteren waardoor de betaaldag weer zou worden opgeschoven.

'Niall!' Heidi stond op toen we haar tafel bereikten en wenkte me naar haar toe voor een knuffel. Ik bukte me en klopte zachtjes op haar tere schouders. Ze was echter sterk, en haar tengere maar pezige armpjes klemden zich om mijn borst. Nadat ze Gabi had geknuffeld, nam ik de stoel het dichtst bij het raam, waar ik af en toe een blik kon werpen op de zakkende wolken buiten. De onderkanten waren donker en beloofden regen. Zou het op de boerderij regenen? Ik moest snel naar huis bellen.

In de boom in de pot aan de andere kant van het glas streek een zangvogel neer en opende zijn snavel. Jammer dat ik zijn roep niet kon horen boven de luide muziek van het restaurant, die overging in 'Take On Me' van A-Ha. Gabi schoof op de stoel naast me, tegenover Heidi.

'Fijn dat jullie me nog even konden zien voordat ik terug moet naar New York,' zei Heidi, terwijl ze haar telefoon controleerde. 'Waar gaan jullie hierna naartoe?'

Gabi tikte op haar telefoon. 'We vertrekken zaterdag naar Comic-Con.'

'Liever jullie dan ik. Ik moet op kantoor zijn om iets gedaan te krijgen.' Heidi keek op van haar eigen telefoon. 'Hoe gaat het met het boek, Niall?'

Ik verslikte me in het water waar ik een slokje van had durven nemen, en Gabi sloeg op mijn rug. Uiteindelijk proestte ik: 'Prima.'

'Goed, goed. Op schema om je deadline te halen?'

'Dat gaat lukken.'

Bij mijn gegrom keek Heidi op van haar telefoon.

'Natuurlijk lukt hem dat.' Gabi keek me woedend aan voordat ze Heidi stralend toelachte. 'U zult het nieuwe personage dat hij heeft geïntroduceerd geweldig vinden. Hij legt net de laatste, magische hand aan het geheel.'

'O?' Heidi doorboorde me met haar scherpste blik. 'Een liefdes-interesse voor Nieven?' Ze drong al aan op een romantische verhaallijn sinds ze mijn eerste boek had gekocht.

'Misschien.' Ik was er nog niet zeker van. Nadat Lobelia Nieven en Winter uit het hol van de spin had bevrijd, was ze koud en stil geworden. Nieven stuntelde voort zoals hij meestal deed, maar tot nu toe had Lobelia niets te zeggen gehad tegen de boself of tegen mij.

'Ik dacht dat Nieven misschien bij Greva zou eindigen.' Heidi's telefoon zoemde, en ze keek ernaar.

Ik keek Gabi niet aan. In plaats daarvan pakte ik mijn menukaart. Ze wist dat ik de vriendschap tussen Nieven en Greva op die van ons had gebaseerd. En hoewel we tijdens onze studie een relatie hadden gehad – kort, tot dat noodlottige bezoek aan de boerderij zonder wifi – werkten we beter als vrienden. En zakenpartners. Net als Nieven en Greva. 'Wie zegt dat er überhaupt een liefdesinteresse moet zijn?'

De *Friends*-tune begon te spelen. Door die muziek zou mijn eetlust nog bederven.

'Niemand,' zei Heidi op een vlakke toon. 'Ik kan niet wachten om over dit nieuwe personage te lezen.'

'Is het nog steeds de bedoeling dat het volgende zomer uitkomt?' vroeg Gabi.

'Eigenlijk…' Heidi's glimlach verborg een geheim. 'We halen je naar voren.'

'Naar voren?' Gabi liet haar menukaart op de tafel vallen en pakte haar telefoon. 'Stuur je me de nieuwe planning?'

'Hoeveel naar voren?' Mijn hart schoot mijn keel in, waardoor ik geen adem meer kon halen.

'We hebben een kans voor een dubbelslag.' Heidi tikte op haar telefoon. Ik wenste dat ik hem het raam uit kon smijten. 'Ik kan er niets over zeggen tot het officieel is aangekondigd, maar ik heb een Heel Spannend Boek gecontracteerd.' Heidi had een manier van spreken waarbij ze bepaalde woorden met hoofdletters leek uit te spreken. 'Het is een crossover tussen urban fantasy en sci-fi, en het zal Synergie creëren met jouw fanbase. Het komt over een paar maanden uit en ik verwacht er veel Buzz voor. Misschien zelfs een Filmcontract. Jouw studio leest het nu en ze zijn akkoord gegaan met het medefinancieren van een Gezamenlijke Tournee.

Ik heb Qiana gevraagd om het op te zetten. In februari. Het is een uitstekende kans voor je.'

Ik kon niet slikken. Ik zou flauwvallen als ik niet snel wat lucht kreeg.

'Februari?' herhaalde Gabi.

'We promoten *Verraad van de boselfen* al. We moeten het proces versnellen, maar ik wil deze kans niet mislopen.'

'Natuurlijk niet.' Gabi glunderde, maar onder de tafel schopte ze hard tegen mijn scheenbeen. Ik hapte naar adem, en daardoor begon ik weer te ademen.

Ik slokte het laatste restje van mijn water op en zette het glas met een plof neer. Februari was over negen maanden. Ik kon geen enkele deadline missen, zelfs niet met een dag. Ik stond op. 'Ik ga me even opfrissen.'

'Torn' werd gedraaid toen ik langs de desk van de gastvrouw liep. Verlangend keek ik naar de straat buiten, naar de groene bladeren aan de gedrongen bomen die uit het trottoir groeiden. Maar ik zou niet weglopen. Dat kon niet. Opa, mama en de boerderij waren ervan afhankelijk dat ik dat verdomde boek op tijd afkreeg.

Bovendien was ik het Gabi te zeer verschuldigd om te falen. Ze had in me geloofd. Zelfs nadat we het hadden uitgemaakt, was ze naar mijn tafel in de bibliotheek gekomen waar ik mijn verhalen neerkrabbelde. Ze las ze. Sommige vond ze goed; andere liet ze me in de papierversnipperaar gooien.

Nadat we waren afgestudeerd, schreef ze me – ze schreef me échte brieven omdat ze wist dat ik een hekel had aan e-mail – en spoorde ze me aan om mijn roman af te maken. Toen ik het op de composthoop wilde gooien, had ze me gedwongen het naar haar op te sturen, en zij had het geredigeerd en teruggestuurd. Daarna had ze met een paar mensen gepraat die ze kende. Voordat ik het wist, had ik een contract voor drie boeken bij Happy Troll en interesse vanuit Hollywood. Ik was haar zoveel verschuldigd.

Inclusief de hartaanval die ik op het punt stond te krijgen. 'Februari,' hijgde ik in de gang bij de mannentoiletten.

'Niet flippen, Niall.' Gabi's handje kneep in de mijne. Ik kon er altijd op rekenen dat ze even bij me kwam kijken. 'Dit kun je.'

'Ik... ik weet het niet.'

'Jawel. Je hebt gewoon inspiratie nodig. We zorgen ervoor dat je weer naar buiten gaat en in de natuur en zo kan rondrollen. Wat er ook voor nodig is, oké?'

'Ik denk niet dat ik letterlijk in de shit hoef te rollen om geïnspireerd te raken.'

Ze glimlachte. 'Wat je ook nodig hebt, je zegt het maar, oké?'

Kun je Samantha en haar violetkleurige ogen voor me vinden? Nee, dat kon ik niet vragen. Want dan zou ze het doen, en dat zou op allerlei manieren ongemakkelijk zijn. Ze had gelijk. Ik zou de middag in het park doorbrengen en proberen mijn muze op te roepen.

Ik moest wel. Voor Gabi. En opa. En mama. En, verdomme, ook voor mezelf. Ik was geen eendagsvlieg zoals Natalie Imbruglia. Ik had een contract voor drie boeken en een tv-serie waar ze een tweede seizoen van wilden. Ik veegde mijn bezwete handpalmen aan mijn broek af.

'Het komt goed. Dat beloof ik.'

Gabi's opgetrokken wenkbrauw vertelde me dat zij me ook niet geloofde.

5

SAM

IK STAMPTE MIJN laarzen op de mat net binnen de deur van het
café en streek met mijn handen over mijn mouwen om het water
eraf te slaan. Ik gluurde in mijn draagtas, die ik onder mijn jas had
gepropt.

'Alles oké, Bilbo Baggins?' fluisterde ik.

De tas schudde door de kracht van zijn kwispelende kontje.

'Mooi. Met mij ook.' *Tot nu toe.*

Ik keek het café rond, maar zag Heidi of dr. Martell nog niet.
De knoop in mijn maag ontspande zich een beetje toen ik een tafel
koos, ver weg van de groep lachende tieners en dicht bij een raam
en de witte ruis van de tikkende regen. Misschien zouden ze niet
op komen dagen. Waar zouden we het überhaupt over moeten
hebben? Ik had de papieren getekend, precies zoals ze me hadden
gezegd.

De deur ging open en ik keek op, maar het was slechts een
stelletje, met hun handen in elkaars achterzakken. Ze gingen in
de tegenovergestelde hoek zitten, vlak bij de tieners. Ik zou
Martell en Heidi een kwartier geven. Was dat niet de regel voor
professoren? Hij was altijd op tijd, dus het had er nooit toe

gedaan. Ik keek op mijn horloge en gooide een hondenkoekje in mijn draagtas. Bilbo Baggins kraakte het met zijn kleine tandjes.

Tien minuten later kwam Heidi binnen en schudde een zwarte paraplu uit. Toen ze me zag, glimlachte ze scherp en beende ze op de tafel af.

'Samantha!' Ze hield haar armen wijd open.

Ik verstijfde voor haar omhelzing en liet haar luidruchtige luchtkussen vlak bij mijn beide wangen geven. Waar ik heen ging met mijn PhD zouden geen luchtkussen zijn. Geen cafés. Alleen mijn stille lab en Bilbo Baggins die thuis op me wachtte.

Ze wenkte een serveerster voor ze aan de andere kant van de ronde tafel ging zitten. Nadat we onze bestelling hadden doorgegeven, flapte ik eruit: 'Waar is dr. Martell?'

'Zijn aanwezigheid is hierbij niet nodig. Onze bespreking vandaag gaat alleen over jou en mij.'

Ik slikte. 'Hebt u alles wat u nodig hebt? Moet ik u het manuscript in een ander format sturen? Of, eh, de spelling controleren?' Niet dat CASE ooit spelfouten maakte. Maar ik wist niets van het uitgeven van boeken. De paar academische artikelen waar ik met dr. Martell aan had gewerkt, brachten een hoop gedoe met zich mee wat betreft opmaak en grammatica, wat een van de dingen was die we probeerden – hadden geprobeerd – te vereenvoudigen met CASE.

'Nee, nee.' Ze liet een rinkelend lachje horen en wuifde mijn vragen weg alsof ze een vlieg verjoeg. 'We moeten het over promotie hebben.'

'Promotie?' Mijn brein zocht koortsachtig naar de context voor dat woord, maar vond niets.

Ze perste haar lippen op elkaar alsof ze tegelijkertijd woorden en een glimlach probeerde in te houden. Haar ogen fonkelden. 'We sturen je volgend voorjaar op boekentournee.'

Mijn brein zocht opnieuw naar houvast, maar gleed uit over de onzinnige woorden. 'Een… een boekentournee? En u wilt dat *ik* ga?'

'Het boek kan niet zelf op tournee.' Haar lach rinkelde weer als brekend glas. 'Lezers willen de auteur ontmoeten.'

'Maar ik ben niet...' Dr. Martell kende mijn leesproblemen, dus hij had de clausules in het contract aangewezen die de gevolgen specificeerden voor het schenden van de geheimhoudingsovereenkomst. En aangezien ik mijn trustfonds had weggeschonken toen ik vijfentwintig werd, had ik niet het geld om iemand aan te klagen. Zenuwen klauwden vanuit mijn maag omhoog naar mijn keel, waardoor ik fluisterde. 'Ik ben niet de auteur.'

Heidi's glinsterende ogen werden dodelijk. 'Natuurlijk ben je dat wel, Samantha. Jouw pseudoniem wordt op de omslag gedrukt. Jij bent Sam Case.'

De serveerster kwam terug met onze mokken koffie, en ik klemde de mijne in mijn handen om te verbergen hoe ze trilden. 'Wat moet ik doen?'

Het vuur in haar ogen doofde. 'We zijn nog bezig met het schema. Ik schat een dozijn steden in drie weken. De meeste evenementen zullen in boekwinkels plaatsvinden. Je houdt een praatje over het boek en daarna ga je signeren.'

'Een praatje over het boek?' Ik had niets te zeggen over boeken. Mijn longen waren vergeten hoe ze moesten werken. Ik verdronk daar, in het café.

Haar ogen werden groot. 'Ik vergat je bijna het beste deel te vertellen! Je hebt een tourpartner, Niall Flynn.'

Dat schokte mijn longen weer in werking. 'Wat? Maar ik...'

'Niall is toevallig ook een auteur bij Happy Troll, en hij brengt dit voorjaar een nieuw boek uit.' Ze stak een hand in haar designertas en haalde er een dik hardcoverboek uit. De omslag kwam me inderdaad bekend voor, een illustratie van een persoon met puntoren die een diepgroene mantel droeg en op een sneeuwwit paard zat. Een lang zwaard glom aan zijn zijde. Ik had een paar seconden nodig om de titel bovenaan te ontcijferen. *Geheimen van de Boselfen.* 'Deze heb je toch wel gelezen?'

'O. Shit.' Natuurlijk had ik het niet gelezen. Ik zou nooit proberen zoiets diks te lezen. Niet meer. Ik had alleen het bestand in CASE geladen. Probeerde ze me daarvoor te straffen? Hoe ongemakkelijk zou het worden als ik op tournee verscheen en zei: *Dus, hé, jouw boek heeft geholpen bij het creëren van deze roman die ik totaal niet heb geschreven, maar laten we doen alsof?*

Alsof ze de gedachten van mijn gezicht kon lezen, zei ze: 'Maak je geen zorgen over Niall. Ik regel dat met hem. Denk gewoon aan de geheimhoudingsverklaring. Het zou beter zijn als je niet met hem praat over...' Haar blik schoot door het café voordat ze het einde van de zin fluisterde. 'A.I. Zijn vader is Paul Swift, de maker van de Swiftphone, weet je wel.'

Ik had Paul Swift een paar keer ontmoet op de evenementen waar Moeder me mee naartoe sleepte. Techmensen cirkelden om hem heen als planeten gevangen in het zwaartekrachtsveld van de zon. Geen wonder dat Niall zo levendig was. Zijn vader was dat ook.

Ze glimlachte weer. 'Dus, zoals ik al zei, jij en Niall stellen elkaar vragen en praten over jullie boeken. Qiana, onze publicist, zal je een lijst met onderwerpen sturen. En daarna beantwoorden jullie vragen uit het publiek. O, maar eerst lees je een kort fragment uit het boek voor.'

'Voorlezen? Hardop?' Het denkende deel van mijn brein schakelde uit, waardoor alleen het hartkloppende, handpalm-zwetende, lichaam-rillende deel functioneerde. Het deel dat zich het voorlezen voor de klas op school herinnerde. Het gesnuif. Het gegrinnik. De ongeduldige blik van de leraar.

'Natuurlijk, hardop. Slechts een kort stukje. Je kunt het uit je hoofd leren als je wilt. We hopen bij elk evenement een paar honderd mensen te trekken. Niall is geweldig in dit soort dingen. Je hoeft je nergens zorgen over te maken.'

Nergens zorgen over maken? Elk onderdeel van deze tournee was iets waar ik me zorgen over moest maken. Om het trillen van mijn vingers te verbergen, sloeg ik het boek open aan het eind. Op de achterflap stond een alinea of twee tekst, en daarboven een zwart-witfoto. Een man gehurkt in een veld naast een hond. Als ik hem niet in het echt had gezien, had ik aangenomen dat hij een man met bruin haar was met een hond van normale grootte. Maar ik kende dat gezicht en het vlammend rode haar dat het kroonde. En gezien hoe lang Niall was, moest die hond een soort hellehond zijn, want hij was even groot als de gehurkte man naast hem.

Ik kneep mijn ogen dicht. Niall was een beroemde auteur die de meeste aandacht van mij zou afleiden, wat een goede zaak was. Maar er zou aandacht zijn, en er werd van me verwacht dat ik zou spreken – en lezen – in het openbaar. Twee doodenge dingen.

'Bilbo Baggins gaat met me mee op tournee.' Dat was de enige manier waarop ik het zou overleven.

'Wie?' Eindelijk was het me gelukt om Heidi in het nadeel te brengen.

Ik reikte naar beneden en trok mijn draagtas op mijn schoot. De pluizige oren van Bilbo Baggins verschenen als eerste, en daarna zijn grijnzende gezicht. 'Bilbo Baggins.'

Haar lip krulde op. 'Het is toch geen knaagdier, hè?'

'Hij is een chihuahuamix. En hij gaat waar ik ga.' Mijn stem was sterker dan ik had verwacht.

'Ik denk niet dat dat mogelijk is.' Toen ze naar Bilbo Baggins fronste, dook hij trillend terug de tas in.

'U hebt een auteur nodig. Of hij komt mee, of ik ga niet.' Ik had geen poot om op te staan, en Martell zou woedend op me zijn als ik me terugtrok. Toch stak ik mijn kin vooruit en hield mijn hoofd hoog, op dezelfde manier als ik had gedaan toen de advocaat van onze familie me had proberen over te halen mijn trustfonds niet weg te schenken.

'Goed dan. Hoewel niet alle locaties hondvriendelijk zullen zijn. Hij zal in je hotelkamer moeten blijven.'

'Oké. En ook, geen foto's.'

'Wat bedoel je met geen foto's? Bedoel je geen publiciteitsfoto's, of bedoel je ook…'

'Geen selfies. Geen foto's met de lezers. Geen sociale media. Er mag geen enkele afbeelding van mij gepubliceerd worden in verband met de tournee.'

Ze knipperde met haar ogen. 'Ik weet niet of dat...'

'Regelt u het maar, anders ga ik niet.' Ik had gezworen nooit meer een foto te laten maken na wat er met Stephen was gebeurd. Het maakte niet uit dat ik dit keer verstandig zou zijn en mijn kleren aan zou houden. Elke foto kon bewerkt worden. Ik wist precies wat A.I. kon doen.

Ze tuitte haar lippen. 'Goed. Maar geen voorwaarden meer. Als je ook maar om een extra hoofdkussen vraagt, klagen we je aan wegens contractbreuk.'

Verdomme. Nu wenste ik echt dat ik het contract had gelezen. Moeder zou me hebben vermoord als ze had geweten dat ik papieren had getekend die haar juridische team niet had beoordeeld. Maar ik had me maar op één ding geconcentreerd – mijn PhD – en de kortste weg tussen mijzelf en mijn vrijheid.

Afgezien van de tournee helemaal afblazen, zou het meenemen van Bilbo Baggins en het vermijden van foto's me de beste overlevingskans geven.

Ik knikte. Al mijn moed was op. Ik omhelsde Bilbo Baggins in de draagtas. Ik was slim. Ik kon vast wel een uitweg vinden uit de puinhoop waar ik mezelf op de een of andere manier in had gewerkt.

6

NIALL

BEDRIEGER.

Dat was het woord op het bord dat ik me voorstelde dat om mijn nek hing. Elke keer dat ik een vraag van een van de studenten beantwoordde, werd het een halve kilo zwaarder en drukte het op mijn schouders. Hoe kon ik met deze jongeren over schrijven praten? Na die glorieuze dag vorig weekend had mijn muze me in de steek gelaten.

De dag ervoor had ik rusteloos door het park gedoold. Het bos. Het strand. De prairie. Geen van die plekken inspireerde me. Geen van hen fluisterde Lobelia's woorden in mijn oor. Ik had wat ideeën op een bladzijde van mijn notitieboekje gekrabbeld, maar uiteindelijk had ik de bladzijde eruit gescheurd en weggegooid. Ze waren allemaal verschrikkelijk.

Toch verwachtten deze universiteitsstudenten dat ik hun zou vertellen hoe ze moesten schrijven.

Hoe kon ik dat doen als ik zelf niet eens wist hoe het moest?

Toen mijn lezing afgelopen was en de studenten uiteengingen, liep ik met grote passen de collegezaal uit en door de bibliotheek tot ik buiten was, waar ik naar de frisse lucht snakte alsof het een remedie was tegen mijn bedrog.

In mijn ooghoek ving ik een flits van zwart op en mijn linkerwijsvinger trilde. Ik scande de portiek van de bibliotheek. Een paar studenten sjokten de trap op. Een grijze eekhoorn klampte zich vast aan een nabijgelegen boomstam. Ik schudde mijn hoofd. Ik beeldde het me maar in. Ik zou wel een ander park opzoeken. Misschien zou Lobelia daar tot me spreken.

Maar voordat ik onder de portiek van de bibliotheek vandaan kon stappen, verscheen er een kleine barrière met een weelde aan donker haar voor me.

'Hoi, Niall, ik ben Kari Singh en ik schrijf een celebrityblog hier op de campus.'

Ik fronste mijn voorhoofd. 'Veel over bloggen kan ik u niet vertellen, maar schrijven is schrijven, neem ik aan. Waar loopt u tegenaan?'

Haar lip krulde op. 'Met mij gaat het prima. Maar ik heb een paar vragen voor u.'

'Voor mij?' Ik kneep mijn ogen samen. 'Ik ben geen beroemdheid.'

'Luister, u bent het dichtst in de buurt van een beroemdheid dat we in maanden hebben gehad, sinds een van de zussen van Mark Zuckerberg verdwaalde en op de campus belandde. Dit is een school voor nerds. Ze weten wie u bent.'

'O. Oké.' Het venndiagram van nerds en fantasylezers had een gezonde overlap. Bovendien hadden Qiana en Gabi me hierop voorbereid. Ik moest positief maar vaag zijn: *ja, het boek is bijna klaar. Ja, je zult al je favoriete personages terugzien. Ja, er komen een paar nieuwe personages en verrassingen. Ja, de producenten van de serie krijgen een exemplaar zodra het af is.*

Als auteur had ik opgetogen moeten zijn met vragen over een tv-serie gebaseerd op mijn boeken. Ik had uitzinnig moeten zijn over deze kans die zoveel andere schrijvers niet kregen. Maar de angst die zich in mijn borstkas oprolde, verstikte mijn opwinding. Wat als ik het niet af kreeg?

'Heeft u uw vader de laatste tijd nog gezien?'

'Mijn… wat?' Ik deed een halve stap achteruit. Niemand vroeg me naar hem. Al heel lang niet meer.

Ze glimlachte roofzuchtig. 'U bent in San Francisco en hij zit even verderop in Silicon Valley. Heeft u hem gezien?'

'Nee.' Mijn stem kraakte, net als de laatste keer dat ik hem op de boerderij had gezien, toen ik een jaar of twaalf was. Ik schraapte mijn keel. 'Nee, dat heb ik niet. We hebben geen hechte band.' Een understatement. Hij was uit ons leven gestapt en had een nieuw gezin gesticht, een legitiem gezin, dat paste bij zijn techbedrijf van vele miljarden dollars.

Een beweging achter haar trok mijn aandacht, maar toen ik die kant op keek, was er niets anders dan de eekhoorn.

'En waarom is dat zo, Niall?' Ze hield haar telefoon naar me toe om mijn antwoord op te nemen. Het was er een van hem. Dat kon ik zien aan het zilveren icoontje van een vogel in volle vlucht op de achterkant. 'Waarom hebben u en Paul Swift geen hechte band?'

Ik was niet van plan om aan deze volslagen vreemde uit te leggen hoe hij zo langzaam uit ons leven was verdwenen dat ik het bijna niet had gemerkt. Hoe zijn zakenreizen steeds langer en langer werden. Hoe hij, in plaats van met kerst op te dagen zoals hij had beloofd, een doos had gestuurd. Erin zaten drie gloednieuwe, hypermoderne Swiftphones.

Een van mijn vrienden had de mijne voor me op een online veiling gezet en ik had opa uiteindelijk overgehaald om het geld aan te nemen voor het zaaigoed van dat seizoen. Zelfs op mijn twaalfde waardeerde ik de ironie dat ik mijn vader liet betalen voor het plattelandsleven dat hij haatte.

Ik was bozer en egoïstischer geweest toen hij de tweede stuurde toen ik vijftien was. Ik had hem kapotgeslagen, met de telefoon van een vriend een foto gemaakt en die naar mijn vader ge-sms't. Hij had er geen meer gestuurd.

Maar dat ging deze blogger allemaal niets aan. Ik haalde mijn schouders op. 'Mensen groeien uit elkaar. Hij heeft zijn leven en ik het mijne.'

Haar mond vertrok, maar er verscheen een glinstering in haar ogen. 'Heeft u een relatie met Lulu Bridges?'

Ik deed nog een halve stap naar achteren en stootte tegen een van de zuilen van de bibliotheek. Het was Gabi's idee geweest om me met een actrice in een restaurant te laten zien toen ik vorige maand in L.A. was. Lulu's mensen waren akkoord gegaan – Qiana, de publicist van Happy Troll, had het geregeld – dus we hadden op een buitenterras gezeten en de paparazzi foto's laten nemen.

'Nee, ik heb met niemand een relatie en Lulu is een vriendin.' Dat was overdreven. Het waren twee saaie uren geweest. Ze had willen praten over mijn trainingsschema, mijn dieet, mijn favoriete ontwerpers. En, natuurlijk, de serie en of ik haar aan een auditie kon helpen. Ik zei haar dat ik een goed woordje voor haar zou doen de volgende keer dat ik de producenten zag, en zij gaf me de naam van haar meditatiegoeroe.

Gabi had het voor me proberen te verbergen, maar een tijdschrift had een foto van ons afgedrukt naast een nog grotere foto van mijn vader op het podium in een van zijn zwarte overhemden, geborduurd met het SwifTech-logo, met een draadloze microfoon die langs zijn kaaklijn krulde.

Die keer zag ik de flits van zwart wel, toen die zich in het open veld over de campus bewoog. En hoewel ik haar maar één keer had gezien, had ik onze interactie zo vaak in mijn verbeelding herhaald dat ik dat slanke postuur kende. Dat lange, donkere haar, opgestoken in een slordige knot. Als ze zich had omgedraaid, had ik een sterrenstelsel van sproeten gezien en de meest adembenemende ogen die ik ooit was tegengekomen.

Lobelia. Nee, Samantha.

'Neemt u mij niet kwalijk, Kari.'

'Wacht, ik heb—'

Maar ik vloog al de trappen van de bibliotheek af en over het pad dat langs de campusweide liep. Ik kon haar niet laten verdwijnen in een van de gebouwen waar je alleen met een pasje naar binnen kon. Gelukkig waren haar passen geen partij voor mijn lange benen en ik haalde haar in net toen ze van de weide een smal trottoir opdraaide. 'Samantha.'

Ze stopte, haar schouders hingen slap. Ik jogde nog twee stappen om voor haar te gaan staan. 'Hallo nogmaals.'

'Ik-ik stalk je niet.'

Ik voelde mijn lippen opkrullen. 'Niet?'

'Nee. Ik zit hier op school. Ik zag je toen ik langsliep.'

'Je liep langs, hè?' Ik geloofde haar niet, niet echt. Maar de kleine kans dat ze me niet had opgezocht, gaf een steek in mijn buik.

Ze hees haar rugzak op haar schouder. 'Je hebt me niet verteld dat je een schrijver was.'

Ik haalde mijn schouders op. 'Dat ben ik.'

Ze keek me boos aan. 'Een beroemde schrijver. Met een tv-serie gebaseerd op je roman.'

Ik sloeg mijn armen over elkaar. 'Ik weet niet hoe beroemd ik ben. Jij wist niet wie ik was.'

Ze nam mijn houding over. 'Je hebt ook niet gezegd dat je de zoon van Paul Swift bent. Of dat je met actrices uitgaat.'

Ik spreidde mijn armen. 'We hebben nog geen halfuur met elkaar gepraat. Ik had geen tijd om je mijn hele levensverhaal te vertellen. En ik date geen actrices. Het was een pr-ding, meer niet.' Ik wist niet waarom ik dat moest zeggen. Ik kende Samantha nauwelijks. Ik hoefde me niet aan haar te verantwoorden.

Het was de manier waarop ze zich had opgericht. Ze was maar een klein ding, vergeleken met mij, maar ze slaagde erin om langer te lijken, alsof ze op een podium boven me stond en ik een lijfeigene was die om een gunst van zijn jonkvrouw vroeg. Mijn vingers tintelden.

'Wie ben je?' mompelde ik, meer tegen mezelf dan tegen haar. Ze was geen societydame, wat Gabi ook had gezegd.

'Ik ben een masterstudente. Ik was op weg naar mijn kantoor toen ik je zag.' Ze hief haar kin.

'O ja?' Ze zag eruit als een masterstudente. Zwarte cargobroek, een zwart T-shirt, legerkistjes. Het strookte niet met het society-plaatje dat Gabi me had geschetst.

'Computerwetenschappen.' Ze maakte een wuivend gebaar en de gratie in dat gebaar benam me de adem.

'Huh.' Mijn vingers tintelden weer. Ik keek terug naar het lage, beige bakstenen gebouw met te weinig ramen. Het was geen sprookjespaleis.

Een analytische geest. Was ze ook verslaafd aan technologie, net als Gabi? Ik probeerde het beeld van Samantha van vandaag – op haar hoede, kortaf, gereserveerd – te leggen over de innemende, grappige vrouw met wie ik op het evenement had gesproken. En toen probeerde ik daar de informatie die Gabi me had gegeven over haar society-familie overheen te leggen. Het lukte niet. Tot nu toe was Samantha Jones een enigma.

'Hoe gaat het met je hond?'

'Bilbo Baggins?' Een langzame glimlach verspreidde zich over haar gezicht. 'Hij is hersteld van het kaasincident. Het gaat nu goed met hem.'

'Goed.' Ik wiegde op mijn hielen. Ze was een puzzel en ik kreeg de stukjes maar niet op hun plek. Misschien kon ik ze opschudden en ze op een andere manier bekijken.

'Ik ken je geheim.'

Haar wangen werden bleek en de sproetjes op haar neus leken donkerder te worden. 'Welk geheim?'

'Je geheime identiteit.'

'Hoe kom je—'

'Gabi heeft het me verteld. Je bent Samantha Jones, van de familie van de Jasper Jones Literacy Foundation.'

Ze zakte in elkaar. 'Jasper Jones was mijn vader.'

Ik kromp ineen. In mijn verlangen om Hercule Poirot te zijn, was ik vergeten dat ze hem misschien miste. 'Gecondoleerd met je verlies.' Het klonk houterig. Jasper Jones was waarschijnlijk een betere vader geweest dan de mijne. Daar was niet veel voor nodig.

'Dank je.' Maar ze keek me niet aan. Haar blik was afwezig, alsof ze iets zag wat andere mensen – ik – niet konden zien.

Mijn vingers tintelden weer. *Later*, zei ik tegen ze. Samantha was meer dan een inspiratiebron. Ze was iemand die ik wilde leren kennen.

'Hé, mag ik een lunch voor je kopen? Of koffie?' Als ik iets meer tijd met haar kon doorbrengen, kon ik haar geheimen ontrafelen.

Ze knipperde met haar ogen en keek weer naar het gebouw voordat haar blik de mijne kruiste. Ik had nog nooit ogen van die kleur gezien. Als ik een schilder was, welke tinten zou ik dan mengen om die kleur na te bootsen? En hoe zou ik ze zo helder en intelligent en alert kunnen laten lijken, alsof ze me beoordeelden en te licht bevonden?

'Ik-ah. Ik neem niet aan—' Ze trok een grimas. 'Natuurlijk niet. Of je zou… Ik wou dat ik kon. Maar ik moet echt aan het werk. Ik heb een stapel toetsen die zichzelf niet gaan nakijken.' Ze schonk me een glimlach. De ene mondhoek trok hoger op dan de andere, alsof geheimen de andere kant naar beneden drukten.

Ik wilde ze allemaal ontdekken.

'Morgen dan. Shit, nee, we vertrekken morgen.' Wanneer zou ik weer in San Francisco zijn? Voorlopig niet, niet tot— 'Volgend voorjaar. Ik weet dat het nog even duurt, maar dan ben ik op tournee voor mijn volgende boek en ik weet zeker dat we hier zullen stoppen.'

De luiken schoven dicht voor die ondoorzichtige ogen, net voordat ze naar de neus van haar laars keek. 'Ik-ik heb dan misschien een verplichting. Ik probeer eronderuit te komen, maar...'

Mijn borstkas trok samen. 'Ik heb je de data niet eens verteld.'

'Ik weet het, maar het is zo'n soort conflict, je weet wel, dat het zeker zal overlappen. Maar als ik kan, kom ik je opzoeken als je terug bent in San Francisco. Dat beloof ik.'

'Als je me je nummer geeft of je… je e-mail' – ik kon me vast wel weer herinneren hoe ik moest inloggen op mijn e-mail tegen die tijd, toch? – 'dan stuur ik je het schema. Dan kunnen we afspreken.'

'Ik kom je gewoon opzoeken. Dat is veel spannender, toch?'

'Spanning wordt overschat.' Toen we elkaar ontmoetten, had ze gezegd dat ze tegen me aan wilde kruipen. Waar kwam deze nieuwe afstandelijkheid vandaan?

Ze rimpelde haar neus, waardoor een paar van haar sproetjes verdwenen. 'Ik denk dat het mysterie je aanspreekt, Niall Flynn. Laten we dat zo houden.' En zonder zelfs maar een Californische kus op de wang of een handdruk, beende ze van me weg in de richting van het beige gebouw.

Mijn brein had een paar seconden nodig om bij te komen. Eindelijk knipperde ik met mijn ogen en keek toe hoe ze naar de ingang liep, haar ID voor de sensor hield, de deur opentrok en erdoor verdween, alles zonder een blik achterom naar mij.

Ik wachtte een halve minuut, in de verwachting dat ze—*wat precies zou doen, Niall?* Weer naar buiten zou springen en haar telefoonnummer naar me zou schreeuwen? Door de deuren zou glijden in haar superheldenkostuum, na het afwerpen van haar vermomming als bescheiden masterstudente?

Mijn vingers tintelden weer, de sensatie was dit keer scherp. Ik zag een bankje onder een boom een paar tientallen meters verderop, liep ernaartoe en haalde mijn notitieboekje al uit mijn tas. Ze had gelijk. Het was niet het begrijpen van Samantha dat me inspireerde; het was het mysterie. Met mijn verbeeldingskracht kon ik het enigma zelf oplossen.

Ik sloeg het notitieboekje open op de volgende lege bladzijde en nog voordat ik mijn pen erop had gezet, vormde zich een beeld. Een vermomde prinses, op zoek naar avontuur. Ze beschermde niet alleen haar identiteit, maar ook haar hart.

Ik vulde bladzijde na bladzijde van het notitieboekje tot mijn hand verkrampte. Ik schudde hem los en ging door de pijn heen door, totdat Lobelia haar geheimen onthulde aan Nieven — en aan mij, haar schepper.

7

SAM

IK TROK MIJN jas strakker om me heen tegen de klamme januarikou en sjokte de hellende oprit op naar het huis van mijn moeder en Charles. Het leek wel of een andere Sam haar middelbareschooltijd had doorgebracht in de slaapkamer boven die mijn moeder nog steeds de mijne noemde.

De enige keer dat mijn moeder mijn studio bij de universiteit had bezocht, had ze me gevraagd waarom ik per se in zo'n krot wilde wonen. Ondanks de barsten in het plafond, de lekkende kraan in de badkamer en het af en toe spookachtige gerammel van de leidingen, hield ik ervan omdat het van mij was, betaald met mijn beurs en niet door het bedrijf dat pas succesvol was geworden nadat papa zich ervoor had doodgewerkt.

Ik liep de treden naar de voordeur op en gaf mezelf een moment om me te vermannen. Maandenlang had ik de brunch overgeslagen met mijn werk als excuus. Maar mijn proefschrift lag nu bij dr. Martell, al sinds vlak na nieuwjaar. Dat was al weken geleden. Toen ik hem ernaar vroeg, zei hij dat het een prima eerste versie was, maar dat hij wilde kijken of we meer 'resultaten uit de praktijk' konden krijgen. De verkoopcijfers waren goed geweest, volgens Heidi, sinds *Magician in the Machine* drie maanden geleden was uitgekomen, maar Heidi verwachtte een 'boost' van de tour.

Hoe hard ik ook had gesmeekt, Martell wilde me er niet onderuit laten komen. Hij zag de tour als een cruciaal onderdeel van het experiment, omdat hij wilde meten hoe mensen reageerden op een boek waarvan ze dachten dat het door een mens was geschreven en hoe die reactie veranderde wanneer ze erachter kwamen dat het door een machine was geschreven. Daar had hij wel een punt.

Maar hij had het persoonlijke aspect voor mij genegeerd. Hoe ongemakkelijk zou de tour worden, nadat ik had nagelaten mijn pseudoniem te noemen tegen Niall Flynn, die keer dat ik hem afgelopen zomer had gestalkt in de universiteitsbibliotheek? Inmiddels moeten Heidi of de publicist, Qiana, hem wel verteld hebben dat ik Sam Case was. Ik had hem mijn nummer niet gegeven, dus ik had tenminste geen reeks beschuldigende appjes van hem. Maar hem over een paar weken ontmoeten bij onze eerste stop in Ohio zou een complete chaos worden. Vooral als ik zou proberen voor te lezen.

Maar voordat ik die nachtmerrie moest doorstaan, moest ik eerst deze zien te overleven: mijn familie vertellen dat ik de stad verliet zonder de geheimhoudingsverklaring te schenden.

De deur ging open en mijn vriendin Marlee stapte naar buiten.

'Wat doe jij hier?' Mijn moeder vond Marlee, die voor Jackson werkte, niet tot de zondagse brunchclub behoren.

'Hallo voor jou ook.' Marlee klemde haar roze jas dicht bij haar hals.

'Sorry, ik…' Ik kromp ineen. 'Ik dacht aan iets anders en je overviel me.'

Ze grijnsde. 'Maak je geen zorgen. Vergeet niet dat ik voor je broer werk. Ik weet hoe jullie genieën in elkaar steken. Ik moest wat papieren afgeven. Van Weston.' Ze fronste.

'Niks ergs, hoop ik?' Jackson had me verhalen verteld over zijn aartsvijand, de CEO van zijn bedrijf.

'Geen idee. Dat gaat mijn pet te boven. Hé, ik heb je gemist sinds je stage is afgelopen. We moeten eens gaan lunchen. Volgende week misschien? Nee, niet volgende week. Grote deadline op het werk. De week erna?'

Die week begon de tour. Mijn maag kromp ineen telkens als ik eraan dacht. 'Sorry, dat kan niet. Ik ga op reis.' *Alsjeblieft, vraag er niet naar.*

'Op reis? Zeg me dat het ergens warm en zonnig is, zodat ik plaatsvervangend kan genieten. Nou ja, tot onze huwelijksreis volgende zomer. Had ik je dat al verteld? We gaan naar Hawaï!' Ze wapperde met haar hand en haar verlovingsring schitterde.

'Dat klinkt leuk. Hoe is het met Tyler?' Als ik haar aan de praat kon krijgen over haar verloofde, was ik veilig voor haar vragen.

'Fantastisch.' Ze keek achter me en zwaaide. 'Hij heeft me hier gebracht. En ik moet eigenlijk weer gaan. We hebben, eh... plannen.' Haar wangen werden rood.

Normaal gesproken had ik naar hun plannen gevraagd, maar de gemakkelijke ontsnapping aan het moeten verzwijgen van de boektour was te verleidelijk.

Ze omhelsde me. 'Bel je me na je reis?'

'Zeker.' Misschien had Heidi dan de aankondiging gedaan en kon ik het haar vertellen. Marlee hield van zowel boeken als informatica. Ze zou geïnteresseerd zijn in wat CASE had gedaan.

Met een zwaai draafde ze het pad af naar de oprit, waar een blauwe Mustang stationair draaide.

Toen ik me weer naar de deur omdraaide, grijnsde Jackson naar me. 'Kom je binnen, of blijf je de hele dag buiten staan?'

'B. Absoluut het buiten staan.'

Hij keek over zijn schouder. 'Ik wou dat ik ook buiten had kunnen blijven, maar mijn moeder heeft tegenwoordig een kleinkindradar. Ze voelt het als Alicia eraan komt.'

Ik strekte mijn arm uit en kneep in zijn hand. Hij had weer die wilde blik in zijn ogen. 'Je wordt een geweldige vader, Jackson. Net als papa.'

'Laten we hopen dat ik langer in de buurt kan blijven.' Hij probeerde te glimlachen, maar zijn lippen trilden.

'Jij hebt een veel betere werk-privébalans dan hij. En jij en Alicia zorgen voor elkaar.' Sinds hij samen was met Alicia, had ik de kleine, attente aanrakingen gezien die ze elkaar gaven, de manier waarop Alicia haar hoofd naar hem schuin hield als hij naar dat ene drankje te veel greep, de manier waarop hij de spanning uit haar schouders wreef. Ik was bijna jaloers op hem.

'Dat doen we.' Hij kneep in mijn hand en liet los. 'Ik hoop alleen dat ik niet…'

'Dat doe je niet.' Hij stond bekend om zijn buitensporige gedrag als hij gestrest was. 'En als je in de verleiding komt, bel me dan. Vergeet niet dat ik de verstandige ben.' Hoewel, gezien wat er met Stephen was gebeurd, en nu deze nepboektour, was dat eigenlijk wel waar?

Zijn lange armen kwamen om me heen en ik ademde de geur van leer in terwijl hij me platdrukte. 'Bedankt, Samwise.'

Hij nam mijn vochtige jas aan, hing hem aan een hanger en stopte die in de kast in de hal. 'Ben je er klaar voor?'

Ik gaf hem een ironische glimlach. Jaren geleden waren we partners geweest, de twee zwarte schapen van mijn moeder die altijd het verkeerde deden. Jackson had de meeste van haar aandacht opgevangen, waarbij hij mijn blunders overtrof met een nog buitensporigere. Maar nu was hij ook een lievelingetje. Niet alleen had hij een opkomend softwarebedrijf opgericht, maar hij was ook de eerste die trouwde en voor het eerste kleinkind-in-wording van mijn moeder zorgde. Ik was nu de enige teleurstelling van de Jones-familie.

'Ik zal nooit klaar zijn voor een brunch met de familie,' zei ik. 'Maar ik denk dat het nu te laat is om nog af te zeggen.'

'Ik zal zo veel mogelijk dekking geven.'

'Gooi deze keer geen koffie op de grond, oké?'

'Je moet toegeven dat het effectief was.'

'Ik droeg die gekke ballerina's die ze voor me had gekocht en het verbrandde mijn voeten.'

'Maar ze hield op met tegen je te schreeuwen over het doneren van je trustfonds.'

'Tijdelijk.' Dat zou ze nooit laten rusten. 'En was het het waard om een nieuw tapijt voor haar te moeten kopen?'

'Samwise.' Hij trok me tot stilstand net voordat we de hoek omgingen naar de eetkamer. 'Wat ik ook voor je doe, het is het waard.'

Ik stompte hem op zijn schouder, zoals hij me had geleerd: knokkels plat, mijn duim buiten mijn vuist.

'Au!' Hij wreef over zijn schouder. 'Waar was dat voor?'

'Omdat je probeert me' – ik rimpelde mijn neus – 'gevoelens te laten hebben.'

Hij pakte mijn hand en kneep er een keer in. 'Het is oké om gevoelens te hebben. Je hoeft ze niet weg te stoppen.'

Dat was een leugen. Dit huis was het bewijs. De emoties die ik had onderdrukt – verdriet om papa, vernedering en verraad over wat Stephen had gedaan, eenzaamheid – sijpelden praktisch uit de muren met hun spookachtige vingers, wenkend dat ik terug moest komen.

Niet meer. Die emoties hadden me nooit iets goeds gebracht en ik was er net zo klaar mee als met dit huis. Met deze familie. Het grootste deel ervan, tenminste.

Ik kneep in Jacksons hand en liet hem toen los. 'Laten we dit doen.'

Iedereen was al in de eetkamer verzameld toen we binnenkwamen. 'Jackson, waar was je nou… Samantha.' Het gezicht van mijn moeder vertrok vreemd toen ze me zag. Misschien had ze weer botox laten inspuiten.

'Moeder.' Ik liep naar het hoofdeinde van de tafel en kuste haar zachte, gladde wang. Ze had een lichte gouden tint van hun kerstreis naar Hawaï. Ze rook naar pas gestreken katoen en lavendel, zoals altijd.

Charles wachtte niet tot ik aan het andere uiteinde van de tafel was. Tegen de tijd dat ik bij mijn moeder wegliep, stond hij er al, zijn handpalm een warm gewicht tussen mijn schouderbladen. Hij glimlachte en zijn donkere huid plooide zich in zijn vertrouwde lijnen. Toen ik twee maanden geleden met Thanksgiving was gekomen, had ik een paar grijze haren meer tussen zijn zwarte krullen opgemerkt. Het gaf hem een gedistingeerde uitstraling, als een stockfoto van een succesvolle leidinggevende. Wat hij ook precies was. 'Fijn je te zien, Samantha.'

'Hé, Charles. Hoe gaat het met, eh, golfen?' Charles was een vriendelijke aanwezigheid in mijn leven geweest sinds hij een jaar na het verlies van papa met mijn moeder trouwde. Ik had geprobeerd hem te haten – ik was twaalf – maar niemand kon Charles haten. Hij was te aardig. Toch praatten we nooit over iets substantiëlers dan golf of zijn bedrijf.

'Ik heb niet meer gespeeld sinds we terug zijn van Lanai. Ik wou dat u met ons was meegegaan.'

'Het had je goed gedaan, Samantha. U ziet er zo… pips uit.' Mijn moeder strekte een hand uit naar mijn wang, maar ik deinsde achteruit en liep naar mijn stoel aan het andere uiteinde van de tafel.

'Hé, Nat,' zei ik terwijl ik langs haar stoel liep.

'Sam.' Ze hield haar handen op haar schoot, precies waar ze hoorden te zijn, en haar slanke schouders drukten tegen de rugleuning van haar stoel alsof ze een stalen staaf als ruggengraat had. Haar zijdezachte blonde haar viel over één schouder van haar roze-roze kokerjurk. Mijn moeder zou er nooit aan denken haar pips te noemen.

'Sam!' Andrew stond op en stak zijn vuist uit voor een boks. Nadat ik mijn knokkels tegen de zijne had getikt, trok hij mijn stoel naar achteren en hielp me de zware stoel terug onder de tafel te schuiven.

Ik zwaaide naar Noah, die tussen Alicia en Jackson aan de andere kant van de tafel zat. Hij was twaalf, dus probeerde hij zo'n kin-optrek-gebaar naar me en keek toen weer naar zijn schoot. Hij moest daar wel een telefoon of een gameapparaat hebben. Ik wou dat ik daarmee was weggekomen.

Tot ieders verbazing had mijn moeder Alicia's neef in de

familie verwelkomd als een kleinkind van vlees en bloed. En ze was zo extatisch over de baby die Alicia droeg, dat Alicia was verhuisd naar de ereplaats aan de rechterhand van mijn moeder. Jackson nam zijn plaats in tegenover mij aan Charles' kant van de tafel.

Hij stootte Noah aan. 'Weet je nog wat we zeiden over boeken aan tafel.'

'Wat lees je, Noah?' vroeg Charles. Charles had vaak een boek in zijn hand, vooral na het eten in de bibliotheek met zijn leesbril op zijn neus en een glas met iets bruins in zijn andere hand.

'Dit nieuwe boek, *Magician in the Machine.*' Hij hield de bekende groene omslag omhoog en mijn hart sprong in mijn keel.

'Gaat het rond Computers?' Charles kneep zijn ogen samen naar de omslag, en bestudeerde het printplaatpatroon onder de titel.

'Een beetje. Het is fictie. Het is een beetje moeilijk te begrijpen, maar iedereen leest het.'

'Iedereen?' Mijn stem kwam eruit als een kraak en ik reikte naar het dichtstbijzijnde kopje koffie, wat toevallig dat van Andrew was.

'Laat me een verse kop voor je inschenken.' Andrew keek boos en liep naar de koffiekan op het buffet.

'Ja, vooral de kinderen in de hogere klassen.'

Jackson woelde door zijn haar. 'Noah leest op het niveau van de vierde klas.'

'Ik heb het ook gelezen.' Natalie's stem klonk over de tafel. 'Hij heeft gelijk. Iedereen leest het.'

'Wat vond je ervan?' Waarom, waarom, *waarom* vestigde ik zo de aandacht op mezelf? Ik zou het geheim er zo uitflappen, en dan zou mijn moeder iets belachelijks doen, zoals naar Heidi gaan en eisen dat ik, en niet de universiteit, de royalty's zou ontvangen.

Natalie keek me aan over Andrews lege stoel. 'Waarom zou jou dat iets kunnen schelen? Jij leest niet.'

Ik pakte mijn vork en prikte in de eieren op mijn bord om de pijn niet te laten zien. 'Gewoon om een praatje te maken.'

'Ik ben het met Noah eens,' kondigde ze aan. 'De schrijfstijl is compact. Maar het roept een aantal interessante vragen op over onze obsessie met technologie.'

O ja? Ik dacht dat het gewoon over De Magiër en De Necromancer ging. En zombies.

'Ja,' zei Noah. 'En of kunstmatige intelligentie slimmer kan zijn dan mensen.'

Natalie leunde naar voren. 'De Magiër lijkt van niet te zeggen, maar De Necromancer gelooft het wel. Ik denk dat de boodschap is dat ze allebei...' Ze stopte, alsof ze zich er net bewust van werd dat alle ogen op haar gericht waren. Ik had Natalie nooit over boeken horen praten, tenzij het een of andere celebritymemoir was. Ze pakte haar koffie. 'We zouden deze Sam Case moeten vragen om naar het volgende benefiet van de stichting te komen.'

'Dat zouden we moeten doen, ja, als iedereen zijn boek leest,' zei mijn moeder.

Andrew zette een dampende kop koffie voor me neer en zette een tweede kop buiten mijn bereik. 'Hoe gaat het op de universiteit?'

Ik sloot mijn ogen en ademde diep in door mijn neus. Ik wist dat dit eraan zat te komen. Ik kon het maar beter meteen aanpakken.

'Het gaat goed.' Ik was niet van plan de vertraging in de goedkeuring van mijn proefschrift te noemen. 'Ik lig op schema om dit voorjaar af te studeren.'

'Godzijdank kunt u dit hoofdstuk afsluiten en verdergaan met uw leven.' Mijn moeder nam een slokje uit haar porseleinen kopje. 'Het schamele bedrag dat u verdient, is een schande. Ik heb geprobeerd er met John over te praten, maar hij zei dat iedereen dat verdient.'

'U heeft met mijn *promotor* over mijn beurs gepraat?' Ik voelde mijn neusvleugels opengaan om de lucht op te zuigen die uit de kamer was verdwenen.

'Natuurlijk heb ik dat gedaan. Ik maak me zorgen om u.'

'Wat bent u van plan te doen na uw afstuderen?' Charles' stem rommelde aan mijn andere kant.

'Ik ben op zoek naar onderzoeksfuncties.' Ik zoog mijn lippen tussen mijn tanden om te voorkomen dat ik ze zou vertellen dat ik de week ervoor een aanbod had gekregen voor een postdoc aan een universiteit in Idaho. Ik had nog maanden om daarop voor te bereiden.

'Nou, ik weet zeker dat Charles of Jackson u met plezier in dienst zou nemen.' Mijn moeder sprak het uit als het antwoord op een wiskundesom.

'Onderzoek, moeder. Geen programmering.'

'Onderzoek klinkt niet erg… lucratief.' Haar mond vertrok alsof ze iets vies had geproefd.

'Er zijn ook andere beloningen die de moeite waard zijn. Naast geld.'

Er viel een stilte over de tafel als een deken. Een natte.

'Zoals familie.' Jackson legde zijn arm om Noahs schouders.

Ik kromp ineen.

En ja hoor, mijn moeder zei: 'Ziet u iemand, Samantha?'

'Nee, moeder.' Ik had al maanden geen onenightstand meer gehad. Niet sinds Kyle. Alle stress over CASE had mijn libido de das omgedaan.

'Hoe zit het met Jacksons vriend Cooper? Ik zag u met hem praten op het kerstfeest van de stichting.'

'Coop?' Jacksons lach was luid. 'Geen schijn van kans.'

'Hij is als een andere oudere broer, moeder.'

'Hij is een zeer goede partij. Maar misschien een betere match voor Natalie.'

Terwijl zij en Natalie ruzieden over of Cooper Fallon te oud was voor Nat, had ik eindelijk de kans om mijn afkoelende eieren en pannenkoeken te eten. Maar de rust duurde niet lang.

'Samantha, ik heb de perfecte jurk voor u gevonden voor het Valentijnsbal. Ik heb de zwarte besteld omdat ik weet dat dit de enige kleur is die u wilt dragen. Maar hij is er ook in roségoud, wat veel feestelijker zou zijn.'

En nu moest mijn nieuws eruit. 'Moeder, ik ga het bal dit jaar niet halen. Ik ga op reis.'

'Een... reis?' Ze knipperde met haar ogen. 'Nog een academische conferentie?'

Dus ze had de afgelopen vier jaar wel opgelet. 'Nee, dit is anders.' Ik moest mijn woorden zorgvuldig kiezen. Heidi's geheimhoudingsclausule maakte geen uitzonderingen voor familie. 'Het is een soort roadtrip. Met een... vriend.'

'Een vriend?' Haar wenkbrauwen schoten omhoog naar haar haargrens.

'Of een collega?' Ik wou dat ik de juiste woorden wist om te gebruiken die haar niet over de rooie zouden jagen.

'Wat is het: een vriend of een collega?'

Ik aarzelde. 'Een collega die ook een vriend is.'

'Een mannelijke vriend?'

Ik kromp ineen. 'Ja.'

'Samantha.' Haar mond boog omlaag. 'Dit is toch niet weer zo'n Stephen-situatie, hè? Hij is er toch niet op uit om een positie in Jacksons bedrijf te krijgen? Of dat van Charles? Hij moet weten dat u geen eigen geld heeft.'

Mijn borstkas werd heet. 'Nee, moeder. Zo zit het niet. We zijn vrienden. En collega's. Niets meer. We reizen een paar weken samen voor wat schoolgerelateerde dingen.' Het was een soort van waar. De boektour was voor mij schoolgerelateerd.

Haar voorhoofd rimpelde niet meer, maar haar wenkbrauwen trilden. 'Schoolgerelateerde dingen.'

'Het is heel technisch. Wilt u dat ik het uitleg?' Dat hield haar meestal van mijn nek. Mijn moeder had verstand van financiën, niet van computers.

'Hoe lang duurt deze reis?'

'Ongeveer drie weken. U kunt me een appje sturen als u me wilt spreken.'

'Wees voorzichtig, Samantha. U wilt niet weer in een ongelukkige situatie terechtkomen.'

Ze zou het me nooit laten vergeten. Niet dat ik dat kon. 'Dat zal ik niet.'

Met een laatste priemende blik naar mij, wendde ze zich tot Alicia en vroeg haar iets over de kinderkamer die zij en Jackson aan het inrichten waren.

Ik zakte onderuit in mijn stoel. Mijn eetlust was verdwenen en zelfs mijn koffie was te koud om te drinken.

Zonder op te kijken van zijn eigen pannenkoeken, mompelde Andrew: 'Als die vent iets probeert, komen Jackson en ik achter hem aan.'

Ik rolde met mijn ogen. 'Ik ben een grote meid, Andrew. Ik kan mijn eigen boontjes wel doppen.'

Daar keek hij van op. Zijn blik was vol van hetzelfde medelijden als die avond zes jaar geleden, toen ik aan de eettafel voor mijn familie zat, snikkend over hoe ik vervroegd toegang tot mijn trustfonds nodig had zodat ik Stephen kon afbetalen, anders zou hij de naaktfoto's publiceren die ik zo idioot was geweest om hem te laten nemen. 'O ja?'

Ik schoof de koude eieren over mijn bord. 'Dat was jaren geleden.'

'Je hebt zo'n zacht hart, Sam. Ik wil niet dat je weer gekwetst wordt.'

Ooit had hij gelijk gehad. De afgelopen zes jaar had ik laag na laag over dat zachte deel van me heen gebouwd. Nu was mijn hart als een van de parels van mijn moeder, sterk vanbuiten en de imperfectie vanbinnen verbergend. Niets zou erdoorheen komen.

Misschien als ik mijn doctoraat had en ver weg zou zijn verhuisd van elke plek waar de Jonesen een bekende naam waren, zou ik iemand dichtbij genoeg laten komen om het af te breken. Maar tot die tijd moest ik me op mijn doelen concentreren.

Doel nummer één: de tour doorkomen zonder mezelf voor schut te zetten.

8

NIALL

IK DUWDE DE achterdeur open en stapte de keuken van mijn moeder binnen. Ik zette mijn met sneeuw bedekte laarzen op de mat naast haar kleinere paar. Thorin sprong langs me heen, zijn natte poten gleden over de bekraste houten vloer tot hij grip kreeg en vertraagde, net voordat hij tegen de keukenkastjes knalde. Hij draafde naar mijn moeders voeten voor het fornuis en ging zitten. De geur van gebakken spek en boterzachte broodjes heette ons welkom.

Net als de glimlach van mijn moeder toen ze zich omdraaide. 'Niall. Was je al vroeg aan het schrijven?'

Ik spande mijn kaken aan. 'Ik probeerde het.' Ik trok mijn jas uit en hing hem aan de haak naast de achterdeur. Ik legde mijn zo goed als lege notitieboekje op het aanrecht en zette de kan met verse melk in de koelkast.

'Maak je er maar geen zorgen over.' Ze schoof mijn notitie-boekje buiten het bereik van het spetterende vet. 'Je hebt je boek net af. Je zou moeten genieten van je vrije tijd voordat je weer op tournee moet.'

'Zeker, mam.' Ik kuste haar op haar wang, die getekend en

ruw was door de winter. Ik had *Treachery* maanden geleden inge-
leverd. Het werd tijd dat ik op zijn minst een opzet had voor het
derde boek, *Battle of de Wood Elves*. Ik had er een paar ideeën voor
opgeschreven. Geen ervan was goed. Zeker niet groots genoeg
voor het mogelijk laatste boek van de serie.

Ik had gedacht dat de thuiskomst op de boerderij me zou
inspireren. Maar mijn brein lag net zo braak als de besneeuwde
velden buiten. Zelfs de beek die naast mijn favoriete schrijfplek
stroomde, was ondoorzichtig en traag. Ik had iets anders nodig.
Een paar violette ogen schoot als een zwaluw door mijn gedachten. Ik zou haar weer zien als de tour in San Francisco stopte. Mijn
muze zou dan vast mijn verbeelding aanwakkeren.

'Heb je je grootvader buiten gezien?'

Ik verjoeg het beeld van die ogen en de donkere haarlokken
die eroverheen waren gevallen toen ik haar afgelopen zomer op
de campus had gezien. 'Hij komt zo binnen. Hij was met Sally aan
het praten over haar melkproductie.'

'Pa en die geiten.' Haar gezicht vertrok in een liefdevolle
glimlach.

'De vorige keer werkte het. Hij heeft een soort geitenmagie.'

Ze zette het fornuis uit en keerde zich naar me toe. 'Dat is een
van de dingen die ik zo leuk aan je vind, Niall. Je hebt altijd
overal waar je keek magie gezien.'

De laatste tijd niet. De schaduwen van het bos leken niet op
klauwen, zwaarden of trollen. Ze leken op kale takken op droge,
gevallen bladeren.

'Frank Turner is een tijdje geleden langsgekomen. Hij heeft een
pakje voor je meegenomen van het postkantoor.' Ze knikte naar de
keukentafel.

'Een pakje?' Het was een kleine bruine doos, ongeveer zo groot
als een onverkort woordenboek. Het retouradres was New York.
Waarschijnlijk van Qiana. Ik haalde mijn zakmes tevoorschijn en
sneed het plakband door.

Bovenop lag een briefje in Qiana's zwierige handschrift. Daaronder lag een bundeltje geniete papieren. En onderop lagen twee

boeken, een paperback en een hardcover. De hardcover, ongeveer twee keer zo dik als de andere, had de inmiddels bekende, rood-getinte omslagillustratie, mijn naam en bovenaan *Treachery of the Wood Elves.* Mijn eerste auteursexemplaar. Een warmte verspreidde zich vanuit mijn binnenste helemaal tot aan mijn vingertoppen terwijl ik de woorden in reliëf aaide.

'Wat is het?' vroeg mam, terwijl ze het bord met spek neerzette.

'Mijn auteursexemplaar.' Ik pakte het boek op en gaf het aan haar.

Ze hield haar handen omhoog. 'Laat me ze eerst even wassen. Ik wil geen vet op de omslag krijgen.'

Ze liep naar de gootsteen en liet het water stromen. 'Wat hebben ze nog meer gestuurd?'

'Het schema voor de tournee. En het boek van mijn tourpartner.' Ik tilde het uit de doos. De omslag van de paperback was groen. Geen bosgroen zoals *Secrets,* maar een giftig, zuurgroen. Zoals de boompython die ik tijdens een lang vervlogen schoolreisje in de dierentuin van Columbus had gezien. De titel, *Magiër in de Machine,* strekte zich uit over een afbeelding van iets hoekigs en technisch. De naam van de auteur, in het wit onderaan, was Sam Case. Ik draaide het om. Geen auteursfoto, alleen de beschrijvende flaptekst en uitge-versinformatie. Ik bekeek het vluchtig. *Een fantastische techno-thriller?* Dacht Heidi echt dat onze doelgroepen zouden overlappen?

Mam kwam terug naar de tafel en droogde haar handen af. Ik gaf haar mijn boek. Het eerste gekraak van de rug toen ze het opensloeg, deed de warmte opnieuw in me opwellen. *Mijn boek.* Het was me weer gelukt. Mijn woorden vulden de pagina's. Binnenkort zouden mensen die woorden lezen. Nervositeit door-boorde de warmte, als bubbels in een pan met kokend water.

'Het is prachtig, Niall. Ik kan niet wachten om het te lezen.' Ze nam het andere boek van me aan. 'Dit ziet er... interessant uit. Heel anders dan het jouwe.'

'Heidi had het over synergie. Ik denk dat we het moeten lezen om erachter te komen wat ze bedoelde.'

Ik pakte het schema en bekeek het. We begonnen in Columbus, precies zoals Qiana had gezegd. Ik had het boek willen lanceren in de bibliotheek van Enchanted Forest, zoals we bij mijn eerste roman hadden gedaan, maar Qiana zei dat de locatie niet groot genoeg was. De zaal van de bibliotheek bood plaats aan vijfentwintig mensen. Hoeveel lezers dacht ze dat er naar mijn lancering zouden komen? Voor *Secrets of the Wood Elves* waren dat er vier: mam, opa, Gabi en mijn leraar Engels van de middelbare school. Misschien verwachtte ze dat Sam Case met zijn debuutroman een groter publiek zou trekken.

Ik bladerde door de pagina's. Chicago, oostkust, zuidwesten, Californië. We deden San Francisco pas aan het einde van de tournee aan. Pech. Ik zou moeten wachten op mijn vlaag van inspiratie. Als Samantha überhaupt zou komen. Had ze onder haar verplichting uit kunnen komen? Zou ze op me wachten in de boekhandel in San Francisco?

De stem van mijn moeder haalde me uit mijn overpeinzingen over de sproetjes onder die betoverende ogen. 'Dat is me een gesprek dat je grootvader met Sally heeft. Zou je even bij hem willen gaan kijken?'

'Je weet hoe nukkig ze is. Ze geeft vast een weerwoord.' Ik legde de papieren in de doos en liep terug naar de achterdeur. Buiten geen spoor van opa. Ik draaide mijn sjaal om mijn nek, trok mijn jas aan en stak mijn voeten in mijn koude laarzen. 'Ben zo terug.'

Ik sloot de deur stevig achter me om de warmte binnen te houden en liep over de besneeuwde velden, mijn voetsporen terugvolgend naar de schuur. Ik schoof de deur open, stapte naar binnen en liet mijn ogen wennen aan de overgang van de felle buitenlucht naar de duisternis binnen.

'Opa?'

Sally en Susie blaatten naar me terug. Ik wreef met mijn gehandschoende hand over hun zachte oren. Opa was niet in hun stal. Ik liep naar de hokken van de alpaca's en zag dat ze leeg waren. We hadden ze die ochtend eerder in de wei gelaten. Ik draaide me om en speurde de schuur af. 'Opa!'

Uit de hoek klonk een gekreun, naast de ladder die er niet stond toen ik was weggegaan.

'Opa!' Ik snelde naar de ladder. Eronder lag opa op zijn buik, met één arm onder zich en de andere opzij gestrekt, zijn vingers om het handvat van een oude bezem geklemd. 'Opa!' Ik greep zijn schouder.

'Ik ben uitgegleden,' kraakte hij. Zijn rug kwam omhoog, trilde en zakte weer in.

Ik raakte zachtjes zijn nek aan. De hoek leek goed. 'Doet dit pijn?'

'Nee. Mijn arm.'

De arm die ik kon zien, leek in orde. Ik betastte hem.

'Andere arm.' Het kwam eruit als een grom.

Ik greep zijn schouder en heup en trok hem naar me toe, waarbij ik zijn lichaam met het mijne ondersteunde. Hij was zeker niet tenger en zwaarder dan hij eruitzag. Hij pufte toen hij op zijn rug landde.

Ik trok een grimas. De arm die over zijn borst lag, was verkeerd gebogen. De pols bungelde erbij als die van een marionet. 'Opa.' Het woord werd uit me geperst als een van Thorins piepspeeltjes vlak voordat hij het openscheurde.

Ik krabbelde overeind. 'Je weet dat de spinnenwebben mijn klusje zijn.' Het klusje dat ik die ochtend vergeten was te doen, te gefocust op hoe mijn verhaal niet wilde vlotten. Ik haalde de EHBO-doos uit de kast bij de schuurdeur en pakte een stuk hout van een centimeter of dertig uit de bak.

'Kun je rechtop gaan zitten?'

Zijn ogen flitsten naar me. 'Ik heb mijn arm gebroken, niet mijn rug.'

'Daar ben je weer, ouwe man.' Van achteren duwde ik hem rechtop, voorzichtig met zijn gewonde arm. Toen, zo zachtjes mogelijk, spalkte ik zijn pols.

'Ik heb je niet meer zo horen vloeken sinds je voet vast kwam te zitten in de maaidorser.' Ik wikkelde het gaasverband er een laatste keer omheen en zette het uiteinde vast met een stukje tape.

'Ik heb al jaren geen bot meer gebroken. Vergeten hoeveel pijn het doet. Heb je een aspirientje in die doos?'

Ik vond een flesje en legde het in mijn handpalm. 'Weet je zeker dat je niet wilt wachten op iets sterkers in het ziekenhuis?'

'Ziekenhuis? Ik ben zo goed als nieuw.'

'Je pols is gebroken. Dit is alleen maar om te voorkomen dat je er meer schade aan toebrengt totdat ze het bot kunnen zetten en het in het gips kunnen doen.'

'Gips?' Zijn ogen waren groot en onscherp. Misschien had hij ook zijn hoofd gestoten.

Ik streek met mijn hand door zijn dikke, witte haar. Ik voelde geen bulten, maar dat betekende niet dat hij geen hersenschudding had. 'Welke datum is het vandaag?'

'31 januari. Dinsdag.'

'Wat was je aan het doen toen je viel?'

'Spinnenwebben weghalen. Moet gebeuren, vooral bij de lampen. Ze zijn brandbaar. Gevaarlijk voor de dieren.'

Oké, dus hij had zijn kortetermijngeheugen niet verloren. 'Hoe lang woon ik al op de boerderij?'

'Sinds je nog maar een dreumes was. Sinds je vader...'

'Je brein is in orde. Laten we je in de pick-up helpen.' Ik pakte zijn goede hand en elleboog en trok hem overeind.

Veel later, na het ziekenhuis, na het avondeten en de avondklusjes, nadat opa dankzij de goede pijnstillers was gaan slapen, zaten mam en ik op de oude bank voor de open haard. We hadden allebei een boek — *Treachery* voor mam en het boek van Sam voor mij — maar ze lagen verlaten op onze schoot terwijl we in de vlammen staarden. Thorin sliep aan de voeten van mijn moeder en bewoog zijn reusachtige poten.

Ik verbrak als eerste de stilte. 'Ik denk niet dat ik op tournee moet gaan. Ik bel Qiana morgen om te annuleren.'

Ze schudde zichzelf wakker en richtte haar grote ogen op me. 'Nee, Niall. Dat kun je niet maken.'

'Ik kan jou en opa hier niet achterlaten. Niet terwijl zijn arm aan het genezen is. Hij zal proberen te veel te doen. Jullie allebei.'

'We hebben wat geld gespaard. We kunnen een van de zoons van Frank Turner inhuren om te helpen met de klusjes.'

'Dat geld is voor het zaaigoed voor de lente. En opa's ziekenhuisrekening.'

Ze streek over de titel in reliëf op mijn boek. 'De beste manier om te helpen is door op tournee te gaan. Boeken verkopen. Je bent altijd zo vrijgevig met...'

'Het is geen vrijgevigheid om ervoor te zorgen dat mijn familie een dak boven hun hoofd heeft en te eten. Om te willen helpen. Ik ben niet zoals... niet zoals hij.' Niet in de manier waarop hij zijn familie had verlaten, noch in zijn succes. Er zou meer nodig zijn dan een paar boeken en een tv-programma om een naam te worden die iedereen net zo goed kende als die van mijn vader.

Ze glimlachte, maar haar ogen werden overschaduwd door pijn. 'Je lijkt meer op hem dan je denkt.' Ze aaide over mijn schouder. 'Knap. Getalenteerd. Vol vuur en vastberadenheid. Iedereen die een van jullie ontmoet, wordt op slag verliefd.'

Ik snoof. 'Als dat waar was, zou ik niet...' Ik had bijna *alleen* gezegd. Maar ik was niet alleen. Ik had mam en opa. Mijn vriendin Gabi. *Alleen* liet me ondankbaar klinken voor de mensen die van me hielden en me steunden.

'Je kunt omringd zijn door mensen - mensen die van je houden - en je toch eenzaam voelen, Niall.'

'Voel jij je eenzaam, mam?'

Ze trok haar been onder zich en draaide zich naar me toe. 'Soms. Maar ik heb vrienden. Je opa. Mijn zoon, als hij niet weg is om een beroemde schrijver te zijn.' Ze grijnsde en kneep in mijn schouder, maar toen vervaagde haar glimlach. 'Ik ben nooit zo eenzaam als toen ik bij je vader was. Zelfs als hij bij me was, hield hij een stukje van zichzelf achter. Hij dacht altijd aan zijn werk, aan de toekomst.'

Wanneer hij vroeger op bezoek kwam, leek hij altijd reusachtig - hoewel ik wist dat ik nu langer was - en vol leven. Met zijn vreemde technologietalige taal was hij zo'n vreemde eend in de bijt op de stille boerderij, waar we geen televisie of computer hadden. De enige keer dat ik technologie miste, was wanneer pap kwam en het grootste deel van zijn tijd over zijn laptop gebogen zat. Misschien hadden we, als ik er ook een had gehad, naast elkaar kunnen zitten. Misschien had hij dan niet besloten dat ik het niet waard was om voor te blijven.

Ik was zo naïef geweest dat ik, zelfs toen zijn uitstapjes naar de boerderij zo zeldzaam werden als één keer per jaar, niet had gedacht dat hij zou stoppen met komen, dus ik had er nooit bij stilgestaan dat elke keer dat ik pap zag de laatste kon zijn. Als ik dat had gedaan, zou ik dan geprobeerd hebben de herinneringen op te sparen? Om de laatste keer speciaal te maken?

Mams warme handpalm omvatte mijn wang, net zoals ze had gedaan toen ze het nieuws bracht dat pap niet meer terugkwam. Hij was getrouwd met een Hongaars model, tien jaar jonger dan mijn moeder, en ze hadden een landhuis in Monterey gekocht. 'Hij hield op zijn manier van je. Ik weet dat het niet de manier was waarop je geliefd wilde worden. En dat heeft je huiverig gemaakt om je hart weg te geven. Ooit vind je de ware. De persoon die je je hart kunt toevertrouwen. En ik hoop dat je je dan openstelt. Dat je de pijn zult riskeren. Want de liefde is het waard.'

'Is dat zo, mam?' Het was een wrede vraag, maar ik kon niet voorkomen dat hij eruit floepte.

Een lichtje scheen in haar ogen. 'Die eerste jaren, toen we elkaar net ontmoetten, toen hij zo charismatisch was, zo vol passie en grootse ideeën? Dat waren de spannendste jaren van mijn leven. En toen kregen we jou. Ik zag hem elke keer als ik in je gezicht keek. Voelde hem elke keer als ik je vingertjes in de mijne hield. Je werd volwassen en werd je eigen persoon, iemand van wie ik met heel mijn hart hou. Ik had niets ervan willen missen. Niet de liefde, zelfs niet de pijn. De pijn hoort erbij, zie je. Zonder dat zou ik de gelukkige tijden niet waarderen.'

Ik staarde in het vuur. Geloofde ik dat? Iemand vinden die me niet zou kwetsen, leek een verstandigere strategie. Iemand die gelukkig zou zijn met een rustig leven hier op de boerderij. Die de roem - mijn roem - of zelfs haar eigen roem niet nodig had.

'Op dit moment ben ik gelukkig hier.' Mijn glimlach was bijna echt.

'Maar je gaat nog steeds op tournee? Je annuleert het niet?'

Ze had gelijk over veel dingen. Mijn boek promoten was het beste wat ik voor haar en opa kon doen. Dat, en het volgende boek schrijven. 'Ik annuleer niet. Zolang ik weet dat het goed met jullie komt.'

'Dat komt het. Ik praat morgen met Frank over een extra paar handen hier. Maak je maar geen zorgen om ons. Geniet gewoon van de tournee. Weet je veel over je tourpartner? Heb je hem al ontmoet?'

'Nee. En zijn boek...' Ik had het meegenomen naar het ziekenhuis. Misschien was het de angst en afleiding daar die me ervan weerhielden volledig in het verhaal op te gaan. De taal leek onsamenhangend, elke zin open voor meerdere interpretaties, meer als een werk van literaire fictie dan als fantasy. 'Zijn boek is apart.'

'Dan wordt het vast een aparte tournee.'

Waarschijnlijk niet. Steden en tournees waren allemaal hetzelfde. Boekhandel na boekhandel, dezelfde afgesleten woorden lezen tot ze hun betekenis verloren. Ik kon niet wachten om het achter me te laten en terug te keren naar de boerderij waar ik thuishoorde.

Alleen had ik dit keer iets om naar uit te kijken: Samantha zien in San Francisco. En mijn muze terugkrijgen.

9

SAM

IK HAD DE verveeld kijkende witte man verwacht die net buiten de veiligheidscontrole van de luchthaven van Columbus stond met een bordje waarop 'S. CASE' stond. Ik had de zwarte vrouw die naast hem stond niet verwacht. Ze stond op haar tenen te springen, haar vlechten met rode puntjes waaierden als een aureool om haar gezicht, dat werd verlicht door een opgetogen grijns.

Toen ik aarzelend mijn hand opstak, degene waarmee ik niet de reismand van Bilbo Baggins vastklemde, spreidde ze haar armen. 'Sam!' gilde ze.

Ze wachtte niet tot ik de laatste paar stappen naar hen had gezet. Ze rende op me af en gaf me een omhelzing waardoor mijn ribben kraakten. Ik hield haar vast. Hoe lang was het geleden dat ik een knuffel had gekregen die zo troostend was als die van haar? Te lang.

Ze liet me los en deed een stap achteruit. 'Ik ben Qiana. We hebben elkaar wel honderd keer gemaild. En ik kon niet wachten om je te ontmoeten, dus... verrassing!' Ze spreidde haar handen theatraal naast haar gezicht. 'Heb je liever Sam of Samantha?'

'Sam, alsjeblieft.'

'Vlucht goed gegaan? Geen problemen? Ze hebben toch niet moeilijk gedaan over meneer Baggins, hè?' Ze boog voorover en tuurde door het gaas naar Bilbo Baggins. Zijn kwispelende staart deed de reismand schommelen. 'O, jij schattig ding! We halen je er zo uit. Er is een uitlaatplek voor huisdieren net buiten en dan schieten we door naar Nialls boekpresentatie.'

Aangezien het Nialls evenement was, hoefde ik niets anders te doen dan een paar exemplaren van *Magician* in de achterkamer te signeren. Daar was ik blij om. Toch was ik niet enthousiast over het idee om Niall voor het eerst als Sam Case te ontmoeten. Zeker niet in het openbaar, voor de ogen van tientallen smartphones. Ik had gezegd dat ik geen foto's wilde, maar Happy Troll kon niet alles in de hand houden.

Als Niall en ik weer oog in oog zouden staan, zou hij dan boos zijn dat ik zijn werk voor CASE had gebruikt? Zou hij een scène schoppen? Hij was op de inzamelingsactie vrij makkelijk in de omgang overgekomen. Maar dat was Stephen ook, tot op het moment dat hij mijn vertrouwen schond. Het zou veel beter zijn om Niall voor het eerst in het hotel te ontmoeten, bij voorkeur in een rustig hoekje van de lobby.

'Heb je me echt nodig bij de presentatie?' Ik fakete een gaap waarbij mijn kaken kraakten. 'Ik ben behoorlijk moe van de vlucht. Bilbo Baggins ook.'

Toen hij zijn naam hoorde, stootte Bilbo Baggins een reeks hoge blafjes uit en krabbelde aan het gaasdeurtje van de reis-mand. *Verrader.*

Qiana's donkere ogen werden groot. 'Natuurlijk hebben we je nodig! Dit is jullie gezamenlijke tournee. Jullie zijn nu een team en jullie steunen elkaar. Je kunt onderweg een powernap doen. Ik beloof dat ik stil zal zijn. Nou ja, misschien niet stil – dat is niet echt mijn stijl – maar ik zal proberen je te laten slapen. Oké?'

'Oké.' Ik kon me verschuilen achter Qiana en haar woorden-stroom. Niall zou geen kans krijgen om tegen me te schreeuwen als zij bleef praten.

Nadat ik de chauffeur had verteld hoe mijn tas eruitzag, leidde Qiana me naar een grasveldje buiten en liet ik Bilbo Baggins uit zijn reismand. Hij deed zijn behoefte en krabbelde toen aan Qiana's enkels tot ze hem oppakte.

Hij likte aan haar kin. 'Ho, kleintje. Pas op voor de lippenstift. Ik heb vandaag geen veegvaste op. Ik had niet verwacht dat ik zou zoenen.' Ze hield hem iets verder van zich af en hij strekte zich naar haar uit. 'Oké, prima. Ik werk het wel bij voor we naar binnen gaan.' Ze drukte hem dicht tegen zich aan.

Mijn stenen hartje werd drie maten groter. Misschien zou de tournee toch niet zo erg zijn. Niet als iedereen zo aardig was als Qiana.

Er stopte een zwarte auto aan de stoeprand. 'Shawn is er,' zei ze. 'We gaan ervoor!'

Ze ging achterin naast me zitten en aaide nog steeds Bilbo Baggins, die zich op haar schoot had opgerold. 'Goed. Ik weet dat ik je een hoop informatie heb gestuurd. Welke vragen heb je over de tournee?'

Ik had het informatiepakket vluchtig doorgekeken, nog steeds in de hoop dat ik niet hoefde te gaan. Jacksons beste vriend, Cooper, zei altijd dat hoop geen strategie is. Dat had ik op de harde manier geleerd. 'Ga jij met ons mee?'

Haar rode lippen trokken omlaag in een pruillip. 'Was het maar zo! Dat zou zo leuk zijn. Niall is een brok energie en ik weet zeker dat jij en ik beste vriendinnen worden. Ik ben hier alleen voor de presentatie. Maar ik zie je wel in New York. Daar ben ik bij alle evenementen.'

Toen ze mijn gezichtsuitdrukking zag, zei ze: 'Maak je geen zorgen! Niall is fantastisch. Ge-wel-dig. Ik heb nog nooit iemand zo voor de camera's... ik bedoel de lezers... zien optreden als hij. Natuurlijk zijn er geen camera's bij de evenementen, volgens jouw vereisten.' Haar grijns werd nog breder. 'Jullie schrijvers zijn vaak een verlegen stelletje. Niall niet. Hij gaat er gewoon in mee. En hij zal voor je zorgen. Hij is de aardigste man die er is...'

Het gegons in mijn oren was te luid geworden om haar te

horen. *Jullie schrijvers.* Heidi had haar dus niets over mij verteld. Ze had haar niet verteld dat ik er alleen was om te bewijzen dat CASE een roman kon schrijven die mensen wilden lezen. Dat ik helemaal geen schrijver was en ook niet echt een lezer. Als Qiana wist wie ik echt was, zou ze me dan nog steeds leuk vinden? Waarschijnlijk niet. Als we geen boeken gemeen hadden, wat bleef er dan nog over? Ik schoof een paar centimeter van haar vandaan en keek naar de voorkant van de auto.

'Hé, Sam, alles goed? Het spijt me. Je zei dat je moe was en hier zit ik maar door te ratelen.'

'Het is oké.' Ik maakte een futloos gebaar met mijn hand. 'Maak je om mij geen zorgen.'

Ze tuitte haar lippen. 'Dat is min of meer mijn taak. Om me zorgen om je te maken. Om voor je te zorgen. Als je iets nodig hebt, laat het me weten, oké? Ik zal niet altijd bij je zijn, maar je hebt in elke stad een begeleider. Ik ben verantwoordelijk voor je zolang je op deze tournee bent en als er iets gebeurt, regel ik het.'

Ik was het gewend dat mensen voor me probeerden te zorgen. Als mijn moeder het deed, haatte ik het. Maar het voelde beter om Qiana aan mijn kant te hebben.

'Daarover gesproken...' Ze groef in haar handtas en haalde er een klein rood tuigje uit met de woorden HULPHOND in het wit geborduurd op zwarte lapjes aan elke kant. 'Zo kan Bilbo met je mee naar de evenementen.'

'Maar hij is niet echt...'

'Ah-ah. Hij is je emotionele hulphond. Je hebt hem toch nodig?' Haar bruine ogen boorden zich in me, alsof ze het deel van mijn hersenen kon zien dat Bilbo Baggins tot rust bracht.

Ik liet mijn blik op zijn zijdezachte zwarte vacht rusten. Zelfs dat vertraagde mijn snelle hartslag. 'Ja. Maar ik voel me er rot bij om te doen alsof hij een getrainde hulphond is.'

'Hij is een brave hond.' Qiana krabde hem onder zijn kin. 'En het is alleen maar om je door deze tournee heen te helpen.' Ze trok het vestje over zijn kop en maakte het vast om zijn middel. 'Je ziet er strak uit, Bilbo.' Ze streek met haar vingers over zijn oversized oren en maakte het lange haar glad.

'Dank je.' De woorden kwamen als een fluistering voorbij de brok in mijn keel.

'Ik help je wel, meid.'

Als dat waar was, zou ze naast Jackson en dr. Martell de enige zijn.

10

NIALL

IK STAARDE DOOR de voorruit van de truck naar de twee verdiepingen hoge boekwinkel in een buitenwijk van Columbus. Dikke sneeuwvlokken dwarrelden naar beneden en smolten zodra ze het glas raakten. Mijn handen beefden en ik klemde het stuur vaster om het te verbergen.

'Gaan we er nog uit, of ga je het boek vanuit de truck lanceren?' Opa leunde tussen de voorstoelen naar voren. 'Het is misschien een beetje fris buiten, maar ik veronderstel dat je in de laadbak zou kunnen gaan staan en van daaruit je praatje kunt houden.'

'Pap, geef hem even. Hij moet zich alleen even schrap zetten. Toch, schat?' Mijn moeders voorhoofd fronste, maar haar ogen straalden van trots.

Schrap zetten. Ik rechtte mijn rug in de stoel. Schouders naar achteren. Knikte. 'Ik ben er klaar voor.' Als ik het zei, was het misschien waar.

Ik sprong naar buiten en opende het kleine achterportier van de truck voor opa, terwijl ik in de buurt bleef voor het geval hij zou struikelen. Hij was nog steeds een beetje uit balans met zijn arm in de mitella.

Zijn humeur was ook uit balans. 'Stap opzij, jongen. Ik ben niet een of ander broos oud mannetje.'

'Ja, ja. Ik moet alleen even mijn tas pakken.' Toen hij stevig naast de truck stond, pakte ik mijn afgedragen schoudertas van de achterbank en hing hem over mijn borst.

Mama voegde zich bij de voorkant van de truck bij ons en we staken de uitgestrekte parkeerplaats over. Die stond vol met auto's, maar een paar restaurants en een Tractor Supply deelden hem. De boekwinkel leek steeds groter te worden tot hij mijn hele gezichtsveld vulde; helder verlicht en vol met winkelend publiek op een dinsdagavond. Waarom, waarom, *waarom* hadden ze de lancering niet in de bibliotheek van Enchanted Forest gepland? Er was geen schijn van kans dat ik ook maar enige ruimte in dit monster zou vullen. Misschien hadden ze een kleine zaal aan de zijkant die mijn kleine groepje supporters niet in het niet zou doen vallen.

Ik hield de deur open voor mama en opa en volgde hen naar binnen.

'Niall, kijk.' Mama wees naar een bord. Mijn gezicht op levensgroot formaat grijnsde ons toe. Had ik echt zoveel sproeten? Ik kromp ineen. Misschien hadden we de omslag niet in rode tinten moeten doen. Het affiche leek op Enchanted Forest in de herfst, helemaal rood, oranje en goud. Het brandde in mijn ogen om ernaar te kijken.

'Ooit zal je net als ik wit haar hebben,' zei opa. 'Dan zal je al dat rood nog missen.'

'Die dag is nog niet aangebroken, opa.'

'Er staat dat we boven moeten zijn,' zei mama. Boven aan de brede trap zoemden stemmen als dat wespennest dat we een paar zomers geleden in de hooischuur hadden gevonden.

Ik haalde diep adem en ging de trap op met dezelfde huivering als waarmee ik de ladder had beklommen om het nest weg te halen. Ik hoopte dat ik minder steken zou oplopen.

'Niall!' Qiana vloog me om de hals als een kanonskogel, haar armen om de mijne geklemd. 'Het is zo spannend! Is het niet spannend? Kijk al die mensen! Kijk naar mijn haar!' Ze schudde haar hoofd en zwaaide met de rode punten. 'Ik heb het op je omslag afgestemd! Wacht, waar is Gabi?' Ze keek om me heen alsof mijn agente zich ooit achter mij zou verstoppen.

Mijn borstkas kromp ineen bij de herinnering. 'Ze kon niet komen. Een probleem met een andere cliënt.'

'Ah. Ik weet dat je haar er graag bij hebt. Elaine! En Jerry! Jullie zijn er! Ik houd voorin plaatsen voor jullie vrij. Laat me jullie eerst even voorstellen aan Sam.'

Sam. Het was nog een blokje dat mijn toren van zenuwen deed wankelen. Toen ik zijn boek uit had, was ik een jaloers, irrationeel wrak. Hoe had hij het in hemelsnaam gedaan? Een literair meesterwerk geschreven dat ook een verbijsterend fantasywerk was? Ik had nooit zoiets kunnen produceren, zelfs niet als ik er twintig jaar voor had gezwoegd. Zelfs niet met een kamer vol assistenten en typisten. Ik had uitgekeken naar deze dag — oké, en er ook een beetje tegenop gezien — zodat ik een gezicht, een persoon, kon plakken op het verbazingwekkende literaire talent.

Maar toen Qiana die persoon onze kring in trok, stond mijn brein stil. Dit was niet Sam Case. Dit was iemand die ik kende. Iemand wier prachtige ogen maandenlang in mijn dromen, mijn verbeelding en mijn verdomde manuscript hadden gespookt. Lobelia. Maar ze had een andere naam. Samantha. Samantha Jones. Was ze hier namens de stichting?

'Niall!'

Ik knipperde met mijn ogen.

'Niall, gaat het wel?' Qiana greep mijn arm vast. 'Je wankelde even. Heb je een stoel nodig? Wat water? Etherische oliën? Ik denk dat ik wel wat lavendel in mijn tas heb.'

Ik knipperde opnieuw, hard. Samantha was er nog steeds. 'Het gaat goed. Wat is er aan de hand? Waar is—'

'Hoi, Niall.' Ze stak haar hand naar me uit, bleek en bevend.

'Herinner je je me nog, Samantha Jones? Maar tijdens deze tournee ben ik Sam Case.'

Nu had ik inderdaad een stoel nodig. 'Jij bent Sam Case.' Ze was een masterstudente, geen schrijfster. Ze studeerde niet eens literatuur. Ze had gezegd informatica. Ze kon niet ouder zijn dan vijfentwintig. Wanneer had ze de tijd, of de opleiding, gehad om een meesterwerk als *Magician in the Machine* te schrijven? Mijn hersenen stonden in hun vrij en konden de nieuwe informatie niet verwerken. Ik staarde haar aan, terwijl ik probeerde te herzien wat ik dacht te weten voordat ik de boekwinkel binnenstapte.

'Sam.' Mama gaf me een por in mijn zij terwijl ze naar voren drong en Samantha's nog steeds uitgestoken hand schudde, degene die ik niet had aangeraakt. 'Leuk je te ontmoeten. Ik heb je roman gelezen. Hij is zo interessant. Ik zou graag meer willen horen over hoe u op het idee ervan bent gekomen.'

Als het mogelijk was, werd Samantha nog bleker. 'Dank u. Maar vanavond draait alles om Niall en zijn boek.'

'Dat is ook zo, nietwaar?' Mama liet Samantha's hand los en sloeg haar arm om mijn middel. Voor Samantha en Qiana leek het waarschijnlijk op een knuffel tussen moeder en zoon. Voor mij voelde het als een kneep die zei: 'Gedraag je onmiddellijk, jij deugniet.' Dichtbij klonk een van die nep-sluitergeluidjes van iemands telefoon. Qiana draaide zich weg om iets tegen die persoon te mompelen.

Ik zette mijn publiciteitsglimlach op, dezelfde die ik beneden in mijn close-up als auteur had gebruikt. Ik stak mijn hand uit en Samantha's kleine, zachte handpalm nestelde zich erin. Ik drukte haar hand eenmaal en liet weer los. 'Leuk je weer te zien. Sorry, ik had niet verwacht— Je had niet gezegd dat je— Je hebt me een beetje overrompeld.'

'Wacht, jullie kennen elkaar?' Qiana's scherpe blik ontging niets. Niet de zweetdruppel die langs mijn haargrens sijpelde. Niet mijn rechterhand die ik tot een vuist had gebald, omdat die nog steeds pulseerde alsof ik een stroomdraad van de tractor-motor had aangeraakt. Niet mijn adem die in mijn keel schuurde.

Niet Samantha's wilde ogen, die me aanstaarden alsof ik een koperkopslang was, opgerold en klaar om toe te slaan.

'We hebben elkaar ontmoet in San Francisco. Op een inzamelingsactie,' zei Samantha.

'En nog eens op Samantha's universiteit. Ze heeft niet gezegd dat ze een boek had geschreven. Zou je niet denken dat je zoiets zou vermelden als je met iemand praat van wie je weet dat hij een schrijver is?'

'Niall.' Mama kneep me onder mijn jasje, alsof ze me uit mijn horkerige gedrag kon krijgen.

'Ik probeer het gewoon te begrijpen.' Samantha had open en eerlijk geleken. En zo had ik Lobelia ook geschreven. Was dat mijn probleem? Ik had me een bepaald beeld van haar gevormd en als ze zich anders gedroeg, werd ik boos? Ik had me erop verheugd haar in San Francisco te zien en — wacht. Ze had gezegd dat ze onder een verplichting probeerde uit te komen. Bedoelde ze deze tournee?

Ik zou het haar later vragen. Als ze me niet diezelfde uitdrukking gaf die ze had laten zien toen al die fotografen vorig jaar bij de inzamelingsactie op ons afkwamen. Ik had iets goed te maken.

'Sorry.' Ik trok een grimas en wees naar mezelf. 'Zenuwen voor de lancering. Laat ik dit opnieuw proberen. Hallo, Samantha. Ik ben verheugd je weer te zien.'

Wantrouwig bekeek ze mijn gezicht. Toen opende ze haar tas en een pluizig, zwart kopje stak eruit. 'Als ik zenuwachtig ben, helpt Bilbo Baggins.' Ze pakte hem eruit en gaf hem aan mij.

Ik knuffelde hem tegen mijn borst terwijl mijn moeder zijn te grote oor aaide. Mijn hartslag vertraagde. Dit, *dit* was mijn Lobelia. Of Samantha. Hulp aanbieden als dat nodig was. Ik glimlachte. 'Dank je.'

'Geen probleem.'

'Niall, het is tijd.' Qiana stak haar handen uit naar de hond en gaf hem terug aan Samantha. 'Waarom gaan jullie niet allemaal zitten — het zijn de stoelen voorin met een *Gereserveerd*-kaartje erop — terwijl ik Niall de microfoon opspeld?' Qiana greep mijn pols vast. Haar lange nagels pasten ook bij mijn boekomslag.

'Kom op, Sam. Of is het Samantha?' vroeg mama.

'Sam. Alsjeblieft.'

'We hadden ooit een haan die Sam heette...' Opa's stem vervaagde terwijl ze zich een weg door de menigte naar de voorkant van de zaal baanden.

Qiana trok me aan mijn pols naar beneden tot mijn oor naast haar rode lippen was. 'Wat is er in hemelsnaam aan de hand? Ik heb je nog nooit zo zien doen tegenover iemand, zeker niet tegenover een collega-auteur. Een *beginnende* auteur op haar eerste tournee.'

Ze keek me een seconde boos aan, wachtend.

'Ik was gewoon verrast, denk ik. Dat ik haar kende. Dat ze—'

'Heb je er al eens bij stilgestaan, Niall, dat ze misschien een beetje geïntimideerd was door een bestsellerauteur met een tv-deal? Zeker door iemand met zo veel' — ze pauzeerde om me van top tot teen op te nemen — 'uitstraling als jij?'

Een koude golf spoelde over me heen als het beekje in januari. Ik voelde me heel klein. Qiana had me kunnen vertrappen met haar glimmende, zwarte stiletto's.

'Het spijt me—'

'Bied je excuses niet aan mij aan. Bied ze aan aan Sam. Later. Nu moet je jezelf herpakken.'

Voor het eerst keek ik om me heen terwijl ze me naar het spreekgestoelte trok. Een zee van stoelen stond opgesteld tegenover een muur op de bovenverdieping. Het moesten er wel tweehonderd zijn. En ze waren bijna allemaal bezet. Waar kwamen al deze mensen vandaan?

Qiana liet me los toen we het spreekgestoelte bereikten. Ze gaf me de batterijpack, die ik aan mijn riem klipte. Ze klemde de microfoon in haar vuist. 'Weet je zeker dat je niets nodig hebt om te kalmeren?'

Ik schudde mijn hoofd. Samantha's hond — en haar bereidheid om hem met mij te delen — had me gekalmeerd.

Ze tuitte haar lippen opnieuw en tikte op de microfoon om te controleren of hij uit stond voordat ze hem aan mijn kraag klipte. 'Je weet wat je gaat voorlezen, toch?'

Ik haalde mijn auteursexemplaar uit mijn schoudertas. Er stak een rood plakkertje uit.

Haar uitdrukking ontspande een heel klein beetje. 'Je bent een professional, Niall. Gedraag je er nu naar.' Ze hield haar gezicht bevroren in een glimlach en perste de volgende paar zinnen tussen haar tanden. 'Er zijn, zeg maar, tien boekbloggers in het publiek. En twee lokale tv-ploegen. Draai je niet om. Hun verslaggeving kan worden opgepikt door de nationale boekblogs en lifestylewebsites. Laat wat er ook gaande is tussen jou en Sam dit niet verpesten. Begrijp je? Dit is een grote avond voor jou.'

Ik knikte, blij dat ik met mijn rug naar het publiek en de tv-camera's stond. Ze had gelijk: het was een grote avond voor mij. Niet alleen lanceerde ik mijn boek, maar ik was ook weer in het bijzijn van de vrouw die Lobelia had geïnspireerd, die mij had geïnspireerd om het boek af te maken.

Ik staarde naar de roodgetinte schildering op de omslag. In de hoek, fladderend bij Nievens oor, was de kleine gestalte van een bosnimf. De vastberaden trek om haar kleine mond stelde me gerust. *Moed, Niall.*

Dit kon ik. En nu, met de bron van mijn inspiratie die de komende drie weken met me meereisde, kon ik nog meer. Terwijl ik over de kleine vleugeltipjes van Lobelia streek, tintelden mijn vingers.

Ik kon schrijven.

11

SAM

GISTEREN, in Columbus, had om Niall gedraaid. Vandaag was voor ons allebei. Nou ja, voor Niall en Sam Case, wie dat dan ook was.

Vanuit de auto zag de boekwinkel in Chicago er heel vriendelijk uit. In de etalage rechts van de deur zat een teddybeer in een schommelstoel met een prentenboek tussen zijn poten, geflankeerd door stapels andere kinderboeken. Omdat het februari was, stonden in de etalage links van de deur romans, sommige met felle kaften, andere met vrouwen in zijden rokken die om hen heen vloeiden, de halslijnen van hun jurken afzakkend over hun schouders.

Ik trok de revers van mijn jasje op. De bovenste knoop ontbrak. Thuis had ik die niet nodig gehad. Maar ik zou meer nodig hebben dan een betere jas om een tournee met Niall Flynn te overleven. Iets als een volledig harnas en een zwaard. En misschien een kuisheidsgordel.

Gisteravond, na zijn boekpresentatie in Columbus, had hij eruitgezien alsof hij wilde praten. Maar als een lafaard was ik er met Qiana vandoor gegaan, zeggend dat ik moe was. En dat was ik ook. Maar in werkelijkheid was ik geschokt door het vuur in zijn ogen en de vonk van onze aanraking. Ik had het verknald door hem niet over het boek en de tournee te vertellen toen ik hem op de campus ontmoette. Eerst leek hij boos. Maar toen brandde zijn blik met een intensiteit die geen woede leek te zijn.

En mijn zoekgeraakte libido? Boem, gevonden. Maar dat gold ook voor elke vrouw in die zaal die niet Nialls moeder was. Een vrouw achter me had een vraag proberen te stellen, maar kon van het giechelen niet meer uit haar woorden komen. En de menigte vrouwen rond de tafel na zijn signeersessie? Ik had hem niet kunnen benaderen, zelfs al had ik het gewild.

Ik wou dat ik hem op de campus over de tournee had verteld. Of dat ik sindsdien had geprobeerd contact met hem op te nemen. Maar tot op het moment dat Bilbo Baggins en ik in San Francisco op het vliegtuig stapten, had ik gehoopt dat ik onder de tournee en alle leugens uit kon komen.

Zoals de leugen dat ik het boek door zou laten gaan als iets dat ik had geschreven. Vooral nadat ik Nialls boek als input voor CASE had gebruikt. Heidi had gezegd dat ze het zou regelen en dat ik niet met Niall over de A.I. moest praten. En nu Heidi de macht had over of ik in juni het podium over zou lopen om mijn bul in ontvangst te nemen, moest ik doen wat ze zei.

Een stuk papier tuimelde voor de boekwinkel langs. Ik klemde Bilbo Baggins onder één arm en zette me schrap voor de sprint van de auto naar de boekwinkel.

Een geluid als vuurwerk in de verte, knetterend en knisperend, begon. Ik dook ineen. 'Wat is dat?'

'Gewoon wat ijsregen. Als je snel gaat, voel je er bijna niks van.' Kathy, onze begeleidster, knikte naar de voorruit, waar kleine witte spikkels tegen het glas tikten en wegstuiten.

Maar buiten de beschutting van de auto voelde de ijsregen als kleine dolkjes op mijn blote huid. Ik legde een hand over de ogen van Bilbo Baggins en rende naar de deur.

De langbenige Niall was er als eerste, niet eens snel ademend. In gevecht met de windvlaag die de deur wilde dichtslaan, trok hij hem met een ruk open en hield hem voor me vast terwijl ik met Bilbo Baggins naar binnen schoot. Ik trok de binnendeur open en staarde met open mond.

De boekwinkel leek vanbuiten klein, maar binnen was het midden vrijgemaakt van tafels en boekenkasten om ruimte te maken voor rijen en rijen stoelen. Aan het einde van de ruimte stond op een verhoogd platform een tweetal fauteuils en een paar varens in potten. Vlak ervoor stond een lange tafel met twee stoelen en twee stapels boeken, de ene met groene kaften en de andere met rode.

Bijna elke stoel in de zaak was bezet. Mijn ogen gleden over de tientallen hoofden, recht naar de twee microfoonstandaards op het podium, één voor elke stoel.

Ik zou in een van die dingen moeten praten.

Ik kneep mijn ogen dicht en probeerde het gegrinnik van mijn leesclubje op de basisschool te vergeten. Het met de ogen rollen van mijn klasgenoten op de middelbare school als we – ugh – Shakespeare moesten lezen. De manier waarop de woorden op de pagina dansten en ik moeite had ze vast te pinnen en voor te dragen.

'Ik voel me niet zo goed.' Ik klemde Bilbo Baggins zo stevig vast dat hij zich wrong.

'Het komt goed. Met jou komt het goed.' Nialls langzame, lage stem was bijna rustgevend. 'Qiana heeft je de lijst met vragen gestuurd, toch?'

'Vragen?'

'Ze stonden achter in mijn reisschema. Heb jij ze niet gekregen?'

Ik had gehoopt dat ik nooit in het vliegtuig hoefde te stappen, laat staan vragen hoefde te beantwoorden.

Hij opende zijn schoudertas en haalde er een stapel papieren uit. Hij sloeg een paar bladzijden om en hield het me voor. 'Lees dit even door. Er staat niks bijzonders in. En als er vragen zijn die je niet wilt beantwoorden, streep je ze gewoon door.' Hij hield een pen voor.

Kon ik ze allemaal doorstrepen? Het stuk voorlezen dat ik uit mijn hoofd had geleerd en dan doorgaan naar het signeermoment? Ik had geoefend met het ondertekenen van mijn pseudoniem, Sam Case. Grote *S*, grote *C*, met wat kriebelige letters na de hoofdletters. Snel. Efficiënt.

Zorgvuldig om zijn vingers niet aan te raken, nam ik de lijst aan en scande hem. Een paar woorden sprongen eruit. *Inspiratie* — dat was wat Nialls moeder me gisteravond had gevraagd. *Schrijfproces. Volgende boek.* Hoe moest ik die in godsnaam beantwoorden? Het was belachelijk, aangezien een fout CASE had aangezet tot het produceren van *Magician in the Machine* en mijn plannen inhielden dat ik me de rest van mijn leven in een onderzoekslab zou verstoppen.

Een magere, witte man, zijn grijze haar in een knotje in zijn nek gebonden, netter dan mijn eigen verwaaide knot, snelde op ons af. 'Welkom, welkom. Meneer Flynn, ik zou u overal herkennen. En mevrouw Case.' Hij schudde onze handen enthousiast. 'Ik ben Peter Pettingill, de filiaalmanager. We doen eerst een paar foto's, en dan—'

'Geen foto's', zei ik, met een vlakke, automatische stem. 'Dat staat in de overeenkomst.'

'Geen foto's?' Hij schudde zijn hoofd. 'We doen altijd foto's.' Hij gebaarde naar een plek achter de kassa, waar tientallen foto's aan de muur waren geprikt.

Mijn maag draaide zich om. Het leek onschuldig om voor een foto naast Niall te poseren. Die zou de boekwinkel waarschijnlijk niet verlaten. Peter Pettingill zag er niet uit alsof hij wist hoe hij Photoshop moest gebruiken om mijn hoofd op het naakte lichaam van iemand anders te plakken.

'Wil je het wel?' Nialls stem was laag in mijn oor, zijn adem kietelde in mijn nek. 'Het hoeft niet.'

'Oké.' Mijn stem was niet meer dan een hees gefluister. Ik schraapte mijn keel. 'Oké.'

Pettingill hield zijn telefoon omhoog. 'Klaar?'

De manier waarop de telefoon de helft van zijn gezicht

verborg, slingerde me terug in de tijd. Niet naar een drukke, goed verlichte boekwinkel, maar naar de slaapkamer in Stephens hippe appartement buiten de campus. Ik was een simpele eerstejaars, die nog steeds probeerde te begrijpen wat de zelfverzekerde laatstejaars, iemand die zelfs Moeder goedkeurde, in mij zag. Dus toen hij had gesmeekt, had ik een onhandige striptease gedaan. De herinneringen waren scherpe flitsen, zoals de herhalende video's op Natalie's social media. De te felle lamp die op de witte lakens en mijn naakte huid scheen. Stephens donkere haar en één oog achter zijn telefoon, terwijl hij de ene na de andere foto maakte. Zijn smeekbedes of ik mezelf wilde aanraken en mijn beschaamde geschud van mijn hoofd.

Maar het had niet uitgemaakt. Naderhand, toen Jackson Stephens computer had gehackt, had hij de foto's niet snel genoeg kunnen verwijderen. Ik had over zijn schouder meegekeken en ze allemaal gezien. En onder de rij echte naaktfoto's had Stephen mijn hoofd op het lichaam van een actrice in een still uit een pornofilm gephotoshopt. Naast de foto's die ik hem had laten nemen, hoefden die niet realistisch te zijn om vernietigend te zijn.

'Nee. Nee.' Ik schudde mijn hoofd en deinsde achteruit tot mijn rug tegen een displaytafel stootte. 'Nee.'

'Hé.' Niall stond daar, voor me, en blokkeerde de camera van de man. 'Gaat het?'

Ik staarde naar het witte knoopje op zijn geruite overhemd, grijs dat over donkerder grijs liep, met daaroverheen paren dunne rode lijnen. 'Ik kan het niet.'

'Kun je geen foto's laten maken? Of kun je de lezing niet doen? Ik kan het alleen doen als je naar het hotel moet.'

Een seconde lang fantaseerde ik erover om de lezing over te slaan. Om niet voor al die mensen te hoeven staan. Om me terug te trekken in het hotel en me met Bilbo Baggins onder de dekens te verstoppen. Maar wat zou Heidi zeggen als ik dat deed? Zou Martell haar kant kiezen of de mijne? Hij had me niet onder de tournee uit kunnen krijgen. Als hij het al geprobeerd had.

'Ik doe de lezing wel. Alleen... alleen geen foto's.'

'Weet je het zeker?'

Toen durfde ik hem aan te kijken. Zijn groene ogen hadden niet de schreeuwerige kleur van de kaft van *Magician in the Machine* maar waren zacht en vervaagd als een stukje zeeglas. Misschien zou ik het verpesten. Maar ik moest het proberen. Niet alleen vanwege wat Heidi me zou aandoen als ik het niet deed, maar omdat Niall Flynn dacht dat ik het kon.

'Ik doe het.'

'Goed.' Hij reikte naar mijn schouder, alsof hij die wilde strelen, maar legde toen zijn grote hand op het hoofd van Bilbo Baggins. 'Ik regel Pettingill wel. Neem jij even een minuutje. Adem.'

Niall glimlachte die camera-klare lach, sloeg een arm om de schouders van Pettingill en nam hem mee opzij. Terwijl ze praatten, wierp de manager stiekeme blikken op mij.

'Mag ik uw hond aaien?' De woorden kwamen tegelijk met een ruk aan de onderkant van mijn jasje. Ik keek naar beneden, in het gezicht van een kind met een bos zwarte krullen.

'Natuurlijk. Hij heet Bilbo Baggins.' Ik maakte mijn greep losser om meer van Bilbo Baggins' vacht te onthullen. Hij wiebelde vol verwachting.

Het kind groef een kleine hand in Bilbo Baggins' zijdezachte vacht. 'Net als de Hobbit? Hij is zo zacht.'

'Dat is hij. Als ik zenuwachtig ben, voel ik me altijd beter als ik hem aanraak.'

'Bent u zenuwachtig?' Ronde, donkere ogen keken naar me op.

'Ja. Ik moet daarboven staan' – ik wees met mijn kin naar het podium – 'en voorlezen.'

'Ik en mijn papa zijn gekomen om de schrijvers te zien praten. We hebben samen *Secrets of the Wood Elves* gelezen. U bent die schrijver niet, toch?'

'Nee, dat is hij.' Ik liet mijn blik op Niall rusten, die als een boom over de kleinere filiaalmanager heen boog, en de ogen van het kind volgden. 'Ik dacht niet dat dat een kinderboek was.'

'Papa hielp met de moeilijke woorden. Hij zegt dat we niet

alleen kinderboeken hoeven te lezen. We mogen lezen welke boeken we willen.'

'Mijn vader las me vroeger ook voor. Ik hoop dat jij en je vader nog lang samen zullen blijven lezen.' Ik probeerde me de gelukkige tijden te herinneren, toen ik tegen mijn eigen vader aan kroop, en zijn tijd elke avond een paar minuten niet voor zijn werk of zelfs mijn broers en zus was, maar alleen voor mij. Ik probeerde niet te denken aan hoe, zonder hem, lezen de moeite niet meer waard was.

'Als u zenuwachtig wordt, moet u gewoon net als Nieven zijn en aan thuis denken. Dan voelt u zich beter.'

Wie was in hemelsnaam Nieven? En aan thuis denken zou me alleen maar zenuwachtiger maken, niet minder. Wat zou Moeder zeggen als ze wist dat ik vandaag moest voorlezen, spontaan moest spreken, voor al deze mensen?

Toch zei ik: 'Dank je.'

Niall doemde tussen ons op. 'Klaar om naar boven te gaan?' Hij had Pettingill vast tot bedaren gebracht, want de manager had zijn telefoon opgeborgen.

'Ik heb een van je fans ontmoet.' Ik stak een hand uit naar het kind.

Hij hurkte om dichter bij de lengte van het kind te komen. 'Hoi. Hoe heet je?'

'Hero.'

'Ah, je ouders moeten fan zijn van Shakespeare. *Veel lawaai om niets*, toch?'

Het kind knikte.

"If it proves so, dan gaat de liefde bij toeval: Some Cupid kills with arrows, some with traps." Nialls groenogige blik landde op mij en schoot toen zo snel weer weg dat ik niet zeker wist of hij het met opzet had gedaan. Shakespeare klonk knikkeknieënd welluidend in Nialls diepe stem, heel anders dan wanneer mijn leraar Engels het las.

'Ik vind *Secrets of the Wood Elves* leuker dan Shakespeare. Zij praten als gewone mensen.'

Niall straalde naar het kind. 'En wie is je favoriete personage?'

'Greva. Ze komt altijd net op tijd aanrijden om Nieven te redden.'

'Dat vind ik ook leuk aan haar. Leuk je te ontmoeten, Hero. Ik zie je weer als ik je boek signeer, oké?'

'Oké.' Hero's aanbiddende blik straalde op naar Niall.

Ik aanbad hem ook een beetje, om zijn serieuze gesprek met dat kleine kind. En de Shakespeare. En de manier waarop hij de filiaalmanager en zijn telefoon had afgeslagen als een ridder van weleer.

'Tijd voor de show.' Niall hield mijn blik vast. 'Ben je er klaar voor?'

Ik rilde. Ooit, voor ik die vreselijke fout met Stephen had gemaakt, had ik gehoopt dat kinderen tegen me op zouden kijken. Ik had een programmeur en ondernemer willen worden zoals Jackson. Ik had niet de bekendheid gewild die hij als verdedigingsmechanisme had gecreëerd, maar ik had gewild dat kleine meisjes zouden zien wat ik had gedaan en zouden denken: *Dat zou ik ook kunnen.*

Maar dat was allemaal verleden tijd. Roem was niet voor mij weggelegd. Nadat ik deze tournee had gedaan en de waarheid onthuld was, konden Dr. Martell en de universiteit de eer voor CASE opstrijken en mij erbuiten laten. Ik wilde nooit meer voor een zaal vol wetenschappers hoeven staan om uit te leggen wat ik had gedaan.

En dat bracht me met een klap terug in de realiteit. Ik wilde niet in deze boekwinkel zijn om over een boek te praten dat ik niet had geschreven.

'Nee.' Ik was er niet klaar voor. Al die mensen. Hun starende blikken. Hun gegniffel als ik zou struikelen. Mijn voeten plakten aan de vloer.

'Als we daarboven zijn, kijk dan naar mij. Luister naar mij. Het komt goed. Net als nu. Oké?'

'Ik weet het niet.' Ik wierp een verlangende blik naar de voordeur. Zelfs vriestemperaturen en ijsregen klonken beter dan al die ogen en oren op mij gericht.

'We doen het samen. Eén.' Hij pauzeerde. 'Twee.' Hij keek me diep in de ogen. 'Drie.'

En alsof ze door iemand anders werden aangedreven, begonnen mijn voeten richting het podium te bewegen. Nialls hand rustte op mijn rug, warm, standvastig en zeker. Misschien kon ik dit toch.

12

SAMS SPROETEN – normaal gesproken zo'n subtiel laagje, als zandkorrels op de bladzijde van een paperback op het strand – staken scherp af tegen haar te bleke huid. Terwijl ze de passage uit haar boek voorlas, beefde haar stem en verliet haar blik het scherm van haar tablet niet. Toch zag ik haar geen enkele keer een bladzijde omslaan. Ze klemde de microfoon vast, haar knokkels wit.

'Ik denk dat ze op het punt staat over haar nek te gaan', mompelde ik.

'Nee.' Kady legde een bedwingende hand op mijn arm. 'Ze heeft dat schattige hondje bij zich op het podium. Het komt wel goed met haar.'

Op het verhoogde platform zat Sam op de stoel met haar voeten onder zich opgetrokken, alsof ze zichzelf nog kleiner probeerde te maken. De hond nestelde zich naast haar.

Hoe Sam in hemelsnaam Happy Troll had overtuigd om haar hond mee op tournee te nemen, was mij een raadsel. Alhoewel, gezien hoe superieur *Magiër in de Machine* was, hadden ze waarschijnlijk alles gedaan om hun sterauteur tevreden te stellen. Haar zelfs als een diva laten gedragen.

Ze zag er daarboven niet uit als een diva. Toen haar stem door de geluidsinstallatie schalde, was ze opgesprongen als een geschrokken muis. Ze was zo zacht en aarzelend begonnen met praten dat de mensen in het publiek naar voren leunden op hun stoel. Maar terwijl ze las – langzaam, voorzichtig – ontspanden haar schouders. Al gauw kreeg ze de vaart erin, en hoewel ze nooit een voorlezer van luisterboeken of zelfs een voorleesjuf zou worden, kreeg haar stem een zelfverzekerder ritme.

Het publiek vond het geweldig. We hadden een enorme menigte getrokken in de boekwinkel vlak bij het meer van Chicago. De mensen zaten stil en onbeweeglijk naar haar woorden te luisteren. Misschien waren het de woorden zelf, of misschien was het het contrast tussen het desolate, kale verhaal vol scherpe randjes en rauwe dialogen en de elfachtige schoonheid die het voor hen had geschreven en voorgedragen.

Ik was net zo betoverd als zij.

Sneller dan ik had verwacht, applaudisseerde het publiek. *Goed gedaan, Qiana, dat je haar hebt gecoacht om de eerste keer maar een kort fragment voor te lezen.*

Ik liep naar voren en zette mijn eigen microfoon aan. 'Bedankt, Sam. Vergeet niet, als je je exemplaar van *Magician in de Machine* nog niet hebt gekocht, we hebben exemplaren op de tafel liggen die Sam aan het eind kan signeren. Nu lees ik een passage uit *Verraad of de Wood Elves*.'

Het verschil tussen mijn bloemrijke beschrijvingen en de rauwheid van Sams proza had niet groter kunnen zijn. De passage uit *Treachery* was geborduurd, in rococostijl, met details: de geur van het zweet van de paarden, het donderen van hun hoeven, de scherpe pijn die vanuit de steekwond in Nievans zij schoot na de strijd die het eerste boek beëindigde. Had ik dat allemaal moeten schrappen om me te concentreren op de actie, zoals Sam had gedaan?

Te laat nu. Ik wuifde de twijfel weg en zette, naar het voorbeeld van Nieven, door.

Tijdens de vragenronde verwelkte Sam als een door de vorst bevangen roos, met haar schouders ineengedoken en haar stem zacht en monotoon. Had Qiana haar er niet op voorbereid? Ze verstijfde toen iemand uit het publiek vroeg: 'Waar haal je je inspiratie vandaan?'

Ik wist zeker dat die vraag op het lijstje van Qiana stond. Het was een inkoppertje. Je kon letterlijk alles zeggen: het dagelijks leven, dromen, de sociaal-politieke structuur van het Ottomaanse Rijk. Ik staarde haar strak aan, in de hoop dat ze iets zou zeggen, wat dan ook.

'Andere boeken, denk ik?' zei ze uiteindelijk. 'Mijn vader las me vroeger voor.' Ze ving de blik van een jongen op een van de voorste rijen. Hero, degene met wie ze had gepraat voordat we het podium opgingen.

'Nog specifieke voorbeelden?' vroeg ik. Ik had het niet moeten doen. Ik had de volgende vraag moeten nemen en haar een pauze moeten gunnen. Maar wat een persoon leest, zegt veel over diegene. En ik wilde zoveel mogelijk te weten komen over mijn tourpartner, mijn muze.

Ze keek naar beneden, aaide de hond. 'Tolkien. Ik herinner me dat we samen *De Hobbit* lazen. Sterker nog' – ze pakte de hond op en zette hem op haar schoot – 'deze kerel heet Bilbo Baggins. Hij is vijf jaar oud en ik heb hem uit het asiel in San Francisco. Hij houdt van lange wandelingen, ongekruide kippendijen zonder bot, en geföhnd worden na een warm bad. Hij heeft een hekel aan het strand – het zand tussen zijn tenen – en alleen zijn.'

De volgende twee vragen gingen over honden en Sam beantwoordde ze met een gemak dat ze niet had toen ze over haar boek praatte.

Toen kwam de vraag aan mij, dezelfde die Sam een paar minuten eerder was gesteld. 'Waar haal jij je inspiratie vandaan, Niall?'

Ik had natuurlijk een antwoord. Ik was geen groentje zoals

Sam. Maar toen ik mijn mond opendeed, verstijfde ik. Toen ik het had voorbereid, had ik niet verwacht dat het antwoord op de vraag naast me zou zitten. Mijn keel werd droog en mijn tong lag nutteloos in mijn mond. Ik stak een vinger op en pakte de fles water naast mijn stoel om een flinke slok te nemen.

Sam hield haar hoofd schuin. Ze moest ook aan de opdracht denken. Waarom hadden we het er gisteravond in Columbus niet over gehad? Waarom had ze me er geen standje voor gegeven?

Waarom had ik haar gisteravond niet apart genomen om me ervoor te verontschuldigen voordat ze er met Qiana vandoor was gegaan?

Ik had me als een lafaard gedragen, daarom. En daar moest ik nu mee stoppen. Vandaag.

Ik zette de fles water neer. Toch hoefde ik het niet voor al deze vreemden te doen. Dus kwam ik met het antwoord dat ik op mijn eerste boektournee had gebruikt. 'Er is een klein bos op de boerderij van mijn familie, en er stroomt een beekje doorheen. Als kind rende ik daarheen als ik klaar was met mijn klusjes, en dan lag ik op de bosbodem en droomde over de magische wezens die er woonden.'

Net als op mijn eerste tournee smulden ze ervan. Iedereen hoort graag over een boerenjongen met dromen die later succes vindt. Soms dacht ik dat het mijn achtergrondverhaal was, en niet mijn boeken, dat me had gebracht waar ik nu was. En ik haatte die gedachte. Ik wilde gewaardeerd worden voor wat ik produceerde, niet wie ik was. Zeker gezien wie mijn vader was.

Daarna maakte ik een eind aan de vragenronde, omdat ik geen zin had in vervolgvragen, en we daalden af naar de signeertafel.

Elke keer als ik de titelpagina signeerde, probeerde de volgende pagina, die met de opdracht, erdoorheen te branden. Godzijdank was er Kathy, die ieders boek op de juiste pagina openlegde zodat ik er niet per ongeluk naartoe bladerde en spontaan zou ontbranden. Zweetdruppels parelden op mijn haargrens en rolden over mijn rug onder mijn flanellen overhemd.

Eindelijk werd Sams rij korter en liep ze weg van de tafel. *Bijna klaar.* Mijn hand had nog geen kramp – die was in redelijk goede conditie door het met de hand schrijven van mijn manuscripten – maar mijn spieren deden pijn van het lange zitten. Ik rekte me uit en glimlachte naar de volgende lezer.

Toen de laatste persoon naar voren stapte, schoot er een stroomstoot door me heen. Sam stond over me heen gebogen, met een exemplaar van mijn eerste boek, *Geheimen van de Boselfen*, tegen haar borst geklemd, met het bonnetje erin gestoken.

'Je had geen exemplaar hoeven kopen', zei ik. 'Qiana had er wel een voor je gekregen van de uitgever.'

Een mondhoek van haar krulde omhoog. 'Ik mag dan nieuw zijn, maar ik weet hoe dit werkt: aan gratis exemplaren van de uitgever verdien je geen geld.'

'Dat is waar.'

'Ik dacht, ik lees deze eerst. Voordat ik aan je nieuwe begin.'

Een golf van opluchting stroomde door me heen. Ze had de opdracht niet gelezen. En ik kon het uitleggen voordat ze dat wel deed.

Ze gaf me het boek. Hoeveel ik er ook had gesigneerd, ik was nog steeds niet immuun voor de geur van vers papier en lijm, de hemelse geur van boeken. Maar dit exemplaar had iets extra's, een houtachtige, kruidige geur met daaronder... rozemarijn.

'Kijk, het spijt me', zei ze. 'Ik had die dag op de universiteit iets tegen je moeten zeggen. Maar ik hoopte dat ik eronderuit kon komen. Dit.' Ze wuifde met haar hand naar de boekwinkel, dat betoverende gebaar dat deed denken aan de vlucht van een mus. 'Dat ik me niet als Sam Case hoefde te onthullen. Dat ik gewoon Sam Jones kon zijn, en we... vrienden konden zijn.' Ze beet op haar lip en ik kon er niet van wegkijken. Haar lippen waren roze als rozenblaadjes. Ze zagen er ook zo zacht als blaadjes uit. Aanraakbaar. Kusbaar.

Nee. Ik kneep mijn ogen dicht. Niet opdringerig worden bij mijn tourpartner.

Ik schraapte mijn keel. 'Waarom zou je niet—' Natuurlijk. De spreekangst. Ze was zo'n schrijver die in haar grot wilde blijven en woorden wilde produceren. Zoals Cormac McCarthy of Harper Lee. Ze wilde niet haar merk belichamen, zoals Gabi me altijd aanspoorde te doen. 'Ik snap het. Ik moet ook mijn excuses aanbieden.'

'Waarvoor?' Ze rimpelde haar neus.

Lobelia's zachte, melodieuze stem fluisterde in mijn oor. *Moed.* Zij was moedig geweest. Ik kon het ook proberen.

'Kijk.' Ik pakte een exemplaar van *Treachery* van de stapel en sloeg het open bij de opdrachtpagina. 'Lees maar. Het is voor jou.'

Ze pakte het boek en bestudeerde de korte inscriptie. Ze las het langzaam en aarzelde bij de langere woorden. '"Opgedragen aan mijn muze met de violette ogen, zonder wie dit verhaal zijn ziel niet zou hebben gevonden."' Haar donkere wenkbrauwen fronsten zich op de manier waar ik bang voor was geweest. 'Dit ben ik? Maar mijn ogen zijn blauw, niet violet.'

Ik spreidde mijn handen voor me, met de palmen omhoog. 'Ik ben een schrijver. Een dichter. Ik kan wegkomen met een overdaad aan fraais.' Maar ze had ongelijk. Haar ogen waren meer dan blauw. Ze waren de sterrenhemel. Het diepste deel van de oceaan. Bloemen met tere blaadjes die, als je ze zou kneuzen, je vingers paars zouden kleuren.

'Je hebt het boek aan mij opgedragen?'

'Soort van.' Geconfronteerd met de realiteit van Sam, wist ik dat ik haar had verfraaid, net zoals ik met haar ogen had gedaan. Ik had iemand nieuws ontmoet en dat had verbindingen in mijn brein gesmeed die nieuwe woorden hadden laten vloeien. Ik had haar veranderd in wat ik wilde dat ze was: mijn etherische muze, zwevend in die schemerzone tussen droom en bewustzijn.

Maar Sam bestond niet voor mijn inspiratie.

'Ik ontmoette een onverwachte, intrigerende vrouw in een museum en nogmaals op een universiteitscampus. Mijn geïdealiseerde versie van haar inspireerde me. Maar jij bent een echt persoon. Met talent en je eigen creativiteit. Het spijt me.'

Ze hield haar hoofd schuin, als een vogeltje. 'Sorry voor...?'

'Dat ik je veranderde in iets wat je niet bent. Dat ik onze interacties in San Francisco helemaal over mij liet gaan.' Dat ik iets te veel voelde voor Lobelia. 'Normaal gesproken ben ik beter in het onderscheiden van fantasie en werkelijkheid. Maar ik had een deadline.' Ik haalde mijn schouders op alsof het niets was dat ze me uit mijn creatieve dip had gehaald, een compleet nieuw personage had geïnspireerd, letterlijk de boerderij had gered. Ik dwong mezelf te glimlachen, zelfs terwijl mijn maag ineenkromp. Ik had haar niet de hele waarheid verteld. Misschien zou ze niet aan *Treachery* beginnen terwijl we nog op tournee waren. Misschien zou ze zichzelf niet in Lobelia herkennen. Misschien zou geit Sally ook vleugels krijgen en leren vliegen.

Haar lippen verstrakten. 'Misschien hebben we elkaar geïnspireerd.' Ze legde het boek op tafel. 'Signeer het voor me, alsjeblieft? Op naam van Sam.'

Boven de opdracht kraste ik *Voor Sam* en zette eronder mijn handtekening. Ik blies op de inkt om het te drogen en sloeg het boek toen dicht.

Ze pakte het aan en raakte mijn vingertoppen lichtjes aan. Haar ogen waren echt de zomerse nachthemel in Ohio, inktblauw en bezaaid met sterren.

Ik knipperde met mijn ogen en greep naar de handgel. Ik hield het flesje boven Sams handen en druppelde de vloeistof in haar vlekkeloze handpalm voordat ik hetzelfde deed met mijn eigen, ruwe hand. Nee, ik wilde de gel niet in haar hand wrijven en opnieuw voelen hoe glad die was.

'Kom op, kinderen.' Kathy's stem verbrak het moment abrupt. 'Niall heeft een vroeg interview en Bilbo moet zijn poten strekken.'

Ik moest me ook uitrekken. En een klap tegen mijn kop krijgen omdat ik Samantha en Lobelia weer door elkaar haalde.

Ik trok mijn jas aan. Chicago was kouder dan Ohio en Sams jas was zelfs niet geschikt voor Ohio. Hij was gemaakt voor het koele, seizoensloze Noord-Californië en zeker niet voor wind en ijzel.

Ik pakte mijn wollen sjaal, de groene die mam voor me had

gebreid voor Kerstmis, en gaf hem aan Sam. 'Neem deze.' Mijn stem klonk ruw.

'Maar dat kan ik niet—'

'Het is koud buiten. Ik kan niet hebben dat je iets oploopt en de rest van de tour ziek bent.'

'Maar zo werkt dat niet—'

Ik pakte de sjaal uit haar handen en wikkelde hem om haar nek. De zijdeachtige lokken van haar loshangende knot streelden mijn vingers en ik rilde. 'Doe me een plezier, oké? Ik ben gewoon een man uit de Midwesten die weet dat het belangrijk is om warm te blijven.'

'Ik denk dat je meer bent dan dat.' Die violette ogen fonkelden.

'Ik denk dat we allebei meer zijn dan we lijken, Sam Jones.'

Haar glimlach wankelde en ze draaide zich om en begon met Bilbo te rommelen. 'Misschien.'

13

NIALL

IK WEET NIET wie het een goed idee vond – Qiana, God, het universum – om twee mensen die de hele dag samen waren geweest – vliegveld, vliegtuig, auto, signeersessie, auto, een ongemakkelijk diner – in aangrenzende kamers in het hotel in Chicago te stoppen.

Ik in ieder geval niet.

Terwijl ik naar mijn sleutelkaart graaide, ging Sam haar kamer binnen met Bilbo onder haar arm, haar koffer achter zich aanslepend zonder me een blik waardig te keuren.

Misschien was ze bozer dan ze had laten merken over de opdracht. Of misschien was ze net zo moe als ik.

Ik duwde de kaart in de gleuf. Rood. Ik trok hem eruit en stak hem er weer in. Rood. Nogmaals. Een groene flits, maar ik liet de kaart vallen en tegen de tijd dat ik de klink indrukte, was hij alweer op slot. Schuiven. Rood. Schuiven. Rood. Schuiven. Groen, en dit keer smeet ik de klink naar beneden en opende ik de deur. Ik glipte naar binnen en trapte hem dicht. Klotetechnologie. Waarom kon ik niet gewoon een verdomde sleutel hebben?

Ik liet me op het bed vallen, mijn oogleden gleden dicht. Het moest een slecht teken zijn dat ik op dag twee van de tour al uitgeput was. Geef me een schuur vol stallen om uit te mesten of een veld om te ploegen en ik kon de hele dag doorgaan. Zet me op een vroege ochtendvlucht, rijd me rond in een auto en laat me een vraag of twee beantwoorden en het voelde alsof ik door de mangel was gehaald.

Mijn tas lag naast me, de vertrouwde geur van oud leer was een kleine troost in de onbekende kamer. Gabi had hem volgestopt met gloednieuwe notitieboekjes. Het was nog niet zo laat en mijn vingers tintelden al de hele dag. Ik had geen moment de tijd gehad om een pen op te pakken om de woorden die Lobelia en Nieven hadden gefluisterd vast te leggen en nu was mijn hand te zwaar, mijn ogen te wazig om te schrijven.

Een onverwachte glinstering trok mijn aandacht. De telefoon die ik van Gabi per se mee moest nemen op tournee. Geen Swiftphone, maar nog steeds een smartphone met de intimiderende iconen die ik had geweigerd te ontcijferen.

Ik had beloofd dat ik Gabi die avond zou bellen om te laten weten hoe de tour tot nu toe ging. En moe of niet, ik hield me aan mijn beloftes. Ik pakte de telefoon, zette hem aan en trok het plakbandje dat Gabi op de aan-uitknop had geplakt eraf. Terwijl ik wachtte tot hij opstartte, mompelde Sam in de kamer naast me. Was ze tegen haar hond aan het praten? Het was een rustgevende cadans. Mijn oogleden zakten naar beneden.

Harde piepjes wekten me bruusk. Gemiste sms'jes. Gemiste oproepen. Voicemail. De telefoon was nog een irritatie erbij.

Gabi's nummer was makkelijk te vinden, want het was de meest recente gemiste oproep.

'Het werd tijd dat je belde. Stond je telefoon uit?' Haar stem was scherper dan de zachte accenten uit het Midwesten die ik vandaag had gehoord, met hun vlakke o's en tweeklank-a's.

'Ik moet hem uitzetten als ik bij evenementen ben.'

'Je weet dat er een trilfunctie is, hè?'

'Die trillingen leiden me ook af.'

Ze maakte een geluid als een gefrustreerde lynx. 'Dus, hoe ging het?'

'Prima. Mijn deel was prima. Sam was nerveus, maar ze deed het oké.'

'Prima. Oké. Waar haal jij je schrijverstaal vandaan? Ik moet je manuscripten met een woordenboek naast me lezen en jij geeft me eenwoordbeschrijvingen van twee dagen aan boekevenementen.'

'De evenementen werden goed bezocht. Het publiek was ondersteunend en enthousiast. Blij nu?'

'Beter. Hoe is Sam?'

'Dit geloof je nooit.'

'Wat geloof ik niet?'

Ik draaide me af van de muur die mijn kamer deelde met die van Sam. 'Sam Case is eigenlijk Samantha Jones. Ik heb haar ontmoet in—'

'O. Mijn. God. Samantha Jones de socialite? De promovenda? Wat in godsnaam? Je hebt haar toch twee keer gezien toen je in San Francisco was? En het feit dat zij ook schrijfster is, bij jouw *zelfde uitgever*, is nooit ter sprake gekomen?' Op de achtergrond klonk het getik van een toetsenbord.

'Nee, maar—' In het begin had ik er net zo over gedacht. Maar de woede was verdampt, zo ongeveer op het moment dat mijn vingers begonnen te tintelen. 'Ze zei dat ze dacht dat ze onder de tour uit kon komen.'

'Wacht. Even terug. Je vond haar leuk. Je zei dat ze je inspireerde. Je hebt verdomme het boek aan haar opgedragen en nu is ze op tournee met jou?' Als Gabi's stem nog hoger werd, zou alleen Bilbo haar nog kunnen horen. 'Misschien wilde ze er daarom onderuit. Je bent een totale creep.'

Ik plofte achterover op het bed. 'Ik weet het,' kreunde ik. 'Ik heb mijn excuses aangeboden. Bij de signeersessie.'

'Voor alles?'

'Voor een deel. De opdracht. Ze heeft het boek nog niet gelezen. Ze leest *Secrets* eerst. Misschien stopt ze met lezen voordat ze bij Lobelia komt.'

Gabi's ongebruikelijke stilte vertelde me precies wat ze van dat idee vond.

'Ik moet het haar vertellen, hè?'

'Je hebt het me gevraagd voordat je me in een bijl-zwaaiende dwerg veranderde.'

'Dat was anders. We waren al vrienden. Toen ik Lobelia schreef, dacht ik dat ik Sam nooit meer zou zien.'

'Dus je veranderde haar in je manic pixie dreamgirl.'

'Lobelia is geen manic pixie dreamgirl! Ze heeft haar eigen doelen, los van die van Nieven. En ik weet niet of ze in elkaar geïnteresseerd zijn. Romantisch gezien.'

'Ze is niet Nievans droommeisje, Niall. Ze is die van jou. Kijk naar deze foto.'

'Welke foto?'

'Ik heb hem naar je geappt. Haal die telefoon van je gezicht en kijk ernaar. Hij staat op de blog van Kari Singh.'

'Kari Singh? Die heb ik ontmoet. Ze zit bij Sam op de universiteit.'

'Niet meer. Ze is afgestudeerd en nu werkt ze bij *Gossip Grrlz*. Een opkomend talent. Ze heeft zich een beetje in jou gespecialiseerd. En nu volgen sommige andere roddelsites haar. En jou dus ook.'

Ik tikte op het tekstpictogram bovenaan het scherm en opende toen de foto die ze had gestuurd. Sam – alhoewel ze toen Samantha was – en ik stonden voor het beige gebouw op haar campus. Die blogger, Kari Singh, moet hem genomen hebben. Sams gezicht was gesloten, zoals ik me herinnerde. Maar ik grijnsde naar haar, helemaal verkocht.

O, shit.

'Je vindt haar leuk, Niall.'

'Nee, hoor.' De woorden kwamen er te snel uit om geloofwaardig te zijn. 'Ze is een totale techneut. Ik geloof niet dat haar telefoon haar hand heeft verlaten sinds ik haar heb ontmoet. Ze las zelfs haar passage voor van een tablet. Ze heeft haar handtashondje meegenomen op deze tour als een diva. We hebben niets gemeen.'

'Wacht, ik heb deze film al eens gezien. In het eerste bedrijf zeggen ze allebei, "Echt niet", maar halverwege het tweede bedrijf zijn ze verliefd.'

'Fuck you.' Ik wreef met mijn hand over mijn ogen.

'Ik ook van jou, maat.'

14

NIALL

TERWIJL IK SAMS koffer uit de achterbak van de auto tilde, keek ik naar de overkant van de straat, naar Centennial Park. Het was het warmer in Nashville dan in Chicago, en de middagzon verlichtte de nog kale bomen. Ik zou een stuk gaan hardlopen. Misschien zou het sap dat in de bomen begon te stromen Lobelia en Nieven uit hun winterslaap wekken en zouden ze tegen me praten.

Ik bedankte de chauffeur en hees Sams koffer op de stoeprand. Met de reismand van Bilbo vastgeklemd, strekte Sam haar hand uit naar de koffer.

Ik wuifde haar gebaar weg. 'Ik heb hem wel.'

Ze stak haar kin naar voren. 'Nee, ik—'

'Sam. Zorg jij maar voor je hond. En je'—ik wees naar de laptoptas die over haar tengere lijf hing—'apparatuur. Ik red me hier wel mee.' Ze was rijk. Ze moest eraan gewend zijn dat andere mensen haar spullen droegen.

Maar ze aarzelde. Zelfs met die uitpuilende tas die zwaar op haar woog en haar jankende hondje in zijn reismand, keek ze me boos aan. 'Ik kan prima voor mezelf zorgen.'

'Dat weet ik.' Ik klemde mijn hand vaster om het handvat van haar koffer. 'Maar laat mij deze voor je dragen. Mijn moeder zou me een kopje kleiner maken als ik het niet deed.'

Een zweem van een glimlach speelde om haar mondhoeken. 'Ik vond je moeder aardig.'

Ik liet het handvat iets losser. 'Zij vond jou ook aardig. Ga nu maar naar binnen. Ik kom er meteen aan.'

Ze wierp nog een blik op de zware koffer, maar verschoof het gewicht op haar schouders, draaide zich om en liep het hotel in.

Omdat ik me concentreerde op haar kaarsrechte, koninklijke rug terwijl ik haar naar binnen volgde, zag ik hem pas toen hij mijn naam riep.

Nee. Het kon toch niet waar zijn dat *hij* daar was, in een Holiday Inn in Nashville. Niet nu ik als een piccolo met koffers sleepte en verkreukeld en bezweet was van onze vroege ochtendvlucht. Het universum kon toch niet zo wreed zijn.

'Niall.' Maar dat was zijn stem, die lang vervlogen herinneringen opriep aan hoe ik tegen hem aan kroop op opa's versleten bank terwijl hij en mijn moeder over volwassenendingen praatten.

Ik nam een seconde de tijd om mijn gezicht in de plooi te trekken en mijn schouders te rechten voordat ik me naar hem omdraaide. 'Paul.' Vroeger noemde ik hem pa, maar dat was gestopt, samen met zijn bezoeken aan de boerderij. Ik stak mijn hand uit om hem te schudden.

Er verscheen een geïrriteerde trek op zijn gezicht voordat hij me een geforceerde glimlach schonk. Hij pakte mijn hand, zijn gladde palm tegen mijn ruwe. Hij droeg een van zijn kenmerkende zwarte overhemden met opgerolde mouwen en een stijf gestreken zwarte spijkerbroek. 'Fijn je te zien, zoon.'

'Wat brengt je in Nashville, Paul?' Ik had hem een paar keer gezien in San Francisco en New York. Af en toe in L.A. Maar nooit ergens in het midden van het land, niet sinds hij Ohio voor de laatste keer had verlaten toen ik twaalf was. Hij kon toch niet voor mij gekomen zijn? Tenzij hij eindelijk mijn boek had gelezen. Ik had het hem niet gevraagd voordat ik hem als de slechterik had opgevoerd.

Zijn blik schoot langs me heen. 'Is dat Samantha Jones?'

Ik draaide me om, en ze stond naast me.

Ze stak haar hand uit. 'Fijn u weer te zien, meneer Swift.'

Weer? O, juist. Sam en mijn vader bewogen zich in dezelfde kringen van rijke techneuten. Ik deed een stap naar links om haar meer ruimte te geven.

Hij schudde haar hand. 'Wat een verrassing u hier in Nashville met Niall aan te treffen.'

'We zijn samen op boektournee. Ze is Sam Case.' Ik keek hem aandachtig aan, en hoewel zijn ogen theatraal groot werden, was de verrassing niet op de rest van zijn gezicht te zien. Hij wist het. Waarom was hij hier?

'Ik heb Audrey vorige week gezien. Ze had niets gezegd over uw schrijfcarrière.'

'Nee, het is'—ze keek neer naar haar laars, haar wangen roze —'iets wat ik stilhoud.'

'Aha.' En die scherpe groene ogen, harder dan de mijne, zagen alles. 'Waarom gaan we niet even zitten om bij te praten?' Hij gebaarde achter zich naar een zithoek die werd afgeschermd door een gashaard en een paar ficusbomen in potten.

'Natuurlijk, ik ga alleen even inchecken.' Sam deed een stap achteruit richting de hotelbalie.

'Blijf bij ons. Alstublieft.' En hij glimlachte, waarbij hij zijn tanden liet zien.

'O, ehm.' Haar blik schoot naar de mijne.

'Het is goed,' mompelde ik. Haar aanwezigheid gaf me moed – en hoop. Zou hij me eindelijk de goedkeuring geven waar ik zo naar hunkerde? Ik rechtte mijn rug en rolde de koffers naast de ficus, waarna ik me op de stijve bank liet zakken. Sam ritste de reismand van Bilbo open, ging aan het andere uiteinde zitten en zette het hondje op haar schoot.

'Hoe is het met je moeder?' Mijn vader installeerde zijn lange lijf in een van de fauteuils tegenover de bank.

'Het gaat goed met haar.' Ze zat waarschijnlijk net met opa aan een eenvoudige avondmaaltijd, haar handen ruw en schraal van het harde werk en haar donkere, met grijs doorweven haar krullend op haar schouders. Mijn vaders schouderlange, zonovergoten kastanjebruine manen waren in een knot gebonden. Waren dat highlights? Ik balde een vuist op mijn knie.

'Wat kan ik voor je doen, Paul?'

'Voor mij doen? Ik ben hier alleen maar om mijn zoon te zien.' Hij stak een vinger naar me op. 'Als je me je tourschema had geappt, had ik niet achter je publicist aan hoeven jagen.'

Mijn schouders zakten. Hij was gekomen om mij te zien. Ik had eindelijk iets goed gedaan.

'Ik app niet.' Ik legde mijn hand plat op mijn dij en wreef erover.

Hij glimlachte geforceerd. 'Ik zag het nieuws dat de opnames van de serie beginnen. Gefeliciteerd. Denk je dat je nu meer tijd in L.A. zult doorbrengen?'

Ik knipperde met mijn ogen. Wilde hij echt vaker afspreken? 'Niet echt. Ik ben niet betrokken bij de serie, behalve als adviseur, en dat kan ik telefonisch doen.'

'Geen rol als producent?' Zijn blik was scherp.

'Nee.' Ik onderdrukte een rilling. Als ik in L.A. zou wonen en aan de serie zou werken, zou ik mijn boek nooit afkrijgen. Waarom vroeg hij naar de serie? We konden geen productplacement voor zijn telefoons doen in een fantasieserie.

'Daar zou je de volgende keer over moeten onderhandelen. Een beetje gratis advies van je pa.' Hij grinnikte.

Ik kneep mijn ogen tot spleetjes. Waar was hij op uit?

'Samantha.' Hij draaide zich naar haar toe. 'Zijn er voor u plannen in Hollywood in de maak?'

Haar wangen werden roze. 'Nee. De filmproducenten zeiden dat de speciale effecten te duur zouden zijn. Dus het blijft bij het boek.'

'Aha. Dan gaat u terug naar huis, naar San Francisco?'

'Dat klopt.' Ze leunde achterover tegen de bank. Maar de frons tussen haar wenkbrauwen, die er niet was geweest toen ik haar in San Francisco ontmoette maar die sinds Columbus haar voorhoofd had getekend, bleef.

'Dus u sluit zich weer aan bij het familiebedrijf.'

Ze klemde het hondje tegen haar borst. 'N-niet echt. Ik studeer dit voorjaar af en ben van plan een carrière in onderzoek na te streven.'

Onderzoek? Waarom zou ze niet meer boeken schrijven?

'Maar eens een Jones, altijd een Jones, hè?' Mijn vader leunde naar voren.

Ze rolde zich op als een egel en haar woorden kwamen er piepend uit. 'Denk het?'

Terwijl ik toekeek hoe Sams zelfvertrouwen instortte, veranderde mijn trots en opwinding over het weerzien met mijn vader in een smeulende irritatie. Ik trok aan de kraag van mijn flanellen overhemd.

'Luister,' zei hij, 'ik probeer al een maand een afspraak te krijgen met je broer Jackson. We hebben een handheld apparaat ontwikkeld voor gebruik in fabrieken, en in combinatie met de software van Synergy zou het een homerun zijn bij autofabrikanten. Jij kunt hem bellen, zijn mensen contact laten opnemen met de mijne.'

Mijn ogen werden groot. *Daarom* was hij achter me – ons – aan gekomen naar Nashville? Om Sam te vragen haar broer te benaderen voor een zakendeal?

Ik sprong overeind. 'Nee.'

'Wat?' Mijn vader leunde achterover en spreidde zijn handen. 'Het is een win-winsituatie. Jackson krijgt een nieuwe manier om zijn software te verkopen, ik verkoop meer apparaten. Ik geef Samantha zelfs een deel van de opbrengst. Een commissie, zullen we het noemen.'

Wilde Sam een commissie? Haar garderobe van versleten broeken en T-shirts tijdens de tour was meer die van een armlastige kunstenaar dan van een tech-erfgename. Ik was ervan uitgegaan dat ze probeerde niet op te vallen. Maar wat als er iets met haar geld was gebeurd? Ik had zeker nooit een cent van het fortuin van mijn vader gezien. Niet dat ik het had gewild. Het enige waar ik naar had gesnakt, was zijn aandacht.

Sam stond op en klemde haar hond tegen haar borst. 'Nee, dank u, meneer Swift. Ik wil me er niet mee bemoeien. Jackson runt zijn bedrijf op zijn eigen manier.' Ze schonk hem een gespannen glimlach. 'Een fijne avond verder.' Ze slingerde haar tassen over haar schouder en reikte naar haar koffer.

'Wacht, Sam. Ik kom met je mee.' Ik draaide me naar mijn vader, die was opgestaan. Hij was lang, maar ik was langer. Ik duwde de kleine jongen die de ongrijpbare goedkeuring van zijn vader had gezocht opzij. 'Ik ben eraan gewend dat je me als stront behandelt. Maar probeer me nooit meer te gebruiken om bij mijn vrienden te komen. Begrepen?'

'Je begaat een vergissing. Zij ook.' Zijn smaragdgroene ogen glinsterden.

'Dat denk ik niet. Ik denk dat jij een vergissing hebt begaan door hier te komen.' Ik greep beide koffers en liep naar de hotelbalie om ons in te checken. Mijn lichaam trilde alsof ik door de bliksem was getroffen.

Toen ik Sam naast me voelde staan, mompelde ik: 'Gaat het?'

'Ja. Met jou?'

'Ik denk het wel.' Ik wreef over mijn borst, precies op de plek die pijn deed omdat ik – alweer – had ontdekt dat mijn pa geen ene moer om me gaf.

'Je deed het geweldig, dat je tegen hem inging. Dat moet veel moed hebben gekost.'

'Ik wou dat—' Ik hield mijn mond. Sam hield net als hij van tech. Ze zou het niet begrijpen.

Maar ze keek naar me op met die buitenaardse ogen, dezelfde ogen die me al die maanden geleden hadden betoverd op dat benefietgala waar we allebei niet thuishoorden, en legde haar hand op mijn onderarm. Vonkjes reisden helemaal van mijn arm naar mijn borst en lieten mijn hart op hol slaan. Ze vroeg: 'Wat wou je dat, Niall?'

Het moest een spreuk zijn die ze over me had uitgesproken, want mijn mond ging open en ik zei: 'Dat hij voor mij was gekomen.' De laatste keer dat ik dat had gezegd, was ik tien en huilde ik tegen de schouder van mijn moeder omdat de Kerstman mijn vader niet had thuisgebracht voor kerst. Ik had het nog nooit, maar dan ook echt nooit, tegen een andere volwassene gezegd. Zelfs niet tegen Gabi.

Sam ging op de tenen van haar legerkisten staan en sloeg haar armen om mijn schouders. De stevigheid van haar omhelzing maakte ademhalen moeilijk. Of misschien was het de bosachtige geur van haar haar. Toen ik mijn hoofd boog om die geur na te jagen, fluisterde ze in mijn oor: 'Die Paul Swift is een klootzak die jou niet verdient.'

Een verraste lach borrelde op uit mijn borst en ik omhelsde haar terug. 'Dank je.'

Ze liet niet meteen los, en ik stond mezelf toe te genieten van het moment van menselijke verbondenheid. Ik moest een beetje bukken, maar we pasten in elkaar: haar hoofd tegen mijn schouder, haar rug gebogen zodat haar romp tegen de mijne drukte. De tintelingen verspreidden zich van mijn hart naar mijn vingertoppen. Zou zij ze ook kunnen voelen, daar waar mijn handen op haar rug prikten?

Misschien wel, want ze wurmde zich zachtjes uit mijn armen. Ze boog haar hoofd om met de reismand van Bilbo te rommelen, maar haar borstkas ging net als de mijne op en neer, alsof we hadden gerend en niet in de lobby van het hotel hadden gestaan.

Hardlopen. Dat was precies wat ik nodig had om die rare energie te verdrijven.

De baliemedewerker overhandigde de sleutelkaarten, en ik volgde Sam naar de liften, onze tassen achter me aan slepend.

Wie de hel was mijn tourpartner? Ze was geen oppervlakkige socialite zoals Gabi haar had proberen af te schilderen. Ze was geen handige tech-onderhandelaar zoals mijn vader dacht. Ze was slim. Zelfstandig. En zacht als een warm bed in een besneeuwde nacht. Als ze niet mijn tourpartner was geweest, had ik haar gevraagd om iets met me te gaan drinken, en dan hadden we gepraat tot ik haar zou doorgronden.

Maar ze was mijn tourpartner. En hoewel mijn huid opnieuw tintelde toen ze me mijn sleutelkaart overhandigde, frommelde ik hem in het slot en ging ik alleen mijn kamer binnen.

15

SAM

IK LIET HET hete water over mijn huid stromen, in een poging mezelf van buiten naar binnen op te warmen. Nashville was niet zo ijskoud als Chicago, maar het was er nog steeds kouder en droger dan ik gewend was. En dan was er nog datgene wat me vanbinnen koud maakte: voorlezen voor vreemden, de angst dat ik zou struikelen en dat ze me zouden uitlachen. Om nog maar te zwijgen over Paul Swifts herinnering dat ik alleen maar goed was voor het leggen van technische connecties. Als een router.

Hij had zijn zoon op dezelfde manier behandeld. Hem ook gebruikt. Ik wist hoe het was om niet meer dan een onderhandelingsfiche voor een ouder te zijn. Hij was tegen Paul in opgestaan op een manier waarop ik wou dat ik tegen mijn moeder had kunnen opstaan. Tegen Heidi. En dr. Martell. Ik had Niall uit bewondering omhelsd.

Onzin. Het was geen bewondering die ervoor zorgde dat mijn tepels hard werden tegen zijn borstkas.

Ik goot wat rozemarijnshampoo in mijn hand en masseerde het door mijn haar. De aantrekkingskracht die ik had gevoeld, had me verrast. Als ik niet tegen hem had gelogen, had Niall een goede vriend kunnen zijn. Aardig. Steunend. *Kijk naar mij. Het komt goed.*

Goed? Nauwelijks. Nog veertien dagen tentoongesteld worden, in onbekende kamers, in vliegtuiglocht en de schrille klikken van camerasluiters. Ik schrobde de shampoo uit mijn haar alsof ik alles kon wegwassen: het prikken van de ijzel op mijn wangen, de blikken van vreemden, de aanraking van Nialls hand die kippenvel op mijn huid deed verschijnen.

Het hoge geblaf van Bilbo Baggins deed me schrikken.

"Hé, Bilbo Baggins, het is goed. Ik ben bijna klaar,' riep ik door de open badkamerdeur. Ik kon hem niet te lang laten blaffen. De hotelmanager die ons had ingecheckt, had Bilbo Baggins een kwade blik toegeworpen. Hij had gezegd dat ze een huisdierverbod hadden, maar dat ze een uitzondering zouden maken voor mijn hulphond zolang hij zich gedroeg.

Maar Bilbo Baggins was die waarschuwing vergeten en keilde de longen uit zijn lijfje. Ik draaide het water uit en sloeg een handdoek om me heen voordat ik de kamer in stapte.

Bilbo Baggins keilde opnieuw en krabde aan de deur. Shit, hij zou krassen maken en dan zouden we in de problemen zitten. Ik liep snel naar hem toe. 'Het is goed, vriendje. Het is geen indringer. Het is alleen ons avondeten.' Toen ik de bestelling had geplaatst, had ik in de opmerkingen getypt dat ze het om precies deze reden buiten mijn deur moesten achterlaten zonder aan te kloppen. Maar ze lazen de opmerkingen niet altijd.

Ik pakte Bilbo Baggins op en opende de deur om het eten te pakken. Het eten lag niet op het tapijt in de gang. Alleen een paar sportschoenen. Lage sokken. Gespierde kuiten, waar zweetdruppels door het woud van kastanjebruin haar sijpelden. Een nylon sportbroek, aan de lange kant maar kort genoeg om de onderkant van een stel welgevormde quadriceps te laten zien.

Een T-shirt, vochtig en aan zijn romp geplakt. En waren dat – mijn blik bleef daar hangen – buikspieren? Het shirt zat niet strak genoeg om ze te kunnen tellen, maar er was zeker definitie.

En holy shit, die borstspieren. Vierkant, met puntige tepels.

Aan weerszijden konden de mouwen de biceps die eronder opbolden nauwelijks bedwingen. Waren alle bezorgers in Nashville zo afgetraind? Mijn huid tintelde. Als dat zo was, bleef ik misschien een tijdje. En zou ik heel veel Thais eten bestellen.

Iemand schraapte zijn keel, wat me eraan herinnerde dat er een persoon in de gang stond en niet alleen een sexy fitnessmodel. Ik keek op naar zijn gezicht.

'Ik... eh... wist niet of je wist... eh... je handdoek... ik bedoel, je eten. Je eten is hier.' Nialls gezicht was zo rood geworden als zijn haar. Toen hij de plastic zak naar me uitstak, bolden zijn onderarmspieren op. Het water liep me in de mond en niet vanwege de geur van mijn drunken noodles.

Ik nam het van hem aan, maar ik staarde nog steeds naar zijn ontblote onderarm. Ik had zijn armen alleen bedekt gezien door die geruite overhemden die hij altijd droeg. Ik had geen idee dat hij dit allemaal... verborgen hield. Hij was knap geweest in zijn pak op die inzamelingsactie toen ik hem voor het eerst ontmoette, but nu? Verrukkelijk. Mijn vingers raakten per ongeluk de zijne aan en ik voelde een schokje tot diep in mijn kern.

Zijn borstkas zette scherp uit. 'Doe je altijd de deur open in een handdoek?' Zijn stem was ruw.

'Ik dacht... laat maar. Bilbo Baggins was aan het blaffen.'

'Je moet voorzichtig zijn.' Hij rukte zijn blik los van mijn romp – had hij naar Bilbo Baggins of mijn in een handdoek gehulde borsten gestaard? – en keek naar mijn gezicht. 'Dat hondje gaat je niet beschermen tegen iemand met snode plannen.'

Ik klemde Bilbo Baggins tegen mijn borst en hield zo de handdoek op zijn plaats. 'Alleen jij staat voor mijn deur. Heb jij snode plannen?'

Hij likte zijn onderlip. 'Nee.' Zijn sproeten waren verdwenen tegen zijn blozende huid.

Ik leunde tegen de deurpost en liet de zak met eten aan mijn vingers bungelen. Het was alweer een tijdje geleden sinds mijn laatste onenightstand. Met Kyle. Oké, dat was een slecht idee geweest. Maar over het algemeen waren scharrels geweldig. Al het plezier, niets van de kwetsbaarheid. 'Weet je het zeker?'

'Nee. Ik bedoel ja! Ik weet het zeker. Ik zou nooit. Niet met...' Hij mompelde iets wat klonk als *ongepast*.

'Echt?' Ik zag er niets ongepasts aan. Afgezien van het feit dat ik grotendeels naakt in de deuropening stond. De handdoek, aan de bovenkant doorweekt door mijn natte haar, raakte los bij mijn borst. Ik zette het eten neer zodat ik een hand vrij had om hem dicht te houden.

Zijn blik volgde mijn hand een ogenblik en schoot toen terug naar mijn ogen. 'Sam, ik respecteer je. Je bent mijn collega. Ik weet dat er gevallen van seksuele intimidatie zijn geweest in de uitgeverswereld, maar ik ben niet zo'n man.'

Ik rimpelde mijn neus. 'Ik heb het niet over seksuele intimidatie. Ik heb het over twee volwassenen die met wederzijdse toestemming een verlangen bevredigen.' De Niall-jeuk die ik had sinds ik hem eerder had omhelsd. Hij was fatsoenlijk tegen me geweest. Wat maakte die gekke opdracht uit?

Hij zou me geen pijn doen. Kon het niet. Ik zou hem niet laten. Een boektournee met extra's was niet hetzelfde als het doen met mijn kantoorgenoot. Gewoon wat vrijblijvende hotelseks en dan, bam, twee weken later, klaar, en ik zou hem nooit meer zien. Geen lastige gevoelens. Hoe meer ik erover nadacht, hoe meer het idee me beviel. Zouden ze in de cadeauwinkel condooms verkopen?

'Maar je bent mijn tourpartner. Ik zou niet...'

'Wat, ben je een soort monnik? Of zo iemand die geen seks heeft buiten het huwelijk? Je lichaam is een tempel en zo?' Dat tempel-ding werkte wel voor hem. Ik wilde naar binnen wandelen en mezelf over zijn altaar uitspreiden. Ik klemde mijn dijen tegen elkaar.

'Nee, dat is niet wat ik... ik denk dat we onze grenzen moeten bewaken.' Hij wreef met zijn hand over zijn borst, waardoor zijn tepels stijf werden. Wat een plaaggeest. De mijne deden uit sympathie hetzelfde.

'Grenzen. Oké.' Ik haalde mijn schouders op en klemde de

handdoek stevig vast. Zijn lichaam zei misschien ja, maar hij had nee gezegd en dat moest ik respecteren. Ik had mijn vibrator en genoeg batterijen meegenomen. Ik nam zijn bezwete post-workoutlichaam nog een laatste keer in me op en sloeg het op in mijn fantasiebankje. Grenzen respecteren, weet je wel. 'Je zou kunnen bijklussen als fitnessinstructeur. Mensen betalen veel geld om eruit te zien als...' – ik liet de handdoek even los om naar zijn lichaam te wuiven – '...dit allemaal. Heb je erover nagedacht om video's op TikTok te maken?'

'Op wat?'

'TikTok.' Grappig, zo oud zag hij er niet uit. 'Je weet wel, het platform voor het delen van korte video's?'

De slappe uitdrukking op zijn gezicht vertelde me dat hij het niet wist. 'Ik doe niet echt aan workouts, behalve hardlopen als ik op tournee ben. Het werk op de boerderij houdt me in vorm.'

Verdomme, nu zou ik fantaseren over hoe hij grote hooibalen rondsmijt. Ooh, of die grote quadriceps geklemd rond de hijgende flanken van een paard. Hoewel het zonde zou zijn om ze te bedekken met een spijkerbroek. Misschien een kilt, zoals Jamie in *Outlander?* Mmm, ja. Ik klemde mijn dijen strakker tegen elkaar. Ik zou eerst in die behoeften moeten voorzien, voor het avondeten.

'Nou, als er verder niets is, moet ik misschien, um...' Ik knikte met mijn hoofd terug naar mijn kamer.

'Oh. Juist. Het eerste evenement morgen is om twaalf uur. Zie ik je om elf uur beneden in de lobby?'

'Zeker.' Hoewel we dat allemaal al hadden besproken tijdens de rit vanaf het vliegveld.

'Welterusten. Welterusten, Bilbo.' Met één vinger wreef hij Bilbo Baggins over de bovenkant van zijn kop, precies tussen zijn oren, zoals hij het heerlijk vond. Daardoor kwam zijn vinger tergend dicht bij mijn borst. Een seconde lang stelde ik me voor hoe die vinger naar de bovenkant van mijn handdoek zou glijden, hem omlaag zou trekken, voordat hij zijn bezwete lichaam tegen mijn schone lijf zou drukken.

Wow. Ik moest echt die vibrator uitpakken.

'Welterusten, Niall.' De handdoek viel een beetje open toen ik bukte om mijn tas met eten op te pakken, en het kon me niet schelen. Ik liet de deur achter me dichtvallen en sloot zijn open mond en verwijde pupillen buiten. Plagen was een spel dat je met z'n tweeën kon spelen.

16

NIALL

HET WAS VEEL te vroeg toen ik mezelf in Miami uit de lift van het hotel sleepte. Had ik sinds Chicago überhaupt geslapen? In Nashville niet. Mijn rondje hardlopen had me genoeg ontspannen om te kunnen schrijven, had ik gehoopt. Ik had me verheugd op een hete douche en een paar uur met mijn notitieboek, maar toen moest ik op haar deur kloppen.

Ik had erlangs kunnen lopen. Ze wist waarschijnlijk wel dat haar diner er stond. Ik wilde even kijken hoe het met haar ging. Nee, ik zou er niet om liegen, zelfs niet tegen mezelf. Ik had haar willen zien. Ver weg van de stress van de menigtes, had ik nog een paar van haar bewegingen in me op willen nemen, om ze te vergelijken met hoe ik me Lobelia had voorgesteld.

Ik had veel meer gekregen dan dat. Twee dagen later stond het nog op mijn netvlies gebrand. Een vlakte van bleke huid, maar een paar tinten donkerder dan de witte handdoek van het hotel. Waterdruppels die nog aan haar wangen, haar schouders en de bovenkant van haar voeten kleefden. Haar donkere haar dat nat en ongekamd tot op haar borsten viel, die de handdoek nauwe-lijks bedekte. En ik had haar als een engerd aangestaard terwijl ik woorden als *respect* en *grenzen* mompelde. Het enige wat ik had willen doen, was die handdoek van haar af trekken, haar vlak tegen de deur drukken en haar kussen tot geen van beiden meer adem kon halen.

Ik sloeg met mijn hand tegen mijn voorhoofd om de wellustige gedachten uit mijn hoofd te schudden. Ze was mijn tourpartner. Een nieuweling in de branche. Het maakte niet uit dat anderen het de hele tijd deden. Niall Flynn deed zoiets niet. Niet na het voorbeeld dat mijn vader had gegeven tijdens zijn zakenreizen. Onderweg waren er kansen te over, maar een scharrel tijdens de tournee was niet wat ik wilde. Ik wachtte op het echte werk. Toewijding. Wederzijds respect. Ware liefde. En ze leefden nog lang en gelukkig, net als in de verhalen.

Gelukkig had ik mijn seksuele energie gebruikt om te schrijven. Ik had een heel notitieboek volgeschreven. Jammer dat ik het weer zou moeten doornemen en alle seksuele toespelingen moest doorstrepen voordat ik het naar Gabi stuurde.

Een lach – nee, een gegiechel – trok mijn aandacht. Ik knipperde met mijn ogen. Mijn mentale beeld van Sam strookte niet met de vrouw die opgekruld op een bank in de hotellobby zat, met haar hond op schoot en haar telefoon voor zich, giechelend.

Alsof ik onder een toverspreuk stond, dreef ik dichterbij. Sam was gefocust op het scherm en merkte me niet op. Bilbo wel; hij kronkelde in haar armen.

'En toen kon ik me niet meer inhouden', zei ze, haar ogen sluitend en haar hoofd schuddend. 'Ik heb hem gezegd dat hij fitnessvideo's op TikTok moet gaan maken!'

Sam luisterde even. 'Nee, sorry, je zult genoegen moeten nemen met de publiciteitsfoto's. Hij heeft me afgewezen.' Ze haalde haar schouders op. 'Er waren twee rondes met mijn konijntje voor nodig om te ontspannen.' Ze zweeg even en giechelde opnieuw.

Ik stond in lichterlaaie. Ze zouden een hoopje as en mijn flanellen overhemd vinden als ik mezelf zou voorstellen hoe ze op bed lag, met de handdoek opzijgegooid, haar benen gespreid en—

Tourpartner, Niall. Ik zou niet zo'n man zijn die zijn succes gebruikte om een nieuweling binnen te halen. Ik schraapte mijn keel.

Toen ze opkeek, kregen haar wangen een blos. Niet zo vlammend rood als mijn hele gezicht moest zijn, maar een delicaat, rozenblaadjesroze. 'O. Hoi, Niall. Kom even gedag zeggen tegen mijn vriendin Marlee.'

'Wat?'

Ze klopte op het kussen naast zich. 'Ik weet dat we moeten gaan. Het duurt maar een minuutje. Ze wil je ontmoeten.'

Hekserij. Ik ging naast haar zitten.

'Dichterbij.' Ze haalde een van haar oortjes uit, veegde het af aan de zoom van haar shirt en stopte het toen in mijn oor.

'... zo knap!' De knappe, witte vrouw op het scherm sloeg een hand voor haar mond. 'Sam! Je hebt niet... Hoi, meneer Flynn. Of moet ik u Niall noemen?'

Ik gaf haar mijn fotogenieke glimlach. We konden normaal doen. Ik kon doen alsof ik Sams kant van hun gesprek niet had gehoord. 'Aangenaam kennis te maken, Marlee. Niall is prima.' Zo dicht bij Sam kon ik de rozemarijn in haar haar ruiken. En hondenadem. Bilbo likte aan mijn kin en ik streek over zijn zijdezachte vacht. Mijn andere arm zat ongemakkelijk klem in mijn zij. Sam had me zo dichtbij laten zitten dat we allebei op het scherm te zien waren, en er was geen ruimte voor mijn schouder. Ik draaide me naar haar toe en legde mijn arm langs de rugleuning van de bank. Haar schouder paste in de holte van mijn borst alsof hij daar thuishoorde.

'Kun je geloven dat Sam me niet heeft verteld dat ze een boek aan het schrijven was? Ze deed haar promotieonderzoek en liep ook nog stage. Ze is geweldig, toch?' Marlee trok haar wenkbrauwen op.

Ik wierp een blik op Sam, die haar lippen stijf op elkaar perste. 'Geweldig.' Ik schreef fulltime en had nog geen boek geproduceerd dat zo baanbrekend was als het hare. 'Heb je het gelezen?'

'Ik... eh... ik ben eraan begonnen.' Marlee speelde met de

punten van haar haar met de hand waarin ze haar telefoon niet vasthield. 'Het is niet wat ik gewoonlijk lees.'

'Je zou Nialls boek moeten lezen', zei Sam. 'Ik laat hem een exemplaar signeren en neem het voor je mee als ik terugkom.'

'Heb jij het gelezen?' Marlee hield haar hoofd schuin. Wat betekende dat? Waarom was Marlee verbaasd dat Sam mijn boek had gelezen? Ik draaide me naar haar om, maar haar gezicht was uitdrukkingsloos geworden.

'Ik ben eraan begonnen. Iedereen is er dol op.'

O. Ze vond het vreselijk. Mijn gezicht werd weer gloeiend heet. Ik hoefde me tenminste geen zorgen te maken dat Sam zichzelf in Lobelia zou herkennen. Ik keek op mijn horloge. 'We moeten—'

'Ik moet gaan, Marlee. Doe de groeten aan Tyler.' Sam glimlachte naar het scherm, maar ze keek gekweld.

'Zal ik doen. Bel me dit weekend om te vertellen hoe het gaat. Tenminste, als je het niet te druk hebt met een OTP zijn.' Marlee tuitte haar lippen en wiebelde met haar wenkbrauwen. 'Prettig kennis te maken, Niall.' Ze zwaaide, en het scherm werd zwart.

Sam propte de telefoon in een van de vele zakken van haar cargobroek en stak haar hand uit. Ik liet het oortje erin vallen. Ze veegde ze allebei weer af met haar shirt en liet ze in een andere zak vallen.

'OTP's?' Ik nam Bilbo van haar over, zodat ze haar spullen kon pakken.

Ze was druk bezig met de reismand voor de hond. 'One true pairing. Het perfecte koppel. Marlee is een beetje een romanticus.'

'Ze denkt dat jij en ik...' Ik wees met een vinger tussen ons heen en weer.

Ze stond op en nam Bilbo van me over. Toen ze mijn hand schampte, begon mijn huid te tintelen. 'Ze ziet ze overal. Legolas en Gimli. De Burger King en de zeemeermin van Starbucks. Zelfs Bilbo Baggins en de Corgi van mijn buurman. Het stelt niks voor.'

'Niks', herhaalde ik. Ik was blij dat Marlee er niet persoonlijk bij was om de bult in mijn spijkerbroek te zien, veroorzaakt doordat ik Sam had horen praten over masturberen. Maar dat was slechts een fysieke reactie. Het betekende niets. Zeker niet dat we voor elkaar bestemd waren.

'Tijd om te gaan, toch?' Zonder me aan te kijken, draaide ze zich om naar de uitgang.

'Zeker.' Ik zou niet meer op die manier over Sam denken. Dat kon ik niet. Ze was mijn tourpartner, en we zouden nog twee weken samen zijn.

Zij was niet mijn OTP.

Ongeacht wat mijn lichaam ervan dacht.

17

SAM

NEW YORK. Tegen de tijd dat we na middernacht incheckten in het hotel, gonsden mijn zenuwen als de serverruimte op de universiteit. Maar de rest van mijn lichaam bewoog alsof ik in een bak zelfgemaakt slijm zat, het soort dat Jackson, Andrew en ik vroeger maakten van Hema-lijm en borax toen Joelle onze oppas was.

We hadden de dag doorgebracht op een fantasyconventie in Florida. Tussen het opletten op telefoons met camera's, geknuffeld worden door vreemden in spandex of nepbont, en het feit dat Niall om de paar seconden mijn handen met desinfecterende gel inspoot terwijl hij me herinnerde aan de gevaren van 'conventiegriep', was mijn firewall uitgeschakeld. Ik voelde me te open, te kwetsbaar.

Terwijl ik de keycard in mijn zak stak, vroeg ik de hotelreceptionist: 'Zou u de piccolo willen vragen mijn koffer naar boven te sturen? Ik moet mijn hond uitlaten.'

De reis vanuit Florida had de arme Bilbo Baggins gesloopt. Hij knipperde langzaam naar me. Maar als hij nu niet naar buiten ging, zou hij op een onchristelijk tijdstip 's ochtends wakker worden, ook al hoefden we de volgende dag niet vroeg op te staan voor een evenement.

'Het is bijna één uur 's nachts. Je kunt niet alleen naar buiten in New York City.' Niall had zijn stem vast overbelast op de conventie. Hij was zo ruw als grind, en er verspreidde zich een gloed in mijn onderbuik.

Ja, de manier waarop hij op de conventie voor me had proberen te zorgen, had me te veel aan mijn moeder doen denken. Maar het was ook best schattig geweest om naar zijn ernstige waarschuwingen te luisteren over het mee naar huis nemen van te veel swag. Toen hij op het podium stond en briljante dingen zei over boeken, had ik het een beetje warm gekregen, als je begrijpt wat ik bedoel, en dat was niet door de hitte van Florida. Jammer dat ik te moe was om er iets aan te doen. Ik zou Bilbo Baggins uitlaten en dan met mijn gezicht voorover in de schone, witte lakens vallen.

'Natuurlijk kan ik dat. Ik heb hier een waakhond. Jij beschermt me wel, hè, Bilbo Baggins?'

Hij krulde zich op op het hoteltapijt.

Niall trok zijn wenkbrauwen op en sloeg zijn armen over elkaar. 'Die hond heeft meer weg van een kat dan van Cujo.'

'Hij spaart gewoon zijn energie op voor al het beschermen dat hij zo gaat doen. Kom op, Bilbo Baggins.' Ik tilde hem op en pakte een plastic zakje uit zijn reismand.

Toen we eenmaal op de door de regen glimmende stoep stonden, zette ik hem neer. Ik rekte me uit en ademde de geur van ozon en uitlaatgassen van taxi's in. De voorbijtrekkende storm had zware wolken achtergelaten die van west naar oost overtrokken, waarvan de onderkanten gloeiden door de weerspiegelde lichten van Manhattan.

Bilbo Baggins snuffelde aan een brandkraan. Ik zou hem morgen – oeps, later vandaag – zeker meenemen naar Central Park, zodat hij met andere honden kon spelen. Hij was een extravert, in tegenstelling tot mij.

Hij verstijfde en hield zijn kop schuin om te luisteren naar de zware voetstappen die weerkaatsten tegen de stenen gebouwen achter ons. Zijn magere pootjes trilden.

Ik wist wel beter dan angst te tonen in de straten van de stad. 'Focus, Bilbo Baggins. Doe je behoefte, zodat we naar bed kunnen.' Ik trok aan zijn lijn en bleef staan bij een treurig uitziend boompje dat uit een klein stukje aarde in de stoep groeide. Bilbo Baggins snuffelde eraan en probeerde te bepalen of het zijn plasje waard was. Toen hief hij zijn kop, slaakte een enkel kefje en drukte zijn kleine lijfje tegen mijn been.

Ik keek over mijn schouder. Een paar meter verderop hing een donkere, massieve gedaante rond. Ik wou dat ik Marlee had overgehaald om me een busje pepperspray mee te laten nemen. 'Kom, Bilbo Baggins.'

Ik sleepte hem naar de volgende boom. De gedaante volgde. Er glom iets koperkleurigs onder een straatlantaarn.

Ik zuchtte en de spanning vloeide van mijn schouders. 'Hou op met daar in de schaduw te staan', riep ik. 'Je joeg ons bijna de stuipen op het lijf.'

Niall kwam langzaam dichterbij. 'Je zou hier midden in de nacht bang moeten zijn.'

Zodra hij sprak, kwispelde Bilbo Baggins met zijn hele lijfje en danste hij tot Niall vooroverboog om hem tussen zijn oren te kriebelen.

'Er zijn overal mensen.' Ik zwaaide naar een drietal vrouwen aan de overkant van de straat, die op hun hoge hakken wankelden. 'En hij ziet er nu misschien vriendelijk uit, maar Bilbo Baggins is woest als hij wordt bedreigd.'

Niall snoof. 'Is dat waarom je hem hebt meegenomen? Voor bescherming?' Hoe kon hij nog steeds naar cipres en eucalyptus ruiken nadat hij door al die zweterige cosplayers was geknuffeld?

'Heel grappig. Ik heb geen bescherming nodig. Ik kon hem niet achterlaten in een kennel. Hij hoort bij mij. Hij is mijn beste vriend.'

'Je bedoelt zoals "de beste vriend van de mens"?'

'Nee.' Ik was te moe om te grinniken en de leugen te vertellen.

'Ik bedoel, hij is degene die er voor me is geweest door... alles.' Ik maakte een zwak gebaar om de stress van drie jaar universitaire vervolgstudie, mijn frustraties met CASE en het omgaan met de verwachtingen van mijn moeder uit te drukken. Bilbo Baggins verwachtte nooit iets van me, behalve brokjes en een plekje aan mijn zijde. En zijn bolle bruine ogen stonden vol liefde, of ik nu een briljante AI-ontdekking had gedaan of volkomen had gefaald in alles wat ik die dag had geprobeerd. Ik wou dat ik hem had gehad tijdens mijn bacheloropleiding, toen het misging met Stephen.

Bilbo Baggins had zijn behoefte gedaan, en ik bukte om het op te ruimen. Niall hurkte neer en stak zijn vuist uit. Bilbo Baggins draafde naar hem toe, snuffelde aan zijn hand en likte zijn knokkel. Terwijl Niall hem achter zijn oren kriebelde, kwispelde Bilbo Baggins met zijn staart en sloot zijn ogen.

Verdorie, daar wilde ik ook wel wat van. Maar afgezien van de hand op mijn rug bij die eerste signeersessie in Chicago, had Niall me niet opzettelijk aangeraakt. Zelfs geen handdruk. Hoorden mensen uit het Midwesten niet demonstratief te zijn? Hij had Qiana die eerste avond in Columbus wel geknuffeld.

Maar hij wilde mij niet aanraken.

De uitputting trof me als een verpletterende golf. Ik had zo op het dichtstbijzijnde trapje kunnen kruipen voor een dutje. Ik knoopte het zakje dicht en draaide me om richting het hotel. 'Laten we gaan.'

Niall stond op en liep met me mee. Bilbo Baggins had andere ideeën. Nu hij Niall als zijn beschermer had, bewoog hij met een slakkengang en snuffelde aan stukjes afval op de stoep. In dit tempo zou het ons een halfuur kosten om de twee straten naar het hotel te lopen.

'Jij hebt ook een hond, toch?' Ik herinnerde me die op zijn auteursfoto op de achterflap van zijn boek. 'Een grote, donkere, harige?'

Hij grijnsde, zijn tanden flitsten in het licht van de straatlantaarn. 'Een Ierse wolfshond. Thorin Oakenshield.'

Ik lachte, het geluid verraste de stille straat. 'Wat een toeval.'

'Nauwelijks', zei hij. 'Jij en ik zijn allebei Tolkienfans. Het is logisch dat we onze huisdieren naar onze favoriete personages vernoemen.'

'Ik denk het.' Ik keek naar Bilbo Baggins voor het geval er een barst in mijn gezichtsuitdrukking kwam. Ik dacht bijna altijd aan papa vlak voor ik naar bed ging. Ik herinnerde me hoe ik me tegen zijn brede borst nestelde, zijn voeten in zwarte sokken die over de rand van mijn smalle eenpersoonsbed hingen, het boek op mijn schoot. Hij zat stil en liet me worstelen om de woorden te ontcijferen voordat ik ze triomfantelijk uitriep. Andere keren, als school of mijn moeder te veel waren geweest, las hij ze zelf voor, zijn vaste, lage stem die verhalen weefde over krijgers, avonturiers en een inbreker.

'Gaat het?' vroeg Niall. 'Ik dacht zeker dat als ik over Tolkien zou beginnen, je wel iets te zeggen zou hebben.'

Ik kromp ineen, me die eerste signeersessie herinnerend toen ik niet wist hoe ik de vraag over inspiratie moest beantwoorden. Sindsdien had ik geleerd over Tolkien te praten. Het was niet eens echt een leugen. Ik had de *Hobbit* en de *In de Ban van de Ring*-reeks in CASE geladen om het over taal te leren. Hoewel het antwoord leek aan te slaan bij de lezers, voelde ik me er niet minder een bedrieger door. 'Ik ben gewoon moe.'

'Laten we je dan naar bed brengen.' Zijn lichaam spande zich aan. 'Jouw bed, bedoel ik. Alleen. Shit', mompelde hij. Hij floot, een oorverdovend geluid in de stille straat. 'Kom op, Bilbo.'

Bilbo Baggins draafde naar ons toe, en we liepen sneller richting het hotel.

Toen we langs St. Patrick's Cathedral liepen, vroeg Niall: 'Ben je al eens eerder in New York geweest?'

'Een paar keer.' Pap kwam er vroeger voor zijn werk, en als een reis samenviel met een schoolvakantie, gingen we soms allemaal samen. Nadat mijn moeder met Charles was getrouwd, was ik een keer met hen mee geweest, maar hun volgende uitnodiging had ik afgeslagen.

'Heb je plannen terwijl je hier bent? Als we geen evenementen hebben?'

'Central Park. Ik neem Bilbo Baggins daar morgen mee naartoe.'

'En winkelen? Musea? Voorstellingen?'

'Niet echt hondvriendelijk. Bilbo Baggins en ik hebben deze week niet veel qualitytime samen doorgebracht, dus dat wil ik goedmaken.'

Eindelijk liepen we door de automatische deur het licht van de hotellobby in. Niall zei: 'Ik hou ook van parken. Als je een... een metgezel nodig hebt, laat het me weten. Ik kan goed een tennisbal gooien.'

De liftdeur stond al open, en we stapten in. Niall drukte op de knop voor onze verdieping. Ik stelde geen vragen meer over al die aangrenzende kamers. Het moest een beleid van Happy Troll zijn.

'Bedankt voor het aanbod. Ik zal erover nadenken.'

Hij glimlachte, maar zijn ogen waren glazig van vermoeidheid. Hij was die ochtend – gisterochtend – vroeg opgestaan voor een telefooninterview. De tour was net zo zwaar, zo niet zwaarder, voor hem. De verwachtingen waren hoger voor hem dan voor een nieuweling. Bovendien zat hij opgescheept met het coachen van mij door die ellendige vraag-en-antwoordsessies.

De deuren openden op onze verdieping, en ik haalde de keycard uit mijn zak. 'Nou, welterusten.'

Hij liep met me mee naar mijn deur. 'Kijk... kijk even naar binnen. Controleer of je tas er is en alles in orde is.'

'Echt?' Hij had me sinds die eerste dag in Chicago beschermd, maar dit was iets meer. 'We hebben deze week elke nacht in hotels geslapen. Ik weet zeker dat het goed is.'

'Dit is New York. Doe me een plezier.' Hij leunde tegen de muur.

Ik opende de deur. Hoe ver ging deze beschermingsdrang? 'Wil je binnenkomen?'

Zijn slaperige ogen werden groot. Shit! Dat klonk alsof ik hem uitnodigde voor seks. Waarvan hij duidelijk had gemaakt dat hij dat niet wilde.

'Ik bedoelde om te zoeken naar trollen of seriemoordenaars, wat je ook denkt dat er zich in het enge New York onder het bed verstopt. Niet, zeg maar, voor een afzakkertje. Doen mensen dat überhaupt nog? Denk je dat ze hier een minibar hebben?'

Hij duwde zich van de muur af met een zucht die een lach of ergernis had kunnen zijn. 'Met de prijzen in New York ben je misschien veiliger met de trollen dan met de minibar.' Hij zette twee stappen de kamer in en stak zijn handen in zijn zakken, alsof hij wilde vermijden iets in mijn ruimte aan te raken. De deur viel met een plof en een klik dicht.

De kamer was klein, met net genoeg ruimte voor een tweepersoonsbed, een compacte badkamer en een ondiepe kast. Ik liet Bilbo Baggins' lijn vallen zodat hij de boel kon besnuffelen en gooide mijn jas op het bed. Ik opende de kastdeur. Niets dan lege hangers en een van die kleine kluisjes met een toetsenbord. Ik deed het badkamerlicht aan en schoof zelfs het douchegordijn opzij. Vervolgens controleerde ik het slot op de tussendeur.

Pas toen ik me omdraaide en Niall me zag aankijken, herinnerde ik me dat het de deur naar zijn kamer was. Mijn wangen werden warm. 'Sorry, ik—'

'Het is goed. De tour is een hoop samenzijn. We hebben grenzen nodig.'

De kamer was te klein voor grenzen. Hij vulde de ruimte met zijn grote gestalte, zijn flanellen hemd en die bosachtige geur die hij bij zich droeg.

'Ik denk dat de kust veilig is, dan', fluisterde ik, omdat ik de nachtelijke stilte niet wilde verstoren.

'Goed.' Hij krabde aan zijn kin, het geluid schuurde door de kleine kamer. De opgerolde mouwen van zijn geruite hemd lieten de roodgouden haren op zijn onderarm zien. Het flanel zag er zacht uit. Het haar ook.

Het volgende moment raakte ik zijn arm aan. Slechts één vinger sleepte door het woud van veerkrachtig haar van zijn elleboog tot zijn pols. Het was zo zijdezacht als ik me had voorgesteld. Het gevoel reisde via mijn arm omhoog en verwarmde mijn borst.

Ik verstijfde. 'Sorry, ik—'

'Het is oké. Je mag me aanraken.'

Hebberig liet ik mijn vingertop over de rug van zijn hand glijden en volgde de bobbels van zijn knokkels.

Hij draaide zijn hand om en toonde zijn palm. Deze kant van zijn hand was vrij van sproeten, maar was omringd door eelt dat aan mijn vingers bleef haken. Toen ik een pad trok naar de gladde huid aan de binnenkant van zijn pols, beefde hij.

Hij nam zijn andere arm en bracht die langzaam omhoog. Hij legde zijn hand op mijn schouder over mijn T-shirt, zijn vingers krulden zich terug langs mijn schouderblad. 'Is dit oké?'

'Ja.' Als hij iets harder zou knijpen, zou het misschien de stressknoop losmaken die ik in mijn schouders droeg sinds ik die persoon verkleed als De Magiër op de conventie had gezien.

In plaats daarvan gleed zijn hand over mijn rug onder mijn opgestoken paardenstaart door naar mijn nek. Ik rilde.

'Nog steeds goed?'

Zijn hand was warm, bijna heet, op mijn nek. Hij kneep en ontspande de strakke spieren. Prikkels van verlichting stroomden over mijn rug. Ik knikte.

Hij liet zijn andere hand uit de mijne glijden en tilde met één vinger mijn kin op. Van zo dichtbij schitterden de stoppels op zijn wangen en kin goudkleurig in de zachte gloed van de lamp. Zijn lippen waren het zachtroze van balletschoentjes. Ik had een hekel aan de les waar mijn moeder me toe dwong, maar ik was dol op die schoenen.

Zo comfortabel. Zo zacht. Zo kusbaar.

Toen ik op mijn tenen ging staan, kraakten mijn laarzen. Toch was ik niet lang genoeg om zijn mond te bereiken. Zijn onmogelijk hoge mond. Hij zou moeten bukken om me tegemoet te komen.

Toen hij dat niet deed, rukte ik mijn blik los van die satijnen lippen en keek naar zijn ogen. Ik had verwacht dat ze op mijn lippen gericht zouden zijn. Nee, Niall Flynn kon niet zo doorzichtig zijn als de jongens met wie ik op de universiteit had gerommeld. In plaats daarvan staarde hij in mijn ogen, waarachter emoties die ik niet kon lezen kolkten achter het goudgespikkelde groen.

Hij liet zijn hand vallen en deed een stap achteruit tot zijn rug de deur raakte. Mijn kin miste de steun van zijn vinger, en mijn koude nek kreeg kippenvel.

'Ik… ik ben hiernaast', zei hij.

Ik zakte tegen de muur. 'O. Oké.'

Nog voordat ik uitgesproken was, viel de deur achter hem dicht. Bilbo Baggins snoof wakker en slaakte een slaperig half blafje.

Ik knipperde hard met mijn ogen en schudde mijn hoofd. Bed. Ik was moe. Daarom had ik de signalen verkeerd gelezen en geprobeerd hem te zoenen.

Hij was niet geïnteresseerd. Niet in mij. Net als alle anderen had hij iets van me nodig. Dat ik presteerde bij de signeersessies. Zoals mijn moeder me nodig had om te presteren op haar sociale evenementen.

En eigenlijk had ik ook iets van hem proberen te krijgen. Even de kriebels bevredigen. Veilig, zonder het risico gevoelens te krijgen of meer te willen. Want er waren nog minder dan twee weken van de tour over. Net als in deze hotelkamer was er geen ruimte voor iets anders.

Ik ritste mijn koffer open en haalde er een pyjamabroek uit. Nadat ik me had omgekleed, strekte ik mijn hand uit om de tussendeur te strelen, die naar Niall's kamer leidde. Ik stelde me voor dat ik hem opende en zijn vierkante gestalte de opening zag vullen, leunend tegen de deurstijl met zijn ogen halfopen zoals ze waren geweest voordat ik hem had aangeraakt.

Nee. Ik plofte achterover op het bed. Uitputting had mijn remmingen verlaagd en me doen denken dat Niall me wilde kussen. Natuurlijk wilde hij dat niet. Hij was gemaakt voor publieke consumptie, zich koesterend in het flitslicht van de camera's. Hij had bling aan zijn arm nodig, niet iemand die cargobroeken en vormeloze T-shirts droeg en zich achter haar hond verschool. Hij had niemand nodig die haar gezicht afwendde van foto's, die de eenzaamheid van een computerlab verkoos boven volle filmpremières.

Bovendien had ik geheimen. Geheimen die ik dreigde te onthullen als ik Niall te dichtbij liet komen. Geheimen die rampzalig zouden zijn voor de tour, voor CASE, voor mijn toekomst. Die deur openen was iets wat ik nooit zou kunnen doen.

Ik kroop onder de dekens, maar hoe moe ik ook was, mijn ogen weigerden dicht te vallen. Mijn been stootte tegen mijn laptoptas.

Ik ging rechtop zitten, greep erin en haalde de paperbackversie van *Geheimen van de Boselfen* tevoorschijn, die Niall in Chicago voor me had gesigneerd. Ik sloeg hem open op de eerste pagina van hoofdstuk 2, en toen de letters stopten met draaien, begon ik te lezen.

18

SAM

MIJN VINGERS DEDEN PIJN. Mijn handtekening – de valse – was veranderd in een onherkenbare krabbel, waarbij alleen de S en de C nog leesbaar waren. Maar ik deed mijn best. Sommige van deze mensen hadden meer dan een uur in de rij gestaan. Ze wisten niet dat het boek door een AI was geschreven en dat de auteur nepper was dan de houtprint op het gelamineerde tafelblad.

Het hielp dat Qiana er was. Ze hielp de mensen in de rij in de boekwinkel en schreef de namen op een post-it. Ik schonk iedereen een snelle glimlach, nam de naam van Qiana's briefje over en krabbelde dan *Sam Case* neer. Tien seconden. Vijftien als de persoon iets wilde zeggen als: 'Ik vond je boek geweldig' of 'Leuk om je te ontmoeten'. Geen selfies, alstublieft en dank je wel.

De rij van Niall schoot een stuk minder op.

Toen de laatste persoon bij mij was weggelopen en vijftien dollar aan nieuw gesigneerd, gebonden papier vastklemde, zakte Qiana neer op de harde houten stoel naast me.

'Niet slecht voor een zondagmiddag.'

Aan de grijns op Qiana's gezicht te zien was het niet alleen 'niet slecht', maar was het zelfs behoorlijk goed.

'Is de uitgever tot nu toe tevreden met de resultaten van de tour?' We hadden verkoopcijfers nodig om aan te tonen hoe succesvol 's werelds eerste door een AI geschreven roman was. Met die gegevens zou Martell mijn proefschrift vast en zeker goedkeuren.

'Tevreden? De Trol is uitzinnig. Het boek van Niall verkoopt goed; hij komt volgende week op de bestsellerlijsten. Maar jouw verkopen stijgen ook. Je krijgt geweldige mond-tot-mondreclame.'

'Krijg ik wat?'

'Mond-tot-mondreclame. Mensen vertellen hun vrienden hoe geweldig jouw boek is, en die kopen het dan.'

Ik balde mijn vuist en strekte mijn pijnlijke vingers. Verkopen waren wat Martell wilde om het succes van CASE te bewijzen. Praten met al die vreemden, spreken in het openbaar, zelfs mijn zere handen waren het allemaal waard als ik er aan het eind van de rit mijn doctoraat voor kreeg. Mijn hart maakte een hoopvol sprongetje.

'Heb je het naar je zin op de tour?' vroeg Qiana, terwijl ze de pennen verzamelde die over de tafel verspreid lagen.

'Eh.' Ik wierp een blik op Niall, maar hij was druk in gesprek met een fan. Hij had geprobeerd te doen alsof het niet raar was tussen ons. Zijn woorden waren hetzelfde als voorheen: *Goedemorgen* en *Hoe heb je geslapen?* en *Wat vond Bilbo van het park?* Maar zijn glimlach was er een voor de camera, en hij had in de auto nog niet eens terloops met zijn schouder de mijne aangeraakt.

Qiana grinnikte. 'Ik weet het, het is zwaar werk, vooral omdat deze zo strak is ingepland. Heb je al tijd voor jezelf gehad om te ontspannen, Netflix te kijken, je nagels te lakken?'

In huize Jones-Hayes hield je nagels lakken een tripje naar de spa in en ging het vooraf aan de marteling van een sociaal evenement met kriebelend kant of glibberig satijn. En de ruzie met mijn moeder dat zwarte nagellak gepast zou moeten zijn voor een black-tie-evenement, die ik nooit won. 'Bilbo Baggins en ik zijn vanochtend naar het park geweest.'

'Ah. Kleine Bilbo.' Qiana staarde naar een nabijgelegen display met kookboeken. 'Zullen we straks naar mijn appartement gaan? Het is hier niet ver vandaan. En er zit een Indiase afhaalzaak naast. Die is geweldig.'

Ik had me erop verheugd om in bed in het hotel met Bilbo Baggins te knuffelen. Ik verheugde me niet op mijn andere taak: leugenachtige berichtjes sturen. Ik was er nog een aan mijn moeder verschuldigd om haar te vertellen dat de 'roadtrip' goed ging. Jackson had een berichtje gestuurd, maar dat had ik nog niet gelezen. Ik haatte het het meest om tegen hem te liegen. In mijn berichtje aan dr. Martell kon ik tenminste eerlijk zijn. Hij wist al hoe weinig zin ik had in de tour, en hij verwachtte niet dat ik zou liegen en hem zou vertellen dat ik ervan genoot.

Ik opende mijn mond om haar uitnodiging af te slaan – beleefd, natuurlijk – maar onder Qiana's rode lippenstift was haar glimlach onweerstaanbaar. Het leek geen plichtmatige *ik-weet-niet-hoe-ik-dit-gesprek-moet-beëindigen*-uitnodiging, maar een blijk van oprechte... vriendschap? Meende Qiana het dat ze mijn vriendin wilde zijn?

Alleen maar omdat ze dacht dat ik iets was wat ik niet was.

Ik schudde mijn hoofd. 'Nee, ik—'

'Kom op. Het wordt leuk. We gaan lekker chillen.' En ze zette puppyogen op en tuitte haar lippen alsof ze echt wilde dat ik kwam.

Ik kon wel wat chillen gebruiken. Vooral na die bijna-kus van gisteravond. Een ingebouwd excuus hebben om Niall te ontwijken zou perfect zijn. 'Oké.'

Qiana klapte in haar handen. 'Fantastisch! Ik heb een babykoraalkleur die voor mij te licht is, maar die geweldig op jouw nagels zal staan. We kunnen gaan zodra ik even met Niall heb gesproken.'

Er stond een vrouw naast Niall, zo dichtbij dat ze zijn persoonlijke kiemengrens wel geschonden moest hebben. Ik fronste. Natuurlijk, hij knuffelde zijn fans, schudde hun handen, poseerde met ze voor foto's, maar er was iets vanzelfsprekends tussen Niall en deze vrouw. En ze kwam me bekend voor. Lang, donker haar dat over haar schouders krulde. Een magentakleurig pak dat op de een of andere manier leuk en casual oogde in plaats van stijf en benauwend. Rondingen waar je u tegen zei. Haar scherpe bruine ogen stonden in contrast met haar stralende, ontspannen glimlach.

Qiana kende haar. 'Gabriela!' Ze liep op haar af, haar armen open, en omhelsde de vrouw. Niall torende boven hen uit, glunderend.

Een vriendin, dus. Een vriendinnetje? Het prikte vanbinnen. Shit, geen wonder dat hij gisteravond afstand van me had genomen.

'Sam. Kom, ontmoet Gabi,' riep Niall.

Mijn laarzen wilden aan de vloer vastgeplakt blijven, maar ik kon de wenkende grijnzen van Niall en Qiana niet weerstaan. Ik dwong mezelf te glimlachen, liep naar hen toe en stak mijn hand uit. 'Ik ben Sam.'

De vrouw pakte hem vast, haar lichtbruine hand een contrast met mijn bleke. 'Gabriela Padrón. Ik ben Nialls agent.'

Afgaande op hoe dicht ze bij Niall stond, was ze meer dan dat.

'We hebben elkaar ontmoet op die fondsenwerving voor geletterdheid in San Francisco, maar we hebben geen kans gehad om te praten.' Gabriela nam me op, niet van top tot teen, maar ze koos kenmerken uit om een paar seconden te bestuderen als dode vlinders op een presenteerblaadje. 'Geniet u tot nu toe van de tour?'

'Het is oké. Vermoeiend.'

'Maar Sam heeft zich kranig geweerd,' zei Niall. 'Ze is geweldig met de lezers, vooral kinderen.'

Gabriela's blik bleef hangen op mijn *Neverending Story*-T-shirt. Toen glimlachte ze alsof ze een geheim kende en leunde tegen Niall aan. 'Niet iedereen mag meeliften op het succes van een schrijver van Nialls kaliber.'

Nialls voorhoofd werd roze, en toen trok de kleur naar beneden over zijn gezicht. 'Sams boek doet het geweldig. Misschien lift ik wel mee op haar succes.' Hij lachte op een manier die ik nog niet eerder had gehoord. Alsof iemand hem dwong.

Qiana, godzijdank, zei: 'Sam en ik gaan naar mijn appartement. Ik neem aan dat jullie samen iets gaan doen?'

'Ja,' zei Niall, 'aangezien we de rest van de avond vrij zijn.'

De rest van de avond? Ik haatte hoe Gabriela tegen hem aan hing. Ik verwachtte half dat ze haar gezicht tegen hem aan zou wrijven, als een kat. Of misschien in een cirkel om hem heen zou plassen.

'Klinkt goed,' zei Qiana. 'Ik pik je morgen om tien uur op.'

Met een nonchalant zwaaitje draaide Niall zich om en liep met Gabriela de winkel uit.

'Rawr,' zei Qiana. 'De klauwen komen tevoorschijn.'

Dus ik had het me niet verbeeld. 'Waar ging dat over?'

Qiana wuifde met haar hand. 'O, ze beschermt gewoon haar jongen. Ze wil er zeker van zijn dat de jonge nieuwkomer haar plaats kent.' Ze grijnsde. 'Laten we gaan. Ik verhonger.'

Haar jongen?

Twee uur later gaf Qiana me het flesje koraalkleurige nagellak. Ik fronste ernaar. 'Heb je iets minder... roze?'

Qiana grijnsde. 'Ik heb nog veel meer keuzes. Een momentje.' Ze stapte door de deuropening haar slaapkamer in.

Een minuut later kwam ze terug met een rammelend dienblad vol kleurrijke flesjes. 'We hebben zeemeermingroen, goud, donkerblauw, paars, rood. Zie je iets wat je leuk vindt?'

Ik bekeek de selectie en pakte het zwarte flesje. 'Deze.'

'Een godic-meisje. Dat had ik kunnen weten.' Ze duwde de roze lak terug in het midden van de verzameling en schudde een flesje donker kersenrood. Ik deed haar na met het flesje zwarte lak. Ze spreidde een krant uit over de salontafel – klein maar stevig, en veel mooier dan mijn bij het grofvuil gevonden exemplaar – en draaide de dop van de lak.

Ze streek het dieprood over haar duimnagel. 'Dus, vertel eens wat over jezelf. Ik heb alles over de tour gehoord, maar nu wil ik horen over de andere pakweg twintig jaar van je leven.'

'Er is niet veel te vertellen.' Ik haalde mijn schouders op alsof dat echt zo was, alsof ik niet in krimpfolie van geheimen gewikkeld was. 'Ik ben opgegroeid in San Francisco, en nu ben ik een promovendus.' Ik probeerde Qiana's gladde streken na te doen op mijn korte nagels. Het glanzende zwart tegen mijn bleke huid deed me glimlachen.

'Hoe is je familie? Groot? Klein?'

'Echt?' Ik had niet gewild dat dat woord er zo uitfloepte. Maar ik ontmoette bijna nooit iemand die de Joneses niet kende. 'Mijn vader was Jasper Jones. Hij richtte een startup op die werd overgenomen door Gurusoft. Mijn moeder leidt de Jones Literacy Foundation. Ze werken voornamelijk aan de westkust. En mijn broer is Jackson Jones. Hij heeft Synergy Analytics opgericht, en hij staat – stond – veel in de roddelbladen. Jij – jij kent hen niet?'

Qiana's blik was leeg. 'Ik volg het technieuws niet echt.'

'O.' De druk op mijn borst verminderde, alsof ik een van die loden schorten had uitgedaan die ze je laten dragen voor röntgenfoto's bij de tandarts. Ze had geen dozijn vooroordelen over hoe een Jones zou moeten zijn. 'Cool. We zijn een grote familie, denk ik. Ik heb twee broers en een zus. Plus nog wat familie in de Bay Area.'

'Ja?' Qiana hield haar hand omhoog en bekeek haar glanzend rode nagels. 'Zijn jullie hecht?'

'Ik denk het wel? Mijn moeder organiseert elke zondag een brunch. Maar het kan een beetje te veel zijn.'

Qiana keek op van haar nagels en glimlachte. 'Dat snap ik. Ze moeten zo trots op je zijn.'

Wauw. De zwaarte daalde weer neer. Ik wreef een vlekje nagellak van mijn nagelriem en probeerde mijn gezichtsuitdrukking te resetten.

Qiana blies op haar nagels. 'Hoe lang schrijf je al? Je hele leven?'

'Nog niet zo lang.' Iets draaide zich in me om. Dit was erger dan de vragenrondes. Deze keer loog ik tegen iemand die ik kende. Die probeerde mijn vriendin te zijn. 'En jij? Wilde je altijd al publicist worden?'

Qiana veegde met haar duim onder een vingernagel. 'Ik wilde altijd al schrijven.'

'Waarom doe je dat dan niet?'

Ze fronste. 'Ik hield als kind van lezen. Ik denk dat ik nooit heb gedacht dat het iets was wat ik kon doen. Maar nu werk ik elke dag met auteurs en boeken.' Haar frons verdween. 'Het is als een droom om betaald te worden om schrijvers met lezers in contact te brengen.'

Ik wist hoe het was om ontmoedigd te worden je interesses na te jagen. Mijn moeder zou zo veel gelukkiger zijn geweest als ik iets had gedaan wat ze kon begrijpen, zoals financiën of bedrijfs-kunde. Het was pure koppigheid – en de aanmoediging van Jackson – die ervoor zorgde dat ik de weerstand van mijn moeder doorbrak. 'Maar je kunt alles doen wat je wilt. Waarom schrijf je nu geen boek? Je bent niet ouder dan ik.'

Qiana beet op haar roodgestifte lip. 'Misschien. Ik – ik heb overwogen weer te gaan studeren. Voor mijn master in de schone kunsten. Kunstacademie,' voegde ze eraan toe toen ik haar wezen-loos aankeek.

'O. Dat moet je doen. Zeker. Als het je het vertrouwen geeft om je dromen na te jagen.' promoveren was zwaar geweest, maar het was de opstap naar mijn onafhankelijkheid.

'Ik ben ervoor aan het sparen. Met het succes dat we voor jouw boek en dat van Niall verwachten, zou de bonuspot dit jaar goed moeten zijn. Misschien kan ik het me volgend jaar veroorloven.'

Qiana had me net zo goed een klap in mijn maag kunnen geven. Ik had me nooit zorgen gemaakt om geld, zelfs niet nadat ik mijn trustfonds had weggegeven. Mijn studentenbeurs voorzag me van instantnoedels en kleding uit de kringloopwinkel, en als ik ooit in nood zou raken, zou mijn familie me te hulp schieten om me te redden, of ik dat nu wilde of niet.

Qiana had dat vangnet niet.

De deur rammelde, en er klonken gedempte stemmen van erachter. 'Mijn huisgenoten zijn thuis,' zei Qiana. 'Wil je nog meer eten voordat zij het opeten?'

'Nee, bedankt.' Ik krabbelde overeind. De middag met Qiana was... fijn geweest. Maar ik kon het niet opbrengen om koetjes en kalfjes te praten met haar huisgenoten. 'Ik moet gaan. Bedankt dat ik mocht langskomen.'

'Geen probleem. Dat kunnen we nog eens doen.' En daar was die stralende grijns weer.

Het was niet eens een leugen toen ik zei: 'Dat zou ik leuk vinden.'

De deur ging open, en ik zwaaide en glipte naar buiten.

Terwijl ik de trap af banjerde, bleef het gesprek in mijn hoofd hangen als een runtimefout. *Verkopen. Bonus.*

Binnenkort zouden Heidi en Martell het volledige verhaal van CASE en *Magician in the Machine* onthullen. Toen ze me over het plan vertelden, had ik me alleen maar gefocust op die perkamentrol die net buiten mijn bereik lag. Ik had geen moment nagedacht over—

Ik verstijfde en klemde de trapleuning vast. Wat zou er met Qiana gebeuren als ze de waarheid onthulden? Zou ze haar bonus en haar droom van een masterstudie verdienen, ook al bleek het boek een leugen te zijn?

Dat zou toch wel? Heidi had alles onder controle. Ik liet de leuning los en liep langzamer de trap af. Leugen of niet, de verkopen waren echt. Doordat ik was opgegroeid met een ondernemer als vader en een CFO als stiefvader, had ik geleerd dat je meestal niet tegen geld kunt opboksen.

Maar.

Wanneer ik zou stoppen met doen alsof ik een auteur was, zou ik terugkeren naar mijn wereld van solo programmeren en – zo hoopte ik – een onderzoeksfunctie in een rustig lab. Wat Heidi ook zei, de nasleep van de waarheid zou een puinhoop achterlaten die iemand zou moeten opruimen.

Dat zou toch niet Qiana zijn? En hoeveel zou ze me haten, zelfs als dat niet zo was? Ik had haar recht in haar gezicht voorgelogen dat ik een auteur was, iemand die geïnteresseerd was in boeken.

Dit vriendschapsgedoe kon niet doorgaan. Niet met Qiana. Het zou mijn exitstrategie bemoeilijken.

Maar CASE was de machine, niet ik, hoeveel ik ook probeerde mijn gevoelens te onderdrukken. En de put van de Balrog in mijn maag vertelde me dat het al te laat was om er een punt achter te zetten.

19

SAM

TOEN IK HET hotel uitslofte uit de lift, voelde ik bijna het gewicht van het donzige, witte dekbed dat ik over mijn hoofd wilde trekken om de wereld buiten te sluiten. Geen appjes. Niet praten. Alleen ik en mijn schuldgevoel.

En Bilbo Baggins.

Het kereltje had diep geslapen na ons avontuur in Central Park vanochtend, en ik had hem niet willen meeslepen naar nog een boekwinkel, dus was ik er in mijn eentje op mijn tenen tussenuit geknepen. Hoewel ik daarna niet van plan was geweest om naar Qiana te gaan. Ons kussenfort zou moeten wachten tot ik hem had uitgelaten.

Ik had verwacht dat Bilbo Baggins mijn voetstappen zou horen, maar er klonk geen gesnuffel vanonder de deur toen ik de pas in het slot stak. Sliep hij nog? Toen ik de deur opendeed, keek ik op het bed. Alleen een paar zwarte haren op het witte dekbed. Nog een paniekerige blik door de kleine hotelkamer bevestigde dat Bilbo Baggins er niet was. Mijn hart stokte. Toen begon het te razen. Misschien zat hij onder het bed. In de badkamer. Verstopt achter een gordijn? Was hem iets overkomen? Dwaalde hij alleen en doodsbang door de straten van New York? Ik tuitte mijn trillende lippen en floot.

Een gedempte blaf was het antwoord. Het klonk alsof het van hiernaast kwam. Niall's kamer. Hoe kon hij daar nu zijn binnengekomen? De tussendeur was op slot toen ik wegging.

Ik haalde de grendel eraf en gooide de verbindingsdeur open. Niall's kant was al open. Hield hij die altijd op een kier?

Het maakte niet uit toen Bilbo Baggins aan mijn voeten danste. Ik knielde, pakte hem op en knuffelde hem tegen mijn hart, en begroef toen mijn gezicht in zijn zijdezachte vacht. 'Bilbo Baggins, wat doe jij hier?'

Toen verstijfde ik. O nee. Ik was onuitgenodigd Niall's kamer binnengestormd. Wat als hij in bed lag? Wat als hij in bed lag *met Gabriela?* Ik klemde mijn ogen stijf dicht tegen de flank van Bilbo Baggins.

Ik voelde een lichaam dat boven me uittorende en zware, gedempte stappen zakten weg in het tapijt naast de plek waar ik gehurkt zat. Mijn hartslag vertraagde.

Niall's stem daalde van ver boven me neer. 'Bilbo was aan het blaffen. Ik was bang dat iemand zou klagen en het bij het hotelpersoneel zou melden. Dus hebben we hem, eh, bevrijd.'

'Bevrijd?' Ik opende mijn ogen. De stijve pijpen van Niall's spijkerbroek waren zestig centimeter van mijn gezicht. Hij had tenminste een broek aan.

'Ja, eh.' Hij verplaatste zijn gewicht. 'Gabi heeft het slot opengemaakt.'

'Echt, jullie zouden in hotels met betere beveiliging moeten verblijven.' Gabi's stem kwam uit de stoel, niet uit het bed. Ze had haar schoenen uit en haar benen onder zich opgetrokken.

'We verblijven precies om die reden in aangrenzende kamers, Gabi,' zei Niall.

'Wat?' Mijn vingers verstijfden in de vacht van Bilbo Baggins.

'Ja, ik...' Niall streek met zijn hand door zijn haar. 'Na die eerste nacht, in Chicago, toen we aangrenzende kamers hadden, leek het me een goed idee. Veiliger. Dus belde ik Qiana en vroeg haar of we dat voortaan konden krijgen.'

'Jij hebt ons in aangrenzende kamers gezet?' De hitte kroop van mijn borstkas omhoog naar mijn nek.

Gabriela hees zich uit de stoel en ging naast Niall staan. 'Als jullie kamers aan elkaar grenzen, betekent dat dat niemand anders langs die weg binnen kan komen. Terwijl jullie hier zijn, zal ik wat draagbare sloten voor de buitendeuren van mijn neef krijgen. Die straathond van je is geen waakhond. Hij ging meteen naar Niall toe.'

Wat als ik mijn laptop had opengelaten? Ik had eerder aan mijn proefschrift gewerkt. Hij had het kunnen zien, mijn geheim kunnen ontdekken. Heidi zou de geheimhoudingsverklaring die ik had getekend afdwingen. Martell zou me van de opleiding schoppen. Geen doctoraat. Dan zou ik weer bij mijn moeder en Charles moeten intrekken. De hitte die in me kookte kon geen kant op, dus schoten de woorden als een machinegeweer uit mijn mond. 'Je bent mijn kamer binnengegaan. Je hebt mijn privacy geschonden.'

'Ho.' Niall hield zijn handen op als een schild. 'We probeerden alleen maar te helpen.'

Net als mijn familie. Ik dacht dat hij anders was. Hij wilde me beschermen, maar hij gaf me de ruimte als ik erom vroeg. Vandaag niet. Hij was dwars door de grenzen heen gestampt waarvan hij me had verteld dat we die nodig hadden.

'Ik heb je hulp niet nodig. Ik wil die niet. Ik kan voor mezelf zorgen. En voor mijn hond.' Ik tilde Bilbo Baggins op, krabbelde overeind en stormde terug naar mijn kamer, waarbij ik beide deuren dichtsmeet. Ik deed de deur aan mijn kant op de grendel en schoof de ketting erop.

Bilbo Baggins wurmde zich uit mijn armen en sprong op het tapijt. Hij nieste twee keer.

Ik zonk op mijn knieën en wreef over zijn zachte oren. 'Sorry, Bilbo Baggins. Jij probeerde alleen maar vriendelijk te zijn,' fluisterde ik.

Hij duwde zijn koude neus in mijn handpalm. Als Niall hem niet had gered, had de hotelmanager hem kunnen komen halen. En Bilbo Baggins werd waarschijnlijk liever door Niall ontvoerd dan door de manager in beslag genomen.

Dus waarom was ik nog steeds zo van streek?

Toen Gabi in mijn gedachten opdook, werd mijn huid weer heet. Gabi die vandaag in de boekwinkel op nog geen vijftien centimeter van Niall stond—absoluut in de intieme zone. Gabi's blote voeten op het tapijt van Niall's hotelkamer, haar schoenen naast die van Niall op een hoopje. Misschien deinsde Niall niet achteruit voor haar kus als Gabi op haar tenen ging staan.

Jaloezie was niet iets wat ik vaak voelde, althans niet de romantische soort. Sinds Stephen liet ik mezelf nooit genoeg om mijn partners geven om het te voelen. Maar in Niall's kamer had het me in zijn greep gehad, me doen uithalen.

Shit! Die prikkels van jaloezie betekenden dat ik mezelf had toegestaan om om Niall te geven. Ook al was er niets om jaloers op te zijn. Niall vond me niet op die manier leuk. Dat was overduidelijk. En dat moest ook niet. Hij had precies het soort leven dat ik niet wilde. Openbaar. Gefotografeerd. Het enige wat ik wilde was me verstoppen in een lab, ver weg van de fans, de boekbesprekingen, de mensen.

De hitte stroomde zomaar uit me weg, waardoor ik rillend op het tapijt achterbleef. Mijn keel voelde schraal. Misschien had ik iets opgelopen op de conventie of bij een van de signeersessies, ondanks Niall's verplichte handdesinfecterend middel.

Thee. Thee zou mijn keel verzachten. Misschien was er wat in de minibar.

Ik was net opgestaan toen er op de deur werd geklopt. Niet de tussendeur, maar de buitendeur.

Er trok zich een knoop in mijn maag samen. Ik kon wel raden wie het was.

20

NIALL

NADAT IK OP Sams deur had geklopt, stak ik mijn handen in mijn zakken. Ik wilde de knoop verdrijven die mijn maag samenkneep toen ik me de blik van verraad op haar gezicht herinnerde. Ik was degene geweest die gisteravond over grenzen was begonnen. Ik had haar beloofd dat ik die niet zou overschrijden. Ik had me teruggetrokken van de kus, terwijl het enige wat ik wilde was haar tegen me aan trekken en haar bloemblaadjeszachte lippen nemen.

En wat had ik daarna gedaan? Ik was haar persoonlijke ruimte binnengestormd. Ik had nu haar telefoonnummer. Ik had haar kunnen bellen om te zeggen dat de hond blafte en vragen of ik hem eruit mocht halen. Maar nee, ik had het probleem voor haar willen oplossen. En misschien, in mijn achterhoofd, had ik gewild dat ze naar mijn kamer moest komen. Om mij op te zoeken.

Wat was het toch met deze vrouw dat ik van de toppen van opwinding naar de dalen van vernedering werd geslingerd? Ik zou nog een whiplash krijgen van mijn stemmingswisselingen in haar buurt.

Gabi vond me knettergek. Ze vond dat Sam had overdreven.

Maar zij wist niet wat er gisteravond bijna was gebeurd. Ik moest mijn excuses aanbieden voor veel meer dan alleen het stelen van haar hond.

Nadat ik mijn excuses had aangeboden, moest ik maken dat ik wegkwam naar mijn kamer, zodat ik niet – alweer – in de verleiding zou komen om haar te kussen.

Maar toen ze de deur opendeed, met haar mondhoeken naar beneden en een glinstering in haar ogen, vergat ik al mijn goede voornemens.

'Heb je niet eens door het spionnetje gekeken?' Ik had een bijlmoordenaar kunnen zijn, en nu stond haar deur open. Zelfs de extra sloten van Gabi's neef zouden haar niet beschermen tegen haar eigen onvoorzichtigheid.

Ze fronsde.

Hou je in, Niall. Mijn instinctieve reactie was precies de reden waarom ik mijn excuses moest aanbieden. Ik hield mijn stem zacht. Niemand op de hele verdieping hoefde te horen hoe ik door het stof ging. Godzijdank had Gabi de lift naar beneden al genomen. 'Het spijt me. Ik kan nogal overbezorgd zijn. Ik ben het gewend om voor mijn familie te zorgen. Niet dat dat een excuus is. Ik begrijp dat je het niet fijn vindt. Ik zal proberen het niet meer bij je te doen.'

De frons tussen haar wenkbrauwen verdween en ze knipperde met haar ogen toen ze naar me opkeek. Betekende dat dat het me vergeven was? Of dat ik nog maar net was begonnen?

Ik rolde mijn schouders naar achteren en balde mijn handen tot vuisten om de spanning te verlichten. 'Oké?'

Ze rimpelde haar neus, zoals ze deed als ze nadacht. 'Wil je thee?' Ze deed de deur verder open. Toen ik een stap naar voren deed, deed ze hem weer half dicht. 'Wacht, is Gabriela er nog? Ik wil niet…'

'Nee. Ze is naar huis. Ze komt morgen naar de signeersessie. Mag ik nog steeds binnenkomen?'

'Ja.' Ze stapte bij de deur vandaan, liep naar het dressoir onder de tv en begon kastjes open te trekken. Ik had die ochtend de koffie in mijn kamer gevonden, dus ik wist waar het hotel het bewaarde, maar ik bleef zwijgen. Gaf haar alle ruimte. Liet het haar zelf vinden.

Sams kamer was hetzelfde als de mijne, alleen in spiegelbeeld. Toch leek hij op de een of andere manier kleiner. Misschien was het gewoon de knetterende spanning waardoor het er druk voelde. Ik negeerde het onopgemaakte bed – ik moest het bed negeren – en had twee zitmogelijkheden: de bureaustoel of de fauteuil naast het bed. Sams laptoptas lag op het bureau, en haar open laptop had een ingedeukte hoek. Het scherm was zwart.

Aan of niet, ik wilde haar niet de indruk geven dat ik aan het rondneuzen was. Dus ik liep naar de stoel in de hoek en stak mijn handen in mijn zakken om te voorkomen dat ik het verkreukelde witte dekbed aanraakte.

Bilbo Baggins zat aan mijn voeten en keek me vol aanbidding aan. Toen ik me vooroverboog om hem tussen zijn oren te kriebelen, kronkelde hij van pure vreugde met zijn hele lichaam.

'Earl Grey of English Breakfast?'

Ik was helemaal geen fan van thee, maar dit ging om de wapenstilstand. 'Kies jij maar, dan neem ik wat er overblijft. Vind je het goed als ik hier ga zitten?'

'Ga je gang. Doe je er iets in?'

'Nee, dank je.' Ik liet me in de stoel zakken. Wat ging er om in dat vlijmscherpe brein van haar? Ze was iets aan het verwerken. Misschien was ze nog steeds aan het mokken over hoe ik in haar kamer was binnengedrongen. Ik zocht naar iets om de spanning te breken. 'C. S. Lewis zei: "Je kunt nooit een kop thee krijgen die groot genoeg is of een boek dat lang genoeg is om me te bevallen." Klopt toch?' Ik trok mijn wenkbrauwen op, hopend op op zijn minst een glimlach.

'Thee wordt koud als je mok te groot is, en naar mijn mening zouden heel wat boeken korter mogen zijn.' Ze gaf me de dampende mok thee. *'Ulysses,* bijvoorbeeld. Zelfs de samenvatting voor valsspelers was te lang.'

Verdorie. Mijn boeken waren te lang. Daarom had ze *Geheimen* nog niet uit. Ze verveelde zich. Ik sloot mijn handen om de mok. De kruidige geur van de thee prikkelde mijn neus. Het deed me denken aan moeders bloementuin, en dat was niet iets wat ik wilde drinken.

Ze stond voor me en blies op haar thee. 'Het spijt me. Ik had niet zo tegen je uit moeten vallen. Je probeerde te helpen. Ik heb gewoon een beetje... last van mijn gevoelens vandaag. Het moet de tour zijn. Zorgde jouw laatste tour er ook voor dat je je anders gedroeg?'

Niet zoals deze. Mijn eerste 'tour' was natuurlijk dat ik met mijn auto van de boerderij naar Columbus, naar Cincinnati, naar Cleveland, naar Indianapolis reed. Nooit verder weg dan Chicago, nooit ergens waar ik moest overnachten. Happy Troll was een kleine uitgeverij en ik was een debuterend auteur. Er waren geen slopende tochten van drie weken door luchthavens en boekhandels, dag na dag. Dat kwam later, toen mijn boek op de hitlijsten klom, toen het de aandacht trok van bloggers, van de media en uiteindelijk van Hollywood.

Ik had nog nooit geprobeerd iemand te kussen die ik tijdens een tour had ontmoet, of in te breken in hun kamer. Niet voor dit moment.

'Deze tour is heel wat. Ik begrijp dat het je van je stuk brengt.'

Ze raakte met haar lippen de mok aan, maar dronk niet. 'Ja. Hoe dan ook, ik ben gespannen en daardoor ben ik sneller geprikkeld. Het is geen excuus, en het spijt me.'

'Wacht. Ik ben degene die zich moet verontschuldigen. Ik ging over de schreef.'

Een mondhoek van haar trok op. 'Ik ook.'

Had ze het over gisteravond? Toen ze op haar tenen ging staan en haar wimpers naar beneden fladderden, had elke cel in mijn lichaam geschreeuwd om haar te kussen.

Angst had me tegengehouden. Ik had haar nog niet de hele waarheid verteld. De vrijheden die ik met haar beeltenis had genomen. Lobelia. Ik moest het haar vertellen. Zou ze denken dat ik een engerd was? En wat zou Qiana zeggen als ze erachter kwam? Ik zou er geweest zijn. Ik zou er geweest zijn. Ze zou de uiteinden van haar vlechten die bij mijn omslag pasten afknippen, die rode nagellak eraf schrobben en overstappen op zuurgroen voor Team Sam.

Sam ging op het bed zitten. Bilbo sprong naast haar, rolde zich op tot een cirkel en slaakte een dramatische zucht.

Ze nam een slok van haar thee, trok een vies gezicht en zette hem op de plank bij het bed. 'Gabriela is je agent. Is ze ook je...' Ze duwde haar handen tussen haar knieën. '...je vriendin?'

'Nee!' Had Gabi's stekelige bescherming Sams stress verergerd? Dit was een nieuw deel van de vergelijking. 'Ik bedoel, we hebben een relatie gehad. Op de universiteit. Een paar maanden. Nadat het uitging, zijn we vrienden gebleven. Ze heeft me ook geholpen met mijn schrijven, en toen ik *Geheimen* schreef, heeft ze de serie voor me verkocht. Dus nu is ze mijn vriendin en mijn agent. Plus' – ik kon net zo goed nog een tekortkoming toegeven – 'typt ze mijn handgeschreven manuscripten uit en doet ze al het e-mailgedoe. Je kunt waarschijnlijk wel zien dat ik niet zo van technologie houd.'

'O? Dat was me niet opgevallen.' Sams roze lippen krulden een fractie van een centimeter omhoog.

Ik zette mijn mok bitterheid op het dressoir. De stoel stond zo dicht bij het bed dat er niet eens een stap nodig was om het te bereiken. Meer een draai.

Ik draaide me om.

Wat ben ik aan het doen? Mijn arm ging om haar middel alsof hij daar thuishoorde. Ik verstijfde even, maar toen viel haar hoofd op mijn schouder. Ze zuchtte, en dat was alles wat nodig was. Ik trok haar steviger tegen me aan en liet mijn kin op de bovenkant van haar hoofd rusten.

'Ik vind je leuk, Niall. En ik werd jaloers toen ik haar in je kamer zag.'

'W-wat?' Mijn hart bonkte alsof Sally, onze meest tegendraadse geit, door zijn wanden probeerde te trappen.

Ze haalde haar hoofd van mijn schouder en keek me recht in

de ogen. 'Moet ik terughoudender zijn? Wil je dat ik doe alsof ik me niet tot je aangetrokken voel? Dat zou ik kunnen doen, maar wat heeft het voor zin? We zijn nog een paar weken op tournee en daarna zien we elkaar waarschijnlijk nooit meer.'

'Je… je overviel me gewoon. Nee, ik wil dat je jezelf bent. Ik ben het denk ik niet gewend dat mensen zeggen wat ze bedoelen. Behalve mijn familie.'

'We zullen niet lang genoeg samen zijn om tijd te verspillen met op onze tenen lopen rond wat we willen zeggen. We moeten zeggen wat we bedoelen.' Ze keek me recht in de ogen.

Mijn maag kromp ineen telkens als ze me eraan herinnerde dat onze tijd samen kort was. Het betekende dat ze gelijk had. Ik kon geen minuut verspillen met deze geweldige vrouw.

'Ik vind jou ook leuk.' Enkele zijdeachtige lokken van haar haar waren verstrikt geraakt in mijn stoppels, en ik streek ze glad, terwijl ik met een vinger haar wang natrok. 'Is dit oké? Dat ik je aanraak?'

'Ja.' Ze tilde haar kin op. 'Ik beloof dat ik het je zeg als het niet oké is.' Ze legde haar hand op mijn razende hart.

Mam zei altijd: geef mij een vinger, en ik neem de hele hand. Ik liet mijn hand van haar heup langs haar ruggengraat omhoog glijden en masseerde toen haar nek.

'En dit?'

De spanning in haar spieren nam af. 'Heerlijk. Als je mijn nek aanraakt, word ik helemaal kalm en zweverig.'

Dat sloeg ik op. Kalm en zweverig klonk goed, en ik wilde dat ze zich goed voelde. Ik wilde degene zijn die haar een goed gevoel gaf.

Met mijn andere hand tilde ik haar kin op, zoals ik gisteravond had gedaan. Ik wiegde haar kaak in mijn hand. Ze staarde naar mijn lippen, zoals ze gisteravond had gedaan. Toen haar tong naar buiten schoot om haar zachte onderlip te bevochtigen, gaf mijn brein het op met rationeel denken. Weg was de aarzeling om mijn tourpartner te kussen. Om wat Qiana zou denken. Ik kon me geen enkele reden herinneren waarom ik niet op het bed in haar hotelkamer moest zijn, terwijl ik haar vasthield. Het enige dat op dat moment bestond was het verlangen dat in me brandde en mijn huid verhitte. Verlangen naar Sam.

Ik kuste haar.

Ik had nog net genoeg zelfbeheersing over om er een zachte kus van te maken. Haar lippen waren zo zacht als ze eruitzagen, en ik hield mijn stoppels voorzichtig uit de buurt van haar tere huid. Toch tintelden mijn lippen waar ze de hare raakten, verlangend naar meer. Wacht. Was ik te ver gegaan? Ik trok met moeite mijn lippen terug en probeerde genoeg lucht in mijn overbelaste longen te krijgen om te kunnen praten.

'Was dat oké? I-ik… het spijt me dat ik het niet eerst vroeg. Ik heb gewoon–'

Haar lippen klapten op de mijne, en er was niets zachts aan onze tweede kus. Het was honger. Lust. Passie. Ik wist niet zeker wiens tong als eerste wiens mond binnengleed. Onze tanden klakten tegen elkaar. Ik trok haar dichterbij, met een hand in haar nek om haar hoofd te kantelen om mijn lippen te ontmoeten, de andere hand op haar rug, haar borst tegen de mijne drukkend.

Haar vingers krulden zich in mijn rug en vormden scherpe drukpunten door mijn flanellen overhemd. Een tegenhanger van de druk die zich opbouwde tegen de rits van mijn spijkerbroek.

Whoa. Als ik niet afremde, zou ik haar plat op bed hebben liggen. En ik zou het verdienen als Bilbo een hap uit mijn been zou nemen. Of een ander aanhangsel.

Voorzichtig, langzaam, trok ik me terug tot onze lippen zich scheidden. Ik likte mijn kloppende onderlip. 'Wauw.' Ik blies een ademstoot uit, die de zijdeachtige haren die uit haar paardenstaart waren ontsnapt, in beweging bracht. Als we hier nog veel langer mee doorgingen, zou ik in mijn broek klaarkomen als een tiener. 'Misschien moeten we het hier voorlopig bij laten.'

'Lafaard.' Ze glimlachte, een mondhoek die hoger optrok dan de andere. 'Het favoriete citaat van mijn broer Jackson is zoiets als: "Als alles onder controle lijkt, ga je niet snel genoeg." Hij is een grote fan van Mario Andretti.' Maar ze schoof een paar centimeter opzij.

Mijn hart ging tekeer als de motor van een raceauto. We waren snel genoeg gegaan voor mij. Ik had een minuut nodig – een uur, misschien de hele nacht – om te verwerken hoe de kus de dingen tussen ons had veranderd. 'Het spijt me, ik–'

Ze legde een vinger op mijn lippen. 'Maak je geen zorgen. Ik snap het.' Ze schoof nog een paar centimeter opzij. 'Het is nu uit ons systeem. We kunnen de tour afmaken als collega's en niet als een stel hitsige tieners.'

Een kilte sloop mijn hart binnen. *Collega's?*

'Het is allemaal goed. Het is goed tussen ons, toch?' Haar gefronste wenkbrauwen toonden de kwetsbaarheid die haar woorden niet deden.

'Natuurlijk is het goed.' Ik kon wel collega's zijn. Ik moest alleen die middag uit mijn geheugen schrobben, zodat ik nooit meer zou denken aan haar door kussen gezwollen lippen. Haar donkere haar verward door mijn vingers. Haar pupillen die door het zoenen de violette kleur verdrongen.

Veel succes daarmee, Niall.

21

SAM

OKÉ, prima. Wil je de waarheid weten? Ik had spijt zodra de woorden mijn mond verlieten.

Uit ons systeem. Collega's. Lariekoek.

Ik kraste mijn valse handtekening op nog een titelpagina en gaf het boek aan de lezer. Valse glimlach. 'Bedankt voor je komst.'

Terwijl ik wachtte tot ze wegschoof en ruimte maakte voor de volgende persoon, wierp ik een snelle blik op Niall. Hij glimlachte ook, maar het was niet zijn verlegen, bescheiden glimlach van boerenjongen-die-sterauteur-werd die hij de lezers normaal gesproken gaf. Het was zijn cameraklare glimlach, en dit keer was zijn kaak zo strak aangespannen dat het leek alsof hij een walnoot tussen zijn kiezen probeerde te kraken.

Ik had gewild dat het waar was. Ik had beter moeten weten. Niall was niet een van mijn losse scharrels die alleen maar een verlangen wilde bevredigen. Het was niet alleen lust die zijn groene irissen tot een smalle ring samenkneep. Zijn stoppelige kaak was slap geweest van een overweldigende emotie – ontzag? – toen hij me na onze kus in de ogen had gestaard. Het was een leugen geweest. Ik had meer gewild, zelfs toen ik het zei. Die indrukwekkende bobbel in zijn spijkerbroek? Ik had hem willen aanraken, proeven, erop willen rijden, helemaal tot de volgende stop van de tour. Ik vermoedde dat zelfs als hij elke nacht in mijn bed zou slapen, ik zijn voorzichtige maar zelfverzekerde aanrakingen, zijn aanbiddende maar vuile blikken nooit uit mijn systeem zou krijgen.

Dus had ik de hoofdschakelaar omgezet, in de hoop dat we, als we weer online kwamen, alles vergeten zouden zijn.

Ja, dat was niet bepaald gelukt.

'Mevrouw Case.' De stem was afschuwelijk bekend, vooral met de pikante gedachten die door mijn hoofd flitsten. Ik rukte mijn blik van Niall los en richtte die op de schotelgrote souvenirgesp uit Austin, Texas, van mijn broer, en vervolgens omhoog langs zijn ZZ Top T-shirt naar zijn bebaarde gezicht. Zijn mondhoeken waren streng omlaag getrokken. Zijn bruine ogen glinsterden als rookkwarts. Het was zijn *Wat flik je nou, Sam?*-uitdrukking.

'Jackson.' Hij hield geen boek vast, dus ik pakte er een van de stapel. Ik kromp ineen toen ik *Voor Jackson* en *Sam Case* op de pagina kraste. Ik had er net zo goed *Leugenaar* bij kunnen schrijven.

'We moeten praten.'

Ik voelde, meer dan dat ik het zag, dat Niall naast me zijn hoofd op hief.

'Je houdt mijn rij op,' zei ik door samengeklemde tanden.

Jackson sloeg zijn armen over elkaar. 'Ik kan hier de hele avond blijven staan.'

'Sam, gaat het?' vroeg Niall zachtjes. 'Is hij…'

'Het gaat prima,' mompelde ik. Wat deed hij in hemelsnaam in New York?

'Eten. Zes uur.' Jackson noemde een restaurant dat ik op weg naar de boekhandel had gezien. 'Neem je vrienden mee.' Een duivels lachje speelde om een van zijn mondhoeken.

'Maak dat je wegkomt uit mijn rij,' gromde ik.

Hij trok zijn wenkbrauwen op. Achter hem schraapte iemand zijn keel.

'Prima.' Hij zou er toch wel achter komen. 'Maar ik kom alleen.'

'Perfect.' Zijn blik gleed naar Niall en dan weer terug naar mijn gezicht. 'Tot zes uur.' Hij draaide zich om en liep weg.

Niall boog zich naar me toe. 'Weet je zeker dat het goed met je gaat? Wie was die vent?'

'Mijn bookmaker.' Ik glimlachte gemaakt naar de volgende persoon in de rij en stak mijn hand uit voor haar boek.

Later, toen de mensen weg waren en we aan het inpakken waren, draaide Niall zich naar me toe, zijn rode wenkbrauwen in een V gefronst, en zei zachtjes, 'Weet je zeker dat je vanavond met die vent moet afspreken?'

Maar het was niet zachtjes genoeg. Of Qiana had een superheldengehoor. 'Spreekt Sam af met een vent?' Ze kwam dichterbij en gaf me een duwtje. 'Is hij knap?'

'Ieuw. Hij is mijn broer.' Ik hield mijn gezicht naar beneden, gericht op de groene stift in mijn hand.

Ik hoefde niet naar Niall te kijken om zijn stijfheid te voelen. 'Je broer?'

'Welke broer?' Gabi kwam aangeschoven en ging met een heup op de tafel zitten. 'Jackson of Andrew?'

Daar schoot mijn hoofd van omhoog. Kende zij de namen van mijn broers? 'Jackson.'

'De ondernemer-slash-filantroop. Getrouwd. Was ooit miljardair, maar nu hij en zijn vrouw zoveel hebben weggegeven – vooral aan organisaties die neurodivergente kinderen ondersteunen – is hij gewoonweg fabelachtig rijk.'

Mijn mond viel open van verbazing. 'Ben je *me aan het cyberstalken*?'

'Ik probeer je gewoon te leren kennen.' Gabi's glimlach was gevaarlijk. 'Het is niet moeilijk als je familie in de schijnwerpers staat.'

Ik ademde, maar er kwam geen lucht binnen. Een gewicht drukte op mijn borst, waardoor die niet volledig kon uitzetten.

'Ik ga met je mee.' Niall peuterde de stift uit mijn gevoelloze vingers en gaf hem aan Qiana.

'Als Niall gaat, ga ik ook.' Gabi stond op.

'Mag ik ook mee?' vroeg Qiana. 'Ik wil je familie ontmoeten.'

Nee. Nee nee nee nee nee. Alarmbellen gingen af en rode lichten flitsten in mijn hoofd.

'Sam, gaat het wel?' Niall stond vlak voor me, zijn handen op mijn schouders. 'Je ziet er…'

'Volgens mij hoort haar huid niet die kleur te hebben,' zei Qiana.

'Groen. Absoluut groen.' Gabi klonk eerder gefascineerd dan bezorgd.

'Het gaat prima.' Ik rechtte mijn rug. Ik kon dit. Laat mijn zogenaamde nieuwe wereld van de uitgeverij maar botsen met mijn echte wereld. Ik kon op dit koord dansen zonder de geheimhoudingsverklaring te schenden. 'Het is niet nodig dat jullie meegaan.'

'Ik loop met je mee,' zei Niall, en liet eindelijk mijn schouders los. 'Gewoon om er zeker van te zijn dat je niet flauwvalt op de stoep.'

'Waar gaan we heen?' vroeg Qiana.

Verslagen gaf ik haar de naam van het restaurant.

'Laten we gaan.' Ze leidde ons naar buiten en sloeg linksaf.

Niall liep naast me, hij raakte me niet aan, maar was dichtbij genoeg dat onze armen elkaar geborsteld zouden hebben als hij zich niet zo stijf had gehouden. Eigenlijk was het maar beter zo. Beter dat hij boos op me was dan dat hij me een van zijn zachte blikken gaf, zoals die waarmee hij me gisteren had laten smelten toen hij zijn excuses aanbood voor het inbreken in mijn kamer.

Gabi liep voor ons uit met Qiana, maar haar priemende blikken ontgingen me niet telkens als we bij een zebrapad wachtten. Hoewel haar vlijmscherpe blik vaker wel dan niet op Niall landde, niet op mij.

We kwamen een paar minuten voor zes aan, maar Jackson was er al, onderuitgezakt op een stoel in de wachtruimte, zijn ogen op zijn telefoon gericht. Hij keek op toen de ijskoude februarilucht om ons heen naar binnen woei.

Hij straalde. 'Samwise! Je hebt je vrienden meegenomen.'

'Nee, ze zijn gewoon…'

'Hallo, ik ben Jackson Jones.' Hij schudde iedereen de hand, zijn knokkels werden wit toen hij Niall's hand vastgreep. 'Een tafel voor vijf,' zei hij tegen de gastheer, die ons meenam naar het donkere interieur naar een ronde tafel in een rustig hoekje.

Ik ging naast Jackson zitten. Toen Niall aan mijn andere kant probeerde te gaan zitten, schudde Jackson zijn hoofd. 'Gaat u daar maar zitten, waar ik u kan zien, prins Harry.' Hij wees naar de stoel tegenover hem. Gabriela en Qiana vulden de stoelen aan weerszijden van Niall op.

Qiana pakte mijn hand onder de tafel vast. 'Hier is iets vreemds aan de hand,' fluisterde ze. 'Het lijkt rechtstreeks uit *Real Housewives*.'

'Welkom bij een etentje met de Joneses,' mompelde ik.

Ik pakte de menukaart en deed alsof ik hem las. 'Dus, Jackson, wat doe je in New York? Ik dacht dat je op de baby zat te wachten.' Hun baby werd over een paar weken verwacht, rond het einde van de tour. Het was een van de vele redenen die ik dr. Martell had gegeven waarom ik niet kon reizen. Hoewel Alicia, toen ik haar over mijn reis had verteld, me had verzekerd dat ze waarschijnlijk over tijd zou gaan, omdat het haar eerste was. Ik zou op tijd terug zijn voor de geboorte.

'Iets voor de stichting vandaag. Alicia zei dat ik moest gaan. Blijkbaar krijgen we tien procent meer donaties als ik er ben met mijn charmante glimlach.' Hij liet hem aan de hele tafel zien, die oogverblindende piratengrijns.

Aan mijn andere kant zuchtte Qiana. 'Zwijmel.'

'Ik ga morgenvroeg meteen naar huis. Ik *heb* je ge-sms't dat ik eraan kwam.'

Die had ik waarschijnlijk moeten lezen. Maar ik had mijn smstijd opgegeven om met Niall te zoenen. 'Dus sorry dat we deze familiereünie niet gaan herhalen,' mompelde ik, met mijn ogen op het menu.

De ober kwam onze drankjes opnemen, dreunde de dagschotels op en vertrok.

Jackson legde zijn menu neer. 'Ik heb een fanbrief voor je.' Hij greep in zijn zak en haalde een gewone zakelijke envelop tevoorschijn met mijn naam erop gekrabbeld.

Ik pakte hem van hem aan, tilde de flap op en vouwde het velletje papier dat erin zat open. Het was een kleurpotloodtekening van De Magiër. De stijf uitziende witte mantel verraadde het. De figuur had mijn blauwe ogen en donkere haar, zelfs mijn sproetjes. In slordig handschrift stond onderaan: *Lieve Sam, Al mijn vrienden vinden De Magiër cool. Ik vind jou geweldig. Liefs, Noah.*

Ik slikte. Ik was precies het tegenovergestelde van geweldig. Ik had tegen mijn neefje gelogen. Tegen mijn broer. Tegen iedereen aan die tafel. Ik legde de tekening naast mijn lege onderbord.

'Dus, Sam, vertel me eens over dit boek.' Jacksons blik was zo scherp dat hij de waarheid als met een pincet uit mijn hersenen had kunnen trekken.

'Eh.' Ik stak een vinger op en pakte mijn glas water. Ik klokte het op een manier naar binnen die Moeder geschokt zou hebben.

'Wacht.' Gabi ging rechterop zitten. 'Je wist niet van het boek van je zus?'

'Nee, het lijkt erop dat ze vergat het te vermelden bij onze laatste familiebrunch.'

IJs rammelde tegen mijn lippen en ik zette het glas neer. Herinnerde hij zich dat Noah het vorige maand tijdens de brunch las? Dat zelfs Nat had gezegd dat ze het gelezen had, en ik had niets gezegd?

De twinkeling in zijn ogen vertelde me dat dat zo was.

'Ik, eh...'

De ober kwam met onze drankjes. Een wild moment overwoog ik Qiana's glas rode wijn om te stoten. Misschien kon ik er tijdens de daaropvolgende chaos vandoor gaan.

Voordat ik een beweging naar haar glas kon maken, legde ze haar hand over de voet. 'Je zou het moeten lezen. Het is geweldig. We noemen het een genremix van literaire fictie en sci-fi met urban fantasy-elementen. Het heeft actie waar je van op het puntje van je stoel zit met proza dat de taal zoals we die kennen naar zijn hand zet.'

'Op Sam, dan.' Jackson hief zijn glas tequila. 'En haar literaire carrière.' Hij dronk, en de anderen ook. Ik hief mijn lege waterglas op en een hulpkelner haastte zich naar me toe om het bij te vullen.

Opgelucht nipte ik van mijn water en zakte achterover in mijn stoel. Hij zou het laten rusten. Ik zou het hele geheim aan hem opbiechten – geheimhoudingsverklaring of niet – zodra ik terug was in San Francisco. En ik zou het doen terwijl hij zijn baby vasthield, zodat hij me niet de nek om kon draaien.

'Maar…' Jackson zette zijn glas neer. 'Ik kan me niet herinneren dat je ooit iets anders hebt geschreven. Behalve code.'

Dat was alles wat hij hoefde te zeggen. Dat ene woord, *code*. Hij wist het. Hij begreep waar ik met CASE aan had gewerkt en hij had de link gelegd. Nu stond hij op het punt zijn hand van de pagina te lichten en ons allemaal het hele plaatje te laten zien.

Ik keek naar Qiana's wijnglas, maar ze had het buiten mijn bereik geschoven.

'Het is de beste debuutroman die ik ooit heb gelezen,' zei Niall, met een uitdaging in zijn toon. 'Puur, rauw talent. Ik kan niet wachten om te zien hoe haar stijl zich ontwikkelt.'

Jackson draaide zijn blik van mij naar Niall. 'Niall Flynn.' *Uitdaging aanvaard.* 'Ik ben meer een gamer dan een lezer, maar zelfs ik heb van u gehoord. Zag ik niet dat u vorige zomer met Lulu Bridges uitging? Een prachtige vrouw. Maakt het schattigste piepje als ze…'

Ik stampte op zijn voet. Mijn broer wist een hoop ranzige feitjes over tweederangs actrices.

'…lacht, wilde ik zeggen.' Maar Jackson keek me niet aan. Hij staarde over de tafel naar Niall, wiens handen tot vuisten gebald waren aan weerszijden van zijn onderbord.

De ober, die 's werelds slechtste timing moest hebben – of de beste – kwam onze bestelling opnemen. Nadat ze het menu aan hem had gegeven, keek Qiana me met grote ogen aan. 'Zoveel beter dan *Real Housewives*,' fluisterde ze.

Toen de ober wegliep, leunde Jackson achterover in zijn stoel en ging verder alsof hij niet was onderbroken. 'Dus, Niall, aangezien Lulu uw interesse niet kon vasthouden, mag ik aannemen dat u' – hij liet zijn glas donkere tequila rondwervelen en liet zijn ogen naar Gabi en vervolgens naar mij glijden – 'vrijgezel bent?'

Niall keek me aan, onzekerheid in zijn door kaarslicht verduisterde ogen.

'Jackson...' Ik moest hem nu stoppen, voordat hij aan de wat-zijn-je-bedoelingen-ondervraging begon.

'Ik denk dat Niall in staat is om die blikken met zijn hertenogen die hij jouw kant op stuurt, uit te leggen. Hij is tenslotte een schrijver. Een meester van de taal.'

'We zijn collega's.' Ik krulde mijn vingers om mijn servet. 'Vriendelijk. Dat is alles. Je weet dat ik niet meer doe dan dat.' Jackson wist ook waarom.

Zijn ogen waren vol van die kennis toen hij ze weer op mij richtte. 'Sam, ik...' Hij fronste en haalde zijn telefoon uit zijn achterzak. 'Neem me niet kwalijk.' Hij schoof van tafel en zette zijn telefoon aan zijn oor. 'Liefje,' mompelde hij op de zachtste toon die ik hem ooit had horen gebruiken.

Niall's gezicht was een uitdrukkingsloze steen. Dat woord dat ik weer had gebruikt –*collega's*– lag als een dode vogel in het midden van de tafel.

Ik liet een paar seconden voorbijgaan, terwijl ik probeerde te bedenken wat ik kon zeggen om het beter te maken, om hem me niet te laten haten, zodat we konden terugspoelen naar onze eerste avond in New York, toen we praatten en alles tussen ons minder gespannen was.

'Niall, ik...' Maar de woorden lieten me in de steek, zoals ze meestal deden.

Een zware hand met een glinsterende trouwring landde op mijn schouder. 'Sam, een minuutje?' Jackson knikte naar de bar. Ik stond op en volgde hem.

Mijn broer trilde van iets wat ik in onze jeugd vaak had gezien: een drang om te *bewegen*. En *snel*. Destijds sprong hij op zijn fiets en racete weg, op zoek naar heuvels waar hij zichzelf moe kon klimmen en dan aan de andere kant naar beneden kon suizen, de wind in zijn gezicht.

'Alicia heeft weeën. Ik moet *nu* naar huis. Fuck!' Hij haalde een hand door zijn haar, degene die zijn telefoon niet vasthield. 'Waarom de *fuck* heb ik de privéjet niet genomen?'

'Wacht, wat? *Nu?* Ze is pas eind van de maand uitgerekend.'

'Vertel dat maar aan de baby.' Hij greep mijn schouders. 'Ik heb de rekening betaald. Blijven jullie maar lekker eten. Bied mijn verontschuldigingen aan. Bied *geen* verontschuldigingen aan namens mij aan die… Niall. Ik maakte een grapje – grotendeels – daarnet, maar toch. Het lijkt erop dat je een gevaarlijk spelletje speelt. Je vertrapt zijn broodwinning *en* breekt zijn hart? Behoorlijk kil, Sam.'

Zijn broodwinning vertrappen… Ik keek naar zijn westernlaarzen, neus aan neus met mijn kistjes. 'Het was niet mijn bedoeling om…'

'Ik weet het. Geen van beiden zijn we erg emotioneel bewust. In harmonie met gevoelens en zo. Denk gewoon na over wat je doet, oké? En hoe het je nieuwe vrienden kan beïnvloeden.'

Ik knikte. Hij kneep in mijn schouder, en toen waren zijn laarzen verdwenen, stampend over de vloer om zo snel als zijn rijkdom en connecties hem konden brengen thuis te komen bij zijn geliefden.

Ik keek terug naar de tafel, waar Gabi en Qiana zich weer tot elkaar wendden alsof ze niet naar ons hadden staan staren. Niall deed geen moeite om te doen alsof. Hij hield mijn blik vast.

Ik kon het niet. Ik kon daar niet teruggaan en de nasleep van de granaten die mijn broer had gegooid, aan.

'Het spijt me,' articuleerde ik zonder geluid. Ik draaide me om en volgde het pad dat Jackson had genomen, het restaurant uit. Maar in plaats van naar huis te gaan, naar de mensen van wie ik hield, vond ik een taxi die me terug zou brengen naar het hotel. Waar Bilbo Baggins geen verwachtingen van me had. Waar ik niet alles verpestte wat belangrijk voor hem was.

22

NIALL

' SAM.' Ik klopte op haar deur. Niet te hard – het was laat – maar wel zo krachtig dat ze me zou horen. Ze kon onmogelijk al slapen. Niet na dat etentje. Ik was zo opgefokt van de spanning dat ik misschien wel dagen niet zou slapen. Wist haar broer dat ik de avond ervoor met zijn zusje had staan zoenen? Hij was een paar centimeter langer dan ik, niet zo breed, maar hij zou vechten als een slang, me afleiden met zijn scherpe tong en dan onverwacht toeslaan. Ik zou sowieso niet terug kunnen vechten; ik kon de broer van iemand om wie ik begon te geven niet kwetsen.

Wat had hij tegen Sam gezegd waardoor ze zo lijkbleek was geworden? Als hij iets kwetsends had gezegd, zou ik hem opzoeken en tegen de grond werken, broer of niet.

Bilbo snuffelde aan de onderkant van de deur. Toen kefte hij. Goed. Dan moest ze wel naar de deur komen.

De ketting rammelde. Toen de grendel. En de extra grendel van Gabi's neef. De deur ging op een kier en onthulde een glimp van Sam: donker haar in haar gezicht, vermoeide ogen, een bleke huid, een hemdje en een pyjamabroek. Ik dwong mezelf niet naar haar sleutelbeenderen en roomwitte schouders te kijken en richtte me op haar gezicht.

' Ik moest even kijken of je... Gaat het?'

' Ja, ik ben gewoon... gewoon moe.' Ze opende de deur net ver genoeg voor Bilbo om naar buiten te glippen.

Toen hij tegen mijn enkels krabde, bukte ik om hem op te pakken. Hij likte aan mijn kin. 'Hij... je broer... hij heeft toch niets onaardigs gezegd, hè?'

Haar ogen werden groot. 'Dat zou Jackson nooit doen. Er was niks aan de hand. Hij moest weg. Zijn vrouw is aan het bevallen.'

' O. Wauw.' Een beeld flitste door mijn hoofd van Sam die een kindje vasthield, neerkijkend in zijn grote blauwe ogen, het zachtjes wiegend, neuriënd. 'Mag ik binnenkomen?'

' Nee.'

Het antwoord kwam te snel, alsof ze er niet over na hoefde te denken. Shit, ik had alles verpest door de vorige avond te opdringerig te zijn. Zij wilde collega's zijn. En ik? Ik stond in de gang voor haar kamer te smeken of ik binnen mocht komen. Dat deden collega's niet. Alleen mensen die om elkaar gaven. En ik kon mezelf niet langer voor de gek houden: ik gaf om haar. Ik moest het haar vertellen. Eerlijk tegen haar zijn. 'Gewoon om te praten?'

Ze dacht een seconde na. 'Nee. Ik ben echt moe en we hebben morgenochtend die afspraak bij de uitgeverij.' Ze stak haar handen uit voor het hondje.

' Sluit me niet buiten, Sam.' Het was een smeekbede.

Ze staarde naar de middelste knoop van mijn overhemd. 'Het is laat.'

Ik legde het hondje voorzichtig in haar handen. 'Dan zie ik je morgenochtend. Zullen we van tevoren samen ontbijten?' Dan konden we praten.

' Ik denk het niet, Niall. Welterusten.' Ze deed de deur dicht en de ketting rammelde.

Fuck. Wat had ik gedaan?

———

DE VOLGENDE OCHTEND ijsbeerde ik voor de automatische schuifdeuren van het hotel. Ik was wel een half dozijn keer op het punt geweest om naar de receptie te lopen om te controleren of ze niet al had uitgecheckt. Ze was vijf minuten te laat, het was nog steeds spitsuur en... shit. Het kon me niet schelen als we te laat kwamen. Het was Sam om wie ik me zorgen maakte.

De liftdeuren gingen open en ze sprong eruit met Bilbo aan zijn riem. 'Sorry. Sorry dat ik te laat ben.' Haar ogen zagen er vanochtend niet gekweld uit; ze fonkelden. 'Ik wachtte op het nieuws. Ik ben tante! Van een pasgeboren baby dit keer.' Ze draaide haar telefoon om en liet me een foto zien van een baby'tje met een vertrokken gezichtje onder zo'n roze-blauw ziekenhuismutsje. Er liep een doorzichtig slangetje onder zijn neusgaten. 'Maak je geen zorgen over de zuurstof. Ze zeiden dat ze het prima doet.'

Grijnzend stak ze haar armen uit, en ik stapte in haar omhelzing en drukte haar stevig tegen me aan. Ik ademde haar rozemarijngeur in. Misschien konden we terug naar vriendschap, naar hoe het was voordat we hadden gezoend. Voordat alles in de soep was gelopen. 'Gefeliciteerd.'

Ze maakte zich los. 'Het is een meisje. Ze hebben haar Valentine genoemd. Omdat het, je weet wel, Valentijnsdag is.'

Ik was de dagen kwijtgeraakt. 'Fijne Valentijnsdag.' Shit! Zou ze nu denken dat ik haar tot een romantische activiteit wilde dwingen? 'Voor je nichtje, bedoel ik.'

Ze rimpelde haar neus. 'Je hebt gelijk. Het krijgt nu een nieuwe betekenis. Het *is* haar dag. En als ik mijn broer een beetje ken, probeert hij *Jones* aan de naam van de feestdag toe te voegen. Hij is helemaal in de wolken met haar. Shit! We zijn te laat. Sorry. Laten we gaan. Staat er een auto?'

' Hij staat buiten te wachten.' Ik trok mijn jas strakker om me heen en leidde haar door de automatische deur naar de luxe huurauto die aan de stoeprand stond. Ze glipte naar binnen met Bilbo en ik volgde.

Sam vulde de auto met gepraat over haar nieuwe nichtje en

liet de chauffeur en mij elke nieuwe foto zien die binnenkwam. De baby met haar moeder, een mooie blonde vrouw. De baby met een ouder kind, misschien een tiener, die lichtjes achteroverleunde met grote ogen, alsof het kind een weerwolf was in plaats van een schattige, kale mensenbaby. Jackson, die er op de een of andere manier opgewonden en uitgeput en dolgelukkig tegelijk uitzag. Jaloezie prikte in mijn borst. Hij had alles: een succesvol bedrijf, een vrouw die van hem hield, een gezin. En hij had me op mijn nummer gezet over mijn bedoelingen met zijn zus.

Nou, weet je wat? Ik was van plan haar opnieuw te zoenen als ze me liet doen.

Sam had net een boeket gele rozen besteld om de volgende dag te laten bezorgen – we hadden allebei met open mond naar de Valentijnsdagtoeslag gekeken – toen we voor het gebouw van Happy Troll stopten.

Terwijl we met de lift naar de onderste van de drie verdiepingen van Happy Troll gingen, rimpelde Sam haar neus. 'Waarom zijn we hier eigenlijk?'

Ik keek naar de verdiepingen die oplichtten op het scherm boven de deur. 'Een meet-and-greet. Ik ga meestal langs als ik in de stad ben. Om alle mensen te bedanken die aan mijn boek hebben gewerkt. Ze vinden het leuk om het gezicht achter de woorden te zien.'

In de stilte van de lift hoorde ik haar slikken. Ik reikte naar haar hand, maar hield me net op tijd in en stopte mijn hand toen in mijn broekzak. 'Het komt goed. Al deze mensen steunen je. Geen lastige vragen vandaag. Dat beloof ik.'

Haar glimlach was zwak, maar ze knikte.

Toen de deur openging, stond Qiana daar, stuiterend op haar tenen. Ze omhelsde haar alsof ze haar nog geen vierentwintig uur geleden had gezien. 'Niall! Het is zo spannend!'

' Wat is er zo spannend?'

' O.' Haar ogen werden groot en ze trok haar rode lippen tussen haar tanden. 'Dat... dat jullie hier zijn. Vandaag.' Ze draaide zich om en liep de gang in. 'Heidi is in de gemeenschappelijke ruimte.'

Er was iets aan de hand. Heidi had assistenten om haar koffie te halen, dus de meest aannemelijke reden dat ze in de gemeenschappelijke ruimte was, was om een aankondiging te doen. Was de nieuwe bestsellerlijst al uit?

Stond ik erop? Of Sam?

Ik liep achter Qiana aan, naast Sam, met Bilbo tussen ons in, die parmantig liep alsof het pand van hem was. We liepen de centrale open ruimte in waar, jawel, op het aanrecht een verzameling champagneglazen stond en een even groot aantal mensen.

' Wie zijn al deze mensen?' fluisterde Sam.

Mijn hart ging tekeer. 'Redactieassistenten, die doen het zware werk nadat Heidi een boek heeft aangekocht. Ontwerpers maken de omslagen en zorgen dat het binnenwerk er goed uitziet. Marketeers en verkopers zorgen ervoor dat alle verkooppunten de boeken willen verkopen.'

' Zo veel mensen.'

' Ja.' Ik deed niet de moeite om haar te vertellen over de financiële en personeelsafdeling of het management die het bedrijf draaiende hielden. Haar grote ogen vertelden me dat ze al overweldigd was.

Het moest toch goed nieuws zijn? Ik drukte haar hand. Ze kneep terug.

Heidi stond aan de andere kant van de kamer, vanwaar ze iedereen kon overzien. 'Hier zijn ze,' zong ze. 'De sterren van de show!' Heidi had een flair voor drama.

Sam kneep harder in mijn hand.

' Het is goed nieuws. Dat moet wel,' fluisterde ik, evenzeer voor mezelf als voor haar.

Assistenten deelden champagneglazen uit aan de menigte. Ik nam er een aan, het glas koel in mijn trillende vingers. Sam klemde haar glas vast, haar knokkels wit.

' Heeft iedereen een glas? Goed, goed,' zei Heidi. 'Dan heb ik nu fantastisch nieuws te melden. Ik kreeg vanochtend een telefoontje van het comité van de Tower Prize. We hebben niet één, maar twee genomineerden hier bij ons vandaag.' Ze pauzeerde, een grijns verscheen op haar normaal zo serieuze gezicht. 'Onze eigen Niall Flynn en Sam Case zijn genomineerd in de categorie Fantasy.'

Mijn maag maakte een sprongetje. De spanning vloeide weg, waardoor mijn botten los en licht aanvoelden. Warmte verspreidde zich door mijn borst. Dit was beter dan de bestseller-lijst. Een nominatie voor de Tower Prize was, zoals Heidi zou zeggen, een hele grote deal.

Heidi wachtte op het applaus en het gejuich. Ze schraapte haar keel. 'Bovendien is *Magician in the Machine* genomineerd voor Beste Debuut.' Ze hief haar glas. 'Gefeliciteerd, Sam en Niall.'

De ruimte barstte opnieuw los in gejuich en gefluit. Ik probeerde niet eens de champagne te drinken. Er werd herhaalde-lijk op mijn rug geklopt en nadat Qiana Sam had losgelaten, omhelsde ze mij, hard, net onder mijn ribben.

' Gefeliciteerd, jongens!' Ze straalde ons aan, maar toen wankelde haar glimlach. 'Sam, ben je niet blij?'

De grijns smolt van mijn gezicht toen ik naar Sam keek. Ze was lijkbleek geworden, haar ademhaling oppervlakkig en te snel. 'Wil je even gaan zitten?' Had ze dan toch die congresgriep te pakken?

' Nee, ik... het gaat wel.' Haar gezicht was hard en bleek als marmer. 'Gewoon verrast, dat is alles.'

Ik geloofde het bijna. Ze was niet bekend met de verschillende nominatieschema's voor prijzen. Vorig jaar had ik op de dag dat de genomineerden werden bekendgemaakt bij de telefoon gewacht en, toen die weigerde te rinkelen, op de bank gelegen, verpletterd door het drukkende gewicht van teleurstelling. Vandaag was ik te druk geweest met me zorgen maken over Sam om aan de aankondiging van de nominaties te denken.

Maar er is een verschil tussen goed-verrast en slecht-verrast. Ik moet hebben gegloeid van het plezier van erkenning, van bevestiging.

Sam niet.

In plaats van haar normale kaarsrechte houding waren haar schouders naar binnen gebogen. Ze klemde het champagneglas vast, haar blik schoot door de kamer.

Bilbo leunde tegen haar been en jankte.

Ik duwde mijn glas champagne in Qiana's hand. 'Neem het even van ons over. We hebben een minuutje nodig.'

Met een arm om Sams middel leidde ik haar Heidi's kantoor in. Ik liet haar voorzichtig in een van de gastenstoelen zakken en wrikte toen voorzichtig haar vingers van de steel van haar champagneglas.

Ik legde mijn hand in haar nek, zoals ze had gezegd dat ze fijn vond. 'Ik laat je even tot rust komen. Ik sta direct buiten de deur, dus roep me als je me nodig hebt. Ik kom over vijf minuten bij je kijken, oké?'

Ze zei niets, op een nauwelijks waarneembaar knikje na.

Ik trok de deur zachtjes dicht en leunde er toen tegenaan. Ik sloeg mijn armen over elkaar. Niemand kwam erin. Ze had een minuutje nodig met haar gedachten, vijf minuten weg van alle vreemdelingen en het lawaai. Ze zou wel weer opknappen, toch?

Tenzij...

Een minuut geleden had ik me nog gerechtvaardigd, bevestigd gevoeld, ik kon de wereld aan. Erkend voor mijn werk door experts in mijn vakgebied.

Maar, zoals gewoonlijk, was Sam me een stap voor.

Slechts een van ons kon winnen.

Wat als zij het was?

Wat als ik het was?

23

SAM

IK ZAT IN de bezoekersstoel bij Heidi en staarde naar het bericht.

MARTELL

> Gefeliciteerd, Samantha! Dit is de erkenning die
> we voor CASE zochten. Binnenkort zal iedereen
> zien wat het kan.

Dr. Martell had vast zitten wachten op de aankondiging van de Tower Prize. Ik wist tot vijf minuten geleden niet eens dat die prijs bestond. Volgens Niall was het iets groots in de scifi- en fantasywereld.

En als *Magician* zou winnen en Martell en Heidi dan zouden aankondigen dat een AI het had geschreven, wat zou de gemeenschap daar dan van vinden? Al die mensen die ik had ontmoet die het boek hadden gelezen en het geweldig vonden. Schrijvers zoals die in het panel op de conventie. En Niall.

Niall. Ik wrong mijn trillende vingers in mijn schoot.

Die man haatte technologie. Wie niet, met een vader als die eikel, Paul Swift? Hij zou het vreselijk vinden dat ik *Magician* had 'geschreven' door het op een computer te coderen en dan een fout te maken met de input. Jackson had gelijk. Het zou zijn broodwinning bedreigen. Bovendien zou het zijn artistieke gevoeligheden kwetsen bij de gedachte dat een computer literatuur kon creëren.

Hij had duidelijk gehoopt genomineerd te worden. En dat die nominatie dan verpest zou worden door dit, door CASE? Hij zou het me nooit vergeven. Daar kon ik niet mee leven. Niet met die vriendelijke, groene ogen die tot koude, harde kristallen verstarden. Niet met die speciale glimlach die hij me eerder had gegeven toen de prijs werd aangekondigd, die vertrok tot een grimas van shock en teleurstelling. Ik moest het hem vertellen.

Bilbo Baggins jankte en likte mijn wang.

'Maak je geen zorgen, Bilbo Baggins,' fluisterde ik. 'Ik los het wel op.'

Achter me ging de deur open. Perfect. Ik zou het hem hier vertellen, in het stille kantoor waar niemand ons zou storen en waar hij zo hard kon schreeuwen als hij wilde. Ik draaide me om. 'Hé, Niall...'

'Samantha.' Heidi's mond was een rode streep. 'Wat een geweldig nieuws. U moet wel erg opgewonden zijn.'

Het was geen opwinding die met een paar loden vinnen in mijn maag zwom. 'Eh. Niet echt? Dit is allemaal nogal veel.' Ik aaide de zijdezachte vacht van Bilbo Baggins.

Heidi liep om me heen en ging achter haar bureau zitten. Ik moest met mijn ogen knijpen om haar gezicht te zien tegen de grijsachtige winterse schittering van het raam. 'Qiana zegt dat u het goed heeft gedaan tijdens de tour. De verkoopcijfers zijn fantastisch. En met de nominatie voor de prijs verwachten we dat die nog zullen stijgen.'

'O. Ik denk dat dat goed is?'

'Het is uitstekend. We zijn zeer tevreden met *Magician in the Machine*. En met u, Samantha.' Ze leunde met haar ellebogen op het bureau en vouwde haar vingers in een piramide.

'Dank u.' Ik veronderstelde dat als ik niet kon doen alsof ik een socialite was, ik een toekomstige carrière had in doen alsof ik een auteur was. Moeder zou zo tevreden zijn. 'Maar, als de nominatie de verkoop doet stijgen, is dat dan niet alles wat we nodig hebben om de geldigheid van CASE te bewijzen? We hebben de wedstrijd niet nodig. Kunt u *Magician* stilletjes terugtrekken? Ik beloof dat ik er met geen woord over zou reppen.'

Ze leunde achterover in haar stoel. 'Samantha,' het enige teken van haar ongenoegen was een verstarring rond haar mond, 'waarom zouden we ons willen terugtrekken uit de wedstrijd?'

'Omdat het boek nep is. Omdat het een leugen is. Omdat u een echte auteur genomineerd hebt.' Ik gebaarde vaag naar haar enige boekenkast waar de boeken op kleur waren gerangschikt. Misschien had ze een exemplaar van Nialls boek bij de groene boeken staan? Of zijn tweede boek bij de rode? 'Wilt u niet dat Niall wint?'

Ze wuifde mijn woorden weg. 'Niall kan volgend jaar winnen met zijn volgende boek. Dit is *uw* moment, Samantha. Het moment van CASE. De tijd om te bewijzen dat wat u hebt gedaan speciaal is. Dat *u* speciaal bent. Hier zitten geen nadelen aan. Zelfs als *Magician* verliest, is het nog steeds genomineerd als een van de zes beste boeken van het jaar. We hebben bewezen dat het net zo goed is als een handmatig geschreven en geredigeerd boek. Beter dan de meeste.'

'En… en als het wint?' Ik klemde Bilbo Baggins zo hard vast dat hij piepte.

'Als *Magician* wint, hebben we de wereld laten zien dat CASE een superieur boek heeft geschreven. En Happy Troll heeft dan een voorkeurspositie om meer door AI geproduceerde boeken uit te geven.'

'Maar… maar hoe zit het met Niall en uw andere auteurs? Hoe zit het met uw redactieassistenten? Hoe zit het met Qiana?' Een stervormige pijnscheut stak achter mijn oog.

Ze legde beide handen plat op haar bureau. 'Ik kan de assistenten een andere taak geven: de output van CASE lezen en de beste verhalen vinden. Ik verwacht niet dat het elke keer iets produceert dat zo opmerkelijk is als *Magician*. Nou ja, nu nog niet. En er zal nog steeds ruimte zijn voor Niall en enkele van de andere auteurs. Hoewel ik moet zeggen dat ik ernaar uitkijk om in de toekomst met minder diva's te maken te hebben. En hun agenten.

'Nu, met deze veel goedkopere en efficiëntere manier om content te verkrijgen, kunnen we eindelijk de flinterdunne marges die we altijd hebben gehad, overstijgen.' Ze duwde zich af van het glazen oppervlak van het bureau en ging staan, kaarsrecht en koud, voor het grijze, besneeuwde straatbeeld achter de ramen. 'De traditionele uitgeverij is aan het uitsterven. Happy Troll staat op het punt uit de as te herrijzen als een feniks.'

'Wacht. U bent van plan om CASE te gebruiken om te bezuinigen op schrijvers en redacteuren?' Al die mensen die daar champagne dronken. Hoeveel zouden er volgend jaar rond deze tijd nog zijn als we nog een dozijn boeken uit CASE konden krijgen? Twee dozijn?

Happy Troll zou mijn gezicht niet meer nodig hebben als CASE geen geheim meer was. Geen boektour betekende geen Qiana.

En meer boeken van CASE betekende minder ruimte voor boeken van Niall. Hoewel ik niet ver gekomen was in *Secrets of the Wood Elves* — zijn schrijfstijl was prachtig, maar het kostte me zoveel tijd om het te ontcijferen — was ik ver genoeg gekomen om te weten dat het een verhaal was dat het waard was om te vertellen, waard om te lezen.

En het feit dat hij minder kansen zou krijgen om meer te schrijven en minder geld voor elk boek? Dat was allemaal mijn schuld.

'Samantha, het is zakelijk.' Ze spreidde haar handen om het hele kantoor te omvatten, dat, zo realiseerde ik me net, was ingericht in tinten zwart en grijs, met uitzondering van die ene boekenkast. 'U komt uit een familie van ondernemers. U zou dit moeten begrijpen.'

Er barstte hitte in me los en ik stond ook op. 'Die zaken beïnvloeden de carrières van mensen. Nee. Ik doe het niet. U moet *Magician* terugtrekken.'

'Ik moet helemaal niets.' Heidi liet zich weer in haar stoel zakken. 'De enige persoon die iets *moet* doen, bent u, Samantha.'

Uit een la haalde ze een stapel geniete papieren. Ze draaide die om zodat ik mijn initialen op de eerste pagina kon zien. 'Dat is de geheimhoudingsovereenkomst. Als u die schendt voordat wij u ervan ontslaan, zullen we u voor de rechter slepen. Misschien denkt u dat u niet genoeg geld heeft om de moeite waard te zijn, maar ik zal ervoor zorgen dat het een zeer publieke rechtszaak wordt.'

Ik kromp ineen. Moeders teleurgestelde gezicht verscheen in mijn verbeelding.

Toen werd het vervangen door dat van Niall. Als ik het hem nu zou vertellen, kon hij misschien iets doen. Een andere uitgever zoeken. Zich richten op filmrechten en merchandising. Een schrijversvakbond oprichten? Hij zou me misschien nog steeds haten, maar dan had hij tenminste tijd om na te denken, om plannen te maken.

'Laat het me Niall vertellen. Ik vind het raar om dit voor hem achter te houden terwijl we samen op tournee zijn.'

Ze kneep haar ogen tot spleetjes. 'Ik begrijp dat u en hij erg close zijn geworden. En Qiana noemt u een vriendin.'

Ik zei niets. Ze zou mijn vrienden toch niet tegen me gebruiken?

Dat zou ze wel doen.

'Nee. Ik wil niet dat dit nieuws naar buiten komt voordat de Tower Prize is uitgereikt. Ik zou niet willen dat de nominatiecommissie *Magician* terugtrekt. U hebt het al zo goed gedaan. U kunt het nog een week stilhouden tijdens de tour. En dan kunt u terugkruipen in uw lab. Ik beloof dat ik John een goed verslag zal geven. Misschien kom ik zelfs naar uw buluitreiking.'

Heidi was een slimme vrouw en ze kende mijn zwakke plek. Ik zou over dat podium lopen, Moeder en dr. Martell zouden glimlachen, en dan zou ik mijn doctoraat meenemen naar Idaho. Ik hoopte dat de universiteit in de niemandsland lag, waar je geen mobiel bereik had. Misschien was het onderzoekslab wel weggestopt onder een berg.

Gek genoeg leek het niet meer zo aantrekkelijk als voorheen. Weglopen voor mijn problemen leek plotseling laf.

En ik was een lafaard. Het lood verspreidde zich omhoog naar mijn borst. Zwaarte — inertie — nam me over. 'Oké. Ik zal niks zeggen.'

'Ik wist wel dat u tot rede te brengen was. En nu, laten we terug naar buiten gaan en de viering voortzetten.'

24

NIALL

VOOR DE TWEEDE keer in evenzoveel dagen klopte ik op de deur van Sam, met een knoop van ongerustheid in mijn maag. Vanochtend was ze nog uitzinnig geweest over haar pasgeboren nichtje, maar bij Happy Troll was de sfeer omgeslagen. Waarom was ze niet net zo opgetogen geweest als ik over de nominatie voor de prijs?

Ik klemde de fles champagne vast die Qiana me tijdens het feest had toegestopt. In mijn andere hand rinkelden een paar wijnglazen van het hotel.

Hoewel het pas vijf uur was, deed Sam de deur weer open in een hemdje en een pyjamabroek. De gordijnen van haar kamer waren dichtgetrokken.

'Was je aan het slapen?'

'Nee, aan het werk.' Ze keek achterom naar haar laptop, die open op het bureau stond, en sprong de kamer weer in om hem dicht te klappen.

'Mag ik binnenkomen? Ik heb dit meegenomen.' Ik zwaaide met de fles naar haar.

Ze trok haar neus op. 'Champagne is niet echt mijn ding.'

'Niet?' Toen ik de kamer binnenstapte, sloeg de deur hard dicht. Ik kromp ineen.

'Het doet me aan te veel stijve feestjes denken. Zoals het feestje waar ik je ontmoette.'

'Vind je mij stijf?' Ik zette de glazen op de rand van het bureau, ver weg van haar delicate computerapparatuur.

Een mondhoek van haar krulde omhoog. 'Ik dacht dat je een van hen was toen Gabi's fotograaf kwam opdagen. Ik ben blij dat ik het mis had.'

'Ik... ah.' Het was tijd voor een bekentenis. Ik kon niet met Sam doorgaan zonder haar de waarheid te vertellen. 'Ik had me ook een beeld gevormd. Van jou. Eigenlijk ging het helemaal niet om jou. Alleen om je' — ik maakte een gebaar naar haar verkreukelde geruite broek en haar hemdje — 'uiterlijk.'

'Mijn uiterlijk?' ze sloeg haar armen over elkaar en een bandje gleed van haar schouder.

Ik wendde mijn blik af. Waarom was haar schouder zo veel sexyer zonder dat stukje elastiek? 'Wat dacht je van een biertje uit de minibar?'

Ze snoof. 'Ik heb de prijzen gezien. Tien dollar voor een Coors Lite? Nee, bedankt.'

'Ik trakteer. Ik denk dat dit beter gaat met een beetje alcohol.' Ik deed de minikoelkast open en haalde er twee flesjes uit. Ik bood ze haar aan en ze koos het pilsje. Ik draaide de dop van het lagerbier, hief het in een halve toost naar haar op en nam een flinke slok.

Ze vond de opener boven op de koelkast, wipte de dop eraf en nipte aan haar bier. 'Een dollar. Zo veel kostte die slok.'

Ik fronsde. 'Waarom maak je je zorgen om geld? *Magician* verkoopt goed, volgens Heidi. Bovendien ben je een erfgename.'

Dit keer sloeg ze het bier achterover. Haar lippen kwamen los van de flessenhals, glanzend, roze en nat. 'Niet meer. Ik heb mijn trustfonds weggegeven. Ik wilde geen doelwit zijn. Geen slachtoffer. Niet nog een keer.'

'Een slachtoffer?' Mijn hart stokte in mijn borst. 'Ben je ontvoerd? Gechanteerd?'

'Ik praat er liever niet over.' Ze ging op het bed zitten, naast de opgerolde Bilbo. 'Wat gaat er makkelijker met alcohol?'

Ik trok mijn wenkbrauwen op naar de bureaustoel. Na een blik op haar gesloten laptop knikte ze. Ik draaide de stoel naar het bed en ging erop zitten.

'Ik had het moeilijk toen ik je ontmoette. Met mijn schrijven. Ik zat vast. En door jou te ontmoeten, maakte er iets los in mijn hersenen.'

Haar lippen krulden omhoog in de eerste glimlach die ik had gezien sinds ze me vanochtend de foto's van baby Valentine had laten zien. 'Je noemde me je muze met de violette ogen.'

Een warme gloed verspreidde zich van mijn nek naar mijn wangen. 'Maar er is meer. Ik... ik heb een personage gecreëerd. Gebaseerd op jou. Op je uiterlijk. En dingen die ik me over jou voorstelde.'

Haar ogen werden groot. 'Dingen die je je over mij voorstelde? Zoals fantasieën?'

De hitte verspreidde zich over mijn voorhoofd. 'Geen seksfantasieën. Gewoon normale fantasie-dingen. Ik stelde me een bosnimf voor met jouw trekken. Jouw ogen. Jouw' — ik slikte — 'huid. Ze redde Nieven uit de val waarin hij was gelopen. En daarna ging ze met hem mee op zijn avonturen.'

'Hoe heet ze?'

'Lobelia. Naar de bloem.'

Ze rimpelde haar neus.

'Ik neem aan dat je *Treachery* nog niet hebt gelezen?' Ik had gezien dat ze *Secrets* las, maar ze sloeg het boek altijd snel dicht, alsof ze zich schaamde. Ik was degene die zich had moeten schamen. Haar debuutroman was werelden beter dan mijn kleine avonturenverhaal. Een jeugdige poging vergeleken met haar literaire werk.

'Ik wilde eerst *Secrets* uitlezen.' Ze liet haar tere vingers door Bilbo's vacht gaan. 'Ik vind het tot nu toe geweldig, maar ik moet ook iets bekennen. Ik, ah, ik ben geen snelle lezer. Ik heb dyslexie. Het zal me letterlijk een eeuwigheid kosten om zo'n dik boek uit te lezen. Misschien kom ik niet eens aan *Treachery* toe.' Ze beet op haar lip.

Nu begreep ik een aantal van haar antwoorden tijdens de vragenronde. Hoe ze nooit meer dan een paar auteurs kon noemen die haar hadden geïnspireerd. Hoe ze geen actuele kennis van populaire fictie leek te hebben. Hoe ze lijkwit was geworden voor elke openbare voorleessessie.

'Dat moet heel wat geweest zijn om te overwinnen. En toch is het je gelukt om je hele vervolgopleiding af te maken.'

Ze keek op van de hond, haar glimlach verwrongen en bitter. 'Het is niet iets wat ik heb "overwonnen". Het is iets waar ik elke dag mee te maken heb. Iets wat ik de rest van mijn leven bij me zal dragen.'

'Sorry. Zo bedoelde ik het niet.' Ik had mijn bewondering willen uitspreken, en toen had ik het compleet verpest.

'Dat weet ik.' Ze leunde voorover en legde een hand op de mijne. 'De meeste mensen zeggen dat. Vergeet niet, ik ben opgegroeid met veel voordelen. Privéscholen. Tutors. Het was voor mij makkelijker dan voor sommigen.'

'Ik wed dat je je nog steeds rot hebt gewerkt. Net als je hebt gedaan om beter te worden in de boekbesprekingen.'

Ze beet op haar zachte, volle lip. 'Ik probeerde het. Het was echter nooit genoeg voor mijn moeder. En toen ze eindelijk accepteerde dat ik er niet overheen zou komen, besloot ze me maar op te leiden tot een goede echtgenote voor een slimme man.'

Mijn bloed begon te koken. 'Wat betekent dat hij het brein van jullie relatie zou zijn?'

'Ja.' Ze tekende een patroon op Bilbo's vacht. Hij trilde in zijn slaap. 'Daar was ik ook niet zo goed in.'

Ik nam een grote slok bier, in de hoop dat het me zou afkoelen. Dat deed het niet. 'Maar je was goed in schrijven.'

Ze zweeg even. 'Niet echt. Ik was wel goed in computers. Op de een of andere manier zwom de code niet voor mijn ogen zoals de woorden in boeken dat deden. Mijn broer Jackson ontdekte dat, en hij moedigde me aan. Hij was een soort vervangende vader voor me nadat...'

Nadat ze haar vader had verloren. Ik had misschien een van de meest waardeloze vaders ter wereld, maar ik had er tenminste nog een. Ik wou dat ik dat had geweten over Jackson voor ik laatst zo nors tegen hem was geweest tijdens het eten. Hoewel ik nog steeds niet leuk vond hoe hij tegen haar had gepraat over haar boek. 'Maar hij steunde je schrijven niet.'

'Daar heeft hij zo zijn redenen voor. En het zijn best goede redenen.' Ze pulkte aan het etiket op haar flesje.

Ik legde mijn hand over de hare. 'Je boek is geweldig. Denk aan alle mensen die je ermee hebt geraakt. Zoals Tolkien jouw hart raakte.' Ze had gezegd dat ze geen grote lezer was, maar het bewijs dat ze van boeken hield, snurkte naast haar.

'Dat was eigenlijk mijn vader. Hij hield van Tolkien en L'Engle. Of hij hield ervan om ze aan mij voor te lezen. Toen ik oud genoeg was, lazen we om de beurt en hij was zo geduldig met me. Mijn moeder zou het opgegeven hebben. Maar mijn vader niet. Hij gaf niets op.'

Ze was een minuut stil.

'Wil je erover praten? Over hem?'

'Nee. Nu in ieder geval niet. Misschien een andere keer.'

Ik begreep dat ze er niet over wilde praten om op te groeien zonder vader. Maar toen kreeg ik een idee. 'Ik zou je kunnen voorlezen. Als je dat wilt.'

'Echt? Serieus? Zou je dat doen?' Haar ogen werden groot. 'Want ik luister zo graag naar je als je voorleest. Tijdens de evenementen. Ik wil altijd dat je doorgaat.'

Ik grinnikte. 'Dat is de bedoeling. En nu, speciaal voor jou, ga ik door.'

Ze sprong op en rommelde in haar computertas tot ze het boek tevoorschijn haalde. De randen van de paperback waren een beetje gekruld en versleten, maar de rug was nog stijf.

'Kom.' Ze hield haar hoofd schuin in de richting van het bed.

Oh, fuck. Daar had ik niet aan gedacht. Ik liep om de andere kant van het bed, schopte mijn schoenen uit en ging voorzichtig boven op de dekens zitten. Ik strekte mijn benen uit op het bed en leunde achterover tegen het hoofdeinde. Zij stopte haar benen onder de dekens, schudde een paar kussens op en leunde naast me achterover.

Een boekenlegger uit de winkel in Chicago markeerde het midden van een scène in hoofdstuk drie. 'Moet ik hier beginnen?'

'Ja, dat is goed.'

Ik las mijn woorden aan haar voor. Ik had de eerste versie van dat hoofdstuk jaren geleden geschreven, toen ik nog op de universiteit zat. De woorden leken onvolwassen, onhandig. Zoals ik toen was. Heel anders dan Sams elegante, nevelige proza. Ik had vanavond een klein stukje van haar gezien, maar verder was Sam als haar boek. Prachtig. Ondoorgrondelijk.

Na een tijdje kwam Sams hoofd tegen mijn schouder rusten, en toen was het niet meer dan normaal dat mijn arm om haar heen ging en haar dichter tegen me aan trok. Ik probeerde er niet aan te denken hoe haar vader haar waarschijnlijk precies zo had vastgehouden. Niet terwijl ik de rozemarijn in haar haar rook en terwijl ik probeerde mijn ogen op de pagina te houden en niet op de bovenste welving van haar borsten waar ze in de stof van haar hemdje verdwenen, de ondiepe vallei ertussen, de puntige tepels die de dunne stof niet verborg.

'Waarom ben je gestopt?' Ze draaide haar gezicht naar het mijne en moet de onvervalste lust daar hebben gezien. 'O.'

Ik liet het boek op de dekens vallen. 'Het werkte niet.'

Ze likte haar onderlip. 'Wat werkte niet?'

'Het uit mijn systeem krijgen. Het zit nog steeds in mijn systeem.' Poëtisch, ik weet het. Maar het bloed had mijn hersenen verlaten en had zich elders verzameld.

'Wat zit er in je systeem?'

'Jij.' Ik boog mijn hoofd. Ik wilde mijn lippen op de hare laten neerkomen, ze nemen, ze plunderen als mijn Viking-voorvaderen. Maar ik was een man van de eenentwintigste eeuw en ik had meer zelfbeheersing dan dat. Nou ja, meestal dan. Ik aarzelde, een centimeter van haar lippen.

Ze strekte haar lange nek en kuste me, haar lippen niet langer zacht maar veeleisend, dringend. Zij nam, en ik gaf. En gaf en gaf en gaf tot ik ademloos was. Ik verbrak de kus en nestelde haar hoofd onder mijn kin, ademend alsof ik net de negen trappen naar onze verdieping was opgerend.

Ze drukte een kus in mijn nek, en ik rilde. Haar lippen krulden tegen mijn huid. 'En nu? Ben ik uit je systeem?'

Nooit. Ze zou er nooit uitgaan. Niet zolang ik haar in mijn verbeelding kon vasthouden. Ik schudde langzaam mijn hoofd, en wreef met mijn neus in haar zijdezachte haar.

'Ik denk dat er meer voor nodig is dan een paar kussen, vind je niet?'

Ik knikte.

Ze trok zich ver genoeg terug zodat ze me in de ogen kon kijken. Haar pupillen hadden de irissen bijna volledig verzwolgen, maar haar uitdrukking was serieus, bijna fel. 'Aan het einde van de tournee ga ik terug naar San Francisco. Ik maak mijn studie af en dan ga ik naar een postdoctorale functie, ergens ver weg van alles. Geen boektournees meer, geen' — haar adem stokte — 'niks meer. Jij en ik zijn klaar als de tournee eindigt. Begrepen?'

Ze moest waarschijnlijk terug haar schrijfgrot in om een nieuw boek te produceren, net zoals ik terug moest naar de boerderij. Daar had ze ruimte voor nodig.

Mijn borstkas kromp ineen. Maar ze had meer gezegd dan dat. *Jij en ik zijn klaar.* Dat klonk permanent. Alsof ze niets permanents met me wilde. Ze was niet de eerste. Dat was mijn vader geweest. En daarna al die meiden die het leuk vonden om met een boerenjongen-dichter om te gaan, maar er vandoor gingen bij het eerste teken van verse mest.

'Niall.' Mijn naam op haar lippen bracht mijn razende gedachten tot stilstand. 'Ik vind je leuk. Erg leuk, oké? Maar we hebben verschillende doelen. Op de lange termijn gaat het tussen ons niet werken. Maar ik zou graag van je genieten zolang het kan.' Ze verschoof en het bandje van haar hemdje gleed weer naar beneden, en onthulde de bovenkant van haar borst.

Het rationele denken vluchtte. 'Ja,' gromde ik. Ik duwde haar op haar rug, kuste haar schouder waar het bandje had gezeten en liet toen een spoor van kusjes achter langs de bovenste ronding van haar borst. Ik duwde de stof opzij die haar tepel nauwelijks bedekte en likte eraan. Haar huid smaakte ook kruidig. Aards. Als het bos na een goede regenbui. Ik zoog haar tepel mijn mond in en bewerkte die met mijn tong.

Ze begroef haar handen in mijn haar en hield me tegen zich aan gedrukt. 'Ik ben blij dat we het' — ze kreunde — 'eens zijn over het plan.'

Ik kwam een beetje omhoog, waardoor haar tepel oprekte, en liet hem los. 'Het niet-permanente plan.'

Ze kronkelde. 'Dat is hem.'

Ik trok het andere bandje naar beneden. 'Als ik klaar ben, zou je willen dat ik permanent was.'

'Geen schijn van kans.'

Maar dat was voordat ik me over haar andere tepel boog en mijn tong eromheen cirkelde. Mijn tanden. Een klein beet in de onderkant van haar borst waardoor ze haar adem inhield. Daarna een hardere beet, recht op haar tepel.

Ze slaakte een onverstaanbaar geluid dat mijn naam had kunnen zijn, of misschien 'nooit', maar ze hield mijn hoofd vast, en ik bleef mijn aandacht op haar borst richten totdat ze me losliet, met een raspende ademhaling.

Ik plaatste een zachte kus recht boven haar hijgende borstbeen. 'Weet je dat zeker? Dat niet-permanente gedoe?'

'O, grote praatjes voor een vent die denkt dat hij een homerun heeft geslagen maar op het tweede honk is blijven steken.' Haar lippen krulden speels omhoog.

'Blijven steken? Ik denk erover om het derde honk te stelen.' Ik tunnelde een hand onder de dekens, over haar pyjamabroek, maar stopte bij de tailleband. Ik trok mijn wenkbrauwen op.

'Niall Flynn.' Ze wapperde met haar wimpers. 'Ik dacht dat je zo'n keurige jongeman was met je deuren openhouden en mijn tassen dragen en me beschermen tijdens nachtelijke wandelingen.'

'Ik denk niet dat je keurig wilt.' Ik legde mijn hand tussen haar benen. En ja hoor, het kruis was vochtig.

Ze schudde langzaam haar hoofd. 'Nee. Dat wil ik niet.'

Ik volgde haar contouren met een lome vinger. Ze kronkelde. 'Wat wil je, Sam?'

'Ik wil jou.'

Ik draaide mijn hand om, dook haar pyjamabroek in — ze droeg geen slipje — en vond de hete natheid binnenin. Ik liet een vinger door de pieken en dalen cirkelen die ik zojuist in kaart had gebracht. Toen liet ik een vinger bij haar naar binnen glijden. Ze kreunde en duwde haar heupen omhoog.

Ik trok mijn vinger terug, streek langs haar klit, en liet haar het vocht op mijn middelvinger zien. Toen ik die in mijn mond stopte en eraan zoog, stokte haar adem.

'Je bent helemaal geen keurige jongeman,' fluisterde ze.

'Nee. Ik ben opgegroeid op een boerderij. Ik heb leren neuken in hooizolders. Schuren. Onder de bomen in de zomer. Niet in hotelkamers. Maar ik zal je beter laten voelen dan wie dan ook van die society-types ooit zou kunnen. Wil je dat, Sam?'

Haar ogen waren donker, de blik zwaar. 'Dat wil ik.'

Ik schopte de dekens van haar af en trok haar pyjamabroek uit. Ik smeet hem op de grond. Haar hemdje zat nog steeds opgetrokken bij haar middel, maar ik kon niet wachten. Ik positioneerde haar, knieën gebogen en wijd genoeg gespreid voor mijn schouders. Tussen haar benen was ze roze en gezwollen, haar opwinding druipend van haar af en haar geur vulde mijn neusgaten. Maar voor ik mijn hoofd naar haar toeboog, vroeg ik: 'Vind je dit oké?'

Ze tilde haar hoofd op en schoof er een kussen onder. 'Ja. Ja.'

Ik likte haar, een lange haal met mijn tong van haar spleetje helemaal tot haar klit.

'Ja.' Haar stem was ademloos.

Ik spreidde haar met mijn duimen en raakte vertrouwd met haar geur, haar smaak, wat haar deed kronkelen, wat haar deed inhouden en stil worden. Ik streek met een vinger door haar natheid, verving mijn tong met mijn vinger en drong naar binnen, stotend in hetzelfde ritme als ik tegen de matras aan het rijden was. Haar heupen schokten. Ik wrong een tweede vinger naar binnen, en ze kreunde. Ze was nauw en nat, en ik wilde niets liever dan mezelf naar binnen duwen en haar voelen, huid op huid. Nog niet.

Terwijl ik met mijn vingers bezig bleef, volgde ik met mijn tong het spoor omhoog langs haar gezwollen lippen naar haar klit. Ik omcirkelde die met het puntje van mijn tong. Ze klemde haar tere vingers om de lakens, haar knokkels werden wit.

Ik maakte mijn tong plat en streek eroverheen. Ze slaakte een gesmoorde kreet, alsof ze haar adem had ingehouden. Ik likte haar klit nog één keer voordat ik hem zachtjes tussen mijn lippen zoog. Haar benen trilden.

Ik keek naar haar gezicht. Haar hoofd was achterover tegen het kussen geworpen, inktzwart haar lag erover verspreid. Haar mond was open, haar ademhaling ging snel, en haar ogen waren dichtgeknepen. 'Kijk me aan, Sam.' Ik wilde die heldere, intelligente ogen op me gericht hebben. Misschien waren we niet permanent, maar ik was hier, nu. Ik gaf haar genot. En het oermens in mij wilde dat ze dat wist. 'Kijk hoe ik je laat klaarkomen.'

Haar ogen schoten open, en de manier waarop ze met zware oogleden neerkeek naar waar ik languit op het bed lag, gaf me het gevoel een dienaar te zijn die voor zijn koningin boog. Ze was zo mooi als een van de elfenkoninginnen uit mijn boeken, keihard en glinsterend. Maar ik had een weg gevonden naar haar binnenste kamer, waar ze naakt en kronkelend en aards was. Ik was degene die languit op mijn buik voor haar lag, maar zij had me vanavond de macht gegeven om haar te plezieren.

Ik schampte haar met mijn tanden, en ze schreeuwde het uit. Er was nog maar één harde zuigbeweging nodig en ze boog omhoog en drukte zich hard tegen mijn gezicht. Ik stootte nog een paar seconden met mijn vingers in en uit en vertraagde toen haar benen slap werden en aan weerszijden uitspreidden. Ik liet haar klit los, maar ging door met een reeks lange, lome likken tot ze kreunde en mijn hoofd aanraakte. Ik gaf haar nog een laatste lik en legde mijn wang op haar dij. Haar ogen verlieten de mijne niet.

'Heb je dat geleerd in een hooizolder?'

Ik grinnikte. 'Het stond niet bepaald in het lesprogramma van de jeugdvereniging, maar we glipten er soms tussenuit als de bijeenkomsten saai werden.'

'Wat deden jullie nog meer tijdens die zeer educatieve bijeenkomsten?'

'Een beetje diergeneeskunde, een beetje cunnilingus. Een paar uur bodemanalyse, een letterlijk nummertje in het hooi. We moesten alleen oppassen dat we de dieren beneden niet lieten schrikken. Niets ergers dan een balkende ezel om de sfeer te verpesten.'

Ze glimlachte en draaide een lok van mijn haar. 'Ik wou dat ik je toen had gekend. Ik denk dat je een goede vriend zou zijn geweest.'

Haar neergeslagen mondhoeken zeiden dat ze een goede vriend of twee had kunnen gebruiken op de middelbare school. Na het verlies van haar vader, opgejaagd door een moeder met onrealistische verwachtingen, met Jackson waarschijnlijk weg voor zijn studie, moet ze verloren en eenzaam zijn geweest. En middelbare scholieren hebben een manier om dat op te sporen en uit te buiten.

'Sorry, je bent een beetje te oud voor de jeugdvereniging, maar we kunnen nu vrienden zijn.' Er kriebelde een idee achter in mijn hoofd. Ik zou het wel eerst met mama en opa moeten overleggen.

'Vrienden met voordelen, zoals ze zeggen?' Een mondhoek krulde omhoog.

Ik streek met een vinger langs de binnenkant van haar andere dij, wat een spoor van kippenvel op haar huid veroorzaakte. 'Mijn voordelen zijn een stuk goedkoper dan de minibar.'

Bilbo, die het bed had verlaten toen het begon te schudden, jankte en krabde aan de deur.

Sam kreunde. 'Was ik vergeten. Het is tijd voor zijn laatste wandeling. Een ogenblik, Bilbo Baggins.' Ze hees zich op een elleboog en trok haar hemdje omhoog.

Ik kwam omhoog en legde een hand op haar been, waardoor ze stilhield. 'Ik doe het wel. Ik ben nog aangekleed.' Hoewel een wandeling met een erectie op zijn zachtst gezegd ongemakkelijk zou zijn.

Haar ogen werden groot, alsof ze het zich net realiseerde. 'Ik ben over je hele gezicht klaargekomen en jij bent nog aangekleed?' Ze bedekte haar gezicht met haar handen. 'Ik ben, zeg maar, de slechtste vriend-met-voordelen ooit.'

'Nee.' Ik pakte haar pols en trok een hand van haar gezicht. Ik kuste haar handpalm. 'Ik heb me prima vermaakt. En nu gaan Bilbo en ik wat mannendingen doen. Ontspan jij maar, oké?' Dat had ze nodig. En ze had dat orgasme nodig. De aankondiging van de prijs was veel voor haar geweest. Al die mensen op het kantoor van de uitgever. Ze zag waarschijnlijk al de nieuwe vreemden voor zich die ze zou moeten ontmoeten bij de prijsuitreiking. Ik leunde naar voren, raakte haar lippen met de mijne en gleed toen van het bed.

Bilbo's riem hing over de deurknop. Ik klikte hem aan zijn halsband en sloot zachtjes de deur achter me.

25

NIALL

SAM ZEI MISSCHIEN wel dat ze Bilbo had meegenomen omdat hij haar beste vriend was, maar Sam was niet Bilbo's enige vriend.

Bilbo was een hondenslet.

Vanaf het moment dat ik met hem de lobby in stapte, trok Bilbo bewonderaars aan als gieren op aas. Twee oude dames in zijden mantelpakjes bogen met krakende knieën voorover om hem over zijn kop te aaien. Bilbo grijnsde de hele tijd.

De piccolo riep: 'Wacht, Bilbo Baggins', en haastte zich naar ons toe met een hondenkoekje. Bilbo verorberde het krakend boven het hoteltapijt en liet de man hem achter zijn oren kriebelen.

Buiten draafde Bilbo door de straat als een don in een maffiafilm en nam alle lof en traktaties als vanzelfsprekend in ontvangst. Vrouwen met laptops, vrouwen met yogamatjes en vrouwen met duokinderwagens volgden hem en vroegen of ze hem mochten aaien of selfies met hem mochten nemen. Bilbo zou die dag in meer Instagramposts verschijnen dan ik op die fantasyconventie.

Niet dat ik jaloers was. Op een hond.

Trok Sam ook dit soort aandacht als zij hem uitliet? Zouden de mannen die op een afstandje bleven staan om Bilbo te bewonderen Sam hebben aangesproken als zij met hem had gewandeld? Zouden ze hebben geprobeerd haar nummer te krijgen?

Die verdomde hond was gevaarlijk.

Toen een trio toeristen met meer camera-apparatuur dan Annie Leibovitz ons net binnen het park aanhield, kreeg ik een idee.

Ik haalde mijn telefoon tevoorschijn om mijn allereerste foto met een mobieltje te maken. Ik zou hem naar Gabi sturen in een sms'je – nog een primeur.

Ik stuntelde met de telefoon en tikte op het scherm om het te activeren. Shit, de batterij was leeg. Of hij was kapot.

Of… uit.

Ik drukte op de aan-uitknop, en eindelijk lichtte het scherm op. En speelde een minuut lang elektronische muziek en video af. Dat ding was meer last dan gemak. Ondertussen nam ik een van de ingewikkelde camera's van de toeristen aan om een groepsfoto van hen te maken met hun nieuwe beste vriend, die zelfs lachte voor de foto, met zijn tong uit zijn bek.

Aansteller.

Mijn broekzak zoemde. Nadat ik de camera aan de toerist had teruggegeven, pakte ik mijn telefoon. Gabi's naam lichtte op het scherm op.

'Hé, ik dacht net aan je', zei ik.

'Aan mij? De nieuwste genomineerde voor de Tower Prize denkt aan zijn nederige agente, typiste en voormalige beste vriendin?'

'Voormalige?'

'Dat is een van de vele woorden die ik heb geleerd tijdens het uittypen van jouw manuscripten. Het betekent voorheen—'

'Ik weet wat het betekent. Waarom ben je mijn voormalige vriendin?' Ik vond een bankje in het park onder een lantaarnpaal terwijl de lucht vervaagde van zonsondergangroze naar schemergrijs. Bilbo strekte zich uit aan mijn voeten.

'Waarom moest ik via dat verdomde internet horen over de

Tower Prize? Mijn vriend Niall zou me gebeld hebben om het goede nieuws te delen, misschien zelfs langskomen met een fles bubbels. Dus toen ik geen telefoontje kreeg, dacht ik, fuck, hij is weer gepasseerd. Eens kijken of die nepprinses, Samantha, een nominatie heeft. En ja hoor, daar staan jullie allebei op de lijst met genomineerden.'

'Sorry. Als ik win, zal ik je zeker bedanken in mijn overwinningsspeech. Ik was afgeleid.'

'*Wanneer* je wint. Afgeleid door de nominatie of door iets – iemand – anders?'

'Sam was een beetje overweldigd door het nieuws. Ik moest ervoor zorgen dat het goed met haar ging.'

'En?'

'Het gaat nu beter met haar.' Gabi was mijn beste vriendin, maar ik was niet van plan haar te vertellen dat ik Sam had laten ontspannen door haar te pijpen. 'Ze is gespannen. Zeker na dat etentje met haar broer. Ik weet niet precies wat er met haar aan de hand is.' Ze had zich misschien wel voor me blootgegeven, maar haar gedachten waren nog steeds zo potdicht als de kroonjuwelen.

'Ze is inderdaad een raadsel. Ze is lang niet zo chic en verwaand als ik had verwacht. Ze leek behoorlijk van streek door de tekening van dat kind.'

'Sam houdt van kinderen. Ze is goed met ze.'

'O ja? Wat een toeval. Jij houdt ook van kinderen. Als ik het me goed herinner, had je een plan om die boerderij te vullen met—'

'Nee, Gabi, daar gaan we het nu niet over hebben.'

'Ik zeg alleen maar dat je misschien meer met Sam gemeen hebt dan je dacht.'

Ik stond op en ijsbeerde rond het bankje. 'Wat moet dat betekenen?'

'Je vindt haar leuk.'

Bilbo blafte een keer. Ik verstijfde en keek naar hem. Bilbo kwispelde met zijn staart. 'Natuurlijk vind ik haar leuk.'

Bilbo blafte opnieuw.

'Nee, je vindt haar écht leuk. Je ziet jezelf al voor je hoe je haar meeneemt naar de boerderij. Haar je geheime baai laat zien. Een grote bruiloft in de wei. Chique baby's met blauwe ogen op de wereld zetten.'

'Dat is belachelijk.' Hoe kon ze dat nou raden? 'Sst, Bilbo.' Hij stopte met blaffen, keek even over zijn schouder naar zijn achterste en draaide in een cirkeltje, zijn staart achterna. Hij moest de ruimte hebben om te rennen, niet wandelen aan een riem.

'Je hebt toch niet met haar geslapen, hè? Je weet hoe je wordt als er seks bij komt kijken. Dan is het meteen familie ontmoeten, uitstapjes naar de boerderij en praten over voor altijd—'

'Nee.' Toen, binnensmonds: 'Niet precies.'

Ze hapte dramatisch naar adem. 'Wat fuck betekent "niet precies"? Was er een orgasme?'

'Mogelijk.' Hoe kreeg ze mijn geheimen toch altijd uit me?

'Dan was het seks. Pas op, Niall. De prinses heeft geheimen. Raak niet emotioneel betrokken voordat je weet wat die zijn.'

'Iedereen heeft geheimen.' Sams dyslexie was niet mijn geheim om te delen.

'Ik weet dat je haar leuk vindt. Maar ze gaat je hart in stukken rijten als ze weggaat.' Ik wist wat ze dacht, ook al zou ze het nooit zeggen. Dat ik gevoelig ben voor mensen die me verlaten. Vanwege wat mijn klootzak van een vader had gedaan.

Maar Sam was niet zoals hij. 'Ik zal voorzichtig zijn.'

'Leugenaar. Bewaak dat zachte hart van je, Niall.'

Daarom waren we na onze breuk vrienden gebleven. Dat bemoederen. 'Bewaak jij het maar. Jij had het als laatste.'

Gabi snoof. 'Alsjeblieft. Als je me had gewild, was je me wel achternagekomen naar de stad. Probeer me niet van de wijs te brengen. Dit is belangrijk.'

'Wat is belangrijk?'

'Niall.' Ze rekte mijn naam uit alsof ik een kind of een heel ondeugende puppy was. 'Jullie zijn allebei genomineerd voor de Tower Prize. Dat maakt jullie rivalen.'

'Nee!'

'Nee? Wat dan, gaat een van jullie zich terugtrekken uit de wedstrijd?'

'Natuurlijk niet. Dit is geweldig voor ons allebei.' Maar... zouden we dat moeten doen? Wat zou er gebeuren als een van ons won? Dat zou betekenen dat de ander verloor. Zou de verliezer er verbitterd over zijn? Zou ik dat zijn? Moet ik me terugtrekken om mezelf de pijn te besparen?

'Niall. Niet. Terugtrekken.'

'Dat doe ik niet. Waarschijnlijk. Genomineerd zijn is een eer. Het is enorm belangrijk voor onze carrières. Ik weet zeker dat het wel goedkomt tussen Sam en mij, wie er ook wint.' Sterker nog, als ik terug in het hotel was, zou ik mijn 'ik-ben-zo-blij-dat-jij-hebt-gewonnen'-glimlach oefenen voor de spiegel.

'Dit ben ik die met mijn ogen rolt, Niall.'

Bilbo ging rechtop zitten en blafte. Ik aaide hem over zijn kop.

'Ik moet Bilbo terugbrengen.'

'Ik zie je morgen bij de signeersessie. Rust maar een beetje uit, oké?'

Ik trok aan Bilbo's riem om hem terug naar het hotel te leiden. 'Zal ik doen.'

'Goed. En Niall?'

'Ja?'

'Als je wordt genomineerd voor een Pulitzer of een Nobelprijs, bel je me dan, ja?'

'Afgesproken.'

Bilbo liep voorop terug naar het hotel, zijn staart wapperde achter hem als een vlag.

———

IK KLOPTE ZACHTJES op Sams deur, voor het geval ze al was gaan slapen. Vandaag was veel voor haar geweest. Voor ons allebei.

Maar ze deed open, in een pyjamabroek en dat hemdje waar ik

wild van werd. Mijn erectie, die ik er eindelijk had afgelopen, veerde weer op.

'Bedankt voor het oppassen op Bilbo Baggins.'

Ze pakte hem op en wiegde hem in haar armen, terwijl ze hem onzinnige vragen stelde alsof hij antwoord kon geven terwijl ze haar kamer in liep. Ik liet de riem vallen en liet hem achter hen aan over het tapijt slepen.

Ze keek over haar schouder. 'Kom je binnen?'

Zonder mijn verstand te gebruiken droegen mijn voeten me haar kamer in. De deur viel achter me dicht.

Ze maakte Bilbo's riem los en zette hem op de grond. Hij rende naar de badkamer en lapte luidruchtig zijn water op.

'Die hond is gevaarlijk', mopperde ik. 'Ik kan je niet eens vertellen hoeveel mensen ons aanhielden om hem te aaien.'

Ze lachte, te luid voor een beschaafd lachje, maar de muziek zat er nog steeds in. 'Hij geniet van de aandacht. Hij zal zo verdrietig zijn als...' Haar glimlach vervaagde.

Mijn hart ging sneller kloppen. 'Als wat, Sam? Als de tour voorbij is?' Was er een kans dat zij mij ook niet klaar zou zijn om me te laten gaan?

Ze trok een grimas. 'Als we San Francisco verlaten en naar mijn postdoc gaan. Het is een kleine, selectieve universiteit die heel coole dingen doet met computers, maar daar zullen er lang niet zoveel mogelijkheden zijn om vrienden te maken.'

'Heb je een kleine universiteit gekozen?'

'Ja. Op Google Maps zie je vooral maïsvelden, een dorpje en de universiteit. Verder niets in de wijde omtrek.'

'Klinkt als waar ik ben opgegroeid. Behalve dan die universiteit. Daarvoor moet je naar de stad.' Fuck. Had ik eindelijk een vrouw ontmoet die van open ruimtes en kleine stadjes hield, en had ze een universiteit van wereldklasse nodig. Enchanted Forest was het mooiste stadje ter wereld, maar het stond niet bekend om zijn computercapaciteiten, tenzij je de twee oude openbare werkstations in de bibliotheek meetelde.

'Vond je het fijn om daar op te groeien?' Ze wreef met haar ene hand over haar andere blote arm, alsof ze het koud had.

'Meer dan wat dan ook.'

'Ik weet zeker dat ik de universiteit leuk zal vinden. De belangrijkste factor is dat het duizend mijl van huis is en twee uur van de dichtstbijzijnde grote luchthaven. Ik krijg eindelijk wat ruimte.'

Ik kon het halfbakken idee dat uit mijn mond floepte niet tegenhouden. 'Hé, als je ruimte nodig hebt, we hebben straks een paar dagen vrij. Ik was van plan om naar huis te gaan, naar Enchanted Forest, om mijn familie te zien.'

Ze grijnsde. 'Ik kan nog steeds niet geloven dat je in een echt stadje woont dat Enchanted Forest heet.'

Ik haalde mijn schouders op. 'Het verdient die naam. Het is de beste plek op aarde. Je zou ook mee kunnen komen. Het is er rustig. Dan heb je even een pauze van alle mensen. De stress. En Bilbo kan er rennen en spelen zoveel hij wil.'

Bij het horen van zijn naam kwam Bilbo de badkamer uit gedraafd en kwispelde.

'Oh. Ehm, ik was van plan om gewoon in het hotel te blijven. Wat werk te doen.' Ze wees naar haar laptop op het bureau.

'Natuurlijk. Geen probleem. Je kunt erover nadenken.'

'Zeker.'

Het was een bedankt-maar-nee-bedankt-*zeker*. En ze had waarschijnlijk gelijk. Misschien was het beter als ze de uitnodiging, die ik niet eens had willen doen, afsloeg. Gabi's woorden galmden door mijn hoofd. *Familie ontmoeten, uitstapjes naar de boerderij en praten over voor altijd.* Sam had me verzekerd dat ze niet het type was voor 'voor altijd'.

'Ik moet gaan. Ik heb morgen die talkshow in de vroege ochtend.'

'Een talkshow?'

'Ja.' Ik wreef over mijn nek, die heet was geworden. 'Qiana belde me vanmiddag. Een gast had afgezegd. En na de nominatie vroegen ze mij om de plek op te vullen.'

'Dat is geweldig, Niall. Televisie.' Ze klonk oprecht. Haar violetkleurige ogen straalden.

'Dit wordt toch niet raar, hè? Dat we allebei genomineerd zijn voor de Tower Prize?'

Ze werd bleek, en dat was al het antwoord dat ik nodig had. Natuurlijk zou het raar worden.

'Ik wil niet aan de Tower Prize denken. Niet vanavond.' Ze kwam naar me toe en legde haar handpalmen op mijn borst. 'Je was er zo goed in om me eerder af te leiden. Wil je het nog eens doen?'

Ze moet mijn hart onder haar handen hebben voelen racen. Mijn ademhaling horen versnellen. Mijn ballen, die al een uur pijnlijk waren, sinds ik mijn gezicht in haar had begraven, begonnen te tintelen. Natuurlijk wilde ik het nog eens doen. Maar ik legde mijn handen over de hare en trok ze van mijn verraderlijke borst. *Bewaak dat zachte hart van je, Niall.*

'Ik weet niet zeker of dat een goed idee is.' De woorden voelden als glasscherven in mijn keel.

Ze grijnsde. 'Omdat het Valentijnsdag is? Ik zweer dat ik niet zo'n door liefde geobsedeerd persoon ben die zich als een zeepok aan je vastklampt als we seks hebben op veertien februari.'

'Nee, natuurlijk niet.' Als ik in de magie van Valentijnsdag geloofde, had ik ter plekke de liefde met haar bedreven. Had ik haar maar zover kunnen krijgen dat ze zich aan me vastklampte en me niet wilde weggooien zodra de tour was afgelopen.

Haar speelse glimlach vervaagde. 'Vanwege de prijs? Omdat ik—'

'Nee.' Ik kneep in haar handen. 'De prijs heeft niets met ons te maken.' Ik probeerde de woorden goed in mijn hoofd te krijgen voordat ik ze uitsprak.

'Waarom dan?'

'Ik begin wat... gevoelens voor je te krijgen. Gevoelens waarvan ik weet dat je ze niet beantwoordt. En seks gaat dat ingewikkeld maken.'

'Maar we hebben al seks gehad.'

Een pijnscheut barstte los boven mijn linkeroog. Gabi had hetzelfde gezegd. 'En dat was fantastisch. Maar daar moet ik het bij laten. Tenzij je van gedachten bent veranderd over het beëindigen van onze relatie als de tour voorbij is?' Ik haatte de hoopvolle klank in mijn stem. Het klonk te veel als de honderden keren dat ik mijn vader had gevraagd om naar huis te komen.

Ze schudde haar hoofd. Haar ogen waren dof geworden, alsof ze er een fluwelen gordijn overheen had getrokken.

Ik kuste haar, zacht en kort. 'Welterusten, Sam. En die uitnodiging voor de boerderij? Puur platonisch. Ik denk dat je wel een pauze kunt gebruiken.'

Ze keek naar haar blote tenen.

Toen ik haar op haar kruin kuste, moest ik mijn adem inhouden om haar verleidelijke geur te vermijden. Ik kriebelde Bilbo onder zijn kin en verliet haar kamer, de deur zachtjes achter me dichttrekkend.

Platonisch. Zodra het woord mijn mond verliet, galmde het van valsheid. Afgezien van mijn vrienden in Enchanted Forest, had ik daar nog nooit iemand uitgenodigd voor wie ik niet dacht dat ik verliefd was. De boerderij was te speciaal, te dierbaar, om vol te stoppen met kennissen.

Sam hoorde daar thuis. Ze had zich een weg naar mijn hart gebaand en daar haar kamp opgeslagen. En ik had haar binnengelaten, gevaarlijk dicht bij alles wat me heilig was.

26

SAM

TERWIJL IK ZAT te koken op de achterbank van de limousine die voor de televisiestudio stationair draaide, dwong ik mijn vuisten open zodat ik een vriendin kon bellen.

'O. Mijn. God', zei ik zodra Marlee mijn videogesprek beantwoordde.

'Wat is er?' Toen ze met de telefoon bewoog, zag ik achter haar een blote, gespierde schouder en een laken. Bilbo Baggins, die dicht tegen me aan genesteld lag in de limousine, hield zijn kop schuin bij het horen van haar stem.

'Shit, ik was het tijdsverschil vergeten. Heb ik je wakker gemaakt?' Ik sloeg een hand voor mijn ogen.

'Mijn wekker zou over een paar minuten zijn afgegaan. Maak je geen zorgen. En je mag je ogen wel opendoen. Ik heb een nachtjapon aan. Gaat het wel?' Ze knipte een lampje aan en ging aan haar keukentafel zitten. Op de achtergrond pruttelde een koffiezetapparaat.

'Ik...' Plotseling nam de woede die me ertoe had aangezet mijn vriendin te bellen af tot een doffe pijn in mijn longen. 'Ik zat een beetje met mijn gevoelens en wilde een bekend gezicht zien.'

'Gevoelens over...?'

Ik had van alles kunnen zeggen. Het reizen. Mijn promotieonderzoek. Maar wat eruit kwam, was de waarheid. 'Over Niall.'

'Je knappe tourpartner?' Haar ogen werden groot. 'Hij *is* je OTP!'

'Wat? Nee.' Ik frunnikte mijn oortjes in mijn oren.

'Maar, Sam, je zei dat je gevoelens had. Je hebt voor niemand die je... wacht! Hebben jullie met elkaar geslapen?'

Ik verborg mijn gezicht, blij dat Marlee via mijn koptelefoon te horen was en niet via de luidspreker van mijn telefoon. Wat we op mijn bed hadden gedaan, telde nauwelijks mee, aangezien ik de enige was die was klaargekomen. En daarna, toen ik de gunst had willen retourneren, had hij me afgewezen. 'Zoiets?'

'Lieve, lieve Stephen Hawking. En was het...?'

'Ja, natuurlijk.' Mijn wangen gloeiden. 'Boerenjongensmagie', mompelde ik.

'Wat dan...?'

'Gevoelens zijn kut.' Ik sprak zachter, zodat de chauffeur niet zo hard hoefde te doen alsof hij me niet hoorde. 'Hij had vanochtend een interview in een van de talkshows, en...'

'Welke?'

Ik noemde de naam van de show en ze keek even opzij en tikte iets in op een laptop. Ik had me net zo gevoeld als toen ik zijn kamer was binnengelopen en Gabi daar was. Een kolkend gevoel in mijn maag en de drang om uit te halen, om het vieze gevoel te verbranden met een stoot kinetische energie. Ik had zo hard op de uitknop van de afstandsbediening van de tv gedrukt dat die vast was komen te zitten.

Ik streek over de vacht van Bilbo Baggins. 'Hoe dan ook, de interviewster was aan het flirten en... en slijmen, en hij genoot er met volle teugen van, en toen kreeg ik last van maagzuur en moest ik wel een miljoen maagzuurtabletten slikken.'

'Brandi Brewer. Ja, ze is knap. Maar hij slaapt met *jou.*'

Ik kromp ineen bij de herinnering dat hij me de vorige avond had afgewezen. 'Niet echt.'

'O. O.' Haar ogen werden zacht en smolten, als karamel. 'Maar dat wil je wel.'

'Alleen... alleen voor de seks.'

Marlee schudde haar hoofd. 'Als je hem alleen voor de seks wilde, zou het je niet kunnen schelen of hij met Brandi Brewer flirtte. Je zit er nu middenin.'

'Waar middenin?'

'In de liefde.' En ze slaakte een oprechte, gelukzalige zucht. Ze keek op en haar verloofde, Tyler, kuste haar op haar lippen. Toen schuifelde hij uit beeld.

'Ik kan je met honderd procent zekerheid zeggen dat ik niet verliefd ben op Niall Flynn.' Hoewel, hoe zou het zijn om 's ochtends zo door iemand gekust te worden? Om een kop koffie aan je rechterhand gezet te krijgen? Ik knipperde met mijn ogen om mijn prikkende ogen te bevochtigen. Zeker, het zou fijn zijn. Maar ik was goed in informatica, niet in relaties. Dat had Stephen wel bewezen.

'Maar...'

Het portier ging open en Niall gleed de auto in. 'Sorry dat ik laat ben. Ik...'

De vlaag van warmte die ik voelde was alleen maar blijdschap dat ik het gesprek met Marlee, dat helemaal niet was gegaan zoals ik had gewild, kon beëindigen. Het kwam niet door Niall. 'Hé, Marlee, ik moet gaan.'

'Wacht, nee. We zijn nog niet klaar. Je moet jezelf...'

'Ik spreek je later, doei', zei ik gehaast en drukte op de knop om op te hangen. Ik probeerde naar Niall te glimlachen, maar de gepommadeerde, roodbruine golven in zijn haar herinnerden me eraan hoe goed hij eruit had gezien op beeld. Naast Brandi.

'Hé, sorry.' Nialls ogen hingen en paarse schaduwen werden maar half verborgen door zijn slordig afgeveegde make-up. 'Dat duurde langer dan ik dacht.'

Natuurlijk duurde dat langer. Vanwege al dat geflirt. Ik zette de glimlach op die ik gebruikte op bijeenkomsten van mijn moeder. 'Maak je geen zorgen.' Ik pakte een tissue uit de doos in de console en wreef de sporen foundation van zijn gezicht.

'Hé, ik heb een deel van die huid nog nodig.' Hij hield mijn hand tegen, pakte de tissue van me over en veegde zachter dan ik had gedaan. 'Is er iets? Ben je boos omdat ik te laat ben?'

'Nee. Ik heb hier niet eens zin in.' De lezing van die dag was op een lokale universiteit. Omdat ik er zelf een was, wist ik dat de studenten met hun moeilijke vragen aan ons elkaar zouden proberen te overtreffen. Ik zou er niet mee wegkomen met mijn vage antwoorden over Tolkien en L'Engle. En Niall zou me niet te hulp hoeven schieten.

'Wat is er dan aan de hand?'

Hij wreef over zijn wang, en mijn blik schoot naar een plekje net links van zijn mond. 'Is dat lippenstift?'

'Wat?' Maar hij moet geweten hebben waar ik het over had, want hij veegde over die plek.

'Is het van jou of van haar?'

'Van haar?' Zijn rode wenkbrauwen gingen omhoog.

'Van die... die interviewster. Die blondine. Hoe-heet-ze-ook-alweer.' Natuurlijk wist ik haar naam. Hij had die alleen al iets van honderd keer gezegd tijdens hun interview.

'Brandi Brewer. Dus je hebt het gezien.'

'Ik had het opstaan terwijl ik me aankleedde.' Ik haalde mijn schouders op en keek uit het raam.

'Je bent toch niet boos, hè?'

'Natuurlijk niet. Waar zou ik boos over moeten zijn? Het is niet alsof we... Hoe dan ook, ik vond het niet professioneel van haar om zo met je te flirten.'

'Met mij flirten?'

Ik staarde naar de gebouwen waar we langsreden, maar ik stelde me zijn opgetrokken rode wenkbrauwen voor, ergens bij zijn haarlijn.

Ik haatte mezelf terwijl ik mijn stem verhief tot een nasale imitatie van Brandi-Brewer-de-interviewster. "Ik interview niet vaak schrijvers met een lichaam als het uwe. Wilt u ons misschien

uw trainingsschema vertellen?" "Is er een kans dat u een gastrol-
letje in de serie gaat spelen?" "Heeft u een relatie?" Wat was mijn
maag omgedraaid toen ze dat vroeg. Natuurlijk had hij nee
gezegd. En die luchtkussen. Ugh.

Waarom gedroeg ik me zo? *Voelde* ik me zo? Ik was nooit
jaloers geweest. Oké, ik was jaloers geweest op het meisje met wie
Stephen na mij gedatet had. Ook al wist ik dat hij een slang was,
ik had hem mijn hart gegeven, en ik had niet alle stukjes terugge-
kregen nadat hij het gebroken had. En dat was precies de reden
waarom ik geen enkel deel ervan aan Niall kon geven. Als ik nog
meer stukjes zou verliezen, zou het dan nog kunnen blijven kloppen? Een koude, zware brok drukte op mijn buik.

'Sam.' Hij wachtte tot ik mijn blik weer op hem richtte. 'Het
betekende niets. Ik gaf niets om haar. Niet zoals ik...' Het blozen
begon in zijn nek en trok helemaal door naar zijn wangen.

Het brok in mijn buik werd lichter. Oké dan.

'O. Hé. Ik heb een idee.' Zijn ogen fonkelden. Hij haalde zijn
telefoon uit zijn achterzak, fronste ernaar en tikte erop.

Mijn telefoon trilde in mijn hand. 'Heb je me een berichtje
gestuurd?' Hij had me gebeld over logistieke dingen, maar hij had
me nog nooit een berichtje gestuurd.

'Beter dan een berichtje.' Hij glimlachte met zijn mond dicht,
alsof hij een geheim voor zich hield.

Ik keek naar het scherm. Bovenaan verscheen een melding.

```
Niall Flynn heeft je het audioboek 'Geheimen
        van de Boselfen' geschonken.
```

'Een audioboek?'

'Ja, ik dacht dat je het misschien leuk zou vinden om ernaar te
luisteren in plaats van het te lezen. Zoals we gistermiddag deden.'

De sessie van gistermiddag had de bonus van een orgasme.
Hoe goed de professionele vertelstem ook was, ik dacht niet dat
ik ervan zou klaarkomen. Toch was het leuk. Attent. Erg des
Nialls. 'Dank je.' Ik boog me voorover en kuste zijn lippen,

eigenlijk maar een klein kusje. Ik wilde langer blijven voor meer.

'Graag gedaan.' Hij likte zijn lippen. 'Laat me maar weten wanneer je klaar bent voor de tweede.' Zijn glanzende lippen krulden zich tot een flirterige glimlach.

Warmte bloeide op tussen mijn benen. *Nu, nu, nu,* scandeerde mijn lichaam.

'Oké.' Mijn stem was te hoog en ademloos. Ik schraapte mijn keel. 'Sorry dat ik daarnet zo raar deed. De tour eist zijn tol, denk ik.'

Hij haalde diep adem. En ademde weer uit. 'Ik neem aan dat je nog niet verder hebt nagedacht over mijn aanbod om met me mee naar huis te gaan?'

Nagedacht? Ik had er heel veel over nagedacht. De meeste gedachten waren *Gevaar* en *Wees geen idioot.* Maar hij had het laten klinken als het nirwana, vrij van druk en mensenmassa's. Buiten het bereik van wifi, waar ik Heidi's en Dr. Martells irritante herinneringen over de geheimhoudingsverklaring en over de Tower Prize als het einddoel van deze hele poppenkast niet hoefde te beantwoorden.

'Platonisch, toch? We gaan gewoon samen optrekken en jij laat me die beroemde boerenjongens-workout zien waar je zo over opschepte bij Brandi?'

'Platonisch. En jij gaat het ook doen. Iedereen werkt op een boerderij.'

'Ik ben niet bang om de handen uit de mouwen te steken.' Spierpijn zou mijn gedachten misschien van al het andere kunnen afleiden.

Nee. Ik hoorde niet thuis op Nialls boerderij, platonische uitnodiging of niet. Met de leugens die ik had verteld, verdiende ik het niet om zijn vriendin te zijn. Toch kon ik de woorden die uit mijn mond rolden niet tegenhouden. 'Oké dan. Ik ga mee.'

Nialls glimlach was beter dan alles wat hij Brandi tijdens dat interview had gegeven.

27

SAM

IK OMHELSDE BILBO Baggins stevig toen Niall op vrijdagochtend de huurauto parkeerde voor de witte, twee verdiepingen tellende boerderij. Het leek wel een filmset van Hallmark, met de veranda die om het huis heen liep en de schommelstoelen. Het enige wat nog ontbrak, was een bos madeliefjes in de voortuin. Maar in Ohio was het in februari nog te vroeg voor bloemen.

Niall haalde de sleutel uit het contact. Een ontspannen glimlach vormde zich om zijn mondhoeken. 'Gaat het een beetje? Is het niet al te verschrikkelijk?'

Het was verschrikkelijk. *Ik* was verschrikkelijk omdat ik me had laten overhalen. Zelfs als Niall het nog niet had geaccepteerd, zou onze vriendschap eindigen zodra de tour erop zat. Want als dat niet gebeurde, zou de stapel leugens die ik tussen ons had opgetast omvallen en ons beiden verpletteren. Er was geen enkele reden om dichter tot hem te komen. En een bezoek aan zijn boerderij was zo ongeveer het dichtste bij dat ik in zijn buurt kon komen.

Dus vertelde ik hem nog een leugen. Voor iemand die er zo

slecht in was, ging het me steeds makkelijker af. 'Het is prima. Het gaat goed.'

'Laten we dan naar binnen gaan. We gaan mijn moeder en opa gedag zeggen en dan geef ik je de grote rondleiding.'

Toen ik het portier opende, sprong Bilbo Baggins naar buiten en rende in rondjes, snuffelend aan de grond. Terwijl ik mijn rugzak over mijn schouder gooide, rook ik de geur van menthol – nu geen eucalyptus, maar dennen – en ceder. Ohio rook naar Niall.

Hij liep om de voorkant van de auto heen en liet zijn hand in de mijne glijden. Hij trok me de trap voor de veranda op en door de voordeur, die niet op slot was.

'Mam, ik ben thuis,' riep hij in de ouderwetse hal. Naast de voordeur stond een nette rij laarzen – de meeste modderig – in een bak. Bilbo Baggins snuffelde eraan. 'Je hoeft je schoenen niet uit te doen,' zei Niall. 'We zijn maar heel even binnen.'

De geur van versgebakken brood zweefde door het huis. We liepen door een deuropening aan de rechterkant een knalgele keuken met witgeschilderde kastjes in. Nialls moeder – ik herkende haar van Nialls boekpresentatie – veegde haar handen af aan een vaalblauwe, geblokte theedoek.

'Niall. En Sam.' Ze spreidde haar armen en Niall liet mijn hand los om zijn moeder te omhelzen. Na een lange knuffel liet ze hem los en opende haar armen voor mij. Ze was zachter dan mijn moeder, minder hoekige botten en meer soepele spieren, en haar eeltige handen bleven haken aan de achterkant van mijn canvas jas. Van dichtbij rook ze naar gist en citroenen. Beneden ons danste Bilbo Baggins, zijn nagels tikten op het linoleum.

Nialls grootvader stond op van de keukentafel en omhelsde Niall. Hij stak zijn ruwe rechterhand naar me uit en ik schudde die. Zijn linkerarm zat in het gips.

'Fijn om u weer te zien, meneer Flynn. Mevrouw Flynn.' Ik probeerde te glimlachen alsof ik het meende.

Zijn glimlach was gereserveerder, minder ongedwongen dan die van Nialls moeder.

Ze veegde een kruimel van het aanrecht. 'Zeg alsjeblieft gewoon Elaine. Of Laney. En mijn vader is Jerry. Hebben jullie honger?'

'Nee...' begon ik. We hadden op het vliegveld koffie met een broodje gehad terwijl we op onze vroege vlucht wachtten.

Maar Niall praatte door me heen. 'Ik wil Sam een rondleiding over de boerderij geven. Vind je het goed als ik wat boterhammen voor ons meeneem? Ik beloof dat we terug zijn voor het avondeten.'

Elaines lach schalde door de keuken. 'Als ik een euro kreeg voor elke keer dat jij verdwaalde in die bossen en het avondeten miste.' Ze klopte op Nialls schouder. 'Het brood van vandaag zit nog in de oven, maar ik heb nog wat van gisteren. Je weet alles te vinden.' Ze hurkte neer om Bilbo Baggins te aaien, die op de grond plofte en zijn buik liet zien.

'Geen waakhond, hè, deze,' zei ze.

Met zijn hoofd in de koelkast zei Niall: 'Nee, meer een ijsbreker. Die hond heeft vrienden in zes steden. Hij is extraverter dan wij allebei.'

Elaine grijnsde en kwam overeind, met een heup tegen het aanrecht leunend. 'Heb je tot nu toe genoten van de tournee, Sam?'

'Ik denk het?'

Ze grinnikte. 'Ik kan me niet voorstellen hoe slopend het moet zijn. Al dat gereis. Al die mensen.'

Niall zette een arm vol spullen op het slagerseiland. 'Het valt wel mee. De bewondering van fans. Uit eten gaan. Dagelijkse schoonmaak. En een duidelijk gebrek aan stallen uitmesten.' Hij wierp me een blik toe. 'Hoewel Sam een stadsmeisje is. Ik denk niet dat ze ooit het plezier heeft ervaren van een goede mestsessie.'

'Ik heb wel eens een paardrijles gehad en mijn ouders namen ons vroeger mee naar een boerderij buiten de stad. Ik ben niet bang voor jullie schuur. Of voor jullie vee.' Die boerderij was een van papa's favoriete dagjes uit geweest. En de mijne ook.

Grijnzend legde Niall kalkoen op dikke sneden brood.

'Ik zie het al,' zei Jerry. 'Je komt te laat voor de ochtendklusjes en je gaat de hele dag in het bos liggen luieren.' Hij griste een stukje kalkoen uit het bakje.

Nialls glimlach werd wat strakker. 'Ik beloof dat ik je help met de avondklusjes. En als je een lijstje hebt met dingen die ik moet doen, dan pak ik die aan voordat we morgen vertrekken.'

'Nee joh.' Jerry sloeg Niall op zijn rug. 'Ik zat je maar te dollen. Die jongen van Turner helpt ons. Geniet jij maar van de dag met je vriendinnetje.' Hij wierp me een schalkse blik toe.

Niall wikkelde de boterhammen in vetvrij papier. 'Echt, ik wil klusjes doen. Ik heb Sam beloofd dat zij ook mocht helpen.'

Jerry's scherpe blik viel op mijn handen en zijn verweerde gezicht vertrok in een grijns. Ik balde mijn vingers tot vuisten. Nee, ik had geen eelt van het vasthouden van een schop of een hooivork of wat dan ook, maar ik kon wel werken. Ik kneep mijn ogen tot spleetjes naar hem.

Niall miste het allemaal. 'Klaar voor onze rondleiding, Sam?'

'Vind je het goed als ik eerst even van jullie wc gebruikmaak?'

'We kunnen de plee als eerste stop van onze tour doen.'

Ik knipperde met mijn ogen. *Plee?*

'Plaag haar niet zo.' Elaine sloeg hem op zijn arm. 'Deze kant op, Sam.'

Elaine leidde me terug naar de hal en wees naar het einde van de gang. 'Recht vooruit. Het is misschien een beetje rustiek, maar we hebben wel een binnenleiding.'

Terwijl ik mijn handen waste bij de ouderwetse roze wastafel op voet, keek ik in de spiegel. Mijn sproeten staken af tegen mijn bleke wangen. Wat had ik gedaan? Door dichter tot Niall te komen, zou ik hem nog meer missen als we aan het einde van de tournee uit elkaar gingen. Als de waarheid voor die tijd uitkwam, zou ik moeten toekijken hoe de fonkeling uit zijn ogen verdween en zijn blik leeg en koud werd. Dat zou mijn hart in tweeën breken.

En wat was er met Nialls grootvader? Hij leek bijna vanaf het moment dat ik binnenkwam op zijn hoede. Wat vermoedde hij?

Ik droogde mijn handen af aan de geborduurde handdoek en keerde terug naar de keuken, mijn laarzen lieten de vloerplanken kraken. Toen ik door de deuropening stapte, fluisterde Niall iets tegen zijn moeder, en zij aaide zijn roodbestoppelde wang. Een draagtas hing over zijn ene schouder en hij had een paar opgevouwen dekens onder zijn andere arm.

'Het is er een goede dag voor. De temperatuur zou wel eens richting de vijftien, zestien graden kunnen gaan,' zei Elaine. 'Veel plezier jullie.'

'Verdwaal niet. En pas op voor beren,' riep Jerry vanachter zijn krant.

'Opa! Probeer Sam niet weg te jagen.' Niall sloeg een rugzak om zijn schouders en stak zijn hand naar me uit.

'We verdwalen toch niet echt, hè?' mompelde ik terwijl hij me naar de zijdeur leidde.

'Geen schijn van kans. Maar ik gebruikte dat excuus vroeger vaak om uit te leggen waarom ik te laat was.'

'En de beren?'

'Niet zo heel veel hier in de buurt, en de meeste houden een winterslaap deze tijd van het jaar.'

Bilbo Baggins sprong van de verandatreden en rende voor ons uit richting het bos.

'Bilbo Baggins!' riep ik. 'Kom terug!' Zijn geblaf zou een beer kunnen wekken. Of de aandacht kunnen trekken van een hongerige coyote.

'Maak je geen zorgen. We volgen hem wel. En Thorin zal hem wel in het gareel houden.'

Een ruig, zwart beest, meer Chupacabra dan hond, schoot op Bilbo Baggins af. Hij blafte één keer, waardoor mijn hond verstijfde.

'Hij is toch wel veilig?' Het zou niet de eerste keer zijn dat ik de overdreven vriendelijke Bilbo Baggins moest redden van een grotere, valsere hond. Ik haastte me naar hen toe.

'Hij is een watje.'

En inderdaad, Thorin liep naar Bilbo Baggins toe, cirkelde om hem heen, snuffelde en ging toen gehurkt zitten, met zijn kont in de lucht. Bilbo Baggins niesde en ging zitten.

Toen Thorin opsprong en naar ons toe galoppeerde, volgde Bilbo Baggins in een sprint.

Bij Nialls opgeheven vinger stopte Thorin abrupt en ging hij hijgend zitten, zijn lijf trilde. Bilbo Baggins zakte na een vragend blafje langzaam naast hem neer.

'Brave jongen.' Niall overbrugde de afstand en kriebelde Thorin achter zijn korte, slappe oren. 'Wil je hem aaien?'

De tanden van de hond waren zichtbaar terwijl hij hijgde, de bovenste hoektanden waren zo lang als het eindkootje van mijn vinger. Ik aarzelde.

'Vertrouw je me niet?' Niall zette zijn handen in zijn zij.

Ik vertrouwde Niall met een heleboel dingen – meeslepende fantasyverhalen schrijven, vergeten zijn telefoon aan te zetten en zoenen alsof het zijn werk was – maar ik was niet zeker over zijn buitenmaatse, overbehaarde hond met zijn bovenmaatse tanden. Maar omdat ik in een soort omgekeerde wereld was beland waar ik naar het ouderlijk huis ging van een man die ik twee weken kende en mijn vrije dag doorbracht met rondlopen op een boerderij in plaats van aan mijn proefschrift te werken, stak ik een hand uit. Toen de hond hem er niet afbeet, aaide ik achter zijn oor. Hij sloot zijn ogen en duwde zijn kop tegen mijn handpalm.

'Jullie zijn nu vrienden. Laten we gaan,' zei Niall, terwijl hij mijn andere hand pakte.

Koele, naar dennen geurende lucht streek langs mijn wangen terwijl Niall me naar de bomen trok. We passeerden een paar stukken sneeuw die smolten in de zonneschijn. De honden zigzagden voor ons uit en snoven de sporen van andere dieren op.

Niall wees naar een vervaagde rode schuur. De omtrek van de staat was in het wit aan één kant geschilderd met het woord *Ohio* in schuinschrift boven een rood-blauwe banier. Aan de voorkant was een vierkant geschilderd als een quilt in rood, blauw en goud, vrolijk afstekend tegen de zachtblauwe winterlucht. 'We gaan later wel naar de dieren kijken. Ik wil dat je de beek in het ochtendlicht ziet.'

Voorbij de schuur strekten bruine velden zich uit tot een andere, verre bomenrij. 'Wat verbouwen jullie hier?'

'Sojabonen en maïs voor de verkoop. Hooi voor het vee. Mam heeft een moestuin waar ze groenten voor de familie verbouwt. En de dieren zijn geen huisdieren. We verkopen de wol van de alpaca's, de melk van de geiten en eieren als de kippen leggen. Soms ruilen we met de andere families. De Turners houden bijen voor honing en fokken varkens. We proberen zelfvoorzienend te zijn waar we kunnen.'

Ik dacht er bijna nooit over na waar voedsel vandaan kwam. Ik had me Niall voorgesteld als een soort herenboer uit een Jane Austen-film, die zijn dagen schrijvend doorbracht in een met eikenhout betimmerde bibliotheek terwijl de boerderij voor zichzelf zorgde. Niet op deze boerderij.

'Maar dit,' zei hij terwijl hij onder het bladerdak van het bos stapte, 'is mijn favoriete deel van de boerderij.'

Tegen de tijd dat we de tweede boom hadden bereikt, verstomden de geluiden – het verre gebrul van een tractor, het gerommel van pick-uptrucks op de weg aan het einde van de oprit, het gekrijs van haviken. Toen we bij de derde boom kwamen, was het zonlicht vervaagd tot schemering. De scherpe geur van groeiende dingen en donker verval vulde mijn neusgaten.

'Voordat de Europese kolonisten kwamen, was het hele gebied zo – bosrijk. Je zag op de rit vanaf het vliegveld hoeveel er gekapt is.'

'Stad, dan buitenwijken, dan landbouwgrond. Ik wist niet dat het vroeger bos was.'

'Er zijn nog maar kleine stukjes over. We hebben geluk dat ze dit hebben laten staan.' Hij streek over de stam van een boom. 'Kom. Ik zal je het beste plekje laten zien.'

Water borrelde vlakbij en Niall liep erheen. De bomen leunden naar elkaar toe en raakten elkaar bijna boven ons hoofd, maar een paar zonnestralen drongen door het bladerdak om te schitteren op het heldere water van de ondiepe beek beneden. De bedding was bezaaid met rotsen, en een paar waren van de zijkanten naar beneden gerold om als natuurlijke oversteekplaatsen te dienen.

Een platte kei ter grootte van een Fiat boog de beek om zich heen. Niall sprong erop en stak een hand naar me uit. Ik greep hem vast en klauterde langs de zijkant omhoog, mijn modderige laarzen glibberden, om naast hem te gaan staan. De honden lapten water uit de stroom beneden hen. Thorin ging erin liggen om zijn buik af te koelen.

'Tijdens de ijstijd hebben terugtrekkende gletsjers deze stroom uitgehold en deze kei achtergelaten.' Hij zette de tas neer en schudde een deken uit. Hij ging erop zitten en leunde achterover op zijn handen. 'Toen ik een kind was, kwam ik hier om me voor te stellen hoe wolharige mammoeten voorbij sjokten, toen het allemaal nog ijs en sneeuw was.'

Ik zakte naast hem neer en stelde me de gigantische harige beesten voor. 'Kwam je hier vaak?'

'Bijna elke dag. Zelfs in de winter.'

In mijn gedachten gooide een slungelige, tiener-Niall steentjes in het water. 'Hoe lang woont je familie hier al?'

'Generaties lang. Mam is voor de universiteit naar de stad verhuisd, waar ze mijn vader heeft ontmoet.' Hij staarde in het water.

'Toen zijn bedrijf begon te lopen, reisde hij meer. Voornamelijk naar Californië, maar ook naar Azië en de oostkust. Vroeger kwam hij in het weekend terug, maar toen werden zijn reizen langer. Mam wilde me niet in Californië opvoeden. Dus verhuisde ze terug naar de boerderij.' Hij glimlachte strak. 'Zelfs als peuter hield ik er niet van om opgesloten te zitten in een appartement in de stad. Hoe dan ook, zijn bezoeken hier werden steeds korter.

Toen trouwde hij, stichtte een nieuw gezin en kwam hij helemaal niet meer.'

Ik vond zijn hand en kneep erin. Ik wist hoe het was om een vader te verliezen. Hoewel ik niet wist hoe het was om een slechte vader te hebben. 'Het spijt me.'

Hij haalde zijn schouders op. 'Hij heeft zijn leven, ik het mijne. Ik wou…' Hij schudde zijn hoofd. 'Ik ben hier gelukkig.' Hij ging op zijn rug liggen, vouwde zijn armen achter zijn hoofd en sloot zijn ogen tegen de zon.

Ik boog me over hem heen en wierp een schaduw over zijn gezicht. 'Ik snap wel waarom. Het is prachtig.'

'Je zou het moeten zien in de…' Hij opende zijn ogen. Zijn pupillen werden groter, waardoor het groen smaller werd. Hij rolde zich op en kuste me.

Het was een langzame, aarzelende kus. Een test. Zou ik terugdeinzen? Zou het stadsmeisje het raar vinden om midden in het bos te zoenen, met de modder en de vogels en de eekhoorns die boven ons hoofd kwetterden? Dit stadsmeisje niet. Toen hij zijn koele handpalmen op mijn wangen legde en me zachtjes naar zich toe trok, rustte ik op zijn borst en beantwoordde zijn zachte, lome kussen. Zijn vingers woelden door mijn haar, waardoor mijn hoofdhuid tintelde. Al snel verspreidde de tinteling zich over mijn huid, helemaal tot aan mijn tenen. Het bos *was* betoverd.

Het water klaterde en de wind ritselde door de takken van de dennenbomen. Niall hier zoenen, op zijn speciale plek, met de zon die mijn rug verwarmde, was niets minder dan perfect. Tijd verloor zijn betekenis. Net als de ruimte tussen ons. We wilden allebei eenzaamheid, maar deze gedeelde eenzaamheid was nog beter dan alleen zijn.

Hij trok zich als eerste terug. Zijn ogen waren bijna zwart, met slechts de smalste groene ring, als mos op een steen. Hij kromp ineen. 'Het spijt me, maar ik… ik heb een idee. Vind je het erg als ik het opschrijf?'

Huh. Misschien was ik de enige die de betovering voelde. Ik

duwde me op mijn handen omhoog. 'Een idee. Dat je kreeg door met mij te zoenen?'

'Nou...' Hij ging ook rechtop zitten. 'Dit is het thuis van de boselfen. Ze spreken hier tot me. En als jij bij me bent, spreken ze nog luider.'

Ik snoof. 'Prima.' Toen begon er iets vanbinnen te jeuken. 'Het stoort je toch niet dat ik hier ben?'

'Nee.' Hij stak zijn hand uit en streelde mijn wang. 'Je inspireert me.'

'Juist. Lobelia.' Ik bestudeerde het ruwe oppervlak van de kei.

Hij krulde een vinger onder mijn kin en tilde die op tot ik zijn blik ontmoette. 'Nee. Jij, Sam. Zoals ik in de opdracht zei: jij bent mijn muze.'

Het werd warm vanbinnen. Zijn muze. Ik inspireerde hem. Ik boog voorover en kuste hem. 'Oké, ga jij maar schrijven. Dan kijk ik wel bij de jongens.' Ik gleed van de rots af de modder in en floot naar Bilbo Baggins.

Ik vond genoeg stokken om te gooien. De honden brachten er een paar terug. Af en toe keek ik naar Niall. Soms lag hij op zijn buik, soms ineengedoken met het notitieboek op zijn knieën, terwijl hij met samengeknepen ogen naar de pagina keek en zijn linkerhand er onhandig overheen bewoog.

Mijn telefoon had geen bereik in het bos. Dus zette ik hem uit en luisterde naar het water, de bomen, de vogels. In plaats van mijn e-mail te checken, keek ik naar de schittering van het zonlicht op het water; de takken van de bomen, sommige kaal, andere altijd groen, die heen en weer zwiepten; de bleekgele zon die laag langs de hemel trok. Ik had nooit iets met meditatie gehad, maar als ik het ooit had willen proberen, dan was dit de plek. De vredige geluiden moedigden een innerlijke focus aan, een stilte.

Maar toen ik in mezelf keerde, beviel het me niet wat ik zag.

Geheimen.

Niall had me naar zijn favoriete plek op aarde gebracht, zijn geheime toevluchtsoord. Hij stelde zijn leven voor me open als een schatkist. Maar ik? Ik zat nog potdicht.

Zou het zo erg zijn als ik Niall over CASE en *Magician* vertelde, ook al had Heidi gezegd van niet? Hij leek me het type dat een geheim kon bewaren. Maar daar had ik me al eerder in vergist. Ik huiverde toen ik dacht aan de koude schok, alsof ik in de ijskoude beek werd gegooid, toen ik Stephens sms'je las waarin hij geld eiste voor de foto's.

Erger nog, wat zou Niall zeggen als ik hem over CASE vertelde? De twinkeling zou uit zijn ogen verdwijnen, de glimlach van zijn lippen. Hij zou het vreselijk vinden hoe ik zijn kunst had verdraaid. Hoe ik vanaf de eerste dag van de tour tegen hem had gelogen. Zelfs daarvoor al.

Zou het niet beter zijn om te doen wat Heidi had gezegd, het stil te houden tot de tour voorbij was en we ieder ons weegs zouden gaan?

Ik had genoeg van *Geheimen van de Boselfen* geluisterd om te weten wat de altijd eerlijke Greva daarover zou zeggen. Ze zou me een lafaard noemen. En ze zou gelijk hebben. Maar ik was niet sterk genoeg om Niall aan te kijken en hem de waarheid te vertellen.

'Honger?' klonk Nialls stem schor door het weinige gebruik, en hij schraapte zijn keel.

'Ja. Een ogenblikje.' Ik haalde diep adem en stak mijn vuile handen in het heldere water. Ik wist dat het koud zou zijn, maar *verdomme*, ik slaakte een gilletje en het maakte mijn gedachten ijskoud en helder. Het was beter om te blijven doen alsof gedurende de korte tijd die we nog samen hadden.

Ik schudde het water van mijn rood geworden handen en klauterde toen naast hem. Hij had de lunch al op de deken uitgestald: broodjes, appels, flesjes water, een thermoskan koffie en zelfs een paar zelfgebakken koekjes. Ik viel aan op een broodje en forceerde een luchtige toon. 'Goed geschreven?'

'Ja.' Hij had nog steeds een dromerige, afwezige blik in zijn ogen.

'Je zei dat dit de plek is waar je de boselfen hebt bedacht?'

Hij glimlachte geheimzinnig. 'Ik weet niet of ik de eer kan opstrijken dat ik ze heb bedacht. Ik stelde me altijd al voor dat hier wezens waren. Ik denk door de sprookjes die mijn moeder me voorlas. Ik ging altijd naar ze op zoek. Soms bracht ik een koekje of wat melk voor ze mee. Ik begon verhalen te schrijven over hun avonturen, en uiteindelijk werden de verhalen een boek.'

'Schrijf je altijd met de hand?'

'Ja. Ik stuur mijn notitieboekjes naar Gabi en zij typt ze uit. Ze stuurt me dan de geprinte pagina's terug en die redigeer ik dan. Ik weet het, ik ben een digibeet.' Hij boog zijn hoofd. 'Ik denk dat het begon als mijn kleine opstand tegen mijn vader. En daarna ging het gewoon vanzelf.'

'Ik snap niet hoe je het doet. Als ik een halfuur boeken signeer, doet mijn hand al pijn.' We waren klaar met onze broodjes, dus ik tilde zijn linkerhand op en kneedde die zachtjes vanaf de palm tot aan de vingertoppen. Langzaam verdween de spanning. Ik kneep en wiebelde met elke vinger. Daarna werkte ik langs elk vinger-kootje naar beneden tot aan zijn pols, waar ik kleine cirkels maakte.

Hij kreunde. 'Dat voelt goed.'

'Voordat hij naar de universiteit ging, heeft Jackson me geleerd hoe ik de handen van mijn vader moest masseren. Ze kregen kramp van het programmeren. Het typen. Hij werkte zo hard.'

'De stichting is naar hem vernoemd. Is hij al een tijdje geleden overleden?'

Ik hield mijn blik op de gespikkelde rug van Nialls hand. 'Ja. Toen ik elf was. Hartaanval.'

Hij legde zijn hand op de mijne, waardoor die stilhield. 'Dat spijt me. Klinkt alsof jullie een hechte band hadden.'

Ik begon weer, en masseerde tussen zijn vingers. 'Hij begreep me. Een beetje zoals Jackson, maar niet zo onnozel, weet je?'

Hij grinnikte. 'Je broer is een scherpe man.'

'In sommige dingen. In andere niet. Toen ik…' Ik slikte. 'Ik had een vriendje dat me pijn heeft gedaan.' Nialls hand balde zich tot een vuist en ik maakte hem plat door de rug te masseren. 'Niet lichamelijk. Emotioneel. Ik dacht dat we verliefd waren, maar hij gebruikte me. Hij… ah.' Ik schraapte mijn keel. Dit verhaal had ik niemand verteld sinds het was gebeurd. Zelfs Marlee of Alicia niet. 'Hij chanteerde me. Hij gebruikte foto's die hij van me had gemaakt – naaktfoto's – om geld van me te eisen. Hij gokte. Op het internet. Hij had een enorme schuld opgebouwd op zijn creditcard en zijn ouders wilden die niet afbetalen. Ik had nog geen toegang tot mijn trustfonds en ik moest mijn familie vragen. Mijn moeder gaf het hem natuurlijk. Ze kon niet toestaan dat die foto's het perfecte imago van de Joneses zouden bederven.' Ik kneedde zijn hand een minuut lang in stilte. 'Sindsdien vertrouwt Jackson er niet op dat ik verstandige beslissingen neem over mannen. Over wat dan ook. Niemand van hen.'

Ik verstijfde. Waarom had ik hem dat in hemelsnaam allemaal verteld? Zeker, ik had de neiging om te veel te delen als ik zenuwachtig was. Maar ik was niet zenuwachtig. Misschien was het die bosmagie die me daartoe had verleid. Bestond er een spreuk die ik kon gebruiken om de tijd terug te draaien en alles terug te nemen?

'Hoe heet hij?' Nialls stem was grommend, net als die van Jackson die avond.

Waar was die terugspoelknop? Hij reageerde precies zoals mijn familie had gedaan. 'Maak je geen zorgen. Jackson en mijn andere broer, Andrew, hebben hem aangepakt.' Ik hield mijn stem luchtig, alsof het niets was dat ze Stephens neus hadden gebroken en ervoor hadden gezorgd dat hij van Sonoma tot Los Angeles geen werk meer kon vinden. Hij had naar Arizona moeten verhuizen, had ik gehoord. Mensen regelden altijd dingen voor me. En het ergste was dat ik het toeliet.

'Hé.' Hij raakte mijn gezicht dit keer niet aan, maar hij wachtte tot ik zijn blik beantwoordde. 'Je bent fel. Sterk. Succesvol. Je kunt je eigen beslissingen nemen.'

Ik keek op. Niemand had dat ooit tegen me gezegd. Geloofde hij het echt? Want ik wist niet zeker of ik het zelf geloofde.

Hij kneep in mijn hand. 'Je bent geweldig geweest tijdens deze tour. Je gaat de Tower Prize winnen.'

Alle vrolijke bubbels spatten uiteen en mijn maag vulde zich met beton. 'Laten we vandaag niet verpesten door daarover te praten.'

'Oké.' Hij bracht mijn hand naar zijn mond en kuste hem. 'Waar wil je het dan wel over hebben?'

Niet meer delen. Hij zou me verleiden om te veel te delen. Om de geheimhoudingsverklaring te breken. Om dit perfecte moment, deze perfecte plek waar hij van hield, te verpesten. Nee.

Ik dwong een plagende glimlach op mijn gezicht. 'Mij waren schattige boerderijdieren beloofd.'

Hij snoof. 'Ik weet niet of ze schattig zijn. Maar het zijn wel boerderijdieren.' Hij wierp een blik op de zon. 'We gaan voor het avondeten naar ze kijken.' Hij stopte alles terug in de draagtas terwijl ik de deken opvouwde.

Hij gleed van de rots en hield zijn armen uit. Ik was eerder alleen afgestapt, maar toen ik in zijn armen viel en tegen zijn harde borst landde, was het beton verdwenen, vervangen door vlinders. Ik ademde hem in, herinnerde me de smaak van zijn huid, de streling van zijn lippen, en mijn kern spande samen. Ik ging op mijn tenen staan om hem opnieuw te kussen.

Vurige vonken ontstonden waar onze lippen elkaar raakten. Ze brandden een spoor langs mijn ruggengraat en ontstaken een vuur tussen mijn benen. Mijn handen dwaalden van zijn borst en stuiterden langs zijn buikspieren naar de tailleband van zijn spijkerbroek.

'Ho.' Hij trok zich terug. 'Houd die gedachte vast. Tot we ergens zijn waar het warmer is.'

Toen ik hem dichter naar me toe trok, drukte zijn harde erectie in mijn buik. 'Ik heb het warm genoeg,' mompelde ik.

Hij rolde met zijn ogen naar de hemel. 'God, ik... Sam.' Hij blies zijn adem uit. 'Boerderijdieren. Avondeten. Klusjes. En daarna warm ik je wel weer op.'

'Zo traditioneel,' mopperde ik.

Hij kuste mijn voorhoofd. 'Het is het wachten waard, dat beloof ik je.'

Hij floot naar de honden en hand in hand liepen we terug uit het bos. Toen we de bomen achter ons lieten, bogen we af naar rechts, richting de schuur, en Thorin ging ervandoor, met zijn lange, slepende passen Bilbo Baggins makkelijk voorbijstrevend. Niall en ik liepen langzaam, onze verstrengelde handen tussen ons in zwaaiend, de aardse geuren van de boerderij inademend, kijkend naar de zon die naar de verre boomgrens zakte.

Vergeleken met de felle zon buiten was de schuur donker, en het duurde even voordat mijn ogen gewend waren. Terwijl ik wachtte tot mijn zicht scherp werd, liet ik de geuren over me heen komen. Zoet hooi, aardse mest en een muskusachtige dierengeur.

Niall leidde me naar een aantal omheiningen aan de rechterkant. 'Geitenhokken. Hoewel ze nog buiten zijn. We halen alle dieren na het eten binnen.' Hij liep de hoek om. 'Alpacastallen.'

'Waar zijn de kippen?'

'Kippenhok.' Hij gebaarde voorbij de andere muur, richting het huis.

'En waar is de beruchte hooizolder?' Ik trok mijn wenkbrauwen op.

Hij liep terug naar de geitenhokken, naar een stevig uitziende ladder die ik de eerste keer over het hoofd had gezien. 'Recht omhoog.'

Ik volgde zijn wijzende vinger naar een zolderruimte erboven, open naar de binnenkant van de schuur.

Ik legde mijn handen op het gladde hout van de ladder. Toen zette ik een voet op de onderste sport.

Niall grijnsde. 'Ik waarschuw je, er zijn waarschijnlijk meer spinnen en minder romantiek dan je verwacht.'

Over mijn schouder wierp ik hem een ondeugende grijns toe terwijl ik omhoogklom. 'Spinnen maken me niet bang. En ik kan mijn eigen romantiek meebrengen.'

Hij opende zijn mond, maar er kwamen geen woorden uit. Ik concentreerde me op de ladder en zette mijn klim voort.

Hij had ongelijk over de hooizolder. Het leek alsof die onlangs was opgeruimd met vers hooi. Maar toen ik erop probeerde te gaan zitten, begreep ik wat hij bedoelde. Het hooi prikte door mijn cargobroek heen. Niet romantisch.

Ik gluurde over de rand naar Niall, die met zijn handen in zijn zij omhoog stond te kijken. 'Gooi je een deken omhoog?'

Hij liep naar de plek waar we onze spullen bij de deur hadden neergelegd en kwam terug met een quilt. Maar in plaats van die naar me op te gooien, klemde hij hem onder een arm en klom met één hand omhoog. De honden keken hem even aan en renden toen weg richting de alpacastallen.

Ik daarentegen, bekeek elke beweging van hem. Zijn sterke vingers die de laddersporten vastgrepen. De spieren in zijn onderarm die zich spanden terwijl hij zichzelf omhoogtrok. De schittering van het zonlicht op zijn vurige haar. Romantiek? Wie had dat nodig? Ik had een grote, potige boerenjongen die erin uitblonk me ademloos te kussen. Ik ging niet wachten tot na de klusjes. Ik zou een goede, harde neukpartij in een schuur hebben, en *dan* zouden Niall Flynn en zijn bosmagie en al die belachelijke gevoelens die ik eerder had, uit mijn systeem zijn.

Toen Niall de bovenkant bereikte, gaf hij me de deken en hees zich toen de zolder op. 'Niet zo slecht hierboven. De zoon van de Turners moet het hebben opgeruimd.' Hij opende de luiken, waardoor de late middagzon naar binnen stroomde. 'We hebben een paar minuten. Dit is een goede plek om de zonsondergang te bekijken.' Hij draaide zich naar me toe, en zelfs als silhouet door de roze stralen die door het open raam schenen, kon ik zijn mond zien openvallen.

Ik had de quilt over het dikste deel van het hooi uitgespreid en me uit mijn jas en laarzen gewurmd. Ik gooide mijn T-shirt opzij en ritste mijn broek open. Ik rilde toen de koele lucht mijn huid raakte.

'Wat ben je aan het doen?' Zijn ademhaling was oppervlakkig en kort.

'Waar lijkt het op? Ik sta op het punt om in het hooi te duiken.'

'We zijn geen zeventien meer. Er zijn betere plekken om' – hij slikte – 'dat te doen.'

'Ik zei toch dat ik mijn eigen romantiek meenam. Als je ervoor kiest om niet mee te doen, duik ik alleen in het hooi.' Ik schopte mijn broek uit en liet een hand in mijn slipje glijden. Ik had bijna geen schone was meer, dus ik droeg een kanten slipje waarvan ik me niet eens herinnerde dat ik het had ingepakt. Zijn blik volgde mijn vingers onder het kant. Hij likte zijn lippen.

'We hebben geen tijd.' Zijn stem was veranderd in een hees gefluister. 'Of condooms.'

Met de hand die niet bij mijn ingang cirkelde, pakte ik mijn cargobroek van het hooi en haalde een condoomverpakking uit een van de vele zakken. Ik hield het omhoog, glinsterend in het zonlicht, en gooide het op de deken naast me. *Zie je wel?* zei mijn grijns.

Ik stak twee vingers in mezelf en haalde ze er weer uit om mijn vocht te verspreiden. 'Doe je mee?'

Als een zombie schuifelde hij twee stappen naar me toe. Met open mond volgde zijn blik mijn hand die onder het kant bewoog. Toen schudde hij zijn hoofd. 'Ik heb een prima bed. Binnen. Waar het warm is. We kunnen hier verdergaan nadat ik klaar ben met mijn klusjes.'

Ik schudde mijn hoofd. 'Hier. Nu. Het is warm genoeg als je blijft bewegen.' Met mijn linkerhand trok ik mijn bh-cup naar beneden en kneep in mijn tepel. Sensatie schoot door mijn ruggengraat en mijn rug kromde.

'Verdomme.' Bij zijn schorre gefluister wist ik dat ik had gewonnen. Toch spreidde ik mijn benen om hem een beter uitzicht te geven.

Hij viel op zijn knieën voor me en trok mijn slipje langs mijn benen naar beneden. Ik ging door met de beweging van mijn hand, liet mijn vingers van mijn ingang naar mijn clitoris en terug glijden, waardoor ik steeds opgewondener raakte. Hij reikte achter me om mijn bh los te maken. Ik pauzeerde mijn masturbatie even zodat hij hem kon uittrekken. Toen ik naakt was en mezelf aanraakte, leunde hij achterover op zijn hielen en vloekte zachtjes.

Hij duwde mijn knieën uit elkaar en boog voorover zodat zijn adem over mijn hand fluisterde. Ik kreunde. Hoe graag ik zijn mond ook weer wilde, ik wilde dit keer iets anders. Ik wilde hem zien, verguld door de ondergaande zon. 'Nee. Kleed je uit.'

'Uitkleden?' Hij keek naar zichzelf alsof hij verbaasd was dat hij nog kleren aanhad.

'Ik wil je zien.'

Hij keek over de rand van de zolder naar de schuurdeur. Toen, snel, ontdeed hij zich van zijn vele lagen: jas, flanellen overhemd, T-shirt, laarzen, spijkerbroek en sokken, tot hij voor me stond in een boxershort, met een uitstulping aan de voorkant. De ondergaande zon verlichtte elk haartje op zijn lichaam. Hij was verteerd door licht en vlammen. Ik likte mijn lippen.

Er viel iets in mij op zijn plaats, als een sleutel in een slot of het laatste stukje van een puzzel dat vastklikt.

Nee. Hij is niet voor mij. Maar hoeveel keer ik het ook tegen mezelf zei, dat stukje in mij, dat nu compleet voelde, hield vol: *De mijne, de mijne, de mijne.*

Hij was niet van mij. Niet voor altijd. Maar voor vandaag. Voor de komende week tot de tour eindigde. En, egoïstische trut die ik was, ik ging pakken wat ik wilde.

'Condoom,' fluisterde ik.

Toen hij zijn boxershort naar beneden schoof, sprong zijn pik tevoorschijn, stijf en rood aangelopen. Hij zonk weer op zijn knieën en reikte naar het condoom. Even later was hij omhuld.

'Ben je er klaar voor?' fluisterde hij zacht.

'God, ja.' Ik had mijn clitoris omcirkeld tijdens zijn onbevredigend zakelijke striptease, en ik was een flinterdunne haar verwijderd van een orgasme.

Hij positioneerde zich bij mijn ingang en stootte me met de brede eikel van zijn pik. Ik wreef sneller over mijn clitoris. Met een paar korte stoten van zijn heupen was hij binnen, en toen hij helemaal naar binnen gleed en mijn vingers aanraakte, kwam ik met een jammerend gekreun klaar.

Hij bedekte mijn lippen met de zijne, verslond mijn geluiden terwijl mijn ruggengraat oplichtte van genot en mijn benen tegen de zijne trilden.

Thorin blafte diep en Bilbo Baggins keft. Een seconde later ging de deur beneden met een klap open en een schorre stem riep: 'Niall!'

28

NIALL

KUT. Letterlijk.

Ik zat tot aan het gevest in Sam en ze was net zo explosief als een stuk vuurwerk klaargekomen. Ze klemde zich nog steeds om mijn pik, waardoor ik keer op keer in haar wilde stoten tot ik in haar klaarkwam. De ondergaande zon liet plukken van haar haar vurig magenta oplichten tegen de donkere achtergrond.

'Niall!' riep opa opnieuw. Ik hoorde de honden, die verraders, om hem heen snuffelen.

Ik liet mijn voorhoofd een seconde tegen dat van Sam rusten en draaide me toen om naar beneden te roepen. 'Hierboven, opa. Sam en ik zijn... naar de zonsondergang aan het kijken.' Ik kon hem niet zien. Ik hoopte bij God dat hij mijn blote kont niet kon zien.

Onder me begon Sam te schudden. Ze was *aan het lachen*. Ik wierp haar een waarschuwende blik toe en legde een vinger op haar lippen.

'Je moeder heeft me achter je aan gestuurd. Het eten is bijna klaar.' Zijn stem trilde een beetje. Lachte hij ook? Ik zag de humor er niet van in.

'Ik kom eraan,' riep ik terug.

Sam schudde haar hoofd onder mijn hand en stootte haar heupen tegen me op. 'Kut,' mompelde ik, terwijl mijn ogen naar achteren rolden.

'Wat zeg je, jongen?' zei opa.

Ik legde een hand op Sams heup en hield haar op haar plek. 'Niets, opa. Tot zo.'

Bij het geluid van de dichtslaande deur, zakte ik tegen Sam aan. 'Dat heeft me een jaar van mijn leven gekost.' Met tegenzin drukte ik me op mijn handen omhoog en begon van haar af te glijden.

'Waag het niet!' Ze greep mijn kont met beide handen vast. 'Mij was een robbertje stoeien in het hooi beloofd.'

'Ik denk niet dat ik—'

Ze smoorde mijn protest met een zacht beetje in mijn oorlel en haar hete adem in mijn oor. 'Neuk me, Niall. Alsjeblieft.'

Ze had het woord *alsjeblieft* nog niet eens helemaal uitgesproken of ik beukte alweer in haar. Ik zou zo ongeveer alles doen wat deze vrouw van me vroeg. Ik was compleet verloren. Verliefd.

Wist ze het? Was het overduidelijk? Ze had me verteld dat ze geen gevoelens wilde. Ze had me ook verteld over die criminele ex van haar die haar hart had gebroken. Over hoe niemand haar vertrouwde. Maar ik had gehoord wat ze niet had gezegd: dat Sam zichzelf niet vertrouwde. Kon ik haar ervan overtuigen dat ze dit kon vertrouwen, ons kon vertrouwen, zichzelf deze keer kon laten gaan, dat ik haar nooit pijn zou doen?

Ik bekeek haar gezicht. Zij bekeek mij ook. Ze klemde haar lip tussen haar tanden. Bij mijn volgende stoot schuurde ik tegen haar clitoris en ze hapte naar adem. Ze sloeg een been om mijn rug en hield me tegen zich aan. Ik deed het nog eens, dit keer langzamer, de stoot naar binnen en dan het trage schuren. Ze kreunde, kantelde haar kin naar het plafond en ontblootte haar lange nek. Ik liet mijn tong over haar vlekkeloze huid glijden tot ik bij haar schouder was. Ik beet er zachtjes in.

'Niall,' fluisterde ze, 'ik ben zo—'

Ik cirkelde met mijn heupen en stootte opnieuw. Ze versplinterde; haar romp verstilde en haar been trilde. Toen haar kutje me strak greep, kon ik me niet meer inhouden. Ik leegde mezelf in het condoom, mijn zicht vernauwde en ik boog mijn rug van genot.

'Wauw,' fluisterde ze en legde haar hand op mijn hart. Ze moest het voor haar voelen galopperen. 'Nu begrijp ik waar al die ophef over ging.'

'Duivelin.' Ik had al eerder op hooizolders geneukt. Maar ik was nog nooit zo ongetemd geweest, zo verloren in mijn partner. Ik liet mijn voorhoofd tegen het hare rusten en probeerde mijn ademhaling weer onder controle te krijgen. Het enige wat ik wilde was daar met haar liggen en kijken hoe de zon achter de bomen zakte, het licht in blauw vervaagde en de sterren ontbrandden. Ik wilde haar de hele nacht vasthouden, haar gladde huid strelen, onze lippen die elkaar vonden en onze lichamen die zich naar believen verenigden.

Maar de winterlucht koelde mijn blote kont af en het zou alleen maar kouder worden. Ik pakte de basis van het condoom vast, trok me terug, legde er een knoop in en stopte het in mijn broekzak. Ik vond haar kanten slipje en gaf het met tegenzin aan haar. Ik wou dat ik tijd had om elke centimeter van haar zijdezachte huid aan te raken, te proeven. Maar ik had beloofd de klusjes te doen en we waren voor het eten geroepen. Ik kromp ineen. 'Hier gaan we nog lang over te horen krijgen.'

'Vertel me niet dat dit de eerste keer is dat iemand je hier op de hooizolder heeft betrapt.' Langzaam trok ze het slipje langs haar benen omhoog.

Mijn pik trok samen. Ik stelde me het lachende gezicht van opa voor aan de eettafel en hij verslapte. Ik sprong in mijn spijkerbroek. 'De eerste keer sinds ik geen tiener meer ben.'

'Ach. Arme Niall.' Maar de plagende ondertoon was uit haar stem verdwenen.

Ik hield stil, midden in mijn buiging boven haar bh en keek haar aan. Ze had zich over haar knieën gebogen, greep haar schenen vast en staarde naar haar tenen.

Kut. Ik was een idioot. 'Sam. Sam.' Ik liet me naast haar op mijn knieën vallen. Auw. Ik was veel te oud voor deze onzin op een hooizolder. 'Ik vond het geweldig wat we net deden. Ik hou—' *Ho, rustig aan.* 'Het spijt me dat we geen tijd hebben om, eh, na te gloeien. Ik maak het vanavond goed met je. Na de klusjes. We gaan naar de wei om naar de sterren te kijken en ik zal je helemaal suf knuffelen. Oké?'

Ze beet op haar lip en knikte.

Ik pakte haar bh op en hield hem haar voor. 'Etenstijd en de klusjes na het eten zijn hier niet onderhandelbaar.'

Ze hield haar hoofd schuin terwijl ze haar bh-bandjes over haar schouders trok. 'Is dat alles? Je bent niet… teleurgesteld?'

'Nee, liefje. Ik zou nooit teleurgesteld in jou kunnen zijn.'

'Beloofd?' Die grote, smekende ogen zogen me naar binnen.

Verdomme! Wat had die klootzak van een ex haar aangedaan? Ik drukte mijn lippen op de hare en kuste haar, langer dan zou moeten, langer dan we de tijd voor hadden. Ik kuste haar tot we allebei ademloos waren. Toen we hijgend uit elkaar gingen, haalde ik een strootje uit haar verwarde haar. 'Beloofd.'

Ze gaf me een halve glimlach. 'Oké dan.'

We stormden de keuken binnen, te laat natuurlijk. Opa en mam glimlachten allebei spottend naar ons.

'Weer verdwaald, Niall?' Mam stond op en liep naar de oven. Ze haalde er twee in folie gewikkelde borden uit.

'Je raakt daar makkelijk dingen kwijt op die hooizolder, hè, Niall?' Opa barstte in lachen uit.

'Wat hij daar is kwijtgeraakt?' grijnsde Sam. 'Ik denk niet dat hij dat ooit nog terugkrijgt.'

Terwijl ze lachten, draaide ik ze allemaal mijn rug toe en waste mijn handen bij de gootsteen. Ze maakte een grapje, maar het was waar. Sam had nu mijn hart. En dat zou ik nooit meer terugkrijgen.

29

NIALL

KLUSJES OP EEN boerderij zijn niet te vergelijken met klusjes in een gewoon huis. Vergeet je na het eten de afwas te doen? Geen probleem. Tuurlijk, je keuken gaat er misschien van stinken, maar er staan geen levens of een inkomen op het spel. Toen ik zeventien was, joeg ik eens door mijn klusjes heen omdat ik naar een basketbalwedstrijd van de middelbare school wilde – de meid op wie ik een oogje had, zat in het meidenteam – en ik was vergeten het deurtje van het kippenhok te vergrendelen. De hond van een buurman was binnengekomen en het zag eruit als de nasleep van de bloederige liftscène in *The Shining*. Ik heb niet alleen maandenlang om alle hennen gerouwd, maar we hadden tot de volgende zomer ook geen verse eieren meer om te verkopen.

Maar hoe hard ik het ook probeerde, mijn gedachten waren die avond niet bij mijn klusjes. Die waren bij Sam. Bij hoe haar huid parelmoerachtig had geleken in de zonsondergang. Hoe haar haar als gesmolten chocolade over de deken was gevloeid. Haar ogen, die een hint van… iets verraadden toen ze klaarkwam. Ik kon niet wachten om haar weer te laten klaarkomen en te proberen die geheime emotie te ontcijferen.

Ik telde de kippen die voor het hok samendromden. Allemaal aanwezig. Ik deed de deur open en telde ze opnieuw terwijl ze naar binnen tuimelden, klaar voor hun nesten.

De volgende dag zou ik Sam meenemen. We hadden te veel tijd in de hooizolder doorgebracht en geen van de dieren ontmoet. Ze zou de geiten met hun fluweelzachte oortjes geweldig vinden. En haar vingers door de ruwe wol van de alpaca's laten gaan. Ik zou haar voorstellen aan elk van de eigenzinnige kippen. Ik stelde me de verrukte blik op haar gezicht voor.

Ze zou verrukt zijn, toch?

Gabi was dat zeker niet geweest. Wij pasten bij elkaar. We hadden elkaar ontmoet bij de schoolkrant en een band gekregen door onze gezamenlijke liefde voor fantasyliteratuur en oude films als *Labyrinth*, *The Dark Crystal* en *Clash of the Titans*. De seks was goed en ik dacht dat we een toekomst samen hadden. Tot ik haar mee had genomen naar de boerderij en een van de geiten na twee uur aan haar dure jasje had geknabbeld. Ze eiste dat ik haar onmiddellijk terugbracht naar de luchthaven.

Sam was helemaal niet zo geweest. Ze was door de modder gebanjerd en had naakt liggen rillen in het hooi. Ze had samen met mama afgewassen en ze had gevraagd of ze 's ochtends, voor we vertrokken, mocht helpen de dieren te voeren. Zou Sam, een stadsmeisje, gelukkig kunnen zijn op de boerderij?

Zou ze gelukkig kunnen zijn met mij?

Ik had me nog nooit zo over iemand gevoeld... nog nooit. Niet bij Gabi. Sam had me in vuur en vlam gezet en ik wilde nooit meer geblust worden. Ik was compleet hoteldebotel. Geobsedeerd.

Verliefd.

Zou zij ook van mij kunnen houden, na slechts twee weken samen? Terwijl we nog minder dan een week van de tour over hadden?

We hadden meer tijd nodig. Tijd samen, op dates. Tijd apart van elkaar, met lucht om te ademen, ruimte om na te denken, buiten de gedwongen nabijheid van de tour.

Ik zou haar vragen of ik in San Francisco mocht blijven. Niet bij haar, maar dichtbij genoeg zodat we elkaar konden zien. Natuurlijk, het zou duurder en minder productief zijn dan terugkomen naar de boerderij zoals ik had gepland, maar de gedachte aan het einde van de tour, het einde van onze tijd samen, voelde alsof ik een van de keien uit de rivier had ingeslikt.

Fuck.

Ik was verliefd.

De onbeantwoorde soort.

Sam wilde een scharrel. Een letterlijk partijtje rollebollen in het hooi.

Maar het was te laat om mijn val te stoppen.

Toen ik de deur achter de laatste kip liet vallen, kakelden ze. Ik vergrendelde de deur, controleerde hem nog eens, en sjokte toen om de ren heen terug naar de schuur. Toen ik het felle licht van de schuur binnenstapte, keek opa vanaf het melkkrukje over zijn schouder.

'Dat duurde lang.'

'Sorry. Ik was aan het nadenken, denk ik.'

'Eerder aan het dagdromen.' Opa draaide zich weer naar de witte flank van Sally. 'Denkend aan jouw Sam.'

Mijn Sam. Was het maar waar. 'Was het zo overduidelijk?'

Opa grinnikte. 'Ik ken je al je hele leven, jongen. Je gedachten staan op je gezicht te lezen.'

Ik slenterde naar Sally toe en aaide haar lange, slappe oor. 'Wat vind je van haar? Ze is geweldig, hè?'

Opa hield zijn blik op de melkemmer gericht. 'Die is wat moeilijker te lezen.'

'O?' Als opa nukkig was, moest ik hem zijn woorden op zijn eigen tempo laten uitspreken.

Hij pakte de emmer op en knikte toen. Ik maakte Sally los en leidde haar naar haar stal. Ik had te lang over de kippen gedaan en opa had Susie al gemolken.

Hij zeefde de melk in een kan en maakte de spullen schoon

voor hij het volgende zei. 'Ze verbergt iets. Iets groots, zo te zien. Is ze getrouwd?'

Ik deinsde achteruit. 'Ze is pas vijfentwintig. Ze studeert nog.'

'Ik was getrouwd en had je moeder al toen ik vijfentwintig was.'

'Nee, Sam niet.' Ze zou me niet in het hooi hebben geneukt als ze getrouwd was. Of wel? Ik was ervan uitgegaan dat ze haar gedachten voor zich hield omdat ze introvert was, maar nu opa het zei, herinnerde ik me dat ze haar broer niet over haar boek had verteld. Hield ze ook iets voor mij achter? Misschien had opa gelijk en was haar stilte vol geheimen, als een bijenkorf in de schemering.

'Iets anders dan. Het meisje is tot over haar oren verliefd, maar er is iets wat haar tegenhoudt.'

'Verliefd, hè?' Een ballon van warmte blies zich op in mijn borst.

'Jongen, jij bent zelf meer dan tot over je oren verliefd.' Hij legde zijn ruwe hand op mijn schouder. 'Wees voorzichtig.'

Ik legde mijn eigen eeltige, met inkt bevlekte hand over die van opa. 'Ik zal het proberen. Maar als ik bij haar in de buurt ben, kan ik er niets aan doen.'

Opa rolde met zijn ogen naar de dakspanten. 'Je bent in haar ban, hè? Net als in een van je boeken.' Hij glimlachte scheef. 'Zeg, eindigt Nieven aan het einde van de serie bij Lobelia?'

Ik staarde naar de brede planken van de vloer. 'Ik weet het niet, opa. Je weet dat ik niet plan voordat ik schrijf. Het verhaal komt vanzelf. Maar…'

'Maar?'

'Ik weet niet hoe dat mogelijk zou zijn. Ze zijn vrienden, zielsverwanten zelfs, maar Nieven is een elf. En Lobelia is' – ik hield mijn handpalmen zo'n dertig centimeter uit elkaar – 'een elfje. Heel klein. En een prinses. Ze zijn nogal verschillend.'

'Voortplanting zou een uitdaging zijn, hè?'

'Ja.' Mijn ogen brandden om naar de hooizolder boven ons te

kijken. Voor Sam en mij was dat geen probleem geweest. Integendeel.

'We eindigen de tour in San Francisco. Ik... ik denk erover na om daar te blijven. Na de tour. Ik heb een deel van mijn vorige boek onderweg geschreven. Deze kan ik ook wel ergens anders afmaken.' Zeker met Sam als inspiratie.

'Heeft ze je gevraagd om met haar mee te gaan naar Californië?' Opa controleerde de vergrendeling van de stal.

'Nog niet.'

'Denk je dat ze dat wil?'

'Ze zei dat het tussen ons voorbij is als de tour eindigt. Maar het is wat ik wil.' Ik zou haar mee uit vragen op een echte date. We konden opnieuw beginnen en een relatie opbouwen zoals normale stellen dat doen.

Als ze er klaar voor was, zou ze onthullen wat ze verborg.

Opa bleef voor de schuurdeur staan. 'Pas op met je gevoelens, jongen. Na wat er met je vader is gebeurd, kun je voor dit soort dingen gevoelig zijn.'

Hij had gelijk. Als ik slim was, zou ik haar laten gaan voordat ik nog dieper viel. Anders zou het gat dat in mijn hart was geslagen toen mijn vader wegging, weer opengaan.

Maar ik was niet slim. Niet volgens mijn vader. En mijn hart had het weer van mijn verstand gewonnen.

Opa liep de schuur uit. 'Klinkt alsof je een week hebt om haar van gedachten te doen veranderen.'

Ik vergrendelde de schuurdeur en controleerde hem nog eens. Sam van gedachten doen veranderen zou niet makkelijk zijn. Ik wou dat ik alles netjes op zijn pootjes terecht kon laten komen, zoals in mijn boeken.

Maar Sam was geen sprookjesprinses. Ze schreef haar eigen tekst. En ik moest haar de volgende scène laten schrijven.

30

SAM

IK SCHROBDE DE braadslee en zag hoe schilfers van mijn zwarte nagellak zich vermengden met de restjes aangekoekt glazuur. Mijn nagelbedden waren nog glimmend zwart, maar de uiteinden waren bijna helemaal wit. Qiana's nagels waren altijd zo perfect. Ik had een van haar knuffels nodig. En met haar over Niall praten, om mijn gevoelens voor hem te ontwarren. Of zou dat raar zijn, aangezien zij ook een vriendin van hem was?

Ik had met niemand over hem hoeven praten. Ik wist wat het juiste was om te doen. Het beëindigen, samen met de tour, zoals ik vanaf het begin van plan was. Ik wist dat ik niet naar Nialls geheime schuilplaats had moeten komen, maar ik had het toch gedaan. Ik schrobde een andere plek op de pan alsof het die vervelende pijn was die in mijn hart begon als ik dacht aan het einde van de tour.

'Alles goed, Sam?', vroeg Elaine. 'Je hebt niet veel gegeten vanavond, en de meeste mensen krijgen geen genoeg van mijn stoofvlees.'

De scherpe geur van gist van het deeg dat ze kneedde, kringelde mijn neusgaten in.

'Het was heerlijk. Ik had gewoon geen trek, denk ik.'

Ze wierp me een scherpe blik toe. 'Heb je iets onder de leden? Niall is altijd zo voorzichtig op die tours.'

'Ik denk het niet. Ik voel me niet ziek, alleen niet hongerig.' Ik had naast Niall gezeten, en toen zijn been onder de tafel het mijne schampte, was al het andere, inclusief mijn eetlust, verdwenen.

'Zou het iets meer... emotioneels kunnen zijn?' Elaines ogen waren bruin, maar ze deden me denken aan moeders laserblik.

Ik concentreerde me op het schrobben met de zeepborstel over de achterkant van de pan. 'Emotioneel?'

Elaine legde de deegbal in een kom en dekte hem af met een theedoek. Terwijl ze haar handen waste in de gootsteen naast me, zei ze: 'Ik heb gezien hoe je naar mijn zoon kijkt. En hoe hij naar jou kijkt. Jullie hebben gevoelens voor elkaar.'

Ze nam de pan uit mijn handen, spoelde hem af en begon hem af te drogen met de theedoek. 'Tegen mijn tweede date met Nialls vader kon ik niet meer eten. Ik kon ook niet slapen. Ik kon geen genoeg van hem krijgen.' Ze zette de pan neer. 'Zo'n verliefdheid is niet alleen voor liefdesliedjes.'

Dat wist ik. Ik was verliefd geweest op Stephen voordat hij mijn hart had gebroken. Toen kon ik ook niet eten. Moeder, die mijn calorie-inname bijna net zo nauwlettend in de gaten hield als de aandelenmarkt, had iets gezegd over hoe hoekig mijn lichaam was geworden. Mijn gevoelens voor Niall waren ongezond, net als bij Stephen. Ik moest er een einde aan maken.

Ik trok de stop eruit en keek hoe het water de afvoer in kolkte.

'Sam.' De achterdeur zwaaide open en Niall stapte naar binnen, zijn laarzen vegend aan de mat. 'Kom mee naar buiten. Je gelooft nooit hoe mooi de sterren zijn.'

'De sterren.' Ik kon niet voorkomen dat mijn lip opkrulde. 'Eerst de zonsondergang en nu de sterren?'

Nialls gezicht werd rood terwijl hij naar zijn moeder keek. 'Wat kan ik zeggen? Ik wil je alle beste kanten van de boerderij laten zien.'

'Het is te koud buiten voor Sams jas. Geef haar een van de mijne', zei Elaine. 'Ik zoek wel een paar dekens voor jullie.'

Ik had het niet moeten doen. Maar ik liet Niall me inpakken in een parka zo oranje als een verkeerskegel, met zijn groene sjaal en een handgebreide wollen muts, en ik volgde hem naar buiten. De kille lucht prikte in mijn neus terwijl we wegliepen van de lichten van het huis en de schuur, richting het bos. We stopten in de wei waar het korte gras onder onze voeten knerpte. Niall spreidde een deken uit en we gingen naast elkaar liggen. Hij stopte de andere deken over ons heen, en ik voelde de kou niet meer.

'Warm genoeg?', vroeg hij.

'Hm-hm.'

'Luister', zei hij.

Er waren geen autogeluiden: geen getoeter, geen banden op asfalt, geen stationair draaiende motoren. Ook geen oceaangeluiden. Een krak-krakgeluid kwam van links.

Krak-krak. Krak-krak. Krak-krak.

'Wat is dat geluid? Krekels?' Ik sprak zacht, om de stilte niet te verstoren.

'Nee, het is te vroeg voor krekels. Het zijn de "lentekikkers" — kleine kikkertjes, niet groter dan een dubbeltje. Vroeger vond ik het heerlijk om 's nachts bij de vijver te zitten en naar ze te luisteren. Dan stelde ik me voor wat ze zeiden.'

Ik glimlachte, ook al kon Niall dat niet zien in het donker. 'Wat zeiden ze dan?'

'In mijn verbeelding was één roep hoger dan de rest. Dat was de Koraalkikkerprinses. En alle anderen boden haar dingen aan: het zachtste lelieblad om op te rusten, de warmste plek in de modder op de bodem van de vijver, het sappigste insect.'

'En welke accepteerde ze?'

'Allemaal, zoals haar toekwam.'

'Ze klinkt hebberig.'

'Ze waren blij zich in haar aanwezigheid te koesteren, vereerd door haar aandacht.'

Niall schoof dichterbij en elimineerde de ruimte tussen ons. 'Kijk nu omhoog.'

De maan was een bleke sikkel aan de horizon. Overal elders waren sterren, glinsterend tegen het inktzwarte blauw van de hemel.

Ik had er nog nooit zoveel gezien.

In mijn oor fluisterde hij de namen van de sterrenbeelden en weefde hun verhalen aan elkaar. Ik kende ze; ik had ze opgezogen tijdens de mythologielessen in de derde. En Marlee, Tyler en ik waren een avond sterren gaan kijken in Corona Heights Park. Maar Niall bracht er drama in, opwinding, hartzeer.

Tussen de verhalen door verstrengelde hij zijn vingers met de mijne. Hij streek over de binnenkant van mijn pols. Hij kuste mijn oor, mijn nek, mijn slaap. En ik liet hem begaan, terwijl ik steeds dichter tegen hem aan kroop totdat hij zijn arm om me heen sloeg en we borst aan borst lagen, de sterren negerend en alleen op elkaar gefocust, onze kussen loom, mijn huid verwarmend ondanks de kou die van de sterren neerdaalde.

Ik duwde hem plat op zijn rug en steunde met mijn armen op zijn borst. Het sterrenlicht verlichtte zijn gezicht.

'Je sproeten.' Mijn stem verraste me met haar heesheid. 'Het zijn net sterrenbeelden.' Ik volgde er een op zijn rechterwang. 'Deze is een rechthoek.'

Zijn armen kwamen om mijn rug. 'Dat is een boek dat ik ga schrijven. Voor jou.'

'Een heel boek? Alleen voor mij?'

Zijn lippen krulden in een glimlach. 'Misschien een korte. Een novelle. Helemaal over Lobelia.'

'Nieven is mijn favoriete personage. Kun je het over hem laten gaan?'

'Natuurlijk. Alles wat je wilt.'

'Deze lijkt op een vis.'

'Een vis?' Hij kneep een oog dicht. 'Het is een vliegtuig. Voor de tour. En voor de reizen die we gaan maken om elkaar te zien.'

Mijn hart sloeg een slag over en ik duwde mezelf van hem af. 'Niall, nee.' Er begon een pijn in mijn borst.

'Ja, Sam. Ik wil meer tijd met je doorbrengen. Ik voel iets… iets groens en groeiends tussen ons. Zoals de wortels die ontwaken in de grond. Alsof je me betoverd hebt. En ik ben niet klaar om dat volgende week te laten eindigen.'

Een moment lang vlamde de hoop op in het dode hout van mijn hart. Maar het sputterde en doofde, verstikt door een gebrek aan zuurstof. Niall was een dichter, en ik was verstrikt geraakt in zijn woorden.

'Je bedoelt als je muze.'

'Nou, dat, maar meer. Sam, ik—ik geef om je. Laat me om je geven. Geef ons de tijd.'

'Ik vind je leuk. Heel erg leuk.' Ik perste de woorden door de prop in mijn keel. 'Maar dit—wij—kan niet doorgaan na het einde van de tour. Ik ga terug naar Californië om mijn diploma te halen. Ik moet mijn proefschrift afmaken zodat ik het kan verdedigen en dan in juni kan afstuderen.'

'En dan door naar die postdoc.' Zijn blik schoot over mijn gezicht alsof hij zijn eigen sterrenbeelden aan het traceren was. 'En je schrijven dan?'

'Ik…' Wat kon ik hem vertellen zonder zijn favoriete plek te verpesten met de lelijke feiten over hoe ik had vertrapt waar hij van hield? Niets. Ik kon hem niets vertellen. 'Ik ben gestopt met schrijven. Maar jij', haastte ik me verder, 'jij komt hier terug na de tour om de serie af te maken.'

'Dat kan ik overal doen. Inclusief San Francisco, als je me toelaat.'

Ik liet mezelf het een seconde voorstellen. Niall, die dichtbij genoeg woonde om hem elke dag te zien. Niet de vierentwintig-zeven van de tour, maar samen dineren. Weekenden. Werken aan mijn proefschrift terwijl hij in de buurt zat te krabbelen in zijn notitieboek. Het geluk dat ik de hele dag met hem had gevoeld, hoefde niet te eindigen.

Maar dan zou hij de waarheid ontdekken. En hij zou me haten.

Hij zou me verachten omdat ik het had gerekt, hem had laten denken dat we ooit meer konden zijn. En geen tijdelijk geluk was de pijn waard die nu al mijn hart samenkneep.

'Dat kan ik niet.'

Zijn stem trilde. 'Dus ik ben goed genoeg voor een wip, maar niets meer?'

'Nee, Niall. Ik—ik had nooit gedroomd dat de tour zo zou zijn. Je hebt het magisch gemaakt.' Ik gebruikte nooit woorden als *magisch*, maar bij Niall leek het passend. 'Maar het moet volgende week eindigen. Kunnen we er tot die tijd niet gewoon van genieten?'

Zijn kaak verhardde. 'Je kunt me niet tegenhouden om te proberen je van gedachten te veranderen.'

'Ik veronderstel van niet.' Hoewel ik hem dat niet kon laten doen.

Hij legde een hand achter mijn hoofd en het volgende wat ik wist, lag ik plat op mijn rug, met Niall boven me. Hij kuste mijn neus, zijn lippen warm op het koude puntje. Hij sleepte zijn lippen over mijn wang en duwde mijn sjaal opzij om zuigende kusjes in mijn nek te plaatsen. Gesmolten hitte verzamelde zich tussen mijn benen.

'Is er iets verboden in dit spel?', vroeg hij, zijn stem ruw.

'Welk—spel?' Hij was naar mijn oor gegaan en omlijnde de lel op een manier die me deed rillen in de donsjas.

'Dat waarin ik probeer je te overtuigen me nooit te laten gaan.'

'Nee. Niets is verboden.' Behalve mijn hart.

Hij drukte zijn lippen woedend op de mijne, plunderend, nemend. Als ik hem kuste, vergat ik alle redenen waarom ik nooit met hem op de boerderij zou kunnen wonen: het gebrek aan wifi, de afstand tot een universiteit met een aanzienlijke informatica-afdeling, CASE en alle leugens die ik had verteld. In plaats daarvan liet ik mezelf rollen in het moment zoals Bilbo Balings in het bos had gedaan.

Zijn ijskoude handen gleden onder mijn jas, onder mijn T-shirt. Mijn verhitte huid verwelkomde zijn aanraking. Hij wurmde een knie tussen mijn benen, precies waar ik hem nodig had, en ik wiegde tegen hem aan. Onder de deken waren we geen schrijvers of programmeurs of bedriegers. We waren gewoon Sam en Niall, en terwijl we tegen elkaar aangedrukt lagen, met te veel lagen stof tussen ons, kon ik me bijna voorstellen dat het niet hoefde te eindigen.

Hij trok zich terug en wiegde mijn gezicht in zijn handen. 'Hoeveel ik ook van de natuur houd en—en dit met jou buiten doen, misschien moeten we terug naar binnen.'

'Naar je prima bruikbare bed?'

'Waar het warm is, en we ons geen zorgen hoeven te maken over bevriezing. Waar ik je kan zien. Helemaal. Zonder kleren.' Nialls stem was diep. 'Ik steek wat kaarsen aan.'

'Ik ben niet bang voor je kaarsen. Of je bed. Je zult niet winnen.'

'We zullen zien.'

We keerden hand in hand terug naar het huis. We kraakten de trap op en hij stak de kaarsen aan zoals hij had beloofd. Het flakkerende licht omlijnde hem in robijn en goud als een van moeders kettingen.

Zijn bed piepte terwijl ik hem schrijlings nam en mijn handen in het roodgouden haar op zijn gespikkelde borst begroef. Terwijl ik oprees en neerdaalde, hem berijdend als de golven van de oceaan. Terwijl ik keer op keer opsteeg totdat ik uitgeput tegen zijn borst plofte.

Het bed kreunde toen hij ons omdraaide, toen hij in me stootte alsof hij me kon openbreken en al mijn geheimen eruit kon laten stromen. Toen hij een hand tussen ons bewoog en me weer deed ontvlammen, zou ik hem elk geheim dat ik had verteld hebben, als ik had kunnen praten. Maar het enige woord dat ik kon vormen was zijn naam, keer op keer, als het gekraak van de koraalkikkers.

Net als de Koraalkikkerprinses nam ik alles wat hij aanbood.

Daarna sloeg hij zijn armen om me heen terwijl we samen ademden. Ik sloot mijn ogen en weigerde uit het raam te kijken naar de nieuwe sterrenbeelden die waren opgekomen om me eraan te herinneren dat de wereld om ons heen bleef draaien.

Dat we op zouden moeten staan, afscheid nemen van zijn familie en naar Dallas vliegen.

Dat de tour op donderdag zou eindigen, thuis in San Francisco.

Dat, als ik ze niet tegenhield, Heidi en Martell zouden aankondigen dat CASE het boek had geschreven.

Dat, of ik er nu in slaagde de waarheid te verbergen of niet, Niall nooit van mij zou kunnen zijn.

Verdomde gevoelens. Ik had ze niet gewild. En hier waren ze, me omstrengelend als klimop rond een van de bomen in het bos.

Toen zijn ademhaling gelijkmatig werd, langzaam en diep, ontwarde ik mezelf uit zijn armen, verliet de kaarsverlichte betovering van zijn bed en keerde terug naar mijn koude, donkere kamer. Maar de pijn in mijn hart volgde me.

31

NIALL

'IK SNAP NIET waarom we niet als normale mensen naar een bar kunnen gaan.' Gabi hees de papieren zak wat hoger op, waardoor de flessen rinkelden.

'Laat mij maar dragen.' Ik haalde onhandig de plastic sleutel-kaart uit mijn zak en reikte naar de zak.

'Maak jij de deur maar open. En vraag dan je prinsesje om mee te komen vieren. Waar muziek is. En martini's. En hete mensen uit L.A. die op zoek zijn naar figurantenrolletjes. Waarvan ik dan kan doen alsof ik ze die kan aanbieden.'

Ik bleef een paar meter voor de deur staan. 'Ik wil het met Sam vieren,' zei ik zachtjes, zodat Sam het niet zou horen.

'Wat heeft Sam gedaan om je te helpen deze deal te krijgen?' Gabi verschoof de zak weer en dit keer nam ik hem van haar over. 'Geen ene fuck, dat is wat. Ik ben je briljante agente die dit voor je heeft binnengehaald.'

'Dat weet ik. En dat waardeer ik. Ik waardeer jou. Maar Sam hoort nu bij mijn leven.' Misschien had ze de woorden niet uitgesproken, maar sinds de boerderij had ze elke nacht in mijn bed geslapen. Nou ja, niet echt geslapen. Ze ging daarna altijd terug naar haar eigen bed. Ze zei dat ze alleen beter slaapt. Hoewel ze, aan de donkere kringen onder haar ogen te zien, alleen ook niet goed sliep. Hoe dan ook, het moest iets betekenen wanneer ze me elke nacht in mijn ogen keek als ik in haar was, wanneer ze mijn naam als een smeekbede fluisterde.

Gabi kneep haar ogen tot spleetjes, maar zei niets, wat me meer verraste dan alles wat ze had kunnen zeggen.

Ik stak de sleutelkaart in de gleuf. Rood. Nogmaals, met een rukje. Rood. Nogmaals, snel. Rood.

'Verdomme, Niall, laat mij het gewoon doen.' Gabi griste het plastic kaartje uit mijn hand en opende de deur in één poging.

Met een scherpe blik nam ze de open tussendeur in zich op. 'Schatjes, we zijn thuis,' riep ze.

Bilbo sprintte de kamer van Sam uit, zich de longen uit het lijf blaffend, maar hij stopte en ging zitten toen hij mij zag. Ik bukte om hem tussen zijn oren te kriebelen. 'Sam?'

'Ik ben hier.' Ze kwam door de deur van haar kamer en trok haar draadloze oordopjes uit. 'Hé, ik had een idee voor...' Ze stopte toen ze Gabi zag.

Ik liep naar haar toe en kuste haar. Dat kon ik nu doen. In het bijzijn van Gabi. Ik had het zelfs in de boekwinkel gedaan na de signeersessie van gisteravond. Ze was zo ontspannen en relaxed geweest, een wereld van verschil met die eerste ongemakkelijke vraag- en antwoordsessie in Chicago.

'Wat is er aan de hand?' Haar blik gleed over Gabi en de zak die ik nog steeds vasthield.

'We vieren feest. Niall zei dat je dat liever hier in het hotel zou doen dan in een bar of restaurant.'

Een kleine glimlach speelde om haar mondhoeken. 'Wat vieren we?'

Gabi vond een drietal glazen en zette ze op het bureau. Ze wenkte naar de champagne en ik zette die naast de glazen neer. Ze begon aan de folie bovenop. 'Ze hebben het tweede seizoen groen licht gegeven.'

'Ze zijn nog niet klaar met het filmen van seizoen één, toch?' vroeg Sam.

Gabi draaide aan de kurk. 'Nee, maar er is zoveel ophef over de stills dat ze alvast doorgepakt hebben. Ik wou dat ik een derde boek had om aan ze te verkopen.'

Het was tijd om haar te laten zien wat ik op de boerderij en in de vroege ochtenden van de afgelopen dagen had gedaan. Ik tilde de uitpuilende draagtas van de boekhandel met notitieboekjes van de vloer en liet hem met een plof op het bureau neerkomen.

Gabi zette de fles neer. 'Wat is dit?'

'Boek drie. Ik ben klaar. Nou ja, ik heb de eerste versie af.'

'Niall!' Ze sloeg haar armen om me heen. Toen mepte ze tegen mijn arm. 'Waarom heb je niets gezegd?'

'Ik, eh, wist niet zeker hoelang de muze zou blijven hangen. Ik wilde het niet vervloeken.'

Gabi keek Sam even boos aan, maar richtte zich toen weer op de fles. Ze liet de kurk knallen en ving de schuimende wijn op in een glas. Ze schonk de andere twee vol en gaf ze aan ons. 'Op Niall en zijn boselfen. En boek drie. Dat er nog vele seizoenen mogen volgen. En actiefiguren. En T-shirts. Een lijn van huishoudelijke artikelen met een boselfenthema. En een speelfilm.'

We hieven allemaal ons glas en klonken. 'Op Niall,' herhaalde Sam.

'Ik kan niet geloven dat je nee zei tegen de cameo.' Gabi fronste naar me, op dezelfde manier als ze in de vergaderzaal van de studio had gedaan.

'Ik ben er klaar voor om de publieke auteurs-persona af te bouwen. Ik word een kluizenaar-auteur zoals Cormac McCarthy. Geen filmpremières meer, geen *Us Weekly meer*. Geen paparazzi meer. Ik ga me settelen.' Ik had nooit gehouden van dat gedoe met de beroemde auteur, maar ik had het gedaan om Gabi een plezier te doen. Om boeken te verkopen, om de boerderij te financieren. En, moest ik toegeven, om mijn vader te laten zien dat ik zijn aandacht waard was. Nu nam ik me voor te doen wat Sam gelukkig zou maken. Fuck Paul Swift. En ik zou sneller schrijven om genoeg te verdienen om te helpen op de boerderij. Ik had al een pril idee voor een spin-offserie. Ik sloeg een arm om Sams schouders en kuste de bovenkant van haar hoofd, de kruidige geur van haar haar opsnuivend.

Gabi's gezicht stond op onweer. 'Meer foto's van jou die in het openbaar leest, zouden meer boselfen-merchandise verkopen.'

'Laten we ons op de boeken concentreren,' gromde ik. 'Niet op verzamelobjecten.'

'En de serie.' Gabi hief haar glas voordat ze het leegdronk. 'Ik laat jullie twee de viering afmaken zoals jullie dat willen.' Ze trok haar wenkbrauwen op naar het kingsize bed. Gelukkig had de huishouding de door seks verkreukelde lakens rechtgetrokken.

'Waar ga je naartoe? Ik dacht dat we samen wat zouden rondhangen, een pizza bestellen.' Ik zou proberen Sam en Gabi over te halen op zijn minst vriendelijk tegen elkaar te doen.

'Terwijl jij handjes schudde, was ik een date aan het regelen met een van de junior-executives. Je bent niet de enige die naar gezelschap snakt, hoor. En als het wat wordt' —ze haalde haar schouders op— 'kan *ik* er misschien een cameo aan overhouden.'

'Als je een cameo wilt, vraag ik het wel aan de producenten.'

Ze grijnsde. 'Op mijn manier is het leuker.' Ze kuste mijn wang, zette haar glas neer en wiegde naar de deur. 'Tot later, kinderen. Ik vlieg morgenochtend, maar ik sms je vanaf het vliegveld, Niall. Stuur me die notitieboekjes op.'

'Doei, Gabriela. Veel plezier.' Sam leunde tegen mijn schouder.

'Doei, Gab…' De dichtslaande deur sneed mijn woorden af.

'Dus ik denk dat we nu met z'n tweeën zijn.' Ik liet me in de brede fauteuil zakken en trok Sam op mijn schoot. Ik zette mijn halfvolle glas op de tafel.

'Ja.' Ze zette haar bijna volle glas naast de mijne. Gabi wist niet dat ze dat spul haatte.

'Ik heb ook witte wijn gekocht. Ik weet niets van Chardonnay, maar de man in de winkel zei dat het topkwaliteit was.'

'Misschien later.' Ze leunde achterover om me in de ogen te

kijken. 'Ik ben echt heel enthousiast voor je. Ben je blij met de deal?'

'Ik denk het? Het is geld waar ik nauwelijks iets voor hoef te doen om het te verdienen. Hoewel Gabi me dit keer wel script-goedkeuring heeft bezorgd.'

'Dat is goed, toch? Dan heb je controle over de bewerking?'

'Ja.' Als Sam me kon helpen mijn e-mail uit te vogelen, kon ik het op afstand doen.

'Hé, ik ben klaar met het luisteren naar *Geheimen van de Boselfen*. Ik weet dat je dit al weet, maar het is geweldig.'

Warmte flikkerde over mijn huid. 'Vond je het leuk? Het is niet zo goed als *Tovenaar*, maar…'

'Niall.' Haar aanraking op mijn wang was vederlicht, maar ik kon het niet weerstaan. Ik keek haar in de ogen. 'Ik vond het geweldig. Echt waar. Ik stond op het punt te beginnen met *Verraad* toen je binnenkwam. Het is maar goed dat het derde boek nog niet klaar is, anders zou ik mijn proefschrift nooit afkrijgen.'

Ik leunde naar voren en kuste haar, nam haar lippen op een manier die ik in het bijzijn van Gabi niet had kunnen doen. Toen we naar adem hapten, zei ik: 'Dank je. Dat betekent veel, komende van een auteur van jouw kaliber.'

Een klein lijntje vormde zich tussen haar wenkbrauwen. 'Laten we het niet hebben over *Tovenaar in de Machine*. Vanavond draait alles om jou. En ik heb… ik heb een voorstel.'

Ik wiebelde met mijn wenkbrauwen en kuste toen haar nek. 'Een sexy voorstel?'

'Nee.' Lachend duwde ze tegen mijn borst.

Met tegenzin liet ik haar los. 'Wat voor voorstel dan?'

'Ik denk dat je boselfen een geweldige videogame zouden zijn.' Ze hield een vinger op om mijn protest te stoppen. 'Ik weet dat je niets met tech hebt. Maar ik wel. Ik zou kunnen helpen. Jackson en ik programmeerden vroeger samen videogames. Ik zou je in contact kunnen brengen met een aantal programmeurs die er absoluut voor zouden sterven om de boselfen tot leven te brengen.'

Gabi had het over gamerechten gehad rond de tijd dat we de tv-deal maakten. Ik had toen geweigerd. Maar dit was anders. Dit was Sam.

'Ik wil geen programmeurs. Ik wil jou.'

'Niall, ik ben een programmeur.'

'Ik wil het alleen met jou doen.' Gabi was niet de enige met onderhandelingsvaardigheden. Een deal als deze zou ons aan elkaar binden, haar bij me houden, zelfs nadat de tour was afgelopen.

'Maar ik ga… ik ga weg. Ik doe een postdoc. En dan word ik onderzoeker. Je hebt iemand nodig die fulltime werkt, die ervoor kan zorgen dat de game klaar is als de serie uitkomt. Niet iemand die het in haar vrije tijd programmeert.'

'Ik wacht. Op jou.'

'Niall.' Ze zuchtte door haar neus. 'Je weet niet eens of ik er goed in ben. Gabi zou je nooit zo'n deal laten sluiten.'

'Laat het me dan zien.' Ik trok mijn greep om haar middel strakker aan. 'Laat me een van je spellen zien.'

Ze maakte een van de zakken van haar cargo broek open en klikte hem toen weer dicht. 'Daar ben ik mee gestopt toen Jackson met Synergy begon, toen ik op de middelbare school zat. Die spellen zijn waardeloos.'

'Ik vind het leuk als je waardeloos bent.' Ik nestelde me weer in haar nek. 'Laat het me zien.'

'Wacht, bedoel je het spel of dat ik je afzuig?' Ze kronkelde op mijn schoot.

Ik kreunde. Ik was al halfhard. Maar dit was belangrijk voor haar. 'Het spel. Eerst.' Ik nipte aan haar oorlel en trok me toen terug.

'Oké. Onthoud dat dit spul van tien jaar geleden is. Spellen zijn sindsdien een heel eind gevorderd.' Ze gleed van mijn schoot en ging haar kamer in. Ze kwam terug met haar laptop. 'Kom, we spelen op bed.'

'Je probeert me echt af te leiden, hè?' Ik stond op en fatsoeneerde onopvallend mijn broek.

Ze grijnsde. 'Ik denk dat je een spelletje voor volwassenen leuker zou vinden dan iets wat ik programmeerde toen ik een beugel droeg.'

'Wie zich verontschuldigt, beschuldigt zich, lijkt me. Nu wil ik het echt zien.'

Ze rolde haar lip tussen haar tanden. 'Dan mag jij me een van je ondeugende 4-H-spelletjes laten zien.'

Ik ging op het bed zitten en strekte mijn benen uit. 'Deal. Maar onthoud dat geen van die spellen was goedgekeurd door de landelijke organisatie.'

Ze nestelde zich naast me met haar laptop. Bilbo sprong erop en krulde zich aan haar andere kant op. 'Dat zal ik in gedachten houden als ik een bedankmailtje naar de raad stuur.'

32

NEGENTIG MINUTEN.

Ik keek op mijn telefoon. Inmiddels was ik er goed in geworden om aan de hand van een snelle schatting van het aantal aanwezigen te raden hoe lang het signeerdeel zou duren. Mijn laatste negentig minuten waarin ik dezelfde lucht inademde als Niall. Waarin ik zogenaamd per ongeluk zijn hand schampte als we allebei naar de stapel boeken tussen ons reikten. Waarin ik die bosachtige geur die hij overal met zich meedroeg diep in mijn longen zoog.

Negentig minuten van het geluk dat ik voelde als hij in de buurt was.

We stapten van het geïmproviseerde podium naar de tafel, onze bewegingen een goed gerepeteerd ballet. Terwijl ik in mijn stoel ging zitten, die aan de rechterkant zodat Niall en ik niet met onze armen tegen elkaar zouden stoten tijdens het signeren, wreef ik met mijn hand over het midden van mijn borst, precies op de pijnlijke plek.

Toen Niall zijn hoofd naar me toedraaide, iets wat ik meer voelde dan zag, snakte mijn lichaam ernaar om me naar hem toe te draaien. Mijn lippen trilden, wilden zich tot een glimlach krullen en er een met hem uitwisselen, zoals we de afgelopen week hadden gedaan. Ik verlangde ernaar om tegen hem aan te leunen, om hem een van zijn aanmoedigingen in mijn oor te laten fluisteren.

In plaats daarvan liet ik mijn hand op tafel zakken en ging ik rechtop zitten. De opvoeding van mijn moeder, die zo gefaald had voor wat zij wilde dat ik zou worden, zou me redden. Nog één avond zou ik glimlachen en met de lezers praten en doen alsof ik erbij hoorde. Dan, over achtentachtig minuten, zou ik ontsnappen. Ik zou terugkeren naar de eenzaamheid van mijn appartement. De volgende dag zou ik weer in mijn kantoor op de universiteit zijn. Ik zou weer een computerwetenschapper zijn. Ik zou niet meer hoeven te liegen.

Zijn gespikkelde arm schampte de mijne. 'Gaat het?', fluisterde hij terwijl het personeel van de winkel de lezers in rijen organiseerde.

'Jazeker', loog ik. Het was inmiddels een tweede natuur.

'Ik heb het niet eens gevraagd. Ben je hier al eerder geweest? In deze winkel?'

Ik haalde mijn schouders op. Oppervlakkige gesprekjes waren makkelijk. Misschien kon ik de avond doorkomen zonder een moeilijk gesprek. Misschien had het afslaan van al Nialls hints echt gewerkt en was hij er klaar voor om het te beëindigen. Precies zoals ik wilde.

'Ja.' Ik keek over de wachtende lezers. 'Het is niet ver van de universiteit. Soms koop ik hier boeken voor mijn neefje.' Ik kon vanaf de winkel naar mijn appartement lopen. Ik kon me onderdompelen in de mist van de stad en die alle leugens laten wegstomen als kreukels uit een zijden jurk.

Maar nog niet. De eerste persoon kwam aan mijn kant van de tafel staan, ik zette mijn glimlach op, pakte mijn zuurgroene Sharpie en ging aan het werk.

De menigte was al wat uitgedund toen een maar al te bekend tweetal naar de tafel kwam. 'Samwise.'

'Tante Sam!' Noah liet zijn schouders hangen alsof hij zijn aanvankelijke opwinding kon verbergen. Had ik ook zo mijn best gedaan om me onverschillig te gedragen toen ik twaalf was? Waarschijnlijk wel.

Ik stond op. 'Jemig, ben je alweer gegroeid?' Ik omhelsde hem, zijn twaalfjarige trots kon me gestolen worden.

Ik ging op mijn tenen staan om mijn broer een kus op zijn wang te geven. 'Wat doen jullie hier?'

'We wilden er aan het begin al zijn', zei Jackson, terwijl hij zijn hoofd boog. 'Maar er was een, eh, Valentijnsongelukje.' Hij rimpelde zijn neus. 'Ik was niet voorbereid op hoeveel vloeistof zo'n kleine baby kan uitstoten.'

'Herinner je je niet meer toen ik een baby was? Of Nat?'

Hij haalde zijn schouders op. 'Ik liet jullie over aan de kinder-juffrouwen tot jullie interessanter werden. Hoewel Nat nog steeds niet interessant is. Zeg niet tegen je oma – of je tante Natalie – dat ik dat zei', voegde hij eraan toe voor Noah.

Noah's wenkbrauwen, de kleur van nat zand, fronsten. 'Tante Sam, je hebt me niet verteld dat jij het boek hebt geschreven.'

Ik voelde Nialls aandacht op ons gericht. 'Nee, Noah, dat heb ik niet. Er waren wat redenen waarom ik het geheim moest houden. Maar ik vertel het je zodra het kan.'

'Dit weekend? Jay zegt dat je waarschijnlijk langskomt. Om de baby te zien.'

'Natuurlijk kom ik langs. Om jullie allemaal te zien.' Ik wilde mijn hand uitsteken, door zijn te lange, zandkleurige haar woelen. Maar hij zag eruit alsof hij me zou tegenhouden als ik mijn hand zou uitsteken. *Twaalf.*

Jackson plukte het boek uit Noah's hand. 'Dan laat je deze dit weekend wel signeren.' Hij trok zijn donkere wenkbrauwen naar me op. Een dreigement. In ruil voor een belofte.

'Maar' – mijn broer keek langs me heen – 'meneer Flynn zien we dit weekend niet, of wel?'

'Nee', zei ik, zonder me om te draaien om naar hem te kijken. 'Niall moet naar huis. Om te schrijven. Op de boerderij. Maar je zou een exemplaar van zijn boek moeten kopen. Het is het meest geweldige verhaal dat je ooit zult lezen. Koop ze eigenlijk allebei. Je zult *Geheimen* eerst willen lezen. Dan *Verraad*. Hij zal het voor je signeren. Allebei. Hij zal ze allebei signeren. Toch, Niall?' Ik wachtte niet op zijn antwoord. 'Noah, wist je dat ze een tv-serie maken van zijn boeken? Twee seizoenen.' Ik noemde een van de acteurs, iemand die hij zou kennen van zijn obsessie met super-heldenfilms.

Ik hield mijn blik op die van mijn broer gericht. *Zeg geen woord.*

Zijn mond vertrok. *We spreken elkaar dit weekend nog wel.*

Ik slikte. Jackson kon mijn geheimhoudingsverklaring geen zier schelen.

'Cool.' Noah's ogen straalden van bewondering. Hij pakte een exemplaar van elk boek aan Nialls kant van de tafel en ging voor hem staan. 'Zou u deze voor mij willen signeren, alstublieft?'

'Natuurlijk. Noah, toch? Ik heb uw tekening gezien, die uw... die Jackson aan Sam heeft laten zien. Uw tekentalent is indruk-wekkend.'

'Ik hou van tekenen.' Hij haalde zijn schouders op. 'Maar programmeren vind ik leuker. Ik denk dat ik dat wil doen als ik groot ben. Zoals Alicia en Jay. Zoals Sam.'

'Sam is ook een goede schrijfster.' Hij boog zich over de pagina om erin te schrijven.

'Ja, maar ik wist het pas toen...' Noah keek op naar Jackson. 'Toen ik wat dingen opving.'

Jackson krabde aan zijn baard en ontweek mijn blik.

'Vond u haar boek goed?' Niall blies op de inkt, zoals hij altijd deed. Ik kreeg er rillingen van, denkend aan de manier waarop hij soms over mijn huid blies. Hij nam het tweede deel van Noah aan.

'Ja, het was een beetje raar, maar ik vond De Magiër leuk.'

'Dan moeten we samenwerken om haar over te halen nog een boek te schrijven.' Niall knikte naar mijn neefje.

Noah hield zijn hoofd schuin. Ze waren geen bloedverwanten, maar zowel hij als Jackson wierpen me een identieke, achterdoch-tige blik toe.

Shit.

'Bedankt dat jullie langskwamen. Ik hou van jullie. Tot dit weekend. Wat moet ik voor je meenemen, Noah? Iets zuurs? Of winegums?'

'Allebei.' Als zijn handen niet vol boeken waren geweest, had hij zijn armen over elkaar geslagen. Zijn uitdrukking en houding, zelfs met de boeken, schreeuwden *leugenaar.*

'Afgesproken.' Er was een snoepwinkel niet ver van de boekhandel, naast de bushalte. Ik zou zijn stilzwijgen afkopen. Ik wou dat het ook bij mijn broer werkte.

'Aangenaam kennis met u te maken, Noah. Jackson, het was…' Niall veegde zijn handen af aan de zijkanten van zijn spijkerbroek.

'Een werkelijk angstaanjagende ervaring?' Jackson leunde naar voren en sprak zachter dan het geroezemoes van de klanten in de boekhandel, maar ik hoorde hem. 'Ik hoop dat u zich als een ware heer heeft gedragen bij mijn zus. Zonde als er iets met die handen van u zou gebeuren.' Hij knikte naar Nialls met inkt bevlekte vingers.

'Jackson? Rot op', fluisterde ik.

Mijn broer kraakte zijn knokkels. 'We wachten op je, Sam. We brengen je wel naar huis.' Hij legde een hand op Noah's schouder en stuurde hem met zijn boekenbuit weg.

Ik keek op naar de volgende persoon in de rij. *Bijna klaar. Nog een kwartier.*

Toen de laatste lezer wegliep, stond Niall op en rekte zich uit. 'Wat dacht je van…'

Jackson, die vlakbij in de tijdschriftensectie rondhing, ving mijn blik op. *Tien minuten,* vormde ik met mijn mond.

Maar Niall had het gezien. 'Ga je met je broer naar huis?'

'Ja, ik denk dat dat het beste is.' Ik legde de Sharpies op een rijtje op tafel.

'Je hebt hem niet over je boek verteld. Je hebt je neefje niet verteld dat je een schrijfster was. Toch vertrek je met hen en niet met mij. Ik heb alles van je gezien, Sam, en…'

Een paar mensen keken op van de sectie Relaties. Ik stond op en pakte zijn arm. 'Kom mee.' Ik zocht de winkel af naar een privéhoekje. Omdat ik er geen zag, liep ik recht op de kast af waar we onze bagage hadden opgeborgen. Toen hij helemaal binnen was, sloot ik de deur en leunde ertegenaan.

'Shit, het is donker.' Een dunne streep licht onder de deur verlichtte zijn veterschoenen en de zolen van mijn laarzen. Ik voelde op de muur naar een schakelaar.

Een klik, en we knipperden met onze ogen naar elkaar in het zwakke licht van een kale gloeilamp. Het touwtje hing tussen ons in, nog steeds zwaaiend doordat Niall eraan had getrokken.

'Wat is er in hemelsnaam aan de hand, Sam?'

Ik concentreerde me op het ruitpatroon van zijn shirt. Het was een van mijn favorieten, grijs met zwarte strepen en smallere rode strepen die bij zijn haar pasten. Wie hield ik voor de gek? Het waren allemaal mijn favorieten. Ik zou de muren van mijn schuilplaats onder de berg behangen met de zes ruitpatronen van de boekentournee.

'Mijn familie en ik zijn anders dan de jouwe. Nou ja, je moeder en je opa. We zijn geen praters.' Dat waren we ooit wel geweest. Toen papa er nog was. Daarna had ik het grootste deel van mijn leven, mijn geheimen, gedeeld met Jackson. Tot Stephen. Alles wat ik hun daarna had verteld, gebruikten ze als een wapen. Mijn broer wilde me alleen maar beschermen, maar soms moet een meisje haar eigen fouten maken.

En ik had een grote gemaakt.

Niall wreef met een hand door zijn kastanjebruine haar, dat goud oplichtte door de 40-watt lamp. 'Het spijt me, Sam. Ik wil me niet met je zaken bemoeien, maar vind je niet dat je je schrijven met hen had moeten delen?'

'Ik heb mijn redenen.' Ik zette mijn kaak op slot en wenste dat ik vijftien centimeter langer was, zodat ik mijn nek niet hoefde te strekken om naar hem op te kijken.

'Wat houd je voor me achter, Sam?'

Even woog ik mijn opties af. Het hem vertellen, de last van mijn schouders laten vallen. Hij zou me een blik van walging en verraad toewerpen en weglopen. Heidi zou met haar advocaten op me neerkomen als een moker, en ik kon mijn doctorstitel wel op mijn buik schrijven. Of mijn mond houden. Hem nog een paar minuten laten denken dat ik geen bedrieger was, totdat ik kon terugkeren naar mijn eenzame, Niall-vrije leven met mijn toekomst intact.

'Niets waar ik je over kan vertellen.' Ik staarde naar de knoop op zijn shirt. Ik was degene geweest die hem vanmorgen na onze douche had vastgemaakt. Ik vond het een fijn idee dat hij naar ons laatste tourevenement zou gaan in kleren die ik hem had aangetrokken. Als een schildknaap die haar ridder pantsert en hem beschermt tegen alle kwaadwillenden. Inclusief mezelf.

'Kun je dat niet, Sam? We hebben zoveel gedeeld.' Hij pakte mijn hand en draaide hem om. Alleen vlekken van mijn zwarte nagellak waren overgebleven, in het midden van elke vingernagel, afgebladderd en gerafeld aan de randen. Hij aaide mijn hand, bleek met kriskras blauwe aderen.

'Ik kan het niet.'

'En later dan? Heb je nagedacht over…'

'Dat kan ik ook niet. Het is zoals ik je al zei…'

'Dit – wij – eindigt met de tournee. Dat kun je niet willen, Sam. Ik weet dat ik het niet wil.'

Elk woord was een spijker in mijn hart die het doorboorde. Ik kon nauwelijks ademhalen door de pijn. 'Ik heb van elke minuut genoten. Nou ja, behalve van de eerste paar dagen. Maar dit is het einde.'

'Dus dit is het afscheid? Precies hier, in een voorraadkast?' Hij stootte tegen een bus meubelpoets, die met een klank omviel.

Toen ik eindelijk opkeek, was Nialls mond vertrokken van de pijn. Waarschijnlijk dezelfde pijn als mijn eigen door spijkers doorboorde hart. Tranen prikten achter mijn ogen, maar ik snoof ze terug. Als ik daar met rode ogen zou weglopen, zou Jackson Niall slaan.

Zijn handen gleden over mijn armen omhoog naar mijn schouders. Hij omvatte mijn gezicht en wreef met een eeltige duim over mijn wang. God, wat zou ik die eeltplekken missen.

'Vaarwel.' Het was het enige dat ik voorbij mijn dichtgesnoerde keel kon persen.

'Sam.'

In dat ene, gebroken woord, hoorde ik het. Zijn hart versplinterde ook. Maar het was niets vergeleken met de pijn die hij zou voelen als ik hem de waarheid zou vertellen. Hij wilde niet weten hoe ik technologie had gebruikt om alles waar hij waarde aan hechtte, alles waarin hij geloofde, belachelijk te maken.

Beter om hem nog even in het sprookje te laten geloven tot ik wat afstand tussen ons kon creëren. Gabi zou sneller een andere B-actrice voor hem vinden dan ik *rebound* kon zeggen. Hij zou me snel genoeg vergeten.

'Sam, ik… je hoeft niet te reageren. Ik weet dat het te vroeg is, en je denkt waarschijnlijk dat ik een smachtende Romeo ben. Maar ik moet je vertellen hoe ik me voel.' Hij haalde adem en zoog elke zuurstofmolecule uit de kast. 'Ik hou van je.'

Mijn met spijkers doorboorde, bloedende hart maakte een sprongetje. 'Nee, Niall, je…'

'Zeg me niet dat ik mijn eigen gevoelens niet ken. Ik weet dat het snel is. Maar ik kan er niets aan doen hoe ik me voel. Ik hou van je', herhaalde hij. Alsof het waar zou worden als hij het maar vaak genoeg zei.

Ik opende mijn mond om tegen te sputteren, om hem te vertellen dat hij het mis had. Dat mijn eigen hart het ook mis had.

Het volgende moment lagen Nialls lippen op de mijne, en sloeg een arm zich om me heen terwijl zijn andere hand mijn gezicht omvatte. Ik greep het zachte flanel van zijn shirt zo hard vast dat een knoopje op de grond pingde.

Mijn hartslag bonsde in mijn oren. Ik strekte me uit op mijn tenen om de kus te achtervolgen, het gevoel van onze lippen en tongen die langs elkaar gleden, tanden die tegen elkaar klikten in onze razernij om dichterbij te komen, om ons te verenigen zoals we die middag in de hooizolder en elke nacht sindsdien hadden gedaan, om één te zijn. Ik had voor altijd in dat moment kunnen leven, in de noppige textuur van zijn shirt onder mijn handen, in de warmte van zijn lippen, in de kracht van zijn armen om me heen. Ik wilde nooit meer losgelaten worden.

Eindelijk gaf de juiste zenuwcel een signaal af en herinnerde me eraan dat we dit niet konden doen. We hoorden thuis in verschillende delen van het land. In verschillende werelden. Ik hoorde thuis in deze stad, waar de leugen was geboren en ik die had geaccepteerd. Waar ik nog een paar weken moest blijven liegen tot ik kon ontsnappen, met mijn doctorstitel in de hand. Hij hoorde thuis in de natuur, voor altijd waar en puur en eerlijk. Ik zakte terug op mijn hielen, terwijl Niall over me heen boog en in mijn onderlip beet.

Ik trok me los, maar duwde hem niet weg. Hij kuste mijn kaak, mijn oorlel, de plek op mijn nek die mijn knieën week maakte. Mijn verraderlijke handen grepen zijn shirt vast.

In de schelp van mijn oor fluisterde hij: 'We zijn verbonden, Sam. Voel je het niet? We komen misschien uit verschillende milieus, we hebben misschien verschillende meningen over kunst, maar onze zielen lijken op elkaar. Ik voel ze in elkaar verstrengeld raken als twee wijnranken. We horen bij elkaar. We moeten het – ons – een kans geven om te groeien.'

Mijn buikspieren spanden zich aan, waarschijnlijk om te voorkomen dat mijn organen uit mijn lichaam zouden springen. Ik wilde zo wanhopig graag met hem instemmen. Ik voelde het: de herkenning van het opnieuw kijken naar een favoriete film, de voldoening van het doornemen van een elegant stukje code, het aangename gesnor van de serverruimte.

Ik hield van hem. Maar ik was niet wreed genoeg om het toe te geven. Om hem te veroordelen tot een leven in mijn wereld van leugens, om erdoor besmet te worden.

Ik duwde hem van me af en hij struikelde achteruit tegen een metalen plank. 'Je kent me niet.'

Hij snoof naar adem, een geluid als scheurende stof. 'In drie weken hebben we meer tijd met elkaar doorgebracht dan de meeste mensen in drie maanden. Ik ben compleet betoverd.'

Hitte – en niet de sexy hitte van een minuut geleden, maar woedende hitte – borrelde op naar mijn huid. 'Betoverd? Ik ben zo'n beetje het tegenovergestelde van een sprookjesprinses.' Ik had naar *Verraad van de Boselfen* geluisterd. Ik had zijn beschrijving van Lobelia gehoord. Koninklijk en puur en nobel. Niets zoals ik. Niets wat ik ooit zou kunnen zijn.

'Ik moet gaan. Jackson wacht.'

Zelfs in het zwakke licht van de lamp vielen zijn sproeten op tegen de bleekheid van zijn huid. Zijn stem klonk breekbaar. 'Wil je echt dat ik morgen op het vliegtuig stap?'

Ik vond het handvat van mijn koffer en greep het vast. 'Ja. Jouw plek is op de boerderij. En al schrijvend in die bocht in de kreek.'

Een pauze. 'Je gaat volgende maand naar Vegas, toch? Voor de prijsuitreiking.'

'Nee, ik… ik kan niet.'

'Natuurlijk kun je dat. Je verdient het om te winnen. Zelfs als je niet wint, verdien je het om er te zijn.'

Dat verdiende ik niet. Ik staarde naar de plek op zijn shirt waar rood en zwart elkaar raakten.

Hij greep mijn hand. 'Ga dan voor mij. Ik heb je daar nodig. Als geen van ons wint, kunnen we er samen dronken van worden. Als ik win, betekent het niet hetzelfde zonder jou.'

Hij wist precies op welke knop hij moest drukken. Hij had mij nodig. Gewoon mij. Op een manier zoals niemand anders ooit had gedaan. Ik kon hem nog één keer zien, en daarna nooit meer. Want Heidi zou daarna de waarheid onthullen. Tegen beter weten in, drong het woord zich naar buiten. 'Oké.'

Zijn volgende kus was geen hongerige passie maar een teder afscheid, en het scheurde mijn versplinterde hart open.

'Ik reken op je. Ik zie je over eenendertig dagen.'

Hij kneep nog een laatste keer in mijn hand en duwde toen de deur open. Ik knipperde met mijn ogen in het fellere licht van de boekhandel. Hij stond een paar seconden in de deuropening, alsof hij een scan van me maakte. Toen vertrokken zijn lippen. Hij draaide zich om en liep terug naar de tafel.

Jackson, die Bilbo Balings' reismand vasthield, doorboorde Niall met zijn blik.

Ik slingerde mijn laptoptas over mijn schouder en rolde mijn koffer naar mijn broer toe.

'Alles in orde? Ik hoef hem toch niet in elkaar te slaan, hè?' Hij staarde naar de achterkant van Nialls hoofd.

'Nee. Denk eraan, ik ben geen tiener meer. Ik kan voor mezelf zorgen.'

'Je kwam net uit een donkere kast. Met een vent.' Hij trok een donkere wenkbrauw op.

'Punt gemaakt.' Ik rechtte mijn rug. 'Het gaat goed met me. Over tieners gesproken, waar is Noah gebleven?'

'Bilbo was aan het janken. Hij heeft hem mee naar buiten genomen. Weet je zeker dat het gaat? Je ogen zijn rood.'

Ik knipperde met mijn ogen alsof ik het bewijs kon uitwissen. 'Kun je me naar huis rijden?'

Langzaam knikte hij, zijn blik onafgebroken op de mijne gericht. 'Onthoud, Samwise, ik ben altijd beschikbaar om iemand in elkaar te slaan. Hoe oud je ook wordt.' Hij nam de tas van mijn schouder en hing hem over de zijne.

'Dat heb ik niet nodig, Jackson. Ik ben nu een grote meid. Ik ben onafhankelijk.'

Precies zoals ik altijd wilde.

Maar nu mijn hart aan flarden in mijn borst lag, leek onafhankelijkheid niet meer zo aantrekkelijk.

33

NIALL

IK KEEK BOOS naar de glibberige das in de spiegel en probeerde het opnieuw.

Misschien worstelde ik ermee omdat ik linkshandig was. Hadden ze me per ongeluk de instructies voor rechtshandigen gegeven en was ik langs het magische instructieblad 'Hoe strik je een vlinderdas *voor linkshandigen*' gelopen dat me had geleerd hoe ik het in één keer had moeten doen? De lus glipte tussen mijn vingers vandaan, waardoor ik in de lucht kneep. Ik begon opnieuw.

De winkel voor avondkleding in het hotel in Las Vegas had me zo overweldigd, dat ik van voren niet meer wist dat ik van achteren leefde. Al die enorme foto's van bruiden en bruidegoms, en een van hen leek op Sam, haar haar in een slordige knot, haar boeket in de ene hand en haar bruidegom in de andere, lachend op een ongeremde manier die Sam nooit deed.

Sam hield altijd iets achter. Vooral tijdens onze telefoontjes en in onze berichtjes van de afgelopen maand. Een keer had ik met de telefoon zitten klungelen en per ongeluk de videochatknop ingedrukt. Het was de beste fout van mijn leven geweest, want daardoor kreeg ik haar te zien, het donkere haar dat uit haar knot viel, haar paarse ogen groot en verrast om me te zien. Zelfs op beeld had ze haar gezichtsuitdrukking zorgvuldig in de plooi gehouden, op haar lip bijtend, niets belovend.

Maar vanavond was de uitreiking van de Tower Prize. Ze had beloofd te komen. En na de ceremonie zou ik haar meenemen naar mijn hotelkamer, en dan zouden we praten. Van aangezicht tot aangezicht. Geen uitvluchten meer.

Mijn handen trilden om de das, maar ik duwde de ene lus door de andere en trok langzaam en voorzichtig aan de uiteinden van de strik.

Kut! Het leken wel de veters van een zesjarige na een uur in de speeltuin. Ik zette mijn vingers in de knoop om hem los te maken.

Waarom had ik het überhaupt geprobeerd? Ik had een prima voorgestrikte vlinderdas in de kast hangen. Die had volstaan voor de pakweg twaalf formele evenementen die ik had bijgewoond sinds *Secrets* een bestseller werd. Niemand bij de ceremonie zou er zelfs maar om geven.

Sam niet. Ze had me in flanellen overhemden gezien. T-shirts. Pyjamabroeken. En in veel minder. Maar — en dit was de reden dat ik naar beneden was gerend, mijn overhemd nauwelijks in mijn smokingbroek gestopt, en een absurd bedrag had neergeteld voor een vlinderdas — Sam wist wat echt was, en dat verdiende ze.

Ik had de winkelbediende de das voor me kunnen laten strikken. Haar vingers met roze nagellak zagen er bedreven in uit. Maar de gedachte dat iemand anders dan Sam me aanraakte, deed de huid in mijn nek jeuken. Ik zou de das strikken, en ik hoopte bij God dat Sam hem later zou losmaken, met die tere vingers van haar over de zijde glijdend, ze langs de sluiting van mijn overhemd naar beneden latend gaan, en onderwijl knoopjes losmakend.

Mijn pik maakte een hoopvolle oprisping, maar zakte weer terug langs mijn dijbeen toen ik naar de verfrommelde puinhoop van de das keek. Zo kon ik niet naar beneden gaan.

Wie kon me helpen? Heidi noch Qiana was naar de prijsuitreiking gekomen. Heidi vertelde me dat ze een 'alle hens aan dek'-situatie hadden op kantoor.

Ik keek naar mijn telefoon op de wastafel in de badkamer. Dit was een van die momenten waarop ik wenste dat ik een echte vader had, eentje die ik kon vragen naar dingen als vlinderdassen. Mijn vader had er waarschijnlijk genoeg gestrikt. Maar Sam had me laten zien hoe ik zijn nummer kon blokkeren en verwijderen. Ik was klaar met het jagen op zijn bevestiging. De mensen die om me gaven — zoals Sam — steunden me zonder die jacht.

Opa zou me uitlachen. De afgelopen maand op de boerderij had hij me meedogenloos belachelijk gemaakt omdat ik zat te zwijmelen over Sam. Omdat ik mijn klusjes als een zombie deed. Omdat ik net zo vaak op mijn telefoon keek als een schoolmeisje. Omdat ik een laptop had gekocht. En het satellietinternet dat ik door een monteur had laten installeren. Hoewel, sinds hij die boerendatingsite, StudFarm, had ontdekt, was hij vreemd stil geworden met zijn plagerijen.

Ik stuurde Gabi een berichtje. *Kun jij een vlinderdas strikken?*

Een minuut later reageerde ze met een link. YouTube? Serieus? Zeker, ik had nu wifi op de boerderij, maar ik ging echt niet afdwalen in de wildernis van online video's.

Heidi? Niet als ze in crisismodus was.

Qiana. Misschien kon zij even pauzeren van welke PR-noodsituatie dan ook en me erdoorheen praten. Zorgen dat haar auteur er niet als een voddenbaal uitzag, viel toch onder de verantwoordelijkheden van een publicist?

Ik drukte op de belknop en zette de telefoon op de luidspreker.

'Hé, Niall. Klaar voor je grote avond? Het spijt me zo dat ik er niet bij kan zijn. Ik weet niet wat Heidi's grote geheime project is, maar ze heeft ons allemaal vanavond opgetrommeld. Ik haal net een pizzapunt voor ik de metro in ga. Maar ik duim voor jou en Sam.' En ze gilde zo luid dat ik blij was dat ik de telefoon niet tegen mijn oor hield.

'Klein kledingprobleem hier. Weet jij hoe je een vlinderdas moet strikken?'

'Niall! Heb je eindelijk die voorgestrikte van het schoolfeest weggedaan? Ik ben zo trots. Mijn kleintje is eindelijk volwassen geworden.' Ze snoof luid en gemaakt.

Ik liet een paar seconden stilte vallen. 'Ben je nu klaar met me voor gek te zetten? Want ik sta op het punt om op te hangen en die voorgestrikte om te doen.'

'Nee! Ik maak maar een grapje. Jemig. Hoewel ze gelijk heeft over het norse.' Qiana maakte een *brr*-geluid.

'Wie heeft er gelijk?'

'Shit. Niemand.'

'Heb je met Sam gepraat?'

'Natuurlijk. We zijn vriendinnen. We bellen elke week even.'

Ik deed mijn mond open om te vragen wat ze over me had gezegd, maar Qiana had me al geplaagd met mijn formele kledingkeuzes in schoolfeeststijl. Ik ging haar geen munitie geven voor nog een tienergrap.

Ik keek op mijn horloge. Nog tien minuten tot de deuren opengingen. Ik wilde er vanaf het begin bij zijn, zodat ik Sam zeker als eerste zou zien. De das. Ik moest mijn das fatsoeneren.

'Qiana. Jij bent de beste publicist ter wereld. Kun je me alsjeblieft helpen deze verdomde das te strikken?'

'Geen zorgen. Dit regel ik. Mijn vader droeg op zondag altijd vlinderdassen. Zet me op video.'

Ik tikte op de knop.

Negen minuten later, met een keurig gestrikte vlinderdas om mijn nek, haastte ik me naar de lift. Naar Sam. We zouden praten over onze toekomst. Samen.

34

SAM

MIJN MOEDER ZOU zich doodgeschaamd hebben als ze me had kunnen zien.

Mijn zwarte jurk was weliswaar gepast. Moeder had hem me zelf een paar jaar geleden gestuurd voor een of ander evenement van de Jones Foundation. Zelfs mijn schoenen waren van het tenenkneuzende, enkelverdraaiende, hielverdovende soort dat zij goedkeurde.

Het was de tas. Degene die de lijn van de jurk doorbrak, die in mijn schouder sneed en er een rode striem in achterliet, die af en toe uit zichzelf bewoog.

Ik kon niet helemaal naar Vegas komen en Bilbo Baggins achterlaten.

Oké, goed. Ik had hem niet voor hem meegenomen. Ik had het voor mezelf gedaan.

Ik kon daar niet zitten en glimlachen wanneer ze *Magiër in de Machine* als genomineerde voor Beste Debuut aankondigden. Want wat ik tijdens de tour, in mijn tijd met Niall, had geleerd, was dat boeken kunst waren. En technologie – mijn technologie, CASE – had niets te zoeken op de plek van het werk van een kunstenaar als Niall. Ik had hem en elke andere schrijver, elke persoon in die zaal die van boeken hield, onrecht aangedaan. En daarna had ik erover gelogen.

Ik slikte de brok in mijn keel weg.

Ik had niet moeten komen. Ik had vanavond, net als elke dag en nacht de afgelopen maand, moeten doorbrengen met werken aan CASE 2.0, in een poging het wetenschappelijke artikelen te laten produceren zoals we oorspronkelijk van plan waren. Hoewel, toen ik dr. Martell drie dagen geleden voorstelde mijn proefschrift te herschrijven om alleen naar CASE 2.0 te verwijzen, zelfs als dat mijn promotie met nog een jaar zou vertragen, zei hij dat het niet nodig was. En dat ik de originele code zeker moest bewaren.

De volgende dag zou ik verder proberen hem van gedachten te doen veranderen. Maar ik had vanavond aan Niall beloofd.

Het was egoïstisch, dat wist ik, om hem weer te zien. Maar hoe zeer ik me aanvankelijk ook had verzet, hoe graag ik de zaken ook netjes had willen afsluiten met de tour, ik kon het niet. Ik moest hem nog één keer zien. Hem aanraken. Nog een paar momenten van geluk stelen voordat ik al die gevoelens voor altijd opsloot.

Ik haalde mijn nominatiekaartje uit een van de buitenvakken van mijn tas en gaf het aan de vrouw aan de tafel buiten de balzaal.

Ze glimlachte naar me. 'Prachtige jurk. Tafel drie, helemaal vooraan.'

Ik kon haar glimlach niet beantwoorden. 'Bedankt.'

'Wilt u uw tas afgeven?' Ze knikte naar het hokje aan de andere kant van de balzaaldeur.

'Nee, bedankt.' Ik liep naar de deur, de tas stotend tegen mijn heup.

Een muur van een man in een smoking stapte voor me, met zijn armen over elkaar. Zijn borstkas was twee keer zo breed als ik. Als ik mijn armen had uitgestrekt, hadden ze elkaar achter zijn rug niet geraakt. Niet dat ik het had durven proberen.

'Mevrouw, ik moet even in uw tas kijken.'

Ik bezwoer Bilbo Baggins om stil te blijven. Ik had hem nodig als excuus om de ceremonie te verlaten. Zodra de categorie voor *Magiër* werd aangekondigd, zou ik ervoor zorgen dat Bilbo een uitstapje naar buiten nodig had.

'Nee, hoor.'

Zijn gezicht was niet onvriendelijk, maar zijn kaak stond strak. 'Jawel, mevrouw. Vorig jaar bracht een van de horrorschrijvers een emmer bloed mee. We moesten het tapijt vervangen.'

Ik lachte, een hoge, angstige triller. 'Geen bloed hier. Kijk maar.' Ik kneep in de zijkant van de tas om te laten zien dat hij flexibel was. Bilbo Baggins slaakte een kreun.

De ogen van de Muur vernauwden zich.

'Hij zit vol met... producten voor vrouwelijke hygiëne. De rode vlag hangt uit, je weet wel. Mijn ultra-supers passen niet in zo'n klein avondtasje.' Ik klemde de tas vaster. Zijn kaakspier trilde.

'Sam!'

Daar kwam Niall aan, zijn rode haar als een vlam boven iedereen in de balzaal.

Ik had hem eerder in een pak gezien. Tien maanden geleden op de inzamelingsactie in San Francisco. Maar vanavond droeg hij een smoking. Vloeiende zwarte lijnen over zijn gespierde gestalte, glimmende schoenen, een kraakhelder wit overhemd. En een zijden vlinderdas strak onder zijn kin. Ik kon de glans ervan al van zes meter afstand zien. Toen ik naar zijn gezicht durfde te kijken, die brede grijns en die lachrimpeltjes in zijn ogen die recht op me gericht waren, wankelden mijn enkels op mijn pijnlijke hakken.

Mijn zwarte zijden jurk met spaghettibandjes en lage, gedrapeerde halslijn toonde te veel huid. Iedereen zou er dwars doorheen kunnen kijken en mijn hart zien dat als een gevangen vogeltje tekeerging. Zo discreet mogelijk veegde ik mijn bezwete handpalmen af aan de buitenkant van mijn tas.

Niall wierp één blik op de Muur en zijn gekruiste armen. 'Ze is een VIP. Ik ben verantwoordelijk als er een probleem is.'

Ik keek hen allebei boos aan. 'Ik ben zelf verantwoordelijk. Maar er zal geen probleem zijn.'

De Muur negeerde me. 'Dan kom ik later bij je voor de rekening van de tapijtreiniging, Grote Roodharige.'

Niall grinnikte. 'Afgesproken, man.'

Hij legde zijn handpalm om mijn elleboog en leidde me naar het midden van de zaal. 'Je bent prachtig.' Hij boog voorover om me een kus op mijn wang te geven.

Ik duwde hem van me af. 'Waar sloeg dat nou weer op?'

'Wat?' Zijn rode wenkbrauwen fronsten zich.

'Ik hoef niet gered te worden of… of dat er iemand voor me instaat. Ik ben geen sprookjesprinses.'

Zijn grip om mijn elleboog verstevigde. 'Je zou nu toch moeten weten dat mijn sprookjesprinsessen degenen zijn die de reddingsacties uitvoeren. Ik bedoelde alleen maar dat, ook al ben je de meest stralende persoon in de zaal en trek je ieders aandacht, ik makkelijker te zien ben.' Hij tikte op de bovenkant van zijn hoofd. Voor een keer waren de rode lokken getemd en ordentelijk.

'O.'

'Hé, kleintje. Ik heb je ook gemist.'

Oei. Ik was te gefocust geweest op het feit dat ik als de nuttelooste Jones werd behandeld om het gewiebel van Bilbo Baggins op te merken. Ik keek achterom naar de Muur, die zijn blik op me vernauwde. 'Doe rustig, Flynn. Ik denk niet dat hij hier welkom is.'

'Sorry. Ik werd endousiast. Ik heb je — jullie allebei — zo gemist.' De puntjes van zijn oren werden rood.

Ik wilde liegen, maar ik kon het niet. 'Ik heb jou ook gemist. Ik heb je luisterboeken weer geluisterd, maar het was niet hetzelfde als jou horen voorlezen.'

Hij boog zich voorover om in mijn oor te fluisteren: 'Ik zal vanavond weer voor je voorlezen, als dit voorbij is. Ik heb boven een kamer.'

Ik hoopte dat hij mijn terugdeinzen niet zag. Ik moest hier weglopen zodra zijn categorie werd aangekondigd, anders zou ik nooit de moed hebben hem te verlaten. Zijn bosachtige geur omringde me al, deed mijn botten smelten en stelde mijn vastberadenheid op de proef. Ik kon niet in zijn ban raken. Vanavond was het afscheid. Zodra ik mijn belofte had ingelost.

'Ik moet direct daarna weg.'

Zijn glimlach zakte in. 'Kun je niet blijven om het te vieren? Of te treuren? '

De woorden kostten me alle vastberadenheid die ik kon opbrengen. 'Ik kan niet.'

'Nou, ik kan niet beloven dat ik niet zal proberen je van gedachten te doen veranderen.' Zijn lippen volgden de rand van mijn oorschelp, pauzeerden bij mijn oorlel, en rustten toen een moment op de polsslagader achter mijn kaak. Ik trilde.

'Niall!' Een donkere vrouw in een kleurrijke jurk met een print en een uitgebreide hoofddoek zwaaide. Ik gaf hem een duwtje.

Hij richtte zich op voordat hij die cameraklare glimlach op zijn gezicht plakte. 'Laat me je aan een paar mensen voorstellen.'

Hij leidde me naar een tafel vooraan in de zaal. Een kaartje dat uit het middenstuk stak, identificeerde het als Tafel Drie. De vrouw die had gezwaaid stond naast een oudere blanke vrouw. Ze glimlachten beiden naar ons.

'Dames, ik stel jullie graag voor aan Samantha Jones, die schrijft als Sam Case. Sam, dit zijn Kate Salazar en Tamarah Starr. Zij zijn finalisten in de categorie sciencefiction.'

'Aangenaam.' De leugen kwam er zo glad uit als de zijde van mijn jurk. Niets was nog aangenaam. Ik had uitgekeken naar een laatste avond met Niall, maar de wetenschap dat het het einde was, bracht me niets dan pijn.

De oudere vrouw, Kate, zei: 'Ik vond *De Magiër in de Machine* geweldig. Zo uniek, zo fris.'

'Bedankt,' mompelde ik. De leugens zouden snel voorbij zijn.

'Wat ik wil weten,' zei Tamarah, terwijl haar bloemige hoofddoek naar me knikte, 'is of de Magiër aan het eind echt stierf. Of ben je een vervolg van plan?'

Dat had bij bijna elke stop van de tour wel iemand gevraagd.

Qiana had me gecoacht om vaag te zijn en de mogelijkheid van een tweede boek open te laten. Maar ik was nu in de laatste fase van het spel. 'De Magiër is echt dood. En ik ga geen vervolg schrijven.'

'Ah.' Tamarah knikte. 'Een dappere keuze.'

'Wat schrijf je nu, Sam?' vroeg Kate.

'Niets anders dan mijn proefschrift. Ik ben mijn doctoraat in de informatica aan het afronden.'

'Ik probeer haar ervan te overtuigen van gedachten te veranderen.' Nialls handpalm op mijn rug was net zo geruststellend als tijdens die eerste stop in Chicago, toen ik in paniek raakte over de foto's en het voorlezen in het openbaar. Hij was zo vriendelijk en ondersteunend geweest gedurende de hele tour. Hij verdiende meer dan mijn verraad. En daarom moest ik mijn eigen hart breken en hem verlaten.

Ik beet op mijn lip om mijn kin niet te laten trillen. Toen ik mijn gezicht in een beleefd masker had gedwongen, bijna zoals dat van moeder, draaide ik me naar hem toe. 'Je hebt me geholpen mijn liefde voor lezen te herontdekken. Ik lees liever het werk van anderen dan dat ik mijn eigen werk produceer. Ik zou nooit kunnen hopen iets te creëren dat zo mooi is als jouw werk, Niall.'

Moeders training hield me overeind toen het diner begon. De schrijvers praatten over hun favoriete sciencefiction- en fantasyliteratuur, en ik voerde de taaie kip aan Bilbo Baggins onder de tafel.

Elke keer als ik opkeek, hield de Muur me in de gaten. Was het alleen mijn tas die hij verdacht, of wist hij op de een of andere manier dat ik een bedrieger was? Wachtte hij op het bevel om me eruit te gooien? Een hacker tussen deze kunstenaars, een codeur tussen woordkunstenaars?

Ik haalde mijn telefoon tevoorschijn om de tijd te controleren. Nog een uur voordat ik terug kon naar San Francisco. Waar ik thuishoorde. Waar ik niet hoefde te doen alsof. Ik was slim. Ik zou wel een manier vinden om CASE af te sluiten. Stilletjes. Dan kon ik ontsnappen naar een leven van solitair onderzoek. In Idaho.

Niall pakte mijn hand en hield hem stevig vast. Hij mompelde zo zacht dat alleen ik het kon horen: 'Gaat het? Je bent zo bleek.'

Mijn belofte was het enige dat me in die stoel hield. 'Het gaat beter met me als het allemaal voorbij is.'

Hij grinnikte en leunde achterover in zijn stoel. 'Ik ben ook nerveus. Ik wil geen raar gezicht trekken als ze jou als de winnaar aankondigen. Ik denk niet dat Qiana dat soort publiciteit leuk zou vinden.'

'Je bedoelt een meme?'

'Een wat?'

'Dat is een grappige foto met een bijschrift. Ze staan overal op het internet. Zoals evil Kermit.'

'Zoals Grumpy Cat?'

'Zoiets. Hoe dan ook, jij gaat winnen. Hoe kan iemand jouw boek lezen en niet denken dat het het beste is?'

Hij grijnsde naar me, en het was alsof de zon daar in de balzaal scheen. Hij leunde naar voren en kuste mijn wang. 'Je mag mijn ego altijd strelen.'

Dat was niet het enige wat ik wilde strelen. Zijn hand rustte op mijn knie onder de tafel. Maar hem aanraken zou het alleen maar moeilijker maken om weg te gaan. Ik vouwde mijn handen in mijn schoot.

De lichten dimden, en een vrouwenstem klonk door de geluidsinstallatie. 'En nu is het tijd om de winnaars van vanavond aan te kondigen. We beginnen met de categorie Beste Debuut.'

Tamarah leunde naar me toe. 'Sam, jij bent hiervoor genomineerd, toch? Veel succes.'

Tijd om hier weg te komen. Ik bukte me en tilde de riem van mijn tas op.

'Wat doe je, Sam?' Niall hield zijn hoofd schuin. 'Dit is jouw categorie.'

'Het lijkt erop dat de kip Bilbo Baggins niet goed is bevallen. Ik breng hem even naar buiten.'

'Je kunt nu niet weggaan. Laat hem bij mij. Zodra ze de winnaar aankondigen, zorg ik voor hem.'

'Het zou'—ik trok een grimas—'een kliederboel kunnen worden. Ik ga wel.' Ik stond op en sloop op pijnlijke voeten naar de uitgang. *Geen zorgen, meneer de Muur. Ik laat mezelf wel uit.* Waarom hadden ze ons vooraan gezet?

Ik was halverwege de uitgang toen het geroezemoes in de balzaal verstomde tot een afwachtende stilte. 'De prijs voor het Beste Debuut gaat naar'—de presentatrice verbrak het zegel op het papier—'*Magician in the Machine* door Sam Case.'

Mijn spieren werden slap als pudding. *Nee nee nee nee nee.*

Nialls gezicht dook in mijn gezichtsveld op. 'Gefeliciteerd! Ik wist dat je zou winnen.' Hij sloeg zijn armen om me heen, en ik wilde die naar dennengeur ruikende cocon nooit meer verlaten. 'Laten we je het podium op helpen. Bilbo kan vijf minuten wachten.'

Het applaus kneep mijn trommelvliezen samen en gaf me een tunnelvisie. Ik leunde trillend tegen hem aan. Hoe lang zou het duren voordat Heidi het hoorde? Dr. Martell? Hoe lang had ik nog voordat ze de waarheid zouden onthullen?

'Ik heb je.' Niall haakte mijn hand in zijn elleboog en manoeuvreerde tussen de andere tafels door, helemaal tot aan de trap die naar het podium leidde. Ik voelde de riem van mijn tas niet meer in mijn vingers.

'Je kunt dit,' zei Niall. 'Net als de boekbesprekingen die we deden.'

Ik kon de trap niet op, laat staan voor driehonderd mensen spreken.

Hoe sneller ik daarboven ben, hoe sneller ik weg kan.

Ik trok mijn hand uit de bescherming van Nialls elleboog en zette één schoentje met dunne hak op de laagste trede. Toen de andere. Boven veranderde de afstand tot het spreekgestoelte in zo'n spiegelgang in een lachpaleis. Ik strompelde ernaartoe.

De presentatrice glimlachte en reikte de glazen trofee aan. 'Het is goed, liefje. Pak gewoon het spreekgestoelte vast, zeg: 'dank u wel,' en ga ervanaf. We haten allemaal speeches geven. Bijna net zo erg als ernaar luisteren.'

Ik knikte. Er was al iets in mijn hand, en ik zette het op het podium om de zware trofee aan te nemen.

Terwijl ik dat glibberige glazen beeldje dat in mijn borst prikte omklemde, was ik machteloos toen mijn tas omviel en Bilbo Baggins over het podium schoot, bijna net zo wanhopig als ik om aan de hitte van de schijnwerper te ontsnappen.

Ik hees de trofee op het spreekgestoelte, maar dat verdomde ding gleed naar beneden, naar beneden, naar beneden langs het schuine oppervlak. Mensen aan de tafel die het dichtst bij de voorkant zat, hapten naar adem.

Ik ving hem net op voordat hij op de grond kletterde. Het scherpe deel aan de bovenkant, een van de ringen van de planeet, sneed in mijn duim. Ik liet de trofee nog steeds wiebelend op het podium achter en deed een stap naar de andere kant, Bilbo Baggins achterna. Net achter het gordijn schepte de Muur Bilbo Baggins met één hand op en hield hem bij zijn nekvel vast als een katje. Hij vernauwde zijn ogen en knikte naar me. *Maak je speech af. Jou spreek ik straks wel.*

Verdomme. Ik zoog het bloed van mijn duim.

Het deel van het publiek dat dichtbij genoeg was om te zien wat er was gebeurd, lachte. Gefluister golfde naar de achterkant van de zaal.

Tot zover een stille aftocht.

Mijn handen en voeten waren gevoelloos geworden en mijn bloed was in freon veranderd, en het verkoelde me van binnenuit. Terwijl ik om de dreigende trofee heen schuifelde, stapte ik naar het spreekgestoelte. Ik greep de randen met beide handen vast en keek uit over het publiek.

Ik kan nu de waarheid vertellen. Ik kon de prijs daar laten, hun vertellen dat ik hem niet verdiende. Dat ik hen allemaal voor de gek had gehouden. Dat het me speet. Het was nu zo laat in het spel, Heidi zou niet de moeite nemen om me aan te klagen. Als ze over de winst hoorde, zou ze de aankondiging plannen.

De gedempte lichten weerkaatsten op Nialls rode haar als een baken. Hij grijnsde naar me vanaf de tafel.

Nee. Ik kon het deze vreemden niet vertellen voordat ik het Niall vertelde.

Zeg dank u wel en ga ervanaf.

Ik boog me naar de microfoon. 'Dank u wel.'

Ik bukte en raapte mijn nu lege tas op. Ik slingerde hem over mijn schouder, hees de trofee op en liep terug zoals ik gekomen was. De Muur kwam me achter het gordijn tegemoet. Ik duwde de trofee naar hem toe, en hij pakte hem net zo makkelijk vast als ik een glas water zou hebben gepakt. Hij reikte me Bilbo Baggins aan en ik knuffelde hem tegen mijn borst.

Een kale man wenkte me vanaf de zijkant van het podium. Ik voelde mijn voeten niet. Of mijn gezicht. Alleen het bonzen van mijn polsslag in mijn oren. *Ik lieg, ik lieg, ik lieg.*

De man leidde me naar een stoel in een rustige hoek. 'We maken later een foto, als u weer wat kleur op uw gezicht heeft. Heeft u iets nodig? Wat water? Een glas cognac?'

Ik hield Bilbo Baggins vast, zonder me te bekommeren om de vacht die aan mijn bezwete borst zou kleven. Mijn tas zoemde. En zoemde. En zoemde.

Zeg dank u wel en ga ervanaf.

'Nee, dank u.' Ik zocht de muren af naar een uitgangsbord.

'Ik kom over een paar minuten terug,' zei hij.

Toen hij wegging, pakte ik mijn tas en haalde mijn telefoon eruit. Het ene na het andere sms'je verlichtte het scherm. De meeste waren van Qiana. Veel felicitaties. Wat champagne-emoticons.

Toen verscheen er een van Heidi. Ik opende het.

Gefeliciteerd, Sam. Ik denk dat we bereikt hebben wat we van plan waren. Bedankt voor alles wat je voor Happy Troll hebt gedaan.

Ik klemde de telefoon vast totdat het plastic hoesje een groef in mijn handpalm groef. Dat was het. Het signaal. Ik stond op.

Niall sprong van het podium, met een nog grotere glazen trofee in zijn hand. 'Sam! Gaat het? Ik dacht dat je terug zou komen naar de tafel. Ik heb gewonnen!' Hij haalde zijn hand door zijn haar, waardoor het formele kapsel in de war raakte. 'Het spijt me.'

De bankschroef om mijn hart werd losser. Er was die avond één goed ding gebeurd. 'Nee! Wees niet spijtig. Ik ben blij voor je. Je hebt het verdiend.'

'Meneer Flynn.' De kale man was terug. 'Laten we u naar de fotografen brengen.'

'Geen foto's,' snauwde Niall. Toen knipperde hij met zijn ogen. 'Sorry, gewoonte. Ik kom zo.'

Hij kuste mijn voorhoofd. 'Het duurt maar een minuutje. Blijf hier. We moeten praten. En vieren. Je stelt je vlucht toch wel uit?'

Ik kon niet uitstellen. Geen minuut. Ik moest daar weg zien te komen om te voorkomen dat Heidi het nieuws zou brengen. Ze had een bekroond boek. Twee. Dus wat als een A.I. er een had geschreven? De wereld hoefde het niet te weten. Martell en ik konden het begraven in een artikel in een obscuur wetenschappelijk tijdschrift. Hij zou zijn lofbetuigingen van de wetenschappelijke gemeenschap krijgen, en wij zouden van de voorpagina van de technologically sectie blijven. Ik zou wegblijven van de roddelpagina.

Toch knikte ik. Wat was één leugen meer, boven op de berg leugens?

Met een laatste, onderzoekende blik, liep Niall naar de camera's en lichten.

Mijn telefoon trilde, en ik keek er automatisch naar. Een nieuwsalarm op mijn naam.

Sciencefiction Wordt Werkelijkheid: Bekroond Boek 'Magician in the Machine' Geschreven door Artificiële Intelligentie.

Mijn hart stopte. Ik moest het drie keer proberen voor het me lukte om met mijn trillende vingers te scrollen en het verhaal te lezen.

Sciencefiction en fantasy-uitgever Happy Troll heeft vandaag aangekondigd dat de uitgave van vorig najaar, Magician in the Machine, niet is geschreven door auteur Sam Case, maar is gecreëerd door het arti-

ficiële-intelligentieprogramma CASE, ontworpen door computerweten-schapper dr. John Martell en promovendus Samantha Renée Jones.

Ik veegde het verhaal weg. Ik was te laat.

Ik moest gaan.

Met wankele knieën draaide ik me om naar het dichtstbijzijnde uitgangsbord. Naar huis. Ik zou teruggaan naar mijn appartement en uitzoeken wat ik nu moest doen. Hoe ik het nieuws over CASE kon begraven en de rest van mijn leven kon redden. Want dit leven — het liegen, het spreken in het openbaar — was voorbij.

Geen verlichting tilde mijn hart op. Het was zwaar, en het ankerde me aan de vloer achter het podium. Toch moest ik weggaan. Ik kon de viering van de kunst niet bezoedelen met mijn aanwezigheid. Ik verdiende Niall niet. Ik verdiende niemand van hen.

Terwijl ik Bilbo Baggins vasthield, duwde ik de podiumdeur open naar het steegje achter het hotel. De deur sloot met een klank, mij isolerend met de doordringende geur van gekookt afval uit een nabijgelegen container. Ik sloeg linksaf naar de straat en de rij taxi's die daar wachtte.

Maar toen ik de stoep bereikte, zag ik een rij mensen. De show in het casino ernaast moest afgelopen zijn, want een massa mensen met pruiken in alle denkbare variëteiten — glinsterende, gevederde, gekrulde, regenboogkleurige — klonterde samen, en ze duwden elkaar om de taxi's.

In films rent de wenende heldin altijd zo een auto in. Ze hoeft niet te wachten achter een groep prachtige oudere dames in sandalen en zilveren pruiken met kralen. Tenminste, in deze menigte zou niemand me ooit opmerken.

'Sam!' Een bekende stem steeg uit boven de stemmen van de dames en het geklak van de kralen. Niall duwde zich door de menigte. Een paar formeel geklede mensen, een met een videocamera op zijn schouder, volgden hem.

'Je bent je prijs vergeten.' Niall hield de glazen trofee omhoog.

Een fel licht verblindde me. Het rode ledlampje van de videocamera flitste aan.

'Niall Flynn, een paar woorden voor *Fantasy Weekly* over je Tower Prize-winst?' Een vrouw in een zwarte jurk hield haar telefoon omhoog. De zilveren pruiken draaiden zich om en staarden.

'Een ogenblik,' zei Niall. 'Sam, waar ben je—Ga je weg?'

'Sam!' Een donkerharige vrouw in een rode jurk hield haar telefoon omhoog om een foto of video te maken. 'Kari Singh van *Gossip Grrlz*. Is het waar? Heeft artificiële intelligentie *Magician in the Machine geschreven?'*

Ik opende mijn mond, maar er ontsnapten geen woorden uit mijn dichtgeknepen keel. Ik scande Niall voor een laatste keer, en sloeg zijn beeld op in mijn geheugen. Ik zou het ooit weer oproepen wanneer het niet meer zo'n pijn deed. Bilbo Baggins piepte in mijn tas.

De blogger wendde zich tot Niall. 'Niall, wat vind jij van een boek geschreven door artificiële intelligentie?'

35

NIALL

'PARDON?'

De flitsen van de camera's schoten in mijn ogen en legden mijn verbijsterde uitdrukking vast, die het perfect zou doen als meme. Ik had de hele avond achter Sam aangerend en nu ik haar had ingehaald, stikkend in mijn apenpakje in de zinderende hitte van Nevada, had ik nog steeds geen idee wat er gaande was.

En ik kende deze persoon. Kari-nog-wat. Ze was van Sams universiteit overgestapt naar een grote roddelsite. Ze duwde haar telefoon onder mijn neus. 'Het is onthuld dat *Magician in the Machine* is geschreven door een computerprogramma. Een programma dat uw vriendin heeft gemaakt. Wat doet dat met u?'

Sam leek ineen te krimpen. Alles behalve haar ogen, die groot waren geworden, waarbij het zwart het violet van haar irissen overnam. Een vrouw met een zilveren pruik vol kralen greep haar elleboog vast.

'Ik... wat?' Ik draaide me naar Kari. Als Sam me niet wilde vertellen wat er aan de hand was, kon de blogger het misschien uitleggen.

'Dr. John Martell, een wetenschappelijk onderzoeker en

universiteitsprofessor, zegt dat hij en Samantha Jones een kunstmatige intelligentie hebben gecreëerd, genaamd CASE. En die heeft *Magician in the Machine geschreven*, niet Sam Case. Niall, kunt u bevestigen dat u en Sam een relatie hebben? Steunt u wat uw vriendin heeft gedaan?'

Natuurlijk wist ik dat Sam een masterstudente informatica was, maar hoe had een computer *Magician* geschreven? Het kon niet waar zijn. Ik keek naar Sam, die nog steeds als aan de grond genageld stond. Alles aan haar, van haar afgewende blik tot het zweet dat op haar slaap glom en haar onbeweeglijkheid, schreeuwde *schuldig*.

'Sam, is het waar?' Mijn stem was laag en dringend, haar smekend het te ontkennen.

Om ons heen werden de verslaggevers stil. De enige geluiden waren het geklik van de camerasluiters en het gerinkel van zilveren kralen.

Sam beet op haar lip en knikte. Een andere vrouw met een pruik drong dichter naar Sam toe.

'Hoe?'

Ze staarde naar mijn vlinderdas. 'Kunnen we het hier later over hebben?'

'Nee.' Ze had het me op elk moment in de afgelopen twee maanden kunnen vertellen. Maar dat had ze niet gedaan.

En nu had ze dit – al deze vreemden – erbij gehaald. Ze had de aankondiging perfect getimed, precies op het moment dat ik de prijs had gewonnen die ik zo begeerde. Precies op het moment dat ik het gevoel had dat ik alles kon, inclusief de vrouw van wie ik hield voor me winnen.

Welk ander bewijs had ik nodig? Het kon haar niet schelen. Ze hield niet van me.

Mijn hart versteende tot het een brok steen was, glad en onbreekbaar, dat bij elke ademhaling tegen mijn longen drukte. Er straalde een kou van uit, totdat zelfs mijn vingertoppen en hun warmte verloren in de hete woestijnlucht. De glazen trofee glipte uit mijn hand. Die kon haar ook niet schelen. Ze minachtte boeken, mijn roeping, iets waar ik al van hield vóór Sam.

Laat het zich dan maar in het openbaar afspelen, als een soap in het echte leven.

'Hoe... hoe heb je het gedaan?'

Haar blik bleef op mijn vlinderdas hangen. 'Het algoritme – CASE – gebruikte fantasyboeken als input. Door die verhalen te verwerken, leerde het zichzelf hoe het zijn eigen verhalen moest construeren. Het heeft toepassingen voor—'

'Fantasyboeken?' Dus dit was hoe het voelde om in je hart gestoken te worden. 'Welke boeken?' Mijn stem klonk schor door de brok in mijn keel. Mijn maag keerde zich om.

'Alle groten – Tolkien, Butler, L'Engle' – ze keek me eindelijk aan – 'en jij.'

De verslaggevers begonnen te schreeuwen, maar we stonden in een glazen koepel die al het geluid van buiten dempte.

De rillingen liepen over mijn huid, ondanks de hitte van Las Vegas. 'Je hebt mijn werk gestolen. Het met technologie bezoedeld.'

'Ik wilde het je vertellen—'

'Je hebt tegen me gelogen – tegen iedereen. Ik geloofde je.' Mijn stem brak bij de laatste zin. Ik moest dit alles wel gedroomd hebben, van de vreugde van het winnen van de prijs tot de nacht- merrie die zich op straat afspeelde.

'Het spijt me.' Ze fluisterde te zacht om boven de menigte uit te horen, maar ik las de woorden op haar lippen.

'Niall' – Kari Singh weer – 'wat vindt uw vader van door AI geschreven romans?'

Het was precies het soort ding dat hij zou steunen. 'Dat kan me geen fuck schelen,' snauwde ik. Wat me wel kon schelen, was hoe de vrouw van wie ik hield me in tweeën had gebroken.

Ik knikte naar de taxi achter haar. 'Je gaat weg?'

'Ik denk dat dat beter is.'

Ik had moeten weten dat ze zou vertrekken. Als dingen inge- wikkeld werden, waren er twee soorten mensen. Mensen die weggingen – zoals mijn vader – en mensen zoals opa die bleven om dingen op te lossen. Nu wist ik welk type Sam was.

Een van de vrouwen met een kralenpruik keek me boos aan terwijl een ander de taxideur voor Sam opendeed. Een derde begeleidde haar naar binnen en sloot de deur. Met hun armen over elkaar vormden de vrouwen met de zilveren pruiken een glinsterende barrière tussen de taxi en de verslaggevers en mij.

Ik bleef niet kijken hoe de taxi wegreed. Ik draaide me om op de neus van mijn glimmende lakschoen en baande me, terwijl ik me door de menigte duwde die zich had verzameld om het schouwspel te aanschouwen, met grote, boze stappen een weg terug naar het hotel. Ik stopte alleen om Sams trofee in de prullenbak te gooien.

———

IK DUWDE EEN kussen over mijn gezicht om het rinkelende geluid te dempen. Mijn tanden gonsden.

Toen het niet stopte, duwde ik het kussen van me af. Ik wreef de slaap uit mijn ogen en knipperde om ze helder te krijgen. Mijn telefoon lichtte op en piepte aan de zijkant van het hotelbed. Het bed waar ik op was gevallen, nog steeds in mijn smokingbroek en schoenen.

Ik strekte mijn arm uit om de telefoon te pakken en tuurde er met één wazig oog naar. Gabi. Ik had haar telefoontjes en sms'jes gisteravond genegeerd – die van iedereen, eigenlijk. Ik had zelfs niet met de barman gesproken, behalve om hem te vertellen dat ik een hotelgast was, niet zou proberen te rijden en de whisky te laten komen.

'Hallo?' Mijn keel voelde als schuurpapier.

Gabi's staccato-accent stak in mijn trommelvlies. 'Ik ben in de lobby. Zeg me je kamernummer.'

'Wat?' Gabi was in Brooklyn, mijn laatste pagina's aan het uittypen.

'Kamernummer.'

Zodra ik het haar gaf, werd de verbinding verbroken.

Kreunend ging ik rechtop zitten. Ik sjokte naar de badkamer, mijn hoofd zo stil mogelijk houdend om verder trauma aan mijn hersenen vol messen te voorkomen.

Toen Gabi klopte – te hard – deed ik de deur open, nog steeds met de handdoek in mijn hand geklemd.

'Waarom ben je hier?'

Ze negeerde mijn vraag en duwde me opzij de kamer in. Ik deed de deur dicht en leunde tegen het koele, harde oppervlak.

Ze leunde met een heup tegen het bureau. 'Schadebeperking. Plus, je nam gisteravond je telefoon niet op. Ik wilde zeker weten dat je niks stoms had gedaan.'

'Is voor tweehonderd dollar aan whisky drinken stom?'

Ze keek naar het bed. 'Je hebt tenminste niemand mee teruggenomen.'

Ik sloot mijn ogen om de ongeopende fles champagne te negeren die in lauw water in de ijsemmer dreef.

'Ik kreeg onderweg hierheen een e-mail van de advocaten van de universiteit.' Gabi's ogen schitterden. 'Blijkbaar speelden ze hierin onder één hoedje met Happy Troll. Sam was slechts een dekmantel. Ze bieden een deel van de royalty's van het boek aan. In ruil voor het "lenen" dat ze deden.'

Mijn maag draaide zich om. 'Ik wil het niet. Ik wil niets te maken hebben met... met dat.'

Dus wat als Sam slechts het gezicht was dat de universiteit en Heidi hadden gebruikt om het boek te verkopen? Dat gezicht had de afgelopen twee maanden elke dag tegen me gelogen.

Ik zou dat verdomde geld niet aannemen. Niet nadat Sam en haar professor op mijn kunst, mijn roeping, hadden gespuugd. Zelfs niet om de boerderij te redden. 'Zoek een goed doel om het aan te geven. Maar niet de Jones Foundation.'

'Ik dacht al dat je dat zou zeggen.' Ze duwde zich van het bureau af en liep naar de tafel. Ze snoof aan het boeket karmozijn-rode rozen, die er in hun vaas nog fris uitzagen. 'We zouden ze kunnen aanklagen.'

Gerechtigheid. Ik wrong de handdoek uit tot de stof spande en knapte. De manier waarop Sam zou kronkelen in de getuigenbank als ze bekende dat ze mijn werk had gestolen.

Maar dan zou ik haar weer moeten zien. De advocaten zouden proberen te schikken. Ze zouden me dwingen haar aan een vergadertafel te ontmoeten. Ik stelde me de dramatische manier voor waarop ik daar zou zitten, met gebalde vuisten, een stenen gezicht, terwijl de advocaten de ene na de andere deal aanboden. Sam zou ineenkrimpen en wegduiken.

Verdomme, dat wilde ik niet.

Zelfs mijn vruchtbare verbeelding kon geen scenario bedenken waarin ik niet aan haar voeten in elkaar zou storten en haar zou vergeven. Want, ondanks haar verraad – verdomde dwaze hart – hield ik nog steeds van haar.

'Nee. Geen rechtszaak. Maar na dit boek zijn we klaar met Happy Troll.'

'Ja, ja. Na deze overwinning kun je je eigen voorwaarden stellen.' Ongebruikelijk voor haar liet ze haar blik naar de vloer zakken. 'Ik ben ook gebeld door je... door Paul.'

'Over die verdomde AI? Natuurlijk zal hij daarin geïnteresseerd zijn. Hij zal wel een manier vinden om het te monetariseren. En ik haat het verdomme dat het woord *monetariseren* zojuist uit mijn mond kwam. Dit—'

'Hij belde om je te feliciteren met je overwinning. Hij wil je zien.'

'Oh.' Ik liet me in de fauteuil vallen. Ik zocht in mezelf naar een reactie. Welke reactie dan ook. Maar ik was leeg. Dit was wat ik mijn hele leven had gewild: erkenning van mijn vader. Ik stootte met mijn tenen tegen de Tower Prize, die onder mijn smokingjasje uitstak.

'Wil je dat ik iets regel?' vroeg ze.

'Nee. Bedankt.' Ik had zijn goedkeuring niet meer nodig.

Gabi bukte om mijn smokingjasje van de vloer op te rapen, waardoor de glazen trofee tevoorschijn kwam. Ze legde het jasje over de rugleuning van de bureaustoel en streek toen met haar vingers over mijn gegraveerde naam en boektitel. Ze zette hem voorzichtig op het bureau, waar hij het licht van het raam opving en regenbogen door de kamer verspreidde.

Haar stem was zacht. 'Gefeliciteerd, trouwens.'

'Bedankt.' De geur van de rozen kroop mijn neus in en gleed mijn onrustige maag binnen. Ik sprong op, stak over naar het bed, waar ik achteroverviel en mijn gezicht in mijn handen begroef. 'Alles is zo naar de klote. Ik zou vandaag in de zevende hemel moeten zijn. Ik heb de erkenning gekregen waar ik naar op zoek was. Maar het voelt allemaal zo... hol.'

'Oh, schat.' Het bed zakte in en Gabi wreef rondjes op mijn schouder. 'Je mag trots zijn. Je hebt hier hard voor gewerkt. Zeker, Sam was een bedriegster. Maar dat zou deze overwinning voor jou niet minder moeten maken. Drink wat water en neem wat aspirine. Dan gaan we je opknappen en de stad in, ze laten zien dat jij Niall-Fucking-Flynn bent, winnaar van de Tower Prize, en dat die trut je er niet onder heeft gekregen.'

'Maar dat heeft ze wel.' Ik negeerde mijn bonzende hoofd, hees me overeind en liep naar het raam. Ik dwong mezelf om naar het verblindende zonlicht van Nevada te staren, wat mijn hoofdpijn opvoerde tot DEFCON 1.

'Ze heeft me kapotgemaakt. Ik dacht... ik dacht dat ze om me gaf.' Voordat gisteravond de pleuris uitbrak, dacht ik dat ze misschien wel van me hield, als ze het maar zou toegeven. Maar ik kon niet bekennen hoe stom ik was geweest, zelfs niet tegen mijn beste vriendin. 'Ze... ze heeft me gebruikt om haar eigen geloofwaardigheid op te bouwen. En die van die verdomde computer. Ik had haar nooit moeten vertrouwen.' Zeker niet met mijn hart.

'Als ik terug ben op de boerderij, ruk ik de wifi eruit. En die mag je houden.' Ik wuifde naar de telefoon op het bed. Degene die ik had gebruikt om met Sam te berichten. Het meeste plezier zou ik beleven aan het kapotslaan van mijn nieuwe laptop met een voorhamer.

'Ik vind wel een manier om zonder haar te schrijven. Terug op de boerderij—'

'Niall.' Gabi's stem was zacht. 'Je kunt niet naar huis. Zelfs niet om je muze weer te vinden. Zeker niet om je wonden te likken. Je moet profiteren van deze overwinning. Je gaat weer op tournee.'

'Maar... maar ik—'

Haar stem was weer van staal. 'Je weet dat ik gelijk heb.'

Dat wist ik. Ik moest meesurfen op de golf van mijn succes. De prijsoverwinning zou mijn verkoopcijfers een boost geven, en het socializen met lezers zou ze nog verder opdrijven. Met dat en het prijzengeld kon ik het me veroorloven om meer hulp voor opa in te huren.

'Qiana is het nu aan het regelen,' zei ze. 'Je zou over een paar dagen klaar moeten zijn om te vertrekken.'

'Maar hoe zit het met het derde boek? Je zei dat ik het einde moet herschrijven.' Wist ik überhaupt nog hoe ik zonder Sam moest schrijven? Ik keerde het raam en zijn verblindende zonneschijn de rug toe.

Een mondhoek van haar trok op. 'Inderdaad. Het loste niets op. Maar je zult alleen maar rotzooi schrijven terwijl je je zo voelt. Weet je nog al die waardeloze poëzie die je schreef nadat we het uit hadden gemaakt?'

'Eerlijk is eerlijk, al mijn poëzie is waardeloos.'

Ze haalde haar schouders op. 'In de laatste pagina's die je me stuurde, was Nievens liefdeslied voor Lobelia niet zo slecht.'

'Bedankt, denk ik.' Dat had ik geschreven in de nacht nadat Sam en ik de liefde hadden bedreven op de hooizolder, nadat ze naar haar kamer was geslopen. Ik had op een golf van endorfine en inspiratie tot in de vroege uurtjes doorgeschreven.

Nu zou ik ergens anders inspiratie moeten vinden. Gabi had gelijk. Alweer. Zoals ik me nu voelde, zou ik Lobelia waarschijnlijk omleggen met een kruisboogpijl in de borst. De lezers zouden erin stikken. Heidi zou me het hele ding laten herschrijven.

'Dus. De tour?' Gabi keek me strak aan.

Ik zou de wereld laten zien wat een echte schrijver doet. 'Hoe langer, hoe beter.'

36

SAM

DE OCHTEND NA de prijsuitreiking strompelde ik, doodop, naar de universiteit. De uitdrukking op Nialls gezicht vlak voordat die aardige vrouwen me de taxi induwden, had me de hele nacht achtervolgd.

Ik had hem gekwetst. En Qiana ook. Ik moest het goedmaken. Ik zou dr. Martell dat wel kunnen laten begrijpen.

Ik klopte op de deur van zijn hoekkantoor voor ik die opendeed.

'Samantha.' Hij stond op, zijn armen gespreid, en verwelkomde me alsof ik een held was die terugkeerde uit de oorlog.

Ik bleef bij de deur hangen. Er stond een extra bezoekersstoel. En twee van de stoelen waren bezet. Maar geen van de gasten was Heidi. Een hartslag lang dacht ik door de brede schouders en het kastanjebruine haar van de man dat het Niall was. Maar het haar van deze man was in een lage paardenstaart gebonden en de handen die op zijn knieën rustten, waren glad, niet eeltig. Paul Swift richtte zijn diepgroene ogen op me en glimlachte langzaam.

Toen zag ik de laatste persoon die ik ooit in Martells kantoor had verwacht te zien.

'Mam?'

Haar mondhoeken trokken strak, maar van een glimlach was geen sprake. 'Samantha.'

Shit. Als dit een hallucinatie was, dan was die ook auditief.

'Wat doet u—'

'Samantha, ga zitten.' Martell gebaarde naar de lege stoel.

Ik sleepte mezelf erheen en plofte erin neer.

'Samantha!', snauwde mijn moeder.

Automatisch rechtte ik mijn rug en vouwde mijn handen in mijn schoot. Ik kruiste mijn kistjes over elkaar bij de enkels.

Ik zocht het gezicht van dr. Martell af naar een aanwijzing. 'Wat is er—'

'Samantha.' Hij spreidde zijn handen wijd. 'De eerste literatuurprijs die is gewonnen door wat een AI heeft geproduceerd. Wat een prestatie.'

Ik moest hem tegenhouden. Hem overtuigen om te stoppen met het gebruiken van CASE om mensen pijn te doen, mensen om wie ik gaf. 'Maar dat is—'

Martell ging verder alsof ik niets had gezegd: 'Ik heb na de aankondiging van gisteravond veel telefoontjes gekregen, maar dat van meneer Swift was het meest intrigerende.'

Paul Swift liet een korte lach horen. 'Ik weet zeker dat u de meest lucratieve bedoelt.' Hij wendde zich tot mij, maar ik kon niet naar zijn gezicht kijken, dat zo op dat van Niall leek en toch zo veel strenger was. Zelfs zijn glimlach was keihard. 'Ik geef het niet graag toe, maar je hebt zelfs mij voor de gek gehouden. Toen ik *Magician* las, dacht ik dat iemand het als ghostwriter had geschreven. Ik had geen idee dat het een AI was. En toen, toen ik de aankondiging hoorde, viel het kwartje. En ik wist dat ik CASE moest hebben.'

'Maar… maar waarom?', vroeg ik. Paul Swift had zijn fortuin verdiend met goed ontworpen, flitsende telefoonhardware voor rijke mensen en vroege gebruikers die tech als statussymbool gebruikten. Niet voor laagdrempelige lezers zoals ik die tijdens de tour had ontmoet.

'Wist je dat 30 procent van de mensen met internettoegang —
internationaal — dagelijks boeken leest? Dat is natuurlijk veel
lager dan het percentage mensen dat elke dag gamet, maar de
gamingmarkt is verzadigd. Lezen, aan de andere kant, is vrijwel
onaangeboord. We gaan lezen gamificeren. Hiermee.' En hij hield
zijn Swiftphone omhoog.

'Lezen gamificeren?' Had hij het over het maken van videogames op basis van boeken? Want dat was nou niet bepaald revo-
lutionair. Zelfs ik had dat idee gehad en ik was geen zakelijk
meesterbrein zoals Paul Swift.

'Met CASE hebben we een onbeperkte voorraad verhalen,
aangepast aan de voorkeuren van de gebruiker. Sci-fi, horror,
thrillers, romantiek, mysterie, wat ze maar willen. Ik denk dat we
het mettertijd nog verder kunnen aanpassen. Favoriete soorten
personages of verhaallijnen. Als feuilleton geleverd op hun apparaten. Mensen zullen punten en badges verdienen voor het lezen.'
Zijn ogen hadden niet de kleur van mos op een steen. Ze hadden
de kleur van geld.

'Maar er zijn duizenden — miljoenen — auteurs', zei ik. 'Uw
zoon is er een van. Kunt u niet gewoon hun boeken leveren?
Waarom heeft u CASE nodig?'

Hij wuifde met zijn hand. 'Na de initiële R&D zullen de output
en de marges op de lange termijn beter zijn met CASE.'

Dr. Martell boog naar voren. 'We hebben bewezen dat creativiteit geen uniek menselijke eigenschap is. Zeker, we hebben door
AI gegenereerde muziek en beeldende kunst gezien. Maar literatuur… mensen lachten om de eerste proeven. Nu hebben we de
haalbaarheid ervan aangetoond. Dat is een indrukwekkende prestatie, Samantha.'

Ik had maanden geleden in deze zelfde stoel gezeten, enthousiast over de mogelijkheden van CASE. Maar nu was ik niet
enthousiast. Een ijskoude knoop van angst vormde zich in mijn
maag. Toen kende ik nog geen schrijvers. Ik had er niet bij stilgestaan wat voor invloed CASE op hen zou kunnen hebben.

Martell ging verder: 'Met financiering van SwifTech kunnen

we extra teamleden aan boord halen om CASE snel op te schalen en het soort resultaten te produceren dat Paul voor ogen heeft. Stel je de output voor met meerdere instanties van CASE die tegelijk draaien. De kostenbesparingen ten opzichte van het traditionele uitgeefmodel. De verlagingen van werknemerssalarissen en royalty's zullen de kosten van een CASE-installatie ruimschoots compenseren. Het enige wat Paul nog nodig heeft, is een andere demo om de knoop volledig door te hakken.'

'En daarom ben ik hier', zei mijn moeder. 'Om Samantha's belangen te beschermen.'

'Mijn belangen?' Het enige waar ik in geïnteresseerd was, was het stoppen van wat Paul Swift wilde doen.

'Die uitgever heeft van je geprofiteerd, Samantha. Zelfs John.' Ze keek op hem neer.

Mijn begeleider kromp ineen. 'Wacht even, Audrey—'

'U wist van Sams' — ze wierp een snelle blik op Paul Swift — 'moeilijkheden. En toch heeft u haar een contract laten tekenen. Zonder mij of mijn juridische team te raadplegen. En toen heeft u haar op pad gestuurd met die... die... boer.'

Ik haalde mijn enkels uit de knoop en stond op. 'Boeren verbouwen voedsel voor de rest van ons. En Niall Flynn is de meest integere, eerlijke, nobele persoon die ik ooit heb ontmoet. Ik hou van hem.' Al leek het laf om het pas toe te geven nu hij uit mijn leven was verdwenen.

'Nee, Samantha, dat kan onmogelijk. Een schrijver. Uit het' — ze tuitte haar lippen alsof het woord vies smaakte — 'Middenwesten. Ik weet dat het uw zoon is, Paul, maar echt.'

Paul haalde zijn schouders op.

Landbouw en kunst waren twee dingen waar ik voor de boektour niet over had nagedacht. Nu zag ik de waarde van beide. Ik wou dat Niall hier was om met zijn woorden, die zoveel beter waren dan de mijne, de strijd aan te gaan.

Romans geschreven door CASE zouden geen redacteuren nodig hebben. Geen opmakers. Geen dure boektours. Geen publicisten zoals Qiana. En waarom zou je een schrijver als Niall betalen als je de verzonken kosten al in CASE had gestoken en honderd keer zijn jaarlijkse productie kon krijgen, zelfs als die nog niet voor een kwart zo goed was? Iedereen kan de rekensom maken en de financiële kant van CASE aantrekkelijk vinden. Maar ten koste van wat voor menselijke creativiteit?

Ik slikte. Ik kon Niall dit niet aandoen. Qiana niet. Al die mensen die zes weken geleden in het kantoor van Happy Troll met champagne op Niall en mij hadden geproost, niet.

Ik wendde me tot Paul. 'Niall is een schrijver. Maakt u zich geen zorgen om hem? Om zijn broodwinning?'

'Technologie bevordert de menselijke beschaving nu sneller dan in enige andere periode in de geschiedenis. Als Niall daar niet in mee kan gaan…' Hij haalde zijn schouders op.

'Samantha', zei Martell zachtjes, op de manier waarop hij tegen een klein kind zou praten, 'CASE zal nieuwe banen creëren. Installateurs, programmeurs, onderhoudsmedewerkers, kwaliteitscontroleurs. Sommige van de overbodige werknemers kunnen worden omgeschoold voor deze functies.' Hij haalde zijn schouders op. 'Hetzelfde zeiden ze toen de computer opkwam. Typisten werden data-entry specialisten. De tijd schrijdt voort. Jij, van alle mensen, zou dat moeten begrijpen.'

Paul zei: 'Bent u het daar niet mee eens, Audrey?'

Ze was met twee mannen getrouwd geweest die van boeken hielden. Ze steunde een stichting voor geletterdheid. Mijn moeder moest de situatie zien zoals ik. Mijn hoop moet op mijn gezicht te lezen zijn geweest.

Ze knipperde met haar ogen. 'Jazeker. Samantha, dit is jouw creatie. Het kan je een zeer rijke vrouw maken. Ik kan niet geloven dat je overweegt het weg te gooien.'

'Sommige dingen zijn belangrijker dan geld.' Ik hief mijn kin op. Niall en Qiana en alle mensen die me hadden gesteund waren belangrijker dan mijn persoonlijk comfort. Zelfs dan mijn toekomst. 'Nee.'

Alle drie staarden ze me aan. Martell zei: 'Wat bedoel je met "nee"?'

Ik ademde diep in. Ik miste de boekwinkels, hun geur van vers papier en oud leer en meubelwas. In het kantoor van mijn begeleider hing alleen een vage elektrische geur, overstemd door de lavendelparfum van mijn moeder. Hij had geen enkel boek in zijn kantoor.

'Ik doe het niet. Ik ga niet aan CASE werken.'

'Samantha, wees niet belachelijk.' Mijn moeder klemde haar handen om de armleuningen van de stoel, haar knokkels wit.

Dr. Martell bestudeerde me. 'Weet je het zeker? Dit lijkt ongebruikelijk onbezonnen. Denk aan de gevolgen. Ik kan je proefschrift niet goedkeuren zonder verdere ontwikkeling. Bovendien' — hij klikte met de muis en tikte toen een reeks toetsaanslagen — 'zijn er genoeg andere promovendi die dit werk kunnen overnemen en afmaken wat jij bent begonnen.'

'Daar moet ik het mee eens zijn,' zei Paul. 'De ontwikkelaars van SwifTech staan te popelen om hiermee aan de slag te gaan. Hoewel ik je expertise veel liever bij het project zou hebben, is het niet noodzakelijk.'

Er werd op de deur geklopt en Kyle, mijn kamergenoot, stak zijn hoofd naar binnen. 'U wilde me spreken, dr. Martell?'

Martell nam zijn vingers van zijn toetsenbord en staarde me aan. Zijn bril reduceerde zijn irissen tot kogellagers. 'Hebben we Kyles hulp nodig?'

Ik zakte weg in de stoel. 'Nee. Ik doe het.' Ik hoefde het niet snel te doen. Of goed. Ik zou het werk rekken tot ik een uitweg uit deze puinhoop kon bedenken.

'We zullen je eerste versie aanstaande vrijdag beoordelen.'

Tien dagen vanaf nu. Nou, shit.

'Goed zo, meisje', zei mijn moeder. 'En William Winford heeft gebeld. Ik heb hem uitgenodigd voor de brunch op zondag.'

'Nee.' Het woord klonk als een schot in Martells kantoor. 'Ik doe dit voor hem' — ik knikte naar mijn begeleider — 'omdat het moet. Maar ik ga met niemand afspreken. En ik kom niet brunchen.' Op de een of andere manier stond ik op, ondanks de teleurstelling die als een loden last op me drukte. 'Niet als u mij en wat ik wil niet steunt.'

Ik liep naar de deur en legde mijn hand op de deurknop. 'Dag, moeder. Dr. Martell, meneer Swift, ik heb aanstaande vrijdag iets voor u.'

Ik had geen idee wat dat iets zou kunnen zijn.

37

SAM

'GAAT HET EEN BEETJE, SAM?'

Kyles stem deed me opschrikken uit mijn zombieachtige gestaar. Ik draaide abrupt mijn hoofd naar hem toe, naar zijn bureau. Probeerde hij op mijn scherm te kijken, of werd ik paranoïde? Waarschijnlijk paranoïde, aangezien ik de afgelopen negen nachten nauwelijks geslapen had. Toch draaide ik mijn scherm een graad of twee van hem af.

'Prima. Gewoon moe, je weet wel?' Ik probeerde naar hem te glimlachen, maar ik kon mijn gezicht niet voelen. Elk deel van me was verdoofd.

'CASE, hè? Hoe gaat het met die aanpassingen? Heb je hulp nodig?'

Daar schrok ik van wakker. 'Nee, ik red me wel.' Misschien *bespioneerde* hij me wel. Had Martell hem gevraagd me in de gaten te houden? Mijn hart ging tekeer. Of Paul Swift? Droeg Kyle nieuwe sportschoenen? Air Jordans? Ik snoof. Het was moeilijk te zeggen door de geur van rotte plinten en roestige metalen bureaus, maar ik dacht dat ik de geur van nieuw leer opving. Ik draaide mijn scherm nog iets verder.

'Oké.' Hij boog zijn hoofd. 'Ik weet dat de druk hoog is.'

Hij wist nog niet de helft. Hoe verwoed ik ook had gecodeerd om CASE 2.0 online te krijgen, zes maanden werk kon ik niet in tien dagen proppen. Martell zou woedend zijn als ik de volgende dag geen nieuwe romans aan Paul Swift kon laten zien bij de demo. Bovendien kon CASE 2.0 nog steeds niet op betrouwbare wijze wetenschappelijke artikelen creëren.

Ik kon niet toestaan dat Paul Swift, of wie dan ook, CASE 1.0 in handen kreeg. Niet als ik wilde dat mensen zoals Niall en Qiana en zelfs Heidi hun baan zouden behouden, dat ze verhalen bleven maken waar mensen, kinderen zoals Hero in Chicago en die tieners op de conventie in Florida die als Nieven en Greva hadden gecostplayd, van hielden. Verdomme, boeken waar ik van hield.

Wat als Martell zijn dreigement zou doorzetten? Ik rilde. Zonder PhD was mijn postdoc een wassen neus. Dan moest ik weer bij moeder en Charles gaan wonen. Ze zou me blijven koppelen aan Winfords. En wat erger was, Kyle of de programmeurs van SwifTech zouden met CASE 1.0 verdergaan waar ik was gebleven.

Mijn plan was waardeloos, en dat wist ik. Maar er zat niets anders op. Ik legde mijn tollende hoofd op mijn bureau. Ik zou maar een minuutje rusten en dan weer opnieuw beginnen.

'Sam!'

Ik tilde mijn hoofd van mijn toetsenbord en knipperde met mijn ogen. Jackson stond in de deuropening.

Jackson was nog nooit in mijn kantoor geweest. Ik wreef in mijn ogen. Nee, geen hallucinatie.

'Leuke look, Samwise. Ik vind vooral de afdruk van het toetsenbord op je wang mooi. Je hebt een beetje kwijl, precies daar.' Hij wees naar zijn mondhoek, net binnen de rand van zijn baard.

Met de rug van mijn hand veegde ik het vocht weg.

'Jackson Jones?' Kyles stoel schraapte naar achteren en hij sprong op, met uitgestoken hand.

Jackson schudde hem. 'Dat ben ik. Jij moet Kyle zijn.'

'Ja. Kyle Anderson. Sams kantoorgenoot. Het is... het is een eer u eindelijk te ontmoeten.' Kyle schudde Jacksons hand op en neer.

Eén mondhoek van Jackson krulde op in een halve glimlach terwijl hij voorzichtig zijn hand uit die van Kyle bevrijdde. Godzijdank had ik onze onenightstand nooit genoemd.

'Kom op, Sam,' zei Jackson. 'We gaan lunchen.'

'Lunchen?'

'Je weet wel, eten dat je 's middags eet? Al ziet het ernaar uit dat je de laatste tijd niet veel geluncht hebt. Kom op, Sam. Tot ziens, Kyle.'

Op de gang vroeg ik: 'Wat doe je hier?'

'Ik kwam kijken hoe het met je gaat. Je nam mijn telefoontjes of appjes niet op. Moeder zei dat je haar de waarheid had gezegd?'

Ik jogde om zijn grote passen bij te houden. 'Ik... ja,' mompelde ik.

'Goed zo. Trouwens, je ziet er niet uit.'

'Bedankt. Eikel.'

'Het is waar. En jij en ik zijn altijd eerlijk tegen elkaar.'

Oef. Die kwam recht tussen de ribben terecht.

Terwijl we over de campus liepen – Jackson had een zesde zintuig voor foodtrucks – vertelde ik hem alles. Ik begon met het aanbod van Heidi en Martell, Heidis ultimatum over de boeken-tour. Ik ging verder met het fiasco bij de prijsuitreiking en het dreigement van Martell. Het verraad van mama. Ik had hem net verteld over de afspraak met Paul Swift die voor de volgende dag gepland stond en mijn wanhopige plan om Martell tevreden te stellen met CASE 2.0, toen we bij de tamale-truck aan de andere kant van de campus aankwamen.

'Verdomde Martell,' gromde hij. 'Wat een klootzak.'

'Nee, hij heeft gewoon...' Hij was een vaderfiguur voor me geweest sinds ik bij de faculteit was gekomen. Maar in die verga-dering had hij me laten zien waar zijn ware loyaliteit lag. 'Ja.'

Ik liet een trillende adem ontsnappen. Ik had alle geheimen die ik maandenlang had opgekropt, verteld. Alles wat overbleef was een uitgedroogde huls van huid en botten. Een sterke zeebries had me als een herfstblad kunnen wegblazen. 'Hij heeft alle macht. Zonder hem kan ik mijn doctoraat niet halen. Ik zou ergens anders opnieuw moeten beginnen. En dan zou hij me sowieso op een zwarte lijst zetten. Geen enkele andere faculteit zou me aannemen.'

We bereikten de voorkant van de rij en plaatsten onze bestelling. Jackson betaalde, natuurlijk. Ik had de energie – of het geld – niet om te protesteren.

Toen de tamales klaar waren, namen we onze borden mee naar een bankje in de schaduw.

Jackson pakte zijn vork. 'Wil je je PhD nog steeds?' Er klonk geen oordeel in zijn stem. Ik had ja of nee kunnen zeggen, en hij had me met dezelfde standvastige aanmoediging als altijd gesteund.

Mijn hart vulde zich met beton. 'Het is mijn uitweg, weet je? Ik heb een postdoc op het oog in Idaho. Het is de enige manier om vrij te zijn en mijn eigen leven te leiden.'

Het gezicht van mijn broer betrok. 'Wanneer was je van plan me dat te vertellen?'

Ik prikte in mijn tamale. Slikte langs mijn dichtgeknepen keel. 'Ik weet het niet.' Waarschijnlijk een appje terwijl ik de bus uit de stad zou nemen. Ik zou een lafaard zijn bij het afscheid nemen, net als met al het andere in mijn leven. 'Ik ben niet zoals jij, Jackson. Ik ben niet sterk.'

'Herstellen van wat Stephen je heeft aangedaan en dan op die boekentour gaan klinkt behoorlijk sterk voor mij. Om nog maar te zwijgen van de geweldige AI die je hebt gecreëerd.'

Ik snoof. 'Dat hele gedoe met die roman? Dat was een ongeluk. CASE was bedoeld om iets anders te doen.'

Hij leunde achterover. 'Soms gebeuren de beste dingen per ongeluk. Je moet er gewoon in meegaan.'

Hij had het niet meer over CASE. Hij had het over zijn eigen leven, zijn bedrijf, zijn vrouw, zelfs de perfecte baby Valentine was een verdomd vreugdevol ongeluk.

Maar mij was nog nooit iets per ongeluk geweldigs overkomen.

Behalve Niall, en dat had ik verpest. Een holle put opende zich in me, die zelfs het kleine plezier van de lunch met mijn broer opzoog.

'Wat ik met CASE heb gedaan, heeft de levens van veel mensen ontwricht. Het was niet het goede soort ongeluk. Het was het soort ongeluk dat dingen voor iedereen verpest. Zoals mijn hele verdomde leven.'

'Nee.' Jackson keek me recht in de ogen. 'Je bent briljant. Je hebt dingen met AI gedaan die niemand ooit eerder heeft gedaan. Dat boek dat het schreef, heeft de levens van mensen veranderd. Ook dat van Noah. Heb je enig idee hoe moeilijk het is om een twaalfjarige jongen aan het lezen te krijgen?'

Ik staarde naar de antenne op het dak van het dichtstbijzijnde gebouw. 'Ik denk dat ik hem ook voor de gek heb gehouden. Haat hij me nu?'

'Nee, Sam. Hij ziet de echte jij. Iemand die om mensen geeft. Die verbazingwekkend getalenteerd is. Die sterk en onafhankelijk is. Die' – hij slikte – 'haar eigen beslissingen kan nemen. Je hebt geen letters achter je naam nodig om daarvoor gekwalificeerd te zijn, om een leven voor jezelf op te bouwen. Om Martell precies te vertellen waar hij zijn ultimatum kan steken.'

Mijn borst zwol op alsof ik echt dapper genoeg kon zijn om nee te zeggen tegen Martell. Alsof ik het pad kon verlaten dat ik sinds mijn tienerjaren voor ogen had.

Ik liet mijn blik over de universiteitscampus dwalen. De gebouwen waar ik van hield. De studenten – niet dat ik er een van hen dichtbij had laten komen – die in het gras lagen te luieren, in paren over de trottoirs liepen. Ik had gehoopt dit in te ruilen voor een andere universiteit, een waar niemand wist of het iets uitmaakte dat ik een Jones was. Geen vooroordelen. Geen verwachtingen. Alleen ik en wat ik met mijn handen en mijn brein kon doen. Mijn eigen toekomst opbouwen.

De toekomst die ik had gepland, brak in stukken om me heen. Ik hoorde daar niet meer thuis.

'Speel je nog steeds videogames?'

Ik knipperde met mijn ogen door Jacksons verandering van onderwerp. 'Ja. Als ik het niet druk heb met me een slag in de rondte coderen. Meestal RPG's.'

'Weet je nog hoe we vroeger games ontwierpen toen we jonger waren?'

'Hm-hm.' Ik ademde door een pijnlijke golf van herinneringen heen, van de keer dat Niall en ik een van onze oude spellen hadden gespeeld tijdens de tour.

'We hadden het erover om samen een gamebedrijf te beginnen als we groot waren.'

'Jij wilde ook autocoureur worden. Maar toen ging je in de bedrijfssoftware. Wat totaal laf was.'

Hij wees met zijn vork naar de hemel. 'Waardoor ik met race-auto's kon spelen. En een heleboel geld kon verdienen.'

'Geld is ook laf.' Ik prikte in mijn tamale. Het zou niet in mijn maag passen met al mijn teleurgestelde hoop.

'Hé, wat als we het probeerden? Ik zou je als een skunkworks in het bedrijf kunnen opnemen. Een nevenactiviteit, in het geheim. We zouden kunnen samenwerken aan het ontwerpen van games. Geld mag dan saai zijn, maar het is verdomd handig om uit moeders huis te blijven.'

Ik zette mijn bord op de bank. 'Ik… ik had een idee. Wat dacht je van games gebaseerd op boeken?' Het idee had achter in mijn hoofd gekriebeld sinds ik naar Nialls eerste boek had geluisterd en ik de wereld van de boselfen niet had willen verlaten. Ik had zelfs wat ideeën geschetst voor een rollenspel gebaseerd op de roman.

'Andere bedrijven maken al games gebaseerd op boeken. Er zijn er zelfs een paar die van die "kies je eigen einde" meeslepende boeken doen.'

'Ja, maar met AI zouden we het naar een hoger niveau kunnen

tillen. Ongescript. Adaptief. We zouden met de auteurs samenwerken.'

Jackson sprong op. Hij dacht altijd beter als hij liep. 'Het is een geweldig idee. De content licentiëren. De auteurs inhuren als verhaalconsultants. Misschien een deel van de code van CASE hergebruiken. Wacht, je werd daar even heel verdrietig. Waar ging dat over?'

Ik voelde me alsof iemand mijn ruggengraat had uitgetrokken, waardoor ik zo slap was als een van Bilbo Baggins' knuffels. Ik zakte in elkaar, mijn ellebogen op mijn knieën, en begroef mijn gezicht in mijn handen. Eén auteur had het idee gesteund; nu wilde hij niets meer met me te maken hebben. 'Niall.'

'Moet ik hem in elkaar slaan?' gromde hij. 'Ik wist wel dat dat "o, wat ben ik toch een simpele boerenjongen"-gedoe een list moest zijn.'

Ik hief mijn hoofd op. 'Nee, als iemand een pak slaag verdient, ben ik het. Ik heb hem pijn gedaan, Jackson. Ik heb veel mensen pijn gedaan.'

Hij leunde achterover op de bank en keek uit over het zonnige universiteitsterrein. 'Misschien zou het werken met auteurs je schuldgevoel verzachten.'

'Ik wil het goedmaken.'

Hij knikte. 'Dat is de juiste instelling. Actie ondernemen. Zodra je je zaakjes op orde hebt, ben je ook klaar om achter die vent aan te gaan. Hem laten zien dat hij een sukkel was om je te laten gaan.'

Fuck. Net als moeder had hij de foto's uit Vegas gezien.

Ik vond mijn ruggengraat terug. Ik vulde mijn longen met lucht en liet die in een korte stoot ontsnappen. 'Je hebt gelijk.'

'Dat de rooie een sukkel is?'

'Nee. Over actie ondernemen.' Was ik dapper genoeg om Martell het hoofd te bieden? Iedereen die verwachtingen van me had? Ik kon het als ik hulp had. Onafhankelijk zijn betekende niet dat ik alleen moest zijn.

'Natuurlijk heb ik gelijk. Ik heb bijna altijd gelijk.'

'Jackson. Luister. Ik heb je hulp nodig. Met iets dat een heel klein beetje illegaal zou kunnen zijn.'

'Ja? Klinkt als jouw M.O. de laatste tijd.'

'Houd je mond.' Ik stompte tegen zijn schouder. 'Ga je me nu helpen of niet?'

'Ik doe mee. Wat gaan we opblazen?'

O, alleen mijn hele wereld.

38

SAM

'MENEER JONES! JE BENT TERUG!'

Kyle. Met hem op kantoor zou het lastig worden om uit te voeren wat ik van plan was.

Jackson had met dit bijltje al vaker gehakt. 'Kyle, kom even met me op de gang praten, dan storen we Sam niet bij haar werk.'

Kyle flitste langs me heen in een wolk van de geur van nieuw leer. Mijn oude stoel kraakte toen ik erin ging zitten. Ik zou die stoel gaan missen.

Ik zette de speakers van mijn laptop uit – ik kon Kyle niet laten horen wat ik aan het doen was – en typte: *Begin afscheids-routine.*

> Bevestig. Weet u het zeker?

Of ik het zeker wist? Ik gooide drie jaar werk weg. Talloze nachten op kantoor met Kyle, sloten koffie achterover slaand om mijn vliegensvlugge vingers aan de gang te houden. Dagen waarop ik Bilbo Baggins alleen 's ochtends zag als ik wakker werd en 's avonds als ik naar huis snelde om hem uit te laten en te voeren, voordat ik me terug naar de campus haastte. Ik had er mijn laatste verjaardag doorgebracht, op jacht naar een bug.

Om nog maar te zwijgen van alle mensen die van *Magician in the Machine* hadden gehouden. Die tijdens signeersessies naar me toe waren gekomen en zeiden dat het hen afleidde nadat hun vrouw hen had verlaten, terwijl hun grootmoeder in het ziekenhuis lag, wanneer ze een rotdag op hun werk hadden gehad. Door CASE af te sluiten, zou ik hun dat afnemen.

Maar als ik Paul Swift CASE liet krijgen, betekende dat dat boeken geschreven door CASE – en, laten we eerlijk zijn, andere A.I.'s die zouden volgen – goedkoper en sneller zouden zijn. Ze zouden boeken verdringen die door mensen als Niall geschreven waren. Zijn boeken hadden veel mensen geraakt. Waaronder mij.

Het was tijd om me als Lobelia te gedragen.

Moed.

Mijn vinger trilde niet. Nauwelijks. Ik drukte op de ja-knop.

Er verscheen een voortgangsbalk op het scherm.

De deur ging open, waardoor mijn hart in mijn keel bonsde, maar het was Jackson. Hij deed de deur dicht. 'Ik heb Kyle koffie laten halen aan de andere kant van de campus.'

'Het moet fijn zijn om een programmeerlegende te zijn en door iedereen aanbeden te worden.' Ik opende mijn bureaula, maar er zaten alleen een paar potloden en een exemplaar van *Magician in the Machine* in. Ik deed de la weer dicht.

'Bewondering of niet, PhD of niet, je bent een goede programmeur. En je bent een goed mens. Je komt hierna wel weer op je pootjes terecht.'

'Mijn moeder denkt van niet.'

'Zij kent maar één manier voor vrouwen om hun weg te vinden in de wereld. Jij gaat haar laten zien dat er een ander pad is.' Jackson boog zich over mijn schouder om de voortgangsbalk te controleren. 'Dat gaat snel. Het moet een prachtig programma zijn geweest.'

'Dat was het. CASE was mijn kindje.' Een onhandelbaar, ongehoorzaam kindje. Maar toch het mijne. Ik sniffelde.

'Ach, Samwise. Het spijt me.'

Met een vinger raakte ik de voortgangsbalk aan, terwijl die de laatste minuten van CASE aftelde. 'Bedankt dat je hier bij me bent. Weet je zeker dat je niet terug hoeft naar je werk?'

'Nee joh. Marlee dekt me wel. Familie is belangrijker.'

Ik trok een grimas. 'Ik zal proberen een betere zus te zijn. Zeker nu...' Mijn keel kneep dicht, maar ik gebaarde naar het kantoor. Zeker, het was klein, maar het had symbool gestaan voor mijn onafhankelijkheid.

'Als je een tijdje bij ons wilt logeren tot je alles op een rijtje hebt, ben je welkom.'

Als hij erachter kwam wat ik had gedaan, zou Martell mijn subsidie stopzetten en zou ik mijn huur niet meer kunnen betalen. Bij Jackson logeren zou beter zijn dan weer thuis bij mijn moeder en Charles te gaan wonen. Ik probeerde te glimlachen. 'Bedankt. Slechts voor een paar weken, tot ik een aanbetaling voor een appartement heb gespaard.'

'Slimme onderhandelingstactiek. Tenzij ik je goed betaal, zit ik met een extra persoon onder mijn dak opgescheept.' Hij kreunde. 'En een hond.'

Dit keer krulden mijn mondhoeken helemaal omhoog. 'Ik ben moeders dochter.'

'Dat ben je zeker.' Hij knikte met zijn kin naar mijn laptop. 'Hoe staan we ervoor?'

De voortgangsbalk verdween en werd vervangen door de knop om de bestanden te verwijderen. Permanent. 'Bijna klaar.'

Hij boog zich voorover en tuurde naar het scherm. 'Jouw vernietigingsroutine heeft een mooie knop? Je moet hier al een tijdje over nagedacht hebben.'

Ik keek weg. 'Alleen... ik kan het niet. Doe jij het maar voor me.'

'Komt voor elkaar.' Zijn grote hand bedekte de muis en de klik galmde door mijn kleine kantoortje, een prik in mijn hart.

Nadat ik de tranen had weggeknipperd, keek ik weer naar het scherm.

CASE was weg. Drie jaar werk was in het niets verdwenen.

'Moge het in vrede rusten,' zei Jackson. Dertig seconden plechtige stilte tikten voorbij terwijl ik dacht aan de lange nachten gevuld met het geklik van mijn toetsenbord, de zinderende momenten van ontdekking, de opgetogenheid van het scannen van een perfect stukje code.

Hij schraapte zijn keel. 'Ik neem aan dat er nog wat back-uptapes zijn die we moeten vernietigen?'

'Shit. Je hebt gelijk.' Iemand zou die back-ups kunnen pakken en CASE weer tot leven kunnen wekken, net als toen een bizarre stroomstoot twee zomers geleden de hoofdserver had platgelegd. Ik was vier uur lang compleet in paniek geweest totdat de IT-jongens het vanaf de back-up hadden hersteld.

Ik vermeed het kantoor van Martell en leidde mijn broer naar beneden, naar de kelder. Jackson wendde zijn gezicht af van de camera toen ik mijn ID-kaart langs de scanner bij de ingang van de serverruimte haalde.

De ventilatoren van de servers brulden luider dan de branding op het strand tijdens een storm. Het geluid was vertrouwd, bijna rustgevend.

'Gelukkig,' schreeuwde ik boven het lawaai uit, 'verdient het werk van promovendi geen externe opslag. De tapes worden hier opgeslagen.'

Stellingen vol met tapes vulden een muur van een kleine achterkamer. Sinds die stroomstoot wist ik waar ik naar moest zoeken.

'Hier zijn ze.' Ik hield de twee plastic lintbehuizingen omhoog waarop mijn studentnummer met een stift was geschreven. De back-up en de back-up daarvan. 'Neem ik ze mee naar huis om ze te verbranden?'

'Ze mee naar huis nemen?' Jackson snoof. 'En diefstal toevoegen aan de aanklacht voor vernieling van eigendommen van de universiteit? Nee, deze sterven hier. Als alles goed gaat, lijkt het alsof de back-ups per ongeluk zijn verdwenen.

'Dat wil zeggen' – hij keek me diep in de ogen – 'als je zeker weet dat je dit wilt doen? Jaren van je werk weggooien? We zouden een van deze kopieën kunnen meenemen. Voor het geval je het ooit weer wilt oppakken.'

Het was verleidelijk. CASE vertegenwoordigde zoveel werk. En ik zou delen ervan kunnen omzetten in de nieuwe games die Jackson en ik samen zouden bouwen. Maar zou ik dan in de verleiding komen om alles te gebruiken en CASE 1.1 te maken? En wat als iemand het zou vinden en zijn eigen versie van CASE zou maken? Iemand die de lessen die ik had geleerd niet had geleerd?

'Ik heb veel geleerd over creativiteit, over het vertellen van verhalen, tijdens de boektournee. CASE zal de dingen waar ik van hou kapotmaken. Het is beter zo.' Tranen vertroebelden mijn zicht.

'Informatica is ook creatief.'

'Ik weet het. Maar het is niet hetzelfde als kunst. En er is ruimte in de wereld voor beide, zonder dat de een de ander vernietigt.'

Jackson kneep in mijn schouder. 'Het spijt me dat je dat op de harde manier moest leren.'

Ik sniffelde.

'Heb je een demagnetiseerapparaat?' Hij draaide de tapecassette in zijn handen om.

'Een wat?'

Jackson rolde met zijn ogen. 'Dat gebruikt een grote magneet om gegevens te wissen. Als jullie er een hadden, zou die waarschijnlijk in deze kamer staan. Ik wed dat jullie deze tapes al sinds het begin der tijden hergebruiken. Ik doe de universiteit een plezier door deze twee uit de roulatie te halen. Zoek een schroevendraaier, een boor en wat draad voor me.'

Op het bureau vlakbij lag een schroevendraaier en ik gaf hem aan hem. Hij begon aan de tapebehuizingen. Tegen de tijd dat ik terugkwam nadat ik met mijn wimpers had gefladderd naar de conciërge om de boor, een rol draad en een draadknipper te bemachtigen, had hij de cassettes open en lagen de tapespoelen bloot.

Ik kromp ineen toen Jackson de boor aanzette om een gat in de achterkant van de tapebehuizing te maken, precies in het midden van de spoel. Het gebrul van de serverventilatoren maskeerde het geluid. Grotendeels. Ik hoopte dat er niemand op onderzoek uit zou komen. Een onbevoegde gast die eigendommen van de universiteit vernielt, zou moeilijk uit te leggen zijn.

Jackson stapte op een stoel en gebruikte de draad om een tapecassette aan een ventilatierooster in het plafond te hangen. Met een knik van zijn pols liet hij de plastic tape naar de vloer spoelen. Ik greep het uiteinde en trok eraan totdat de zwaartekracht genoeg werk had gedaan om de tape te laten stromen. We herhaalden het proces met de andere cassette aan een ander rooster, en al snel lagen er twee luchtige hopen plastic lint op de vloer.

'Nu is het wachten,' zei hij. 'Waar zijn de papierversnipperaars?'

'Er staat er een in de postkamer op elke hoofdverdieping.'

'Mensen gaan vragen stellen als we met een baal tape rondlopen. Heb je een rugzak of een laptoptas?'

'Boven.'

'Ga hem halen.'

Toen ik uit het trappenhuis kwam, sloeg mijn razende hart een slag over. Martell stond met zijn handen in zijn zij in de deuropening van mijn kantoor. Er was geen manier om langs hem heen te sluipen om de tassen te pakken. Ik zou het cool moeten spelen.

Ik haalde diep adem en liep achter mijn begeleider, schuifelend met mijn gevechtslaarzen zodat hij me zou horen.

'Goedemiddag, dr. Martell. Pardon.' Ik wurmde me langs hem heen het kantoor in en liep naar mijn bureau.

'Samantha, ik zocht je. Is alles klaar voor de presentatie van morgen?'

'Ik heb u vanochtend de slides gestuurd.' Het stond vol leugens over de verhalen die CASE had geproduceerd. Ik hield mijn hoofd gebogen en opende een la. Het zou allemaal snel voorbij zijn.

'Het zag er goed uit. Ik weet dat je niet van spreken in het openbaar houdt, dus ik zal de presentatie en de demo leiden. Ik heb je nodig om alle technische vragen te kunnen beantwoorden. Ben je er klaar voor?'

Ik keek hem snel aan terwijl ik een draagtas tevoorschijn haalde van een conferentie waar ik was geweest. Ik had hem kunnen vertellen dat er niets te demonstreren zou zijn. Maar ik was er niet honderd procent zeker van dat hij geen promovendus kon vinden om de tape terug op zijn spoel te winden en CASE te herstellen. Bovendien zou het niet goed zijn om op heterdaad betrapt te worden, en met Jackson, die niet in de serverruimte hoorde te zijn. Ik zou hem later een e-mail sturen. Laf, maar het zou de klus klaren.

'Zeker, ik ben er klaar voor.' Klaar om daar weg te komen.

Hij fronste. 'Wat doe je met die tas?'

Het zag er inderdaad vreemd uit om met een lege tas naar buiten te lopen. Ik scande het kantoor op zoek naar iets om erin te stoppen. Op de hoek van Kyles bureau lag een verschrompelde appel. Ik pakte hem en liet hem in de tas vallen.

Martell fronste. 'Die ga je toch niet opeten, hè?'

'Nee.' Ik knipperde met mijn ogen. *Kom op, neuronen, laat me nu niet in de steek.* 'Mijn hond vindt ze zo lekker. Ik wilde hem niet weggooien.'

Hij rimpelde zijn neus alsof hij de rotte appel kon ruiken. Snel koppelde ik mijn laptop los en schoof hem in mijn andere tas. 'Goedenacht.'

'Je vertrekt meestal niet zo vroeg.'

Ik had nu wel gewend moeten zijn aan liegen. 'Ik, eh, wil een goede nachtrust. Weet je wel, voor de grote presentatie.' Met een bonzend hart glipte ik langs hem heen de gang op.

'Zag ik de auto van je broer op de parkeerplaats?'

Verdorie, verdorie, die Jackson en zijn opzichtige auto. 'Nee, dat moet iemand anders zijn geweest.'

'Wat een toeval? Ik ken niemand aan de universiteit die in een gele Lamborghini rijdt.'

'Hmm. Zou een leenauto kunnen zijn, denk ik. Tot morgen, dr. Martell.' Met een halfslachtige zwaai liep ik snel naar de uitgang. Ik trok de deur open en rende de trap af.

In de tapekamer bleven de cassettes van het plafond afrollen. Jackson leunde tegen het bureau, bezig met zijn telefoon.

Ik trok aan een strook tape. 'We moeten sneller zijn. Ik kwam boven Martell tegen.'

Jackson stopte zijn telefoon in zijn zak en trok aan de andere tape. 'Heeft hij argwaan?'

'Het hielp niet dat je met je kijk-mij-nou-eens-gele auto kwam en die buiten parkeerde. Ik dacht dat je de sportwagens had opgegeven toen kleine Valentine werd geboren.'

'Ik heb hem uit de stalling gehaald omdat het zo'n mooie dag is. Hoeveel problemen krijg jij als Martell erachter komt?'

'Technisch gezien' – ik trok een grimas – 'is CASE eigendom van de universiteit. En we zouden het morgen aan Paul Swift moeten presenteren. Dus… nogal veel?' Ik trok harder. Een dunne ring tape kleefde nog aan de spoel.

Hij knipperde niet met zijn ogen. 'Kan erger. Waarschijnlijk alleen de campuspolitie, dan.'

'Serieus?' Ik had nog nooit een parkeerbon gehad. 'Laten we opschieten.'

De tapecassette die dichter bij Jackson was, kletterde op de vloer. 'Ik win!' Hij stak zijn vuisten in de lucht.

Ik duwde de draagtas naar hem toe. 'Kijk uit. Er ligt een papperige appel op de bodem.'

'Ieuw.' Hij legde het sponzige fruit op het bureau en propte toen de prop tape in de tas.

Nee, we zagen er totaal niet verdacht uit, terwijl we met onze uitpuilende tassen uit de serverruimte liepen. Ik snelde naar de begane grond en vond de postkamer en de industriële papierversnipperaar.

Toen Jackson de proppen tape in de opening duwde, kwam de

machine proestend tot leven en begon te malen. Ik slaakte een zucht. Het versnipperen ging veel sneller dan het afrollen.

Toen Jackson klaar was met zijn tape, begon ik aan de mijne. Ik hield één hand op mijn razende hart en drukte het terug in mijn borstkas, terwijl ik met de andere de tape in de versnipperaar voerde. We zouden over een paar minuten klaar zijn, en dan zouden we ervandoor scheuren in Jacksons Lamborghini in een gele waas.

'Samantha. Wat ben je aan het doen?' Martells stem deed me opspringen.

Ik keerde de tas ondersteboven boven de opening van de versnipperaar om de laatste restjes tape erdoor te laten gaan.

'Dat is niet… dat is CASE niet.' Hij hield de verrimpelde appel in één hand. Zijn andere hand lag op zijn buik, die waarschijnlijk net zo misselijk aanvoelde als de mijne.

Ik had medelijden met hem. Echt waar. Hij was aardig voor me geweest, bijna vaderlijk, sinds ik op de afdeling was gekomen. Ik had alles gedaan wat hij had gevraagd, en het was waarschijnlijk een schok om te ontdekken dat zijn onderdanige, kleine promovendus drie jaar aan werk en financiering vernielde. Plus het startkapitaal, de lof, de papers die hij had kunnen publiceren.

'Het spijt me, dr. Martell. Ik heb veel geleerd tijdens die tournee, en nu weet ik dat CASE niet goed is voor boeken. Niet zoals ik het heb ontworpen.'

'CASE was niet van jou. Het was eigendom van de universiteit.' Hij smeet de appel als een uitroepteken in de prullenbak.

Ik hapte naar adem. Hij had nog nooit zijn stem tegen me verheven.

Jackson stapte van de muur af, zijn handpalmen voor zich uitgestoken. 'Kijk, dr. Martell. We betalen elke nodige schadevergoeding om u schadeloos te stellen…'

'Jackson.' Ik ging tussen hem en mijn begeleider staan. 'Dit is mijn gevecht.'

Hij knikte, stapte achteruit, sloeg zijn armen over elkaar en keek Martell boos aan.

'Dr. Martell, ik kan niet doorgaan met CASE. Het is een slechte zaak voor te veel mensen. Het zal de menselijke creativiteit schaden. En dat is belangrijk.'

'Wetenschap ook. En zaken!'

'Ze zijn allemaal belangrijk. Maar geen is belangrijker dan de andere.'

Zijn gezicht werd rood en daarna paars. 'Ik bel de campusbeveiliging. Dit is diefstal. Vernieling van universiteitseigendommen. Uw moeder zal zo teleurgesteld zijn.' Hij pakte de hoorn die aan de muur hing.

Haar tegenspreken was één ding. Gearresteerd worden? 'Teleurgesteld' was nog maar het begin.

'Beter nu even meewerken,' mompelde Jackson. 'Ik heb ervaring in dit soort, ah, situaties.'

'Hoe vaak ben je gearresteerd door de campuspolitie?'

Zijn blik schoot naar het plafond. 'Daadwerkelijk gearresteerd of alleen… het onderwerp van discussie?'

'Serieus?'

'Negen,' zei hij.

'Waren dat arrestaties of discussies?'

Hij opende zijn mond om te antwoorden, maar Martell smeet de hoorn terug op de haak. 'Ze zijn er zo.'

Jackson slaakte een valse zucht. 'Dit was een stuk beter voor u afgelopen als u dat niet had gedaan. U had nooit meer financiering hoeven aan te vragen.'

Martell verstijfde.

'Maar nu Samantha's kleine beoordelingsfout openbaar wordt, ben ik bang dat de familie Jones wat spierballen zal moeten laten zien.'

Jacksons duivelse glimlach zei dat hij ervan zou genieten om zijn spierballen te laten zien.

Maar terwijl ik naast hem op de achterbank van de politieauto van de universiteit zat, die met zijn knipperende rode en blauwe lichten bijna precies op een echte politieauto leek, en terwijl de agent met zijn telefoon met iemand sprak die verdacht veel klonk als de politie van San Francisco, zag Jackson er niet uit alsof hij genoot van de gevolgen van ons avontuur.

Ik had alleen mijn eigen toekomst proberen te vernietigen, maar op de een of andere manier was ik er ook in geslaagd de dromen van Martell te verpesten en mijn broer medeplichtig te maken aan mijn allereerste criminele activiteit.

Fantastisch.

39

NIALL

IK SOPPERDE DOOR de draaideur en bleef even staan om de slip van mijn shirt uit te wringen boven het tapijt van de hotellobby. Een niesbui barstte uit me los. Geweldig. Een of ander virusje was eindelijk door mijn barrières van handen wassen en ontsmettingsmiddel heen gebroken, net als de striemende regen van Seattle door mijn waterafstotende jas.

'Jij zei dat het in mei niet regende in Seattle,' mopperde ik, terwijl ik mijn dunne jasje van mijn lijf trok. Ik trok een grimas. Ik had Gabi net de schuld gegeven van het weer. Wat was het volgende? Dakloosheid en klimaatverandering?

Gabi klemde haar tanden op elkaar. 'Laten we inchecken, dan kunnen we opwarmen zoals de plaatselijke bevolking dat doet, met een lekker, heet kopje koffie.'

'Wie denk je wel dat je bent, Mary Poppins?' snauwde ik. Ik wilde geen koffie. Ik wilde een douche, droge kleren en een warm bed. En dat mijn hart zou stoppen met pijn doen. Ik wilde Gabi al helemaal niet, met haar valse vrolijkheid en bezorgde blikken. 'Ik heb geen nanny nodig, hoor.'

Ze monsterde me van mijn natte haar dat in mijn ogen droop

tot mijn verkreukelde geruite shirt en mijn soppende veterschoenen, en toen ze mijn blik weer ving, liep er een rilling over mijn
rug. 'Een babysitter is precies wat je nodig hebt. Je zit aan me vast
totdat je kunt toegeven hoe verknipt je bent.'

'Ik, verknipt?' Ik sjokte haar voorbij en sleepte mijn door de
regen bespatte koffer naar het einde van de rij bij de hotelbalie. 'Ik
ben verdomme een winnaar van de Tower Prize op zijn godvergeten zegetour.'

'Ze is het niet waard.' Gabi's haar begon al op te zwellen
terwijl het droogde. 'Ze is jouw ellende niet waard.'

Ik schoof op in de rij. 'Ik ben niet ellendig. Zie je niet dat ik
boos ben?'

Een mondhoek van haar krulde omhoog. 'Is dat wat dit is? Dat
gesomber, dat verbergen in je hotelkamer 's nachts, dat gezucht
telkens als we een exemplaar van *Magician in the Machine*
passeren?'

'Dat doe ik niet,' snauwde ik. Ik had me na alle boekenevene-
menten niet bijzonder sociaal gevoeld. Maar ik zuchtte niet als ik
haar boek zag – het boek van *die computer*. Daar ging mijn bloed
van koken.

Gabi keek naar de bovenkant van mijn hoofd. 'Je staat te
stomen.'

'Ik ben doorweekt. En het is hier warm.' Ik trok aan mijn
kraag.

'Wist je dat *Magician in the Machine* deze week eindelijk op de
bestsellerlijst staat? Blijkbaar willen mensen een boek lezen dat
door een computer is geschreven. Of ze willen zien waar al die
ophef over gaat.'

'Geweldig. Dat is godverdomme fantastisch. Waarom doe ik
überhaupt de moeite om een derde boek te schrijven? Ik kan net
zo goed S... *die machine* vragen om... om er eentje voor me uit te
spugen.'

'Inderdaad,' zei Gabi op een tergend milde toon. 'Hé, de
universiteit in San Francisco vroeg of we daar langs konden
komen voor een lezing. Die waar je vorige zomer ook sprak.'

Het was alsof ik in de ijskoude plas bij de steengroeve dook. Ik rilde in mijn vochtige kleren. 'Een lezing? In San Francisco? Op de universiteit die dat... dat monster heeft gefinancierd? Waar S-Sam is?'

'Overmorgen. Geen probleem, toch? We nemen hun olijftak aan en laten ze zien wie de baas is in literair San Francisco. Hint: niet zij. Niet haar. Heb ik gelijk?'

Misschien was ze er niet eens. Misschien was ze in New York om haar A.I. te koppelen op de kantoren van de uitgevers. Om mij en elke andere artiest die hoopte een boek te publiceren, te vervangen. Ik sprak met meer zelfvertrouwen dan ik voelde. 'Gelijk.'

'Dus ik zeg dat het akkoord is?'

'Ja, waarom niet?' Dat sprongetje van mijn hart was opwinding over de kans om meer boeken te verkopen. Of een hartklopping van de mogelijk dodelijke ziekte die ik had opgelopen. Geen nervositeit over het weerzien met Sam. En al helemaal geen hoop.

Nadat we hadden ingecheckt, gingen we samen met de lift naar boven. Toen Gabi bij haar deur stopte, haalde ze een telefoon uit haar tas.

'Wil je vanavond naar huis bellen?'

Aan het begin van de nieuwe tour was ik de hele nacht opgebleven, met de telefoon in mijn hand, en had ik obsessief elk nieuwsartikel gelezen dat ik over Sam kon vinden. En daarna had ik mijn sms'jes erbij gepakt. Ik had de laatste van Sam zo vaak gelezen dat ik hem uit mijn hoofd kende:

SAM

Ik kan je niet vertellen hoeveel spijt ik heb van wat ik met CASE heb gedaan. Kun je het me vergeven?

Nadat ik me door de evenementen van de volgende dag had gesleept, met een ijskoude woede die door mijn buik sneed, had ik Gabi gevraagd de telefoon voor me te bewaren. Voor onbepaalde tijd.

Hoe graag ik ook troost van mama of opa had gehad, ik kon mezelf niet vertrouwen met die technologie. Niet nu we over twee dagen in haar thuisstad zouden zijn.

'Nee, het is goed.'

'Spreken we over een kwartier af voor dat kopje koffie?'

'Nee, ik... ik denk dat ik roomservice bestel en op mijn kamer blijf. Ik ga proberen te schrijven.'

Gabi staarde me vol ongeloof aan. Ik was te bang geweest om het haar te vertellen. Bang om het te vervloeken. Misschien was ik niet langer afhankelijk van een muze, maar ik had niet elk bijgeloof over mijn schrijven laten varen.

Een week lang na het ontdekken van de waarheid over Sam, had ik gesomberd. Mijn zogenaamde muze was een gruwel gebleken voor alles waar ik van hield, alles waar ik voor stond. Alles wat ik *was*. Of het nu opzettelijk was of niet, wat ze had gecreëerd, had de potentie om alles te vernietigen. Om mij te vernietigen. Al mijn vrienden in de uitgeverswereld. De boerderij, opa en mama ook. Niet allemaal tegelijk, maar in een kleiner voorschot hier, een paar verkochte exemplaren minder daar. Tot we het opgaven.

Toen, toen ik die persconferentie had gezien met Heidi naast de afstudeerbegeleider van Sam, steeg de woede heet in me op en vlamde tot in mijn haarpunten. Heidi had aan mijn kant moeten staan, niet aan de kant van die computerwetenschapper. Niet aan Sams kant.

Ik was in Phoenix geweest. Midden op de dag een biertje drinken aan de bar, stomend, niet van de hitte van de woestijn, maar vanwege Sam. En ik had besloten dat ik geen verdomde muze nodig had. Ik hoefde niet te wachten tot mijn vingers tintelden. Ik had discipline nodig. Dat was wat mijn vader nodig had gehad om van een idee een wereldwijd bedrijf te maken. Wat Sam had gebruikt om die A.I., CASE, te produceren. Niemand klaagde ooit over een programmeurs-block. En was mijn werk niet net zo echt, net zo waardevol als het hare, ondanks wat zij dacht?

Ik was naar boven naar mijn kamer gestampt, had een notitieboekje uit de bodem van mijn schooltas gegraven, ging aan het bureau zitten met mijn rug naar het zonnige raam, en schreef. Ik nam niet de moeite om de kwaliteit in twijfel te trekken; het waren woorden op papier, iets om mee te beginnen. Uiteindelijk zou ik dapper genoeg zijn om de pagina's aan Gabi te geven en erachter te komen of het nieuwe einde van *Battle of the Wood Elves* ongeïnspireerde rommel was of het begin van iets goeds.

Gabi haalde haar schouders op en schoof haar keycard in de gleuf. 'Wat jij wilt. Ik ben in het restaurant beneden als je je bedenkt.'

'Bedankt, Gabi.' Ik had haar inderdaad nodig. En ik was blij dat ze het wist.

Toen ik de deur van mijn kamer aan het einde van de gang opende – na slechts twee pogingen om de sleutel te laten werken – tuurde ik uit het raam door de wolken en de motregen naar de gloed van de Space Needle. Het licht op de antenne flitste langzaam.

Als ze daar was, zou ze dan ademloos naar het uitzicht kijken? Zou ze naast me op de bank zitten, mijn hand vasthouden en naar dat knipperende licht kijken?

Sam.

Sam.

Sam.

Elke flits draaide een schroef in me aan, waardoor mijn borstkas strakker werd.

Ik schudde mijn hoofd. Belachelijk. Sam was onderweg, met een Ph.D. op zak, naar die postdoc in een godvergeten uithoek, ver van de gevolgen van wat ze had gedaan. Ver weg van mij.

Ik liet mijn koffer bij de deur vallen en haalde een notitieboekje uit mijn schooltas. Ik rolde de stoel naar de andere kant van het bureau, zodat mijn rug naar het raam was gekeerd. Ik draaide het notitieboekje ondersteboven en begon te schrijven.

40

SAM

'OEH, SAM. DIE ZIJN LEUK.'

Marlee stond bij mijn dressoir en hield het zwarte kanten slipje vast dat ik voor het laatst in Nialls hooischuur had gedragen. Toen we...

'Gooi maar weg.' Ik wees naar de vuilniszak in het midden van mijn slaapkamer. 'En blijf uit mijn ondergoedlade.'

Ze liet het in de verhuisdoos vallen die ze aan het vullen was en schepte de rest van de inhoud – voornamelijk katoenen onderbroekjes waarvan het elastiek bij de beengaten losliet – in de vuilniszak. 'Ik ben er alweer uit. We zijn bijna klaar, toch? Tyler en Andrew zouden hier over een uurtje moeten zijn om je spullen op te halen.'

'Alleen de badkamer en dit nog.' Ik trok de lade van mijn nachtkastje open. Toen ik zag wat erin lag, liet ik me op het kale matras vallen.

'Wat is er?' Marlee snelde naar me toe. 'O.'

Ik was nooit verder gekomen dan de eerste paar hoofdstukken van de gebonden boeken, maar ik luisterde er bijna elke avond naar. En soms – ik was er niet trots op, oké? – sloeg ik de boeken open op de titelpagina's met zijn handtekening. Hij drukte hard met zijn pen, en bij het exemplaar van *Treachery of the Wood Elves*, verbeeldde ik me dat ik de groef kon voelen waar de penpunt het papier had ingedrukt.

Marlee zakte naast me op het matras. 'Je houdt nog steeds van hem.'

'Nee, ik...' Ze zou me er tot in den treure mee pesten. 'Nee, dus.'

'Sam.' Ze wreef een cirkel op mijn rug. 'Je kunt echt niet liegen.'

Bilbo Baggins kwam onder mijn bureau vandaan getrippeld, sprong op het bed en nestelde zich tegen mijn heup.

Ik wreef in mijn oog. 'Het is stoffig hierbinnen.'

'Sam. Heb je contact met hem opgenomen? Hem om vergeving gevraagd?'

Ik snoof en zette een uitdrukkingsloos gezicht op. 'Natuurlijk heb ik dat gedaan.'

'En?'

'En niets. Hij wil nooit meer iets van me horen.'

Ze omhelsde me en liet haar kin op mijn schouder rusten. 'Toen ik het had verpest bij Tyler, weet je nog? Toen hij naar Texas ging en een nieuwe baan kreeg? Ik belde. Ik sms'te. Ik heb zelfs een liedje op zijn voicemail ingezongen. Ik was volkomen belachelijk. Maar uiteindelijk heeft het gewerkt. Je zou het nog eens moeten proberen.'

Ik dacht terug aan afgelopen december, toen Tyler was teruggekomen uit Texas. 'Hij heeft je persoonlijk vergeven op het kerstfeest.'

'Ja. Ik denk dat mijn liedje niet zo goed werkte. Misschien moet je dat maar niet proberen. Wat wel werkte, was hem in de ogen kijken en hem om vergeving vragen.' Ze kneep in mijn schouders. 'Denk erover na. Ik ga de badkamer inpakken terwijl jij het hier afmaakt, oké?'

'Oké.' Hoe kon ik Niall persoonlijk om vergeving vragen? Volgens de advocaten van Jackson mocht ik de staat niet verlaten.

Ik kende één persoon die zou weten of hij naar Californië kwam. En ik had haar vergeving ook nodig.

Ik pakte mijn telefoon uit de zak van mijn cargobroek en scrolde door de gemiste oproepen tot ik Qiana's naam vond. Ik drukte op Bellen.

41

SAM

EEN VOORDEEL VAN bij je broer en schoonzus intrekken, is de toegang tot vermommingen. En die had ik nodig als ik een campus op wilde wandelen waar ik verbannen was. Voor het leven.

Alicia had me een spijkerbroek geleend. Ik moest de pijpen omslaan – vervloekt zijn haar onnatuurlijk lange benen – en ik miste de handige zakken van mijn cargobroek. Maar weinig spullen in je zakken hebben is wel zo handig als je gearresteerd wordt, toch?

Van Noah mocht ik een grijze hoodie met rits lenen, waardoor ik eruit zou zien als elke andere student op de campus.

Jackson was er niet. Hij was trouwens al een week weg om een ramp op te lossen die zijn beste vriend, Cooper, had veroorzaakt. Dat was vreemd, want meestal was Jackson de brokkenpiloot, niet Cooper. Meestal moest Cooper ingrijpen om mijn broer te redden. Hoe dan ook, Alicia gaf me een van Jacksons petten met het logo van een sportteam.

Ik trok mijn paardenstaart door het gat aan de achterkant. 'Hoe zie ik eruit?'

'Als iemand die bij mij op school zit', zei Noah vanaf de achterbank van hun gigantische SUV.

'Alsof je op het punt staat een bank te overvallen', zei Alicia. 'Je hebt alleen nog een oversized zonnebril nodig. Ik snap niet waarom je je look moest veranderen.'

Mijn schoonzus, die zich altijd keurig aan de regels hield, was al pissig over de problemen waarin ik haar man had gebracht, dus had ik haar maar niet verteld dat ik van plan was de campus weer op te sluipen. Ik staarde naar de middenconsole en mompelde: 'Ik dacht dat ik toe was aan verandering.'

'Je hoeft niet te veranderen. Hij houdt van je zoals je bent, of anders niet. En probeer niet wat je broer deed. Geen grote gebaren. Praat gewoon met hem. Zeg dat het je spijt. Zeg dat je van hem houdt.'

De door romantiek geobsedeerde Marlee had me een lijst met ideeën voor grote gebaren geappt op de dag dat ze me hielp verhuizen. 'Marlee wil dat ik buiten zijn hotel op hem wacht. Met een mariachiband. Of misschien een fanfare? Autocorrect heeft het misschien verhaspeld.'

Alicia trok mijn pet recht, zodat ik weer wat zag. 'Als je je programmeerkunsten voor het goede zou willen gebruiken, zou je een autocorrect maken die dingen voorstelt die mensen daadwerkelijk willen zeggen. Maar je gaat toch niet echt een band huren, hè? Je ontmoet hem gewoon voor een kop koffie.' Ze wees uit het raam naar het café. Aan de overkant van de straat, voorbij het andere raam, was de hoofdingang van de universiteit.

'Juist.'

Ik had Qiana gebeld om door het stof te gaan. Ze was niet zo boos als ik had gedacht. Wel had ze me laten beloven haar te bezoeken zodra ik de staat mocht verlaten. Ze had haar baan nog en had me verteld over Nialls lezing aan de universiteit.

Ik was van plan hem daar te vinden. Toen we samen op tournee waren, praatte hij achteraf altijd nog even met een paar lezers. En ik kon die nietige complicatie van mijn levenslange campusverbod dat toch niet in de weg laten staan, hè?

'Veel succes', zei Alicia. 'Ik weet zeker dat hij luistert.'

In de achteruitkijkspiegel zag ik Noah fronsen. 'Ik snap niet waarom je met hem moet praten. Hij is een eikel omdat hij je appjes niet beantwoordt.'

Ik draaide me in mijn stoel om naar hem te kijken. 'Als je iets ergs hebt gedaan en iemand hebt gekwetst, moet je om vergeving vragen. En dan is het aan hen om te kiezen of ze je vergeven. Dus ik moet het vragen. Net zoals ik jou gevraagd heb of je me kon vergeven dat ik je niets over het boek had verteld.'

Noah streek over een gerafeld plekje op zijn spijkerbroek.

'Je belt toch wel als je een lift naar huis nodig hebt?' vroeg Alicia.

'Ik pak wel een bus terug. Maak je geen zorgen.'

'Sam.' Alicia trok haar lippen stijf op elkaar. 'De enige plek waar Valentine wil slapen is de auto. Ik breng mijn leven door in deze tank die je broer per se wilde kopen. Ik kom je wel ophalen, oké?'

'Oké. Bedankt.' Ik stak mijn hand uit naar de achterbank voor een boks met Noah en aaide toen zachtjes de kleine vingertjes van Valentine, die vastzat in haar autostoeltje. Ze smakte in haar slaap met haar roze lipjes.

Ik gleed van de te hoge SUV het trottoir op en zwaaide ze uit. Nadat ze de hoek om waren, stak ik de straat over naar de universiteit. Ik trok mijn pet diep over mijn ogen, trok de capuchon eroverheen en sjokte met mijn hoofd naar beneden naar de bibliotheek.

De mensen die richting het gebouw slenterden, waren geen slonzige studenten zoals ik. Ze waren ouder, misschien docenten of donateurs van de universiteit. De mannen droegen pakken of colberts en de vrouwen droegen jurken. Geen spijkerbroek zoals de mijne te bekennen. En geen hoodies. Shit, ik had Qiana naar de dresscode moeten vragen.

Net binnen de bibliotheekdeuren stonden een paar agenten van de campuspolitie. Ze namen me vluchtig op toen ik naar binnen liep en ik voelde hun blikken op me gericht terwijl ik me voegde bij de stroom mensen die naar de aula liepen. Ik versnelde mijn pas om achter een ouder stel te lopen, in een poging eruit te zien als het kind dat ze hadden meegesleept om wat cultuur op te snuiven.

Gelukkig sprak niemand me aan toen ik op een stoel in het midden van de aula neerstreek.

Mijn hart sloeg een slag over toen ik Nialls roodbruine haar voor in de zaal zag. Hij boog zich voorover en luisterde naar een kleinere vrouw met donker haar. *Shit!* Hij had Gabriela meegenomen. Ze zou me nooit binnen twee meter van hem laten komen. Hoe moest ik in hemelsnaam ooit met hem praten?

De lichten dimden en de deuren achter me gingen dicht. Ik overwoog ervandoor te gaan en Marlee's mariachiband-idee bij zijn hotel te proberen. Maar net binnen de deur stond een van de agenten van de campuspolitie. Hij had me nog niet gezien. Ik zakte onderuit in mijn stoel, zwetend in Noahs hoodie, gevangen als een van de ratten in het biologielaboratorium hiernaast.

De lichten voorin werden feller en schenen op Niall, waardoor zijn haar oplichtte in brons, koper en goud. Zijn sproeten zagen er bleek uit in het felle licht, alsof hij een tijdje niet in de zon was geweest. Was hij überhaupt op de boerderij geweest, of had hij vastgezeten bij dit soort evenementen? Had hij zijn opa en moeder verteld wat ik had gedaan? De steen in mijn maag werd zwaarder. Ik had het gehaat om tegen hen te liegen toen ik daar was. Nu wisten ze dat ik had gelogen. Ze waren zo vriendelijk, zo vertrouwend, zo gastvrij geweest. En ik had de persoon gekwetst van wie zij het meest hielden.

Ik geef het toe: ik hoorde niet veel van wat Niall tijdens zijn lezing zei. In de anonieme duisternis keek ik als een engerd naar hem, en wenste ik dat ik het niet tussen ons had verpest. Ik wilde dat ik wou dat ik het strikt professioneel had gehouden, dat ik hem nooit had gekust, nooit met hem naar bed was geweest, niet naar zijn boerderij was gegaan en zijn geheime schrijfplek in het bos had gezien.

Maar dan had ik nooit zijn smaak gekend, het gevoel van zijn vingers met eelt op mijn huid. De helderheid die mijn duisternis verlichtte als een kerstverlichting. Als vuurwerk boven de baai. Ik zou die herinneringen koesteren, zoals Gollem de Ring koesterde, ze dicht tegen mijn borst gedrukt zolang ik leefde.

Maar tenzij ik mijn excuses aanbood voor wat ik had gedaan, probeerde het goed te maken, zou er naast die fonkelende herinneringen altijd een doffe plek van spijt blijven.

Hij sprak niet lang genoeg om een plan te bedenken om Gabriela te paaien zodat ik mijn excuses aan hem kon aanbieden en dan langs de bewaker kon glippen om te ontsnappen. De lichten gingen aan en de vragenronde begon.

De achterdeur lonkte in mijn ooghoek. Maar nu had de agent een partner. Ze bewaakten de uitgang met hun armen over elkaar. Keken ze naar mij? Ik kromp verder ineen en zette de pet af. Die stak af in de zee van pakken.

'Samantha Jones', klonk het door de aula. Ik keek abrupt op. Het was die blogger weer, Kari Singh, en ze had een microfoon.

'– een studente aan deze universiteit. Wat zijn uw gedachten over kunstmatige intelligentie?'

Nialls borstkas rees en daalde op de manier zoals hij dat deed als hem een onwelkome vraag werd gesteld. Op de voorste rij draaide Gabi zich om en wierp Kari een moordende blik toe.

Niall schraapte zijn keel. 'Kunstmatige intelligentie heeft veel toepassingen, zoals mijn voormalige tourpartner zou opmerken. Handschrift- en spraakherkenning, bijvoorbeeld. Mijn agente, Gabriela Padrón, zou het geweldig vinden als ik een handschrift- herkenningsprogramma zou gaan gebruiken en haar niet langer als transcribent zou gebruiken.' Hij pauzeerde voor het gegrinnik van het publiek.

'AI heeft het potentieel om de mensheid op belangrijke manieren ten goede te komen. Echter, als creatieveling moet ik toegeven dat ik op mijn hoede ben voor AI's zoals CASE. Hoewel ik, net als velen van u, genoten heb van het lezen van *Magician in the Machine* en het unieke taalgebruik en de intrigerende en onver- wachte plotwendingen waardeerde, denk ik dat AI's die menselijke creativiteit nabootsen het potentieel hebben om die te verminderen of te elimineren. Dit is slechts mijn mening, en ik zou een discussie over dit onderwerp tussen creatievelingen zoals ikzelf en programmeurs zoals mevrouw – dr. Jones en dr. Martell verwelkomen.' Hij glimlachte, maar zijn ogen waren verdrietig.

Ik realiseerde me pas dat ik was opgestaan toen de vrouw in het gangpad me een duwtje gaf met de microfoon.

Mijn hart bonkte en ik kreeg geen adem toen alle ogen in de zaal zich op mij richtten. Niall glimlachte niet, toonde geen enkel ander teken van herkenning.

'V-ve-vergeving.' Shit, waar wilde ik heen met dat? Ik haalde diep adem en dwong mijn mond en brein om op te houden met vechten om de controle. 'Hoe staat u tegenover vergeving?'

Hij fronste en alle hoop die uit de afgrond in mijn borst was opgestegen, verdorde en stierf. 'Bedoelt u als thema in mijn werk?'

'Eh. Zeker.' De vrouw stak haar hand uit voor de microfoon. Ik klemde hem steviger vast.

Voor in de zaal draaide Niall zich om en liep een paar passen naar links, alsof hij het publiek bij zijn antwoord wilde betrekken. 'Zoals de meesten van u weten, is verlossing – wat volgens mij verband houdt met vergeving, een manier om jezelf te vergeven door boete te doen voor je fouten – aanwezig in de eerste twee boeken van de serie. In *Secrets of the Wood Elves* ontdekt Nieven dat hij de zoon is van een verre koning. Hij begint aan zijn reis om zich met zijn vader te herenigen. Spoiler alert' – Niall grijnsde, wild en gevaarlijk – 'aan het einde van de eerste roman ontdekt hij dat het land van zijn vader enorm verschilt van het land waarin Nieven is opgegroeid. Vol gevaar. Corruptie. Verraad. Vandaar de titel van het tweede boek. Maar Nieven, als een brave kleine boself, denkt dat hij hem kan bekeren. Nog een spoiler – sorry – dat kan hij niet. En nu is het verhaal klaar voor een strijd tussen hen. U zult moeten wachten op het derde deel om de uitkomst te zien. Om te zien of Nievens vader verlost kan worden. Om te zien of Nieven zichzelf kan verlossen voor het gevaar waarin hij zijn vrienden heeft gebracht door hen naar het boze koninkrijk te leiden.' Niall spreidde zijn handen in een schijnverontschuldiging en verschillende mensen in het publiek kreunden.

'Maar...' Mijn stem klonk door de aula, zelfs voor mij een verrassing. 'Kan Nieven Lobelia vergeven?'

Gemor steeg op van de mensen om me heen. In *Treachery of the Wood Elves* was Lobelia een helper, een vriendin van Nieven. Ze had niets gedaan waarvoor vergeving nodig was.

'Ah.' Nialls ogen schitterden door de aula. 'Ik zie dat u op me vooruitloopt. Hier is nog een spoiler, een kleintje. In het derde boek, *Battle of the Wood Elves*, leert Nieven Lobelia's duistere geheim kennen. U zult moeten wachten tot volgende zomer om te ontdekken wat dat geheim is en of Nieven haar kan vergeven.'

De vrouw in het gangpad rukte de microfoon uit mijn handen en liep een paar rijen naar beneden om hem aan de volgende persoon te geven. Ik zonk weg in mijn stoel, me niets aantrekkend van de volgende vraag of van de campuspolitie die me nu vast en zeker had herkend.

Hij had Lobelia een duister geheim gegeven. Natuurlijk betekende dat dat Niall mij niet kon vergeven. Net zoals hij zijn vader als een schurk in het verhaal had geschreven, had hij mij er ook ingeschreven. Als een verrader.

Nattigheid op mijn wang. Nee. Ik ging niet huilen. Niet hier. Misschien later in mijn kamer bij Jackson en Alicia. Ik veegde de druppel weg met de mouw van Noahs hoodie en trok de capuchon over mijn haar. Tussen de hoofden van de mensen voor me keek ik naar Niall en mijn hart verpulverde tot stof.

Ik was hem een verontschuldiging verschuldigd. Misschien kon ik een manier bedenken om ook boete te doen en mezelf eindelijk te verlossen. Als ik hier wegkwam, zwoer ik bij welke machten dan ook die de bibliotheek bestuurden, dat ik naar zijn hotel zou gaan. Vergeet de band, fanfare of anderszins. Ik zou mijn excuses aanbieden. En dan zou ik mijn hele eerste salaris aan de stichting geven. Anoniem. Nee, op Nialls naam. Het was lang niet genoeg, maar het was een begin.

Maar eerst moest ik hier weg zien te komen. Ik kon geen

excuses aanbieden vanuit het arrestantenlokaal van de campus-politie.

Terwijl de vragen doorgingen, beraamde ik mijn ontsnapping. Een deur ongeveer halverwege werd niet bewaakt. Het kon een kast zijn. Of een doorgang naar de volgende kamer, een ontsnapping. Ik zou wachten tot het einde, en als iedereen opstond, zou ik naar die zijdeur gaan. Ik zou erdoorheen glippen. Als het een kast was, zou ik daar wachten tot iedereen weg was. Als het ergens anders heen leidde, zou ik het volgen zoals Bilbo Balings in de tunnels van de berg. Sterker nog, als ik langs de mensen rechts van me kon manoeuvreren en daarheen kon sluipen...

De mensen om me heen stonden op. Dit was mijn kans. Ik schuifelde naar het einde van de rij en draaide me toen tegen het verkeer in om naar voren te lopen, naar de zijdeur. Het was nog maar zes meter, maar de lezers die naar de achteruitgang liepen, vertraagden mijn voortgang. 'Pardon', mompelde ik. 'Sorry.' Langzaam bewoog ik me naar de deur.

Eindelijk stond ik ervoor. Ik pakte de stalen knop vast. Ik draaide hem naar links. Geen beweging. Rechts. Niets. Ik duwde. Hij kwam niet van zijn plek. Ik draaide en trok hem naar me toe. Nee. Hij zat op slot. Ik draaide aan de klink, rammelde ermee. Asjeblieft, alsjeblieft, alsjeblieft *alsjeblieft*. Niets. Ik keek op naar de hoofdingang. De eerste agent stond daar nog steeds, knikkend naar iedereen die naar buiten ging. Waar was die andere?

Ik zag hem, hij baande zich een weg door het hoofdgangpad. Zijn blik ving de mijne. *Shit!* Hij was een van de agenten die Jackson en mij hadden opgepikt bij het computerwetenschapsge-bouw. Hij had ons meer dan een uur vastgehouden in hun cel die naar wodka en bleekmiddel stonk. Zijn grimmige blik vertelde me dat hij mij ook herkende.

Hij kwam sneller vooruit dan ik. Mensen gingen voor hem opzij op een manier die ze niet voor mij deden. Hij was een paar rijen boven me en dan kon hij door de lege rij stoelen snijden om me te pakken.

Ik keek naar voren. Daar was nog een deur. En die had een

rood nooduitgangbord. Die zou niet op slot zitten. Ik zou langs Niall en Gabi moeten om erdoor te komen. Misschien zou een van de mensen in de rij hen afleiden met een vraag.

Met mijn rug tegen de muur gedrukt, schuifelde ik naar voren. Aan de andere kant van de rijen stoelen deed de agent hetzelfde, zijn ogen op mij vernauwd telkens als ik naar hem durfde te kijken. Wat ze ook had gezegd, Alicia zou er niet blij mee zijn om me op te halen bij het bureau van de campuspolitie.

Ik versnelde, duwend tegen de mensen die mijn ontsnapping blokkeerden. 'Sorry. Sorry. Gaat het? Sorry.' Maar ze bleven maar komen en dat rode nooduitgangbord leek maar niet dichterbij te komen.

Eindelijk dunden de lichamen voor me uit en had ik een vrij zicht op de deur. De rode UITGANG erboven was het mooiste wat ik ooit had gezien. Tenminste, totdat een paar groene ogen, dooraderd met goud, de mijne vingen.

'Sam?'

'Niall.' Al mijn voorwaartse momentum verdween.

'Mevrouw Jones.' Een ijzeren hand klemde zich om mijn biceps.

De politieagent. Hij zou me weer naar die cel slepen. Ik zou Jacksons exorbitant duur uitziende advocaat moeten bellen. Of – ik rilde – mijn moeder. En tegen de tijd dat we alles hadden opgelost, zou ik zo'n enkelband dragen en zou Niall weg zijn.

Nee. Niet voordat ik had gedaan waarvoor ik was gekomen. Ik was klaar met vluchten. Het was tijd om mijn problemen onder ogen te zien.

Ik trok aan de ijzeren greep van de agent. 'Niall, het spijt me.'

42

NIALL

'NIALL, HET SPIJT ME.'

Die grote ogen van haar smeekten, terwijl de beveiliger haar in een pijnlijke greep hield. Ik wist precies hoe gemakkelijk haar tere huid blauwe plekken kreeg, aangezien ik zelf een paar afdrukken op haar dijen had achtergelaten toen ze me had gesmeekt: 'Harder.' Ik schudde de herinnering van me af. Die greep zou een blauwe plek op haar arm achterlaten.

'Hé,' zei ik. 'Rustig aan. Wat is er aan de hand?'

'Sorry, mr. Flynn.' De agent bewoog nauwelijks toen Sam probeerde haar arm los te trekken. 'We begeleiden haar naar buiten.'

'Waarom?' Sam hoorde hier meer thuis dan ik. Al liet ze haar studentenpas niet zien. 'Is er een probleem met haar identificatiebewijs?'

'Ze hoort hier helemaal niet te zijn.'

Ik had haar praktisch uitgedaagd om me op te zoeken door op haar universiteit te verschijnen. Waarom zou ze hier niet mogen zijn?

'Sam, waar heeft hij het over?'

Ze gromde en gaf nog een vergeefse ruk aan haar arm. 'Ik heb een soort van campusverbod. Maar dat is niet belangrijk. Wat belangrijk is, is dat het me spijt. Het spijt me dat ik niet eerlijk was toen we aan de tour begonnen. En ik had het je moeten vertellen toen we… intiemer werden.' Ze wierp een blik op Gabi, die met haar armen over elkaar, een heup naar buiten gestoken en haar wenkbrauwen opgetrokken tot aan haar haargrens stond.

'Het spijt me dat wat ik met CASE heb gedaan je heeft gekwetst. Dat ik de indruk heb gewekt dat ik je werk niet waardeerde. Je carrière. Want dat doe ik wel. Je boeken zijn geweldig en ik wil niet dat je stopt met schrijven. Nooit.'

Ze zei precies de juiste dingen en mijn ego spon als een kat. Maar… 'Wacht even. Waarom heb je een campusverbod?'

De agent onderbrak hen. 'Ongeoorloofde toegang tot privéterrein. Diefstal en vernieling van eigendommen van de universiteit.' Hij trok aan haar arm en ze kromp ineen.

'Hé zeg.' Gabi stapte naar voren, haar handen in haar zij. 'U hoeft niet zoveel kracht te gebruiken.'

'Ze heeft voor meer dan twee miljoen dollar aan intellectueel eigendom vernietigd.'

Gabi's ogen werden groot en vernauwden zich toen. 'Ze heeft ook een rijke familie met een legertje dure advocaten. Ik heb een camera op mijn telefoon en ik sta op het punt om te gaan filmen.' Ze pakte haar telefoon.

Voor één keer was ik dankbaar voor de technologie. De greep van de agent verslapte. 'Ik verlaat de campus nu,' zei ik, met mijn handen omhoog in een kalmerend gebaar. 'Ik zal dr. Jones van de campus begeleiden. Geen reden om nog een scène te schoppen voor al deze donoren.'

Alsof hij de starende blikken van de mensen om ons heen niet had opgemerkt, keek de agent om zich heen en liet hij Sams arm los. 'We zullen er alleen voor zorgen dat ze het universiteitsterrein verlaat.'

'Prima.' Ik hing mijn tas over mijn schouder. 'Gaat het?'

Ze wreef over haar arm. 'Het gaat wel. Maar je kunt me geen dr. Jones noemen.'

Was ik er klaar voor om de afstand te overbruggen en haar Sam te noemen? Dan moest ik alle keren vergeten dat ik haar naam had gehijgd terwijl we de liefde bedreven.

Gabi leidde ons naar de uitgang, een gang door en via een achterdeur naar buiten. Het was mei en een koude bries sloeg tegen mijn wangen en herinnerde me eraan dat ik niet voor haar mocht bezwijken. Ik kon mijn armen niet om haar heen slaan en verdrinken in haar kruidige geur, in het comfort van haar lichaam. Niet voordat we hadden gepraat.

Terwijl we naar de parkeerplaats liepen, boog ik me naar Sam toe. 'Diefstal en vernieling van eigendommen van de universiteit? Waar heeft die agent het over?'

'Ik… Dr. Martell kreeg een aanbod voor een investering. Van… van je vader. Hij wilde dat we meer features toevoegden, meer genres. Gepersonaliseerde verhalen naar de telefoons van mensen stuurden. En ze zouden meer CASEs hebben gebouwd. Om aan uitgevers te verkopen. Ze zouden de markt hebben overspoeld met een goedkoop product en ik maakte me zorgen over wat er met jou en je boeken zou gebeuren. Ik… ik kon dat niet laten gebeuren.'

Ik stopte met lopen. Ik kreeg kippenvel en niet van de avondbries. 'Sam, wat heb je gedaan?'

Ze staarde in de verte. Of misschien keek ze naar het informaticagebouw. 'Ik heb het programma gewist. En de back-ups vernietigd. Jackson en ik. Dr. Martell was hier niet blij mee.'

Je kunt me geen dr. Jones noemen. Nee. 'Je bedoelt toch niet dat hij je doctoraatstitel heeft afgenomen?'

'Hij had mijn proefschrift nog niet goedgekeurd. En nu zal hij dat ook nooit meer doen. Ik ben van de opleiding getrapt.'

'Maar wat ga je nu doen?' Het was het enige wat ze ooit had gewild. Mijn hart brak door haar verbrijzelde dromen.

Ze gaf me een scheve glimlach. 'Ik heb mijn programmeervaardigheden nog. Connecties. Ik begin maandag bij het bedrijf van

Jackson. We hadden een idee voor een... een stukje software.' Ze stokte en hield op.

Ik wierp een blik op de politieagenten, die nog steeds dichterbij kwamen. Ik sloeg een arm om haar schouders en duwde haar in de richting van de huurauto.

'Het is boekgerelateerde software.' Ze sprak snel, opgewonden. 'We willen graag samenwerken met een aantal auteurs en rollenspellen ontwikkelen op basis van hun boeken. Met behulp van kunstmatige intelligentie om de interacties met de personages in het spel realistischer te maken. Het is niet hetzelfde als CASE. We beginnen weer vanaf nul. Tenminste, als er auteurs zijn die geïnteresseerd zijn om met ons samen te werken. Met mij.'

Gabi liep een paar passen voor ons uit, maar ze stopte en draaide zich om. 'Ik ken wel een paar schrijvers die geïnteresseerd zouden zijn. Als het wat oplevert.' Ze stak haar heup naar voren en sloeg haar armen over elkaar in een krachtige houding.

'Eh, je zult met Jackson moeten praten over het geld. Ik ben alleen de programmeur. Maar ik weet zeker dat het een eerlijke deal zal zijn.'

Gabi trok een wenkbrauw op, zoals ze deed als ze dacht dat ze een groter deel van de koek kon krijgen of wat voor onderhandelings-onzin dan ook. 'Misschien heb je een adviseur nodig om je te helpen bij het ontwikkelen van de winstdeling.'

Een mondhoek van Sam trok op in een bijna-glimlach. Ze ontgrendelde haar telefoon en gaf hem aan Gabi. 'Zet je gegevens erin, dan bellen we je volgende week.'

Gabi grijnsde. 'Ik denk dat dit het begin is van een prachtige vriendschap.' Ze typte haar gegevens in en gaf de telefoon terug. 'Als je het goed vindt, Niall,' zei ze, 'dan bel ik een taxi. Ga ik een beetje sightseeing doen. Jij brengt Sam wel thuis, toch?' Ze gooide me de sleutels van de huurauto toe.

'Vind je dat goed, Sam?' Ik had mijn arm nog steeds om haar heen, maar ik wankelde bijna toen ze me raakte met de volle kracht van die paarse ogen.

'Ja.'

'Gedraag jullie, kinderen. Prettige avond, agenten.' Gabi liep naar de hoek net buiten de parkeerplaats. Haar ogen waren op haar telefoon gericht en haar vingers vlogen over het scherm.

Ik klikte de portieren van het slot en opende de passagiersdeur voor Sam. De agenten keken vanaf een meter of zes toe terwijl ik om de motorkap heen liep en achter het stuur ging zitten. Ik schoof de stoel helemaal naar achteren en deed mijn gordel om.

Ik startte de auto. 'Je woont hier in de buurt, hè?'

'Niet meer. Ik ben bij Jackson ingetrokken. Tot ik genoeg gespaard heb voor een eigen plek.' Ze keek uit het raam en wreef met haar neus langs haar mouw.

'Is Bilbo oké?' Mijn hart stond stil. Als ze hem in een asiel had gedaan, zouden we er nu meteen naartoe rijden. Dan was ik maar de diva die met een schoothondje op sleeptouw ging tijdens een boektournee.

'Met hem gaat het goed. Jackson en Alicia hebben een kat die niet veel groter is dan hij, en ze kunnen het redelijk met elkaar vinden. Ik heb hem vanavond niet meegenomen. Ik wilde niet dat hij… voor het geval ik weer zou worden vastgehouden.'

'Sam.' Ik pakte haar hand en hield hem vast. Ze had de gevangenis geriskeerd om me op te zoeken, om haar excuses aan te bieden. Dat moest iets betekenen. Vergeving.

Er werd op mijn raam getikt. De agent weer. Hij knikte met zijn hoofd naar de uitgang van de parkeerplaats. Ik knikte. Zodra hij achteruit was gegaan, zette ik de auto onhandig met mijn linkerhand in zijn achteruit. Ik was niet van plan Sam los te laten. Niet na wat ze voor me had opgeofferd.

Voorzichtig stuurde ik de auto naar de uitrit en sloeg rechtsaf, zonder me erom te bekommeren of dat de juiste richting was.

Een paar straten verderop reed ik de parkeerplaats van een winkelcentrum op. 'We zijn nu van de campus af, toch?'

'Ja. De echte politie patrouilleert in dit gebied.'

'Je hebt toch geen problemen met de echte politie?'

'Technisch gezien heb ik zojuist een contactverbod overtreden. Dus misschien?'

Ik leunde achterover in mijn stoel en keek naar het dak. 'Waarom heb je het vernietigd, Sam?'

'Waarom?' Ze fronste. 'Om een heleboel redenen. Voor Qiana en de andere mensen bij Happy Troll. Voor Tamarah Starr en Kate Salazar en elke andere schrijver in die zaal bij de prijsuitreiking. Voor de lezers. Voor de menselijke creativiteit en kunst. Maar vooral voor jou, Niall. Ik wil het einde van het verhaal lezen.'

'Ik wil het ook lezen.' Ik bedoelde niet alleen het verhaal van de boselfen. Ik bracht haar hand naar mijn lippen en kuste haar knokkels.

'Kun je me vergeven? Je mag erover nadenken. Je hoeft het me vandaag niet te vertellen.'

Warmte als gesmolten goud stroomde door mijn aderen. 'Dat heb ik al gedaan. Dank je wel dat je het hebt rechtgezet. Niet veel van de mensen voor wie je het deed, zullen begrijpen wat je allemaal hebt opgegeven. Maar ik wel.'

Haar lippen trilden. 'Dank je wel,' fluisterde ze.

'Ik wil graag opnieuw beginnen als dat kan. Geen leugens. Vanaf nu alleen nog maar de waarheid.'

'Opnieuw beginnen?' Ze trok haar neus op. 'Helemaal vanaf het begin? Zo van: hoi, ik ben Samantha Jones, maar je mag me Sam noemen en ik ben een computerprogrammeur die bij haar broer woont en werkt?'

Ik wreef met een hand over mijn nek. 'Misschien niet zo ver terug.'

'O?' We hielden nog steeds elkaars hand vast en ze streek met haar duim over mijn knokkels. 'En hoe ver terug wel? Tot het punt waarop ik zei dat ik je leuk vond? Toen waren we vrienden, denk ik. En ik kuste je.'

Ik leunde over de middenconsole en ze raakte mijn lippen zachtjes, voorzichtig aan. Maar net toen ik mijn hoofd schuin hield om de kus te verdiepen, trok ze zich terug.

'Als we vanaf nu alleen maar eerlijk zijn, moet ik je vertellen dat al dat gedoe over opnieuw beginnen?' Ze gebaarde met haar rechterhand tussen ons in. 'Het is een beetje dwaas, want ik hou al van je. En zelfs als we teruggaan en elkaar eerst als vrienden leren kennen, hou ik al van je.'

De koude plek in mijn borst werd warm. 'Ik hou ook van jou. Ik wilde het niet, niet toen ik zo boos was. Maar het is zo.' Misschien wilde ik helemaal niet terug. Misschien wilde ik alleen maar vooruit, zoals Nieven altijd deed. 'Ik heb je gemist. De tour was niet hetzelfde. Zou je overwegen om me te vergezellen voor het volgende deel?'

'Ah.' Ze trok een grimas. 'Niet alleen begin ik met een nieuwe baan, die ik nodig heb om, je weet wel, te eten en zo, maar ik mag ook de staat niet verlaten.'

Een grinnik borrelde op uit mijn buik. 'Aha.'

Ze wreef cirkels op de rug van mijn hand. 'Alleen totdat de advocaten van Jackson hun magie hebben verricht. Ze hebben hem uit ergere dingen gekregen.'

'Ergere dingen?' Wat had hij in hemelsnaam gedaan?

'Er zou een grote donatie aan de universiteit bij betrokken kunnen zijn. Het helpt als je broer schathemeltjerijk is.'

'Ik wil het nu niet over hem hebben. Ik wil het over ons hebben.'

'Sorry, ik… je weet wel.'

'Ik weet het. Het is een van de dingen waar ik van hou bij jou, Sam.'

Ik was blij dat we geparkeerd stonden, want ik zou ons in de greppel hebben gereden als ze me met haar grote ogen had aangekeken terwijl ik reed.

'Ik kan niet geloven dat je nog steeds…' Ze beet op haar trillende lip.

'Sam. Sam.' Ik legde mijn hand om haar wang. 'Ik hou van elk deel van jou. Want dat is wat jou… jou maakt. Ik hou van je grote brein, vooral wanneer het met je op de loop gaat en je meer zegt dan je zou moeten.'

'En ik hou van je grote hart.' Ze legde haar hand op mijn borst en ik pakte die vast. 'Vooral als het ervoor zorgt dat je voor iedereen wilt zorgen van wie je houdt.'

'Ik wil voor jou zorgen, Sam. Ik wou dat...' Ik hield op. Sam kon voor zichzelf zorgen.

'Ik weet dat je dit moet doen,' zei ik. 'Je brein en je vaardigheden gebruiken om een nieuw leven voor jezelf te creëren.'

'Een leven voor ons,' zei ze. 'Het zijn wij tweeën nu.'

Warmte vulde mijn borst. Twee uur geleden had ik me nooit kunnen voorstellen dat ik zo gelukkig kon zijn. 'We zouden ergens naartoe moeten gaan waar het comfortabeler is dan deze huurauto om te bespreken hoe dit gaat werken.'

Haar glimlach werd ondeugend. 'Ik denk dat we precies weten hoe dit werkt. We zijn er behoorlijk goed in geworden tijdens de tour.' Ze liet haar hand naar beneden glijden en volgde de tailleband van mijn kaki broek.

Mijn buikspieren spanden zich aan en mijn lul werd hard. 'Misschien moeten we, ah, de seksuele spanning verdrijven voordat we praten.'

'Ik denk dat dat een briljant idee is.' Ze leunde naar voren en kuste de zijkant van mijn nek. 'Dan zijn onze hoofden helderder.'

Ik hoopte het. Op dat moment was mijn brein te wazig om me de weg naar het hotel te herinneren. Ik moest op Sams kaart-app vertrouwen om ons erheen te leiden.

Technologie was niet altijd iets slechts.

———

UREN LATER SCHROK ik wakker in mijn hotelkamer toen Sam mompelde: 'Niall?' Haar haar kietelde mijn kin toen ze haar hoofd ophief van mijn borst, die ze als kussen had gebruikt.

'Ja?' De lamp was nog aan en het licht glinsterde op haar donkere haar toen ik het uit haar gezicht streek. Ze ging toch niet weg? Niet nu, nu we eindelijk eerlijk tegen elkaar waren geweest.

'Denk je dat we terug zouden kunnen gaan naar de boerderij?' Ze trok haar neus op. 'Of hebben je moeder en opa nu een hekel aan me?'

Mijn razende hartslag vertraagde. 'Ze hebben geen hekel aan

je. Ze zullen dolblij voor ons zijn. Ze weten dat ik ongelukkig was zonder jou. Vond je de boerderij echt leuk?'

'Natuurlijk. Het is een deel van jou. Toen we daar waren, was het alsof jij op je plek viel.'

'Sam.' Ik trok haar naar me toe en stopte haar hoofd onder mijn kin. 'Jij bent degene die op haar plek viel in mijn leven. Toen je weg was, was een deel van mij vermist. Ik weet dat het niet eenvoudig zal zijn om uit te zoeken hoe we samen kunnen zijn, maar het gaat ons lukken.'

Ze omhelsde me stevig. 'Niets aan ons is eenvoudig. Behalve dit: ik hou van je en niets, zelfs geen levenslang campusverbod, zal ons uit elkaar houden.'

'Zelfs niet het slechte bereik op de boerderij?'

'Nee. Een beetje rust en stilte klinkt perfect. Zolang je maar bij me bent.'

'Altijd.' Ik streek door haar haar. 'Altijd.'

EPILOOG

SAM

Twee weken later

TOEN DE LIFTDEUREN op de zesde verdieping van het Synergy-gebouw opengleden, voelde de energie anders aan. Verkeerd. Ze gonsde van de woede, net als de tl-buizen in de ophoudcel van het politiebureau op de campus. Ik huiverde bij de herinnering.

Jacksons deur stond open, en Marlee en Tyler stonden voor haar bureau te fluisteren.

'Hé, jongens, wat is er aan de hand?'

Marlee sprong op en haar ogen werden groot. 'Sam! Wat doe jij hierboven?'

'Ik heb een afspraak met Jackson. Is hij al zover?'

'O, eh,' – ze wisselde een blik uit met Tyler en liet haar ogen toen door de gang dwalen in de richting van Coopers kantoor – 'ja, ik denk dat je dat moet uitstellen.'

'Waarom? Heeft mijn broer me weer laten zitten?' Vorige week was hij een vergadering met mij vergeten en was hij niet teruggekomen van zijn lunch met Alicia. Toen ik hem er later, na het eten, over plaagde, had hij gemopperd dat hij geen privacy meer had in zijn eigen huis. Terecht, aangezien ik nog steeds bij hem woonde.

Maar ik had ervoor gezorgd dat ik Noah zaterdag de hele dag had meegenomen naar het planetarium en 's avonds naar een science-fictionfilm.

Tyler kruiste zijn armen. 'Jackson laat je niet zitten. Hij heeft gewoon andere prioriteiten.'

Marlee legde een kalmerende hand op Tylers arm. 'Het is niet de schuld van je broer. Dit keer is het Cooper.' Haar stem werd lager en ze tuitte haar lippen.

'Cooper? Ik heb hem nog nooit… wacht. Is hij terug?' Cooper, die Jackson meestal hielp om de rotzooi op te ruimen die hij had veroorzaakt, was nergens te bekennen sinds ik twee weken geleden bij Synergy was komen werken.

'Ja, en hij heeft dit keer voor het nodige drama gezorgd. Wacht maar tot je hoort wat hij en Ben—'

Mijn telefoon zoemde in mijn hand en ik stak een vinger op. Ik moest zeker weten dat het niet de onfortuinlijke stagiair was die Jackson had ingehuurd om me te helpen. Hij had meer zorg en aandacht nodig dan Bilbo Balings.

'Hallo?'

'Mevrouw Jones, met José van de beveiliging. U heeft een bezoeker. Een zekere meneer Flynn.'

'Is Niall hier? Maar hij zit in…' Waar zou Niall ook alweer zijn? St. Louis? Kansas City? Ergens in het midden van het land.

'Hij vraagt of hij u kan zien. Moet ik hem naar boven sturen?'

'Jazeker! Ik bedoel, ja, graag. Ik ben op de zesde.' Trillend zweefde mijn vinger boven de rode knop. Niall was in San Fran-cisco? Ik was er niet klaar voor. Ik haalde mijn vingers door mijn haar, maar ze bleven haken in mijn losse knot. Shit! Ik trok die eruit en kamde mijn haar met mijn vingers.

Een glimlach speelde om Marlees lippen. 'Moet je jezelf zien. Mevrouw Ik-wil-geen-man is nerveus omdat haar vriendje haar van haar sokken komt blazen.' Ze leunde tegen Tyler aan, en hij sloeg zijn arm om haar heen.

'Doe niet zo zelfvoldaan. Zie ik er goed uit?' Ik streek mijn Flash Gordon T-shirt glad.

'Je ziet er geweldig uit', zei Tyler. Een kuiltje verscheen in zijn wang. Ik kon er altijd op rekenen dat Tyler het juiste zei.

'Schitterend.' Marlee legde een lok van mijn haar over mijn schouder. 'Al ga ik je op een dag nog wel overtuigen om die cargobroeken te heroverwegen.'

'Die cargobroek krijg je alleen van mijn koude, dode—' Achter me pingelde de lift, en ik draaide me om en zag mijn roodharige Viking uit de metalen deuren stappen. 'Niall!'

Met vier grote passen had hij me in zijn armen gesloten. Ik ademde zijn dennengeur in. *Thuis.* Ik had dan misschien mijn eigen dromen verpest en was geëindigd als programmeur op middenniveau in het hightechgebouw van mijn broer met onderbemeten servers, maar nu Niall er was, was ik precies waar ik moest zijn.

'Sam', fluisterde hij in mijn oor. Zijn lippen kietelden mijn nek en ik rilde.

'Jij hoort in—'

Hij kuste me, en door de resolute druk van zijn lippen vergat ik wat ik wilde zeggen. 'Ik kon niet wachten', mompelde hij.

'Hé, Niall', zei Marlee. 'Leuk je persoonlijk te ontmoeten.'

Met tegenzin liet ik hem los. Sociale conventies waren echt klote. 'Niall, dit is mijn vriendin, Marlee. Jullie hebben elkaar via een videogesprek ontmoet toen we op… toen we op reis waren.' Ik dacht niet graag terug aan alle leugens die ik had verteld toen we samen op tournee waren. 'En haar verloofde, Tyler, die ook een vriend van me is.'

Niall schudde hen beiden de hand. 'Ik heb veel over jullie gehoord.'

'Hij wil alles weten over mijn leven en zo.' Ik rimpelde mijn neus. Tijdens onze nachtelijke telefoongesprekken wilde ik gewoon meteen door naar de telefoonseks, maar Niall wilde ook echt praten. Wat ook wel eerlijk was, denk ik, aangezien ik hem niet veel over mijn leven had verteld toen we samen op tournee waren.

'Dat is zo lief!' Marlees stem schoot de hoogte in, zoals altijd als ze het over de liefde had.

Ik rolde met mijn ogen. 'Er is niets liefs aan wat ik na twee weken met mijn vriendje wil doen.' Ik liet mijn hand van zijn rug naar de strakke ronding van zijn kont glijden en kneep erin als in een rijpe sinaasappel. Hij verschoof me voor zich en de harde rand van zijn erectie priemde in mijn heup. Het werd wazig in mijn hoofd. Ik moest hem te pakken krijgen. Meteen.

'Is er hier ergens een lege vergaderruimte of voorraadkast?' Ik drukte me tegen hem aan.

Marlee schonk me een irritante grijns. 'Jackson is in Coopers kantoor, dus je kunt daar naar binnen gaan.' Ze wees naar Jacksons kantoor.

'Tot later, Sam.' Tylers stem zweefde nog net binnen voordat de deur van mijn broers kantoor achter ons dichtsloeg.

Jacksons bureau was in zijn gebruikelijke chaotische staat, bezaaid met hardware en papieren. Ik trok Niall mee naar het zitgedeelte. De bank was klein, maar zou prima volstaan voor mijn doel. Namelijk, mijn doel om Niall uit de kleren te krijgen.

'Wacht.' Onze verstrengelde handen trokken me tot stilstand. Door Nialls massa had hij veel inertie als hij dat wilde.

'Wachten? Waarom?' Er klonk een wanhopige ondertoon in mijn stem, maar het kon me niet schelen. 'Het is al *twee weken geleden.*'

'Ik weet het, lieverd. Ik wilde je zo graag aanraken dat ik voor één nacht vanuit Omaha hiernaartoe ben gevlogen.'

Omaha, juist. 'Hoe was de lezing? Heeft iemand je haar nummer toegestopt?'

De blos op zijn wangen vertelde me dat dat inderdaad zo was. Maar het maakte niet uit. Niall Flynn was helemaal van mij, ongeacht hoeveel kilometers ons scheidden. Ik hoefde nooit meer jaloers te zijn.

'Ik moet morgenochtend in Denver zijn. Maar ik wilde vannacht met jou doorbrengen.'

Mijn borstkas werd warm. 'Dat klinkt goed. En we zien elkaar over twee weken nog steeds op de boerderij?'

Hij sloeg zijn armen om me heen. 'Natuurlijk. De wifi is goed, volgens opa. Je zult zoveel kunnen werken als nodig is.'

'En jij zult schrijven. Lees je 's avonds de nieuwe woorden aan me voor?'

'Onder andere.' Hij nestelde zijn gezicht in mijn nek, en een diep verlangen welde in me op.

Ik frunnikte aan het bovenste knoopje van zijn flanellen overhemd. 'Laat me die andere dingen maar zien.'

Hij hield mijn handen tegen. 'Is er niet ergens met iets meer privacy? Ik, eh, krijg het gevoel dat we publiek hebben.' Hij knikte naar de glazen wand. Marlees en Tylers schaduwen tekenden zich af achter de gesloten jaloezieën.

'Jacksons huis is te ver weg. Bovendien werkt Alicia daar overdag. Maar' – de ingeving overviel me als een mokerslag – 'mijn broer heeft het meest geweldige directietoilet.'

Ik leidde hem ernaartoe en opende de deur met een zwierig gebaar.

Niall kneep zijn ogen samen en aarzelde in de deuropening. 'Geweldig? Dit is niet groter dan mijn kledingkast thuis. En de kasten van de boerderij zijn gebouwd in een tijd dat mensen twee, misschien drie setjes kleren hadden.'

Ik tuurde de ruimte van vier bij zes voet in. 'Wat er zo geweldig aan is, is dat het een plat oppervlak heeft. En een deur. Ga nu naar binnen zodat ik je kan neuken.'

'Wat een poëet.' Hij grinnikte. Maar hij stapte achteruit naar binnen, trok me tegen zijn borst en duwde de deur met zijn voet dicht.

'Ik ben de programmeur, weet je nog? Jij bent de poëet. Verleid me met wat woorden.'

En reken maar van yes dat hij dat deed. En het mooiste? Woorden waren slechts het op één na beste waar die tong van hem goed voor was.

BONUS EPILOOG
DE SPEECH

SAM

Twee jaar later

MIJN HANDEN VLOGEN over het toetsenbord. Ik zat in de zone. Ik was aan het knallen.

Net als Lobelia.

Een gelevel-upte Lobelia zou fantastisch zijn om te spelen in de game *Battle of the Wood Elves*, gebaseerd op het nieuwe boek van Niall.

Tot nu toe hielden de bèta-testers van de game *Treachery of the Wood Elves* van haar pittigheid in zakformaat. Ze zouden door het dolle heen zijn met een volgroeide Lobelia. Ik kon me niet voorstellen dat ik als een ander personage zou willen spelen.

Het was maar goed dat Niall een nog angstaanjagender monster had bedacht voor haar en Nieven om tegen te vechten in deze game. Ik kon niet wachten om het te programmeren.

Geklop op de deur van mijn kantoor deed Bilbo Baggins opspringen uit zijn mand onder mijn bureau, blaffend en ronddraaiend. De verstoring haalde me abrupt uit mijn flow. Ik keek naar het aangepaste bedieningspaneel op mijn bureau.

Het was Nialls idee geweest om het systeem te installeren, net zoals het 'on air'-lampje buiten een opnamestudio. Aan de buiten-kant boven mijn deur betekende een groen licht: *Kom binnen*. Ik was niet van plan die te gebruiken. Ik bedoel, waarom zou ik naar kantoor gaan als ik niet aan het coderen was? Geel betekende: *Binnenkomen op eigen risico*. Dat was de standaardinstelling. Rood, wat nu had moeten branden, betekende: *In de codeerzone. Blijf buiten.*

Misschien hadden de lampjes een storing. Ze waren gisteren pas in mijn nieuwe kantoor geïnstalleerd.

Toen er voor de tweede keer werd geklopt en Bilbo Baggins tegen de deur begon te krabben, knapte mijn concentratie. Ik stond op, rolde met mijn schouders en riep: 'Kom binnen.'

Nialls koperkleurige haar verscheen in de deuropening, gevolgd door de rest van hem. Klassieke rockmuziek zweefde door de opening naar binnen voordat hij de deur dichttrok en ertegen leunde.

'Sorry dat ik stoor,' zei hij, terwijl hij zijn armen over zijn borst kruiste. Hij had de mouwen van zijn geruite overhemd opgerold, waardoor zijn onderarmen zichtbaar werden. De welving van zijn strekspieren was mijn kryptoniet, en dat wist hij.

'Je ziet er niet uit alsof het je spijt.' Ik probeerde de frons op mijn gezicht te houden, degene die de stagiairs de stuipen op het lijf joeg, maar dat lukte me niet met Niall die daar stond en zijn sexy onderarmen opdiende alsof het een snack was.

'Het spijt me dat ik je codeersessie onderbreek. Maar het feest is al begonnen en je hebt beloofd dat je zou komen.'

Mijn maag trok samen. 'Is dat vandaag? Nu meteen?'

'Ja, dat weet je.' Hij duwde zich van de muur af en liep naar het bureau, met Bilbo Baggins naast zich aan dravend. 'Jackson heeft er veel moeite voor gedaan en hij zou het op prijs stellen als je kwam opdagen. Je medewerkers willen een paar woorden horen van hun oprichter om de gelegenheid te vieren. Afstuderen van een skunkworks-project bij Jacksons bedrijf naar je eigen gebouw is een grote stap.'

Dat was het ook, en daarom had ik ingestemd met het feest. Maar dat betekende niet dat ik een speech wilde houden.

'Ik zie het vandaag niet zitten. Er zullen zo veel mensen zijn.'

'Het zijn alleen mensen die je kent.' Hij stak zijn hand uit, met de palm naar boven. 'Kom op. Hoe eerder je naar buiten gaat, hoe eerder we naar huis kunnen.'

Ik liep om mijn bureau met zijn drie enorme monitoren heen en pakte zijn hand. 'Naar huis? Bedoel je naar het appartement, of naar de boerderij?'

'We blijven toch nog een week in San Francisco?' Hij keek op zijn horloge, het ouderwetse dat ik voor hem had gekocht met een wijzerplaat voor de datum. 'Het is nog steeds de eerste helft van de maand.'

Dat was onze afspraak. We verbleven de eerste twee weken van elke maand in ons appartement in San Francisco, dat klein was maar veel mooier dan mijn oude flatje bij de universiteit. Ik kon overal coderen, maar als je een gamingbedrijf startte, had ik geleerd, wilden je medewerkers de oprichter op kantoor zien werken.

De rest van de tijd woonden we op de boerderij. Niall was dol op de oude boerderijwoning, maar na een paar opmerkingen van opa Jerry over de dunne muren, waren hij en de Turners begonnen met het bouwen van een huis voor ons naast wat we onze weide noemden, aan de andere kant van de schuur.

'Het loopt hier allemaal op rolletjes. Misschien kunnen we deze maand eerder weg? Is Sally niet elk moment uitgerekend?'

'Jij...' Zijn wenkbrauwen gingen omhoog. 'Stadsmeisje Samantha Jones, wil jij de geboorte van een geit zien?'

Ik trok een grimas. 'Niet echt. Maar ik wil wel graag het schattige geitje zien nadat het geboren is.'

'Echt waar?' Zijn wenkbrauwen bleven hoog op zijn voorhoofd staan. 'Neemt je moeder je morgenavond niet mee om een trouwjurk te kopen?'

Ik liet mijn voorhoofd op zijn borst rusten. 'Betrapt.'

'Sam.' Hij tilde mijn kin op met een vereelte vinger en keek me in mijn ogen, zijn groene ogen schoten heen en weer tussen de mijne. 'Wil je niet trouwen?'

'Jawel.' Ik draaide aan de ring om mijn vinger, degene die hij me de maand ervoor had gegeven. Nadat we zo snel verliefd waren geworden, hadden we de volgende stappen rustig aan gedaan. Rustig aan was een ding van Niall. Een ding dat ik fijn vond. Heel fijn.

Ik streek met mijn vingers door de rossige haren op zijn onderarm. 'Ik wil met je trouwen. Maar ik wil geen grote bruiloft. Kunnen we niet in de weide trouwen? Jij kunt een van je geruite overhemden dragen en ik mijn cargobroek.'

Zijn borstkas zette uit en toen liet hij de lucht met een zucht over mijn hoofd ontsnappen. 'Je mag dragen wat je wilt. En het kan me niet schelen of we trouwen in het museum dat je moeder heeft gereserveerd of in de schuur of poedelnaakt onder de sterren. Het enige wat ik wil, is de rest van mijn leven met jou doorbrengen.'

'Niall.' Ik ging op de tenen van mijn legerkisten staan en hij boog zijn hoofd om me te kussen. Ik sloeg mijn armen om zijn nek en legde elke greintje dankbaarheid, al mijn liefde, in de kus. Tegen zijn lippen mompelde ik: 'Dank je. En vertel jij het mijn moeder?'

Ik miste de warmte van zijn lippen toen hij zijn hoofd terugtrok. 'Wil jij dat *ik* je moeder vertel dat we een bruiloft in de buitenlucht houden waar kleding optioneel is?'

Ik haalde mijn vingers door de weerbarstige lokken in zijn nek, zoals hij het fijn vond. 'Ik wil dat je moeder vertelt dat we haar grote societybruiloft hier in San Francisco niet doen. We houden een bruiloft voor vrienden en familie in Enchanted Forest. We zetten een tent op in de weide.'

'Deze zomer?'

'Nee. Volgend weekend.'

'Volgend weekend?'

'Volgend weekend. Marlee heeft me *When Harry Met Sally* laten kijken, en ik realiseerde me dat Harry gelijk heeft. Ik wil dat de rest van mijn leven zo snel mogelijk begint.'

Dit keer trok hij me naar zich toe en kuste me, zijn tong zocht wanhopig de mijne. Na een minuut lieten we elkaar ademloos los.

'Volgend weekend. Ik zal het zelfs aan Audrey vertellen.'

'Al maakte ik een grapje over dat naakt zijn. Dat weet je toch?'

'Je weet dat ik poedelnaakt voor onze vrienden en familie zou gaan staan voor jou.'

Ik rilde. 'Ik weet het. Maar als iedereen je naakt zou zien, zou ik met alle vrijgezelle vrouwen, en een paar van de mannen, om je moeten vechten.'

Hij grinnikte. 'Dat zou je ook doen.'

'Jackson heeft me geleerd vuil te vechten. Ik zou winnen.'

'Goed. We kunnen het naakt zijn bewaren voor na de bruiloft.'

'Misschien kun je me een voorproefje geven van wat ik op onze huwelijksnacht krijg.'

Zijn armen gleden om mijn rug en hij trok me dicht tegen zich aan. 'Hier?' Hij kuste me, een lange, lome beweging van lippen en tong.

Toen we loslieten om adem te halen, dansten er vlekken voor mijn ogen. 'Of een vluggertje in het directietoilet, beide zijn goed.'

'Je mag dan de CEO zijn van je eigen, zeer populaire start-up, maar je hebt geen directietoilet.' Zijn stem beefde in mijn oor, dik als honing met suikerkristallen. 'En ik doe het veel liever langzaam.'

Ik smolt tot een plasje, hier op mijn kantoor. 'Beloofd?'

'Beloofd.' Hij kuste het plekje onder mijn oor dat me deed rillen. Toen gleed zijn hand langs mijn rug, bleef hangen op de plek onderaan mijn ruggengraat die tintelde, en volgde de ronding van mijn billen. Hij kneep, zijn vingertoppen plagend bij de samenkomst van mijn benen.

Het rationele deel van mijn brein bood een laatste keer weerstand. 'Moet ik niet ergens zijn?'

'Je zou meer ontspannen zijn voor je speech als ik…'

Ik sprong achteruit. 'Speech! Verdomme, Niall.' Ik streek mijn shirt glad en trok mijn cargobroek recht. Ik wou dat ik een van die vrouwen was die parfum op haar kantoor bewaarde. Iedereen zou mijn opwinding kunnen ruiken en weten dat we op mijn kantoor hadden staan vozen. 'Dit is wraak voor Salt Lake City, hè?'

'Bedoel je die keer dat je me aftrok onder de tafel bij dat prijsgala?'

Ik flitste hem een duivelse grijns toe. 'Het was een heel saai gala. En jij zei dat je de prijs niet zou winnen.'

'Ik moest het podium oplopen met sperma op mijn broek.'

'Niemand kon het zien. Je jasje bedekte alles.'

'Alles behalve mijn rode hoofd.'

'Ach. Het was het helemaal waard toen je alleen mij bedankte in je speech. Gabi was *woest*.'

Zijn wangen gingen omhoog in een langzame, plagende glimlach. 'Kom op. Eens kijken hoe goed je speech is als je alleen maar kunt denken aan…' En hij fluisterde het goorste wat ik ooit had gehoord in mijn oor.

Mijn schoot trok samen, en ik hapte naar adem. 'Dat. Dat wil ik. Nu. Alsjeblieft.'

'Na je speech. Tijd om te gaan, mevrouw de CEO.'

Ik pruilde nooit. Niet zoals mijn zus Nat, die haar pruillip gebruikte als een wapen om alles te krijgen wat ze wilde. Maar mijn pruillip zou zelfs baby Valentine trots hebben gemaakt. 'Wil niet.'

Hij tikte op mijn kont, en ik was zo opgewonden dat ik bijna ter plekke klaarkwam. 'Geef je speech als een braaf ondernemertje, en dan doen we het vanavond twee keer. Langzaam.'

Twee keer? Ik wist niet zeker of mijn lichaam dat aankon. Maar ik vertrouwde Niall. Ik trok mijn paardenstaart strakker. 'Afgesproken. Ik zal snel zijn. Ik zal wat zeggen, handen schudden en dan naar huis. Voor dat langzame gedoe.'

'Ga jij maar voor, mijn lief.'

Zijn staart recht omhoog als een banier, leidde Bilbo Baggins de weg van mijn kantoor naar de gemeenschappelijke ruimte. Het was lang niet zo groot als het atrium in het Synergy-gebouw – ik had maar een dozijn medewerkers – dus het stond bomvol met mensen. En de rockmuziek van Jackson stond er luid.

Zodra ik binnenkwam, zette mijn broer de muziek uit. Gezichten draaiden zich naar me toe, vol bewondering, respect en liefde. Alicia was er, met Valentine op haar heup; Noah ook, en Marlee en haar man, Tyler. Zelfs Gabi en Qiana hadden de reis vanuit New York ondernomen.

Moeder, in haar rode blouse, baande zich een weg door de menigte. 'Samantha.'

Te laat voor mijn eigen feest, met teleurstellend nieuws om te delen, zette ik me schrap.

'Ik ben blij je te zien,' zei ze. 'Jullie allebei.' Ze trok Niall en mij in een groepsknuffel.

Toen ze zich terugtrok, glinsterden haar blauwe ogen in het gedimde licht. Maar het waren geen verdrietige tranen die in haar ogen stonden. Het waren dezelfde tranen als toen Jackson de bel luidde op de beurs. Toen ze Andrews MBA-diploma aan de muur had gehangen.

'Je eigen kantoor openen is een belangrijke prestatie. Ik ben trots op je.'

Ze kneep in mijn hand en draaide haar gezicht weg, terwijl ze een tissue uit haar zak haalde om haar ogen te deppen.

Achter haar grijnsde Charles. 'Samantha, je kunt beter daarboven je ding gaan doen. Je moeder zal niet blij zijn als een van deze fotografen haar op de foto zet met uitgelopen mascara.'

Moeder leunde tegen hem aan. 'Het zou niet moeten uitmaken hoe ik eruitzie. Het is Samantha's avond.' Ze knipperde naar haar man. 'Maar zit mijn make-up goed?'

Charles haalde zijn zakdoek tevoorschijn. 'Je weet dat je op hun bruiloft ook gaat huilen.'

'Daarover...' Niall stapte tussen mijn moeder en mij in, en ik vatte dat op als mijn teken om naar het belachelijke platform te marcheren dat Jackson voor me had gehuurd om op te staan, als een dirigentenpodium. 'Anders kan niemand je zien, Samwise,' had hij geplaagd.

Met een diepe zucht beklom ik de trap om iedereen officieel welkom te heten in het nieuwe thuis van Magician's Castle Games.

Ik haatte het om speeches te geven, maar het was tijd om te reflecteren en te erkennen wat we allemaal samen hadden bereikt, van Jackson, die ons het startkapitaal en een werkruimte had gegeven, tot Niall en de andere auteurs die ons hun verhalen hadden toevertrouwd om er games van te maken. Om nog maar te zwijgen van de programmeurs en ontwerpers die een risico hadden genomen met een oprichter die nog nooit een limonade-kraam had gerund.

Maar we hadden het goed gedaan. Onze eerste game, gebaseerd op *Secrets of the Wood Elves,* was een van de top tien downloads op elk groot platform. Winstdeling had ervoor gezorgd dat de medewerkers en auteurs goed werden betaald. En ik had de luxe gehad om elk interviewverzoek dat ik kreeg af te wijzen. Jackson regelde dat voor me.

En Niall? Hij stond door alles heen aan mijn zijde. Als ik niet op de eerste rij zat bij zijn boekpresentaties. Een of twee zaken-bladen hadden ons een powerkoppel genoemd. Daar hadden we allebei om moeten lachen. We deden alleen waar we van hielden. Samen.

Ooit zouden we het rustiger aan doen en ons huis op de boer-derij vullen met kinderen. We hadden tijd. We hadden voor altijd.

Heel erg bedankt voor het lezen van *Reis met Mij!* Overweeg alsje-blieft een recensie achter te laten bij je favoriete webwinkel, BookBub, of Goodreads. Recensies helpen andere lezers om nieuwe auteurs zoals ik te vinden.

Het volgende boek in de serie, *Baas me,* is een smeuïge, verboden vakantieroman tussen Cooper Fallon en zijn assistent. (Gasp!) Lees verder voor een voorproefje van deze terugkeer naar Synergy.

BAAS ME, SYNERGY BOEK 4
HOOFDSTUK 1

BEN

ELLENDE VERSCHEEN IN de vorm van een paar brede schouders.

Zelfs voorovergebogen, als steun voor zijn hangende hoofd, waren ze breed en gespierd. Zijn bicepsen pasten maar net in een flinterdun vintage T-shirt van de Rolling Stones dat in de smalle tailleband van zijn spijkerbroek was gestopt. Zijn belachelijke riemgesp uit Austin, Texas was zo groot als mijn hand.

Als ik in de koffiepauzes met de andere directiesecretaresses optrok, zwijmelden ze bij de onweerstaanbare looks en flirterige persoonlijkheid van Jackson Jones.

Ik niet. Dat liet ik aan mijn baas over.

Wacht, sorry, zei ik dat hardop? Hoe dan ook, ik wist dat Jackson Jones pure ellende was.

Hij sleepte zich naar mijn bureau en richtte een paar bloeddoorlopen ogen op me. 'Is hij er?'

God, ik wou dat hij er niet was. Of dat ik kon liegen en mijn baas kon redden van de nieuwe hel waar Jackson hem nu weer in zou storten.

'Kan ik iets voor u doen?' Ik stond op en streek mijn marineblauwe trui van merinowol glad. Ik ben niet lang, maar als ik stond, hoefde ik mijn nek niet te rekken om naar Jackson op te kijken.

Hij grinnikte. 'Niet tenzij je een wondermiddel hebt voor welk virusje dan ook dat mijn kind, mijn vrouw en de nanny heeft geveld.'

'Sorry, dat heb ik net niet op voorraad – o. U zou vandaag toch naar Boston gaan?'

'Ja. Wat dat betreft...'

Ik kromp ineen. Mijn baas was de week ervoor net teruggekomen van een reis naar Azië. Hij had geen tijd gehad om van de jetlag te herstellen. En Jackson stond op het punt hem te vragen om weer op het vliegtuig te stappen, het land door te vliegen en zijn bioritme opnieuw te verknallen.

Maar Jackson dacht dat Cooper Fallon Superman was, dat hij alles kon: zijn eigen werk als operationeel directeur (COO) en dat van Jackson er ook nog bij.

Het hielp niet dat Cooper niets deed om dat idee de wereld uit te helpen. Als Jackson hem vroeg te springen, vroeg Cooper hoe hoog. Volgens de directiesecretaresse die de raad van bestuur van Synergy ondersteunde en er al bijna vanaf het begin werkte, was dat hun dynamiek al sinds ze het bedrijf ruim twaalf jaar geleden hadden opgericht. Ze waren partners, maar het was allesbehalve fiftyfifty. Eerder tachtig-twintig. En Cooper trok altijd aan het kortste eind.

'Dus, kan ik naar binnen?'

Ik had niet beseft dat ik voor de glazen deur van Coopers kantoor was gaan staan, waardoor ik zijn partner de toegang blokkeerde. Ik wou dat ik hem kon weigeren om Cooper te beschermen tegen Jackson en tegen zijn eigen neiging om te veel hooi op zijn vork te nemen, maar Cooper wilde niet beschermd worden tegen Jackson.

Ook al had hij het nodig.

Bewust liet ik mijn schouders, die tot aan mijn oren waren

opgetrokken, weer zakken. Ik draaide me om en klopte op de deur voordat ik hem openduwde en mijn hoofd door de opening stak. 'Meneer Fallon?'

Toen hij zich van zijn monitor afwendde, verlichtte het blauwe licht zijn gezicht, waardoor zijn normaal goudbruine huid groenig bleek werd. Zijn ogen waren ook rood. Niet zo erg als die van Jackson, maar ik kon zien dat hij te lang naar spreadsheets had gestaard. Hij legde een hand op de plek waar zijn nek overging in zijn schouder en kneedde de spier daar. Ik wou dat ik dat voor hem kon doen, maar dat zou onze onuitgesproken regel om elkaar niet aan te raken schenden.

'Ben, hoe vaak heb ik je al gevraagd om me Cooper te noemen?'

Ik liet een mondhoek opkrullen. 'Ongeveer één keer per dag sinds ik hier zes maanden geleden begon te werken, meneer Fallon.'

'Dus ongeveer honderdtwintig keer. En hoe vaak moet ik het nog zeggen voordat je luistert?'

De snauw in zijn stem had een ander misschien bang gemaakt. Cooper Fallon was beroemd om zijn onvermoeibare gedrevenheid en zijn korte lontje. Ik wist dat hij na dat geblaf nooit echt zou bijten. Misschien bij een directeur als Jackson, maar niet bij iemand van mijn niveau. Ik had hem geobserveerd, waarschijnlijk meer dan gezond was, en ik wist door vele uren zorgvuldige observatie dat, hoewel zijn toon scherp was, hij de woede die in zijn blauwe ogen flitste meestal aan de lijn hield.

'O, ik luister heus wel,' zei ik.

Achter me schraapte Jackson zijn keel en de glimlach verdween van mijn gezicht. 'Jackson is hier om u te zien. Hebt u een moment?' *Zeg alsjeblieft nee.*

Hij streek met een hand door zijn door de zon gekuste haar en stond op. Zijn iets meer dan 1,90 meter lange gestalte ontvouwde zich met atletische elegantie. 'Laat hem binnen.'

Ik onderdrukte een zucht, duwde de deur helemaal open,

stapte het kantoor binnen en zei, formeler dan nodig: 'Hij kan u nu zien.'

Jackson schuifelde langs me heen. 'Hé, Coop.'

Cooper liep om zijn bureau heen en klopte op Jacksons schouder. Ze waren ongeveer even lang, twee prachtige, fysieke exemplaren, maar slechts één van hen keerde me binnenstebuiten zodra ik in zijn buurt was.

Ik bleef daar staan, tegen de deur gedrukt. 'Kan ik iets voor jullie halen? Koffie? Een broodje?' Had Cooper al geluncht? Ik was met Jacksons assistente, Marlee, naar de kantine geweest, maar ik wist niet zeker of Cooper zijn bureau had verlaten.

'Zou je een kop koffie voor me willen halen, alsjeblieft?' vroeg Jackson.

'Natuurlijk. Wat dacht u van een groene smoothie, meneer Fallon?' Hij zou de antioxidanten nodig hebben om op krachten te blijven als hij weer op reis moest.

Zijn blik schoot naar me toe en een golf van hitte spoelde over mijn huid. Maar zijn woorden waren ijzig scherp. 'Ja, graag. Dank je.'

En toen, hoe vreselijk ik het ook vond, liep ik zijn kantoor uit en sloot ik de deur, Jackson Jones en Cooper Fallon achterlatend.

———

IK WREEF OVER mijn kloppende slaap en schoof vooruit in de rij voor de koffiekiosk in de imposante lobby van Synergy. Mijn blik dwaalde langs de glazen liftschacht omhoog naar de zesde verdieping.

Als ik de spanning rond Coopers ogen goed inschatte, had hij zelf ook hoofdpijn. Niet dat hij ooit zou toegeven dat hij menselijk genoeg was om pijn te voelen. Misschien kon ik hem een pijnstiller toestoppen, samen met die weerzinwekkende groene smoothie.

Smoothies: mijn kleine, maar belangrijke bijdrage aan het bedrijf. Cooper dronk er minstens één per dag. Het was snelle, efficiënte brandstof voor zijn taken als Chief Operating Officer van Synergy Analytics. Cooper hield Synergy draaiende, en door zijn smoothies te halen, droeg ik mijn steentje bij.

Ik wreef met mijn hand over mijn gezicht en staarde de lobby in. Wie hield ik voor de gek? Ik deed het niet voor Synergy. Ik deed het voor hem.

Ik deed het voor de opvlamming in die koele, blauwe ogen als ik hem de beker overhandigde en zei: 'Uw smoothie, meneer Fallon.'

Ik deed het vanwege de verliefdheid die in mijn maag fladderde op het moment dat ik zijn hand schudde op mijn eerste werkdag, zes maanden geleden. En terwijl we samenwerkten, terwijl ik de gedreven directeur leerde kennen die alles zou doen voor zijn partner en beste vriend, die het bedrijf had laten uitgroeien van een businessplan dat hij in een spiraalblok in hun studentenkamer had geschreven, die stichtingen steunde die risicojongeren hielpen... verhuisden die fladderingen rechtstreeks naar mijn hart en zijn nooit meer weggegaan.

Mijn zus, Mimi, zei dat ik mijn hart op de tong droeg en dat ik voor iedereen zou vallen die me ook maar een greintje aandacht gaf.

Niet waar.

Cooper Fallon had me geen enkele hint gegeven. Hij was altijd koel en beleefd. Hij zei: 'Dank je, Ben,' aan het eind van elke dag. Hij had me een duur, maar onpersoonlijk kaasmandje gegeven voor de feestdagen. Hij vroeg me af en toe naar school, maar dat moest hij waarschijnlijk wel, aangezien het bedrijf mijn collegegeld betaalde.

Toch verslond ik die opflakkeringen van hitte wanneer ik hem zijn smoothies gaf.

Een vrouw pakte haar koffie en liep weg bij de kiosk, en ik deed een stap naar voren, nog twee mensen voor me in de rij. Ik keek op mijn telefoon. Tien minuten sinds ik Cooper alleen had gelaten met Jackson.

Waarom had ik geprobeerd tijd te besparen door naar de kiosk beneden te gaan? De tent verderop in de straat kende onze bestelling. Maar ik had dichtbij genoeg willen blijven om Cooper te kunnen redden als dat nodig was. Ha. Cooper Fallon zou nooit toegeven dat hij gered moest worden. Of verdomme een pauze van het redden van de wereld. Ik schoof verder in de rij en tikte met de neus van mijn chukka-laars op de vloer om de nerveuze energie te ontladen die me de drang gaf om iemand door elkaar te schudden.

Jackson, die Coopers beste vriend hoorde te zijn, flikte dit soort dingen voortdurend. Er was altijd wel een reden waarom hij een reis niet kon maken of niet voor de raad van bestuur kon presenteren.

Toen ik net aangenomen was, kon Cooper het prima aan. Geen probleem. Maar sinds de geboorte van Jacksons baby in februari leek Cooper op de een of andere manier bleker. Niet alleen zijn huid, maar zijn hele wezen. Alsof een deel van zijn levensessentie uit hem was gezogen door die machine uit *The Princess Bride*. Zijn bewegingen waren kleiner. Zijn glimlach – in de beste tijden al zeldzaam – was nu onbestaande. Zelfs dat beroemde Fallon-temperament was afgekoeld, alsof niets meer de moeite waard was om boos over te worden.

Misschien was het seizoensgebonden en zou Cooper weer tot leven komen als de dagen in de zomer langer en zonniger werden. Maar ik had het gevoel van niet. Het was een Jackson Jones-ding. Ik boorde een knokkel in mijn slaap. Klote Jackson Jones en zijn gelul.

'Hé, Ben.' De stem van de barista haalde me terug naar de realiteit. Eindelijk stond ik vooraan in de rij.

'Hé.' Ik kwam niet vaak bij de kiosk, maar ik vermoedde dat de barista er zijn werk van maakte om ieders naam te kennen.

'Het is Kris.' Hij knipoogde naar me, zijn donkere haar viel over één oog.

'O, juist, dat wist ik. Sorry, Kris.' Wist ik dat? 'Heb je bosbessen?'

Kris knipperde met zijn ogen. 'Eh, ja hoor.'

'Kun je daar een handvol van toevoegen aan een boerenkools-moothie, alsjeblieft?' Ik keek op mijn telefoon. Een kwartier, en geen SOS-berichtje. Dat moest een goed teken zijn. 'En mag ik ook een zwarte koffie en een magere latte? Plus een caramel macchiato voor Marlee. Alsjeblieft.'

'Begrepen.' Hij schepte verse koffie in een cafetière. 'Je komt hier niet zo vaak. Niet zo vaak als ik zou willen.'

Ik verplaatste mijn blik van zijn handen, die ik in gedachten aanspoorde om sneller te bewegen, naar zijn gezicht. Hij had een Harry Styles-look met dat warrige haar en die jukbeenderen om voor te sterven. Helemaal mijn type.

Behalve dat hij dat niet was. Niet meer. Mijn type was blijkbaar een emotioneel onbereikbare miljardair met blauwe ogen. Krijg de klere.

Mijn telefoon trilde in mijn hand.

MARLEE

Code rood. NU hierheen.

'Shit, sorry, laat dat allemaal maar zitten.' Ik schonk Kris een snelle glimlach. Zijn mondhoeken krulden omlaag, net voordat ik door de lobby naar de liften sprintte. Ik ramde op de knop en draaide me om de liftdeuren achter me te scannen. *Open, open, open.* Ik hupte op mijn tenen alsof de lift daardoor sneller zou komen.

Eindelijk klonk er een ping en ik haastte me om voor de deur te gaan staan. De lift was vol en het kostte me elke greintje zelfbeheersing om niet langs mijn collega's te dringen en ze er vervolgens uit te duwen.

Toen de lift eindelijk leeg was, schoot ik naar binnen en drukte op de knop voor de zesde verdieping, waarna ik mijn handpalm op de knop voor het sluiten van de deuren sloeg. Het was niet de eerste keer dat ik me moest haasten voor mijn veeleisende baas. Maar vandaag had ik een slecht voorgevoel. Verdomde Jackson Jones.

Ik keek hoe de verdiepingen oplichtten op het scherm boven

de deur en ademde diep in. Misschien was ik oneerlijk tegenover Jackson. Marlee mocht hem. Iedereen mocht hem. Inclusief Cooper. Sterker nog—

Ik wreef met mijn hand over het maar al te bekende branddende gevoel in mijn buik. Ik moest stoppen met om Cooper te geven. Zoals de meeste mensen op wie ik verliefd was geworden, was hij buiten mijn bereik. Bovendien was zijn hart al bezet, en hoe eerder ik over mijn belachelijke verliefdheid heen kwam, hoe beter.

Eindelijk gingen de deuren op de zesde verdieping open en stapte ik uit, mijn hart in mijn keel.

Luide stemmen verstoorden de gebruikelijke rust op de directieverdieping. Ze kwamen uit Coopers kantoor. Een menigte had zich bij de deur verzameld.

Marlee trippelde op haar roze naaldhakjes naar me toe. Handenwringend fluisterde ze: 'Lieve help, Ben. Ze hebben ruzie. Ze schreeuwen echt tegen elkaar en ze reageerden niet toen ik klopte. Je moet naar binnen gaan en ze laten stoppen. Iedereen staat te kijken.'

'Is Weston daar binnen?' De CEO was Jacksons aartsvijand en geen van beiden nam een blad voor de mond als ze het oneens waren.

'Nee, alleen Jackson en Cooper. Maar ik weet zeker dat iemand het Weston zal vertellen.'

De spanning in mijn borst nam af. Jackson en Cooper werden soms luidruchtig, maar het duurde nooit lang. In ieder geval was de CEO er niet zelf getuige van. Cooper kon het later wel goedpraten. Hij wist zijn baas altijd om zijn vinger te winden.

Ik moest zelf ook maar eens zien hoe ik die baas-magie onder de knie kon krijgen. 'Iedereen weer aan het werk. Er is hier niets te zien,' kondigde ik aan terwijl ik naar Coopers kantoor liep. Sommige mensen keerden terug naar hun bureaus. Westons assistente, Julie, bleef, brutaler dan de rest, in de buurt hangen.

Ik trok een wenkbrauw op, en langzaam draaide ze zich om en

sjokte terug naar haar bureau. Ze ging er niet achter zitten, maar bleef staren, klaar om getuige te zijn van wat er ook zou losbarsten als ik de deur opendeed.

Ik klopte, maar ze schreeuwden te luid om iets te horen. Ik duwde tegen de klink, maar die gaf geen krimp. Waarom was hij op slot?

Met tegenzin haalde ik mijn badge langs de sensor. De deur reageerde alleen op de ID van Cooper, Jackson en mij. Het lampje werd groen. Ik haalde diep adem, drukte de klink naar beneden en opende de deur.

Cooper, met een rood gezicht en uitpuilende ogen, brulde: 'Ik pik je gelul niet langer!' Hij sloeg met zijn hand op zijn bureau.

Het gebeurde allemaal zo snel. Toen ik de scène later in mijn hoofd afspeelde, dacht ik me een ping te herinneren, alsof die grote, lelijke ring die Cooper altijd droeg de glazen plaat raakte die het hout beschermde.

Wat de oorzaak ook was, er klonk een geknetter als knallend vuurwerk en daarna stilte. Na een seconde viel een scherf glas van de rand en boorde zich in het dikke tapijt. Een paar kleinere stukjes volgden. Cooper staarde naar het oppervlak van zijn bureau. Toen keek hij op en monsterde zijn beste vriend van top tot teen.

Jaloezie vlamde op in mijn buik. Waarom, zelfs nu Jackson zijn verantwoordelijkheden op Cooper afschoof, was Coopers eerste instinct om Jackson te beschermen? Wat zou ik er niet voor over hebben om die bezorgdheid, die zorg, op mij gericht te krijgen.

Shit, dit was niet het moment om over mijn baas te zwijmelen. Ik moest iets doen om dit op te lossen. Maar mijn voeten kleefden aan de vloer. Ik was intiem bekend met zijn temperament, maar voor zover ik wist, had hij nog nooit iets geslagen.

'Coop, alles goed?' Jacksons stem was zo stil als op een begrafenis. Het was de eerste keer dat ik hem onbeweeglijk had gezien.

'Ik... het spijt me, Jay. Het was een...'

Ik wilde naar hem toe rennen, controleren of hij niet gewond was, maar de spanning in de kamer was tastbaar genoeg om me aan de deur vast te nagelen. Ik trok hem achter me dicht. 'Alles in orde hier?'

Duidelijk niet. De bovenkant van Coopers bureau glinsterde van het verbrijzelde glas. Zijn gezicht was zo wit als de papieren die netjes in zijn uitbak lagen. Toen er een druppel bloed op het bureau plofte, hief hij zijn hand op en staarde ernaar alsof hij niet zeker wist of die van hem was.

'Sh… ik bedoel, hier. Laat me helpen.' Mijn voeten kwamen los van het tapijt en een seconde later stond ik naast mijn baas. Zijn handpalm was doorkruist met sneden, waaruit bloed opwelde.

Ik graaide in mijn broekzak naar mijn zakdoek en schudde de kreukels eruit. Ik aarzelde even – die-niet-aanraken-regel – maar dit was een noodgeval. Hij zou het vreselijk vinden als ik zijn werk moest onderbreken om een met bloed bevlekt tapijt te verwijderen.

Ik vouwde de zakdoek in drieën en drukte hem zachtjes tegen zijn handpalm. Zijn kaken spanden zich aan.

'Doet het pijn?' De sneden zagen er niet diep uit, maar ik had ze niet goed kunnen bekijken.

'Nee.' Het woord had niets van zijn gebruikelijke scherpte. Was hij in shock?

'Ga zitten.' Met de hand die ik niet gebruikte om druk op zijn wond uit te oefenen, strekte ik me uit en duwde op zijn schouder tot hij in zijn stoel zakte.

Eindelijk keek ik naar Jackson, die nog steeds met open mond naar zijn vriend staarde. 'Wat is er gebeurd?' Mijn toon was niet zo respectvol als het had gemoeten tegen de medeoprichter van het bedrijf, maar alles met bloed was een verzachtende omstandigheid.

Jackson sprong naar het bureau en veegde de scherven verbrijzeld glas op een hoopje. 'Cooper maakte zijn punt iets te krachtig. Ik denk dat hij beter voor het geharde glas had kunnen kiezen.'

Verdomme, als hij zo doorging, had ik straks twee bloedende

patiënten. 'Jackson, stop. Ik laat de technische dienst hierheen komen—'

'Verdomme!' Toen Jackson zijn duim in zijn mond stak, raakte zijn elleboog de schelp op Coopers bureau. Degene die ik eens per week afstofte, me elke keer afvragend waarom hij dat ene decoratieve item op zijn bureau hield. Ik hoefde het me niet meer af te vragen. Het tuimelde van het bureau, stuiterde eenmaal op het tapijt en verbrijzelde toen het op de houten vloer kapotsloeg.

De stilte die volgde was nog oorverdovender dan toen Cooper zijn bureau brak.

'Sorry, Coop, ik—'

Pijn flitste over Coopers gezicht. Het was dezelfde blik die hij had gekregen op de dag dat Jackson zijn baby in een van die omgekeerde rugzakken mee naar kantoor nam. 'Vergeet het maar. Ik… ik moet gaan.'

'Nu?' Ik tilde een hoekje van mijn zakdoek op. Het bloeden was vertraagd. 'Zo kunt u niet naar een vergadering.' Alleen Cooper Fallon zou zijn werkdag voortzetten alsof er niets was gebeurd nadat hij zichzelf had opengesneden. Ik wikkelde de uiteinden van de doek om de rug van zijn hand en legde er een knoop in over zijn handpalm.

'Men is het gewend dat ik er als een puinhoop bijloop. Jij niet.' Jackson haalde zijn hand door zijn donkere haar. 'Luister naar Ben. Ga even zitten en rust uit. Ik heb wat whisky in mijn kantoor. We kunnen—'

Zodra mijn vingers de knoop op de zakdoek loslieten, rukte Cooper zijn hand weg. Zijn blauwe ogen waren niet zo ijzig als gewoonlijk toen hij ze op mij richtte. Waarschijnlijk door het bloedverlies.

'Ik moet… weg.' Hij stond op en liep om me heen naar de deur. Met zijn hand op de klink draaide hij zich om.

Godzijdank, hij ging zitten en zou redelijk zijn. Ik deed een halve stap naar hem toe voor het geval hij zou wankelen op weg naar de stoel.

Maar hij bleef daar staan, de klink vastklemmend. 'Ben, laat de

New England Entrepreneurs' Society weten dat ik Jacksons plaats als hoofdspreker inneem. En zet zijn hotelreservering op mijn naam.'

Jackson haalde zijn duim uit zijn mond. 'Coop, dat hoef je niet te doen.'

Cooper gaf zijn beste vriend een wrange glimlach. 'Is dat niet precies wat je me vertelde dat ik moest doen voor... voordat dit gebeurde?' Hij wuifde met zijn in zakdoek gewikkelde hand naar de puinhoop in zijn kantoor.

'Maar—'

Hij hield zijn handpalm omhoog. Hij trilde. Hij moest een enorme hoeveelheid zelfbeheersing uitoefenen. 'Verplaats al mijn afspraken naar volgende week.'

Wat was hier in hemelsnaam aan de hand? 'Ja, meneer Fallon.'

Hij opende de deur en liep naar buiten, en trok hem zachtjes achter zich dicht. Geen sporttas, geen jas, geen laptop. Bleef hij in het gebouw? Had hij een geheime, oerschreeuwkamer beneden?

'Het is oké.' Jackson liet zijn hoofd hangen. 'Je mag het zeggen. Ik ben de slechtste vriend ooit.'

Ik kon het niet helpen. Ik glimlachte naar de eikel. Hij was irritant schattig. 'Dat bent u absoluut. Maar hij houdt toch wel van u.'

Hij gooide zijn hoofd op en grijnsde. 'Dat doet-ie, hè? Ik ben de grootste geluksvogel in San Francisco.'

Mijn glimlach verdween van mijn gezicht. Dat was hij verdomme ook. Wat zou ik er niet voor over hebben om de ontvanger te zijn van één procent van die liefde. Jackson was te vol van zichzelf om het te merken, maar ik had het al vanaf mijn eerste dagen bij het bedrijf gezien. Cooper kwijnde weg voor zijn beste vriend. Zijn rampzalig heteroseksuele beste vriend.

'U kunt beter gaan,' zei ik op een vlakke toon. 'Ik bel de technische dienst om dit op te ruimen.'

'Bedankt, Ben. Ik geef Coop een uurtje om af te koelen, en dan praat ik met hem.'

Als ik mijn baas een beetje kende, had hij meer dan een uur

nodig. En ik vermoedde dat hij dat wel zou krijgen op zijn lastmi-
nutereis naar Boston. Die ik nu moest plannen.

Godverdomme.

Ik zou een manier vinden om hem in de gaten te houden, zelfs
in Boston. Want misschien kon het Jackson Jones geen reet schelen
hoezeer hij Coopers leven had verpest, maar mij wel.

———

Baas me is in paperback verkrijgbaar bij je favoriete verkoper.

OVER DE AUTEUR

Michelle McCraw houdt van het lezen van romantische boeken en werken in de technologie. Op een dag besloot ze haar twee interesses te combineren, en nu schrijft ze pikante, nerdy hedendaagse romance die je misschien wel aan het lachen maakt. Haar boeken bevatten personages die zonder schaamte houden van wetenschap, techniek en technologie.

Als Amerikaanse auteur en geboren Texaan heeft Michelle sneeuw geschept tijdens sneeuwstormen in New England en is ze overgestapt op een sneeuwblazer in het Midwesten. Ze woont nu in Georgia, waar ze de sneeuw HELEMAAL NIET mist. Ze houdt van lezen, reizen, bourbon drinken en haar buitengewoon slecht opgevoede maar schattige hond verwennen. Ze is finaliste geweest in de RWA Vivian Contest, de Contemporary Romance Writers' Stiletto Contest en de Windy City Romance Writers' Four Seasons Contest.

facebook.com/MichelleMcCrawAuthor

instagram.com/MMOWriter

amazon.com/author/michellemccraw

goodreads.com/MichelleMcCraw

bookbub.com/authors/michelle-mccraw

BOEKEN VAN MICHELLE MCCRAW

Synergy Series

Werk met Mij

Doe Alsof met Mij

Reis met Mij

Baas me

Vergeet me Niet

Daag me Uit

40 and Fabulous

Fashion and Passion

Frenemies and Lovers

Books and Hookups

Conspiracies and Chemistry

Advances and Retreats

Marriage and Trouble

Sugar and Spice

www.ingramcontent.com/pod-product-compliance
Lightning Source LLC
Chambersburg PA
CBHW030113310726
48970CB00004B/1265